Wolf Kampmann

GUSTAV

Roman

OSBURG
MURMANN PUBLISHERS

MIX
Papier aus verantwortungsvollen Quellen
FSC® C106847

www.osburgverlag.de
Lektorat: Ulrich Steinmetzger, Halle (Saale)
Umschlaggestaltung: Rothfos & Gabler, Hamburg
Druck und Bindung: Freiburger Graphische Betriebe, Freiburg
Printed in Germany
ISBN 978-3-95510-041-4

Die Handlung dieses Romans ist frei erfunden.
Eingeflossen sind jedoch Erinnerungen an und von M.V.

1.

Ein Geräusch. Gustav Bülow erwacht. Er weiß nicht, wie lange er geschlafen hat. Das Gefühl für Zeit ist ihm längst abhanden gekommen. Wer wie er in der Epoche der Fantasie aufgewachsen ist, kümmert sich irgendwann nicht mehr um das mechanische Ticken der Uhr. Schlaf ist ohnehin nur eine Ausrede für Versager. Gustav schläft nicht.

Wenn die anderen die Augen schließen, um sich von der Wirklichkeit auszuruhen, schickt er sich erst an, sein wahres Leben zu genießen. Das ist keine Flucht. Er wechselt nur die Ebene, als würde er ein anderes Zimmer betreten. Wie und warum ihm dieser chronologische Zustandswechsel gelingt und anderen nicht, kann er sich nicht erklären, aber – offen gestanden – es hat ihn auch nie interessiert. Er macht es einfach.

Schon sein Vater und seine Lehrer hatten ihn mit ihrer lächerlichen Vorstellung von der Unumkehrbarkeit der Zeit genervt. Zeit ist Geld, nutze den Tag, was du heute kannst besorgen … Alles Unsinn. Jedem steht ein Reich offen, in das er entfliehen kann. Man muss nur die Tür kennen und rechtzeitig nach der Klinke greifen. Doch sein Vater und seine Lehrer, all das ist lange her.

War der Vater ein alter oder junger Mann? Gustav weiß nicht, wie er sich erinnern soll. Gleich wird er wieder die Augen schließen, womöglich wird er ihn dann treffen. Gar nicht mehr lange, dann wird auch sein eigenes Leben Vergangenheit sein. Als würde das etwas ausmachen, denn mit dem Leben verhält es sich ja wie mit dem Wachsein. Alles eine Frage der Luken, durch die man schlüpfen kann.

Aber da war ja noch dieses Geräusch. Gustav liegt in seinem Bett, von dem seine Frau behauptet, es wäre sein Krankenbett. Gustav weiß es besser. Zugegeben, manchmal überkommt ihn diese Müdigkeit, diese unerträgliche Schwere, dann will er sich gar nicht rühren. Und sich erinnern schon gar nicht. Dabei hat er auch immer wieder Momente, in denen er ganz der Alte ist. »Ihr werdet euch noch alle wundern.«

Unterhalb der Zimmerdecke umschwirrt ein Geschwader Fliegen die liebevoll mit Fragmenten von Hirschgeweihen verzierte Lampe, als wäre es eine Raumstation. Gustav versucht sie zu zählen. Es gelingt ihm nicht, es ist ihm noch nie gelungen. Wenn die Viecher doch nicht ständig von ihren Flugbahnen abweichen würden. Für einen Augenblick stellt er sich vor, die schwirrenden Punkte wären Geier und die Enden der Geweihe ferne Andengipfel. Wie imponierend ein Schwarm Fliegen doch aussehen kann, wenn man ihn von der Zimmerdecke in Vorpommern über ein Gebirge am anderen Ende der Welt versetzt. Für das Große im Kleinen hat er schon immer ein Auge gehabt.

Neben seinem schneeweiß bezogenen Bett wartet auf einem dreibeinigen Hocker ein kleiner Teller mit einem halben Wurstbrot und ein paar einsamen Weintrauben darauf, in die Küche zurückgetragen zu werden. Hin und wieder unterbricht eine der Deckenfliegen ihre Lampenumrundung für einen kurzen Besuch auf der Wurstscheibe, um sogleich wieder ans Firmament des Zimmers zurückzuschwirren. Gustav ist für diese Stippvisiten seiner klitzekleinen Mitbewohner dankbar, als würden sie nicht der Wurst, sondern ihm gelten.

Eine winzige Ecke der Brotscheibe fehlt, wahrscheinlich hat er vorhin einmal abgebissen. Er kann sich nicht erinnern. Wozu auch? Früher hat er gern gegessen. Vor allem viel, ein Mann wie er braucht schließlich Kraft. Aber jetzt interessiert ihn Essen nicht mehr.

Eine Zigarette, das wär's jetzt. Seine Frau – wie hieß sie noch gleich? – erlaubt ihm das Rauchen jedoch nicht, wenn er allein im Bett liegt. Ihr schönes Haus könnte ja abfackeln. Die dumme Kuh. Hat sowieso nie Zeit für ihn. Ständig hört er sie im Untergeschoss mit dem penetranten Pack von Nachbarn quasseln. Sie wartet nur darauf, dass er abkratzt. Gustav muss bei diesem Gedanken lachen.

Das Geräusch kommt von der Tür seines kleinen Zimmers unter dem Dach. Durch das große Fenster dringt die Sonne ein und tastet die Tapeten ab. Die breite Wand gegenüber dem Bett hängt voller Bilder – er und seine Hunde. Ja, das waren die Einzigen, die ihn wirklich verstanden haben. Hunde lügen nicht, sind niemals illoyal, missbrauchen unter keinen Umständen das Vertrauen, das man ihnen entgegenbringt. Die Liebe eines Hundes ist bedingungslos und aufrichtig, sein Gebell niemals geschwätzig. Seine Anhänglichkeit ist ohne jeden Hintergedanken. Mit Hunden kann man das Lager teilen. Sie sind da, wenn man sie braucht.

Vier Hunde hat er gehabt. Sie alle sind längst fort und warten auf der anderen Seite auf ihn. Das wird ein Fest. Auf einer länglichen Holzkommode gegenüber dem Fußende liegen ein paar besonders dekorative Stücke seiner einst ansehnlichen Sammlung von Fossilien und anderen Eigentümlichkeiten der Natur. Bei einigen hat er ein wenig nachgeholfen, um ihnen ihr heutiges Aussehen zu verpassen. Er kann ja nichts dafür, dass selbst die Natur zuweilen ihre Unzulänglichkeiten hat.

Aber wen interessiert das schon, nur der Eindruck zählt. Ein wenig Lack hier, ein paar Pinselstriche dort, auch Leim hat noch nie geschadet, schon wird aus ein paar Scheren und Schalenteilen, die er einzeln am Strand aufgelesen hat, ein kompletter Hummer. Neben der Tür türmen sich die Trinknäpfe seiner Hunde, die er über all die Jahre wie Heiligtümer aufbewahrt hat, zu einem Altar seiner Lebensgeschichte.

Ach ja, die Tür. Da war doch was. Im Moment kann Gustav sich nicht so einfach bewegen wie sonst. Er muss seinem Nacken bewusst den Befehl geben, den Kopf zur Seite zu drehen, selbst dann fällt es ihm noch schwer. Wo er einst Muskeln gewohnt war, reiben jetzt schmerzhaft die Knochen aufeinander. Soll er oder soll er nicht? Dann ein Räuspern von der Tür her. Offensichtlich steht da jemand. Elke – stimmt, das war ihr Name – ist es nicht. Die würde sich nicht diskret räuspern, sondern ihn ohne zu fragen mit ihren dummen Alltäglichkeiten vollquatschen, ihn mit irgendwelchen Pillen oder Tropfen martern, die sie sonst niemandem in ihrer Apotheke aufschwatzen kann, oder stolz reinplatzen und ihn mit den Worten »Weißt du, wer heute zu dir kommt« aus seinen intimen Vorbereitungen reißen. Als ob er hier noch jemanden sehen will. Nein, Elke ist es nicht.

Nun macht er sich doch die Mühe, den Kopf zu wenden. Langsam, ganz langsam. Um keine Energie zu verschwenden, schließt er dabei die Augen. Der Schlaf will schon wieder nach ihm greifen.

Im Türrahmen steht eine Gestalt, offenbar ein Mann. Anfangs nimmt er nur die Umrisse wahr, aber da ist etwas, das ihn zwingt, den Besucher etwas genauer unter die Lupe zu nehmen. Gustav hat ihn noch nie gesehen, und doch wirkt der andere in seiner Durchschnittlichkeit so vertraut, als wäre er ihm schon tausendmal begegnet, ja als hätte er ihn wie sein Alter Ego ein Leben lang begleitet. Mittelgroß, mittelblond, mittleren Alters, der Zweiteiler mittelgrau. In seinem Revers steckt ein winziges goldenes Abzeichen, doch Gustav kann nicht erkennen, was es darstellt. Wo hat die Kuh denn schon wieder seine Brille hingelegt? Dann muss er eben versuchen, seinen unangemeldeten Gast auch ohne Sehhilfe etwas eingehender in Augenschein zu nehmen. Auf seine Sinne konnte er sich ja bis zuletzt ganz gut verlassen.

Unter den immer noch buschigen Brauen kneift er die müden Augen zusammen. Nein, dieses Gesicht sagt ihm wirklich gar nichts. Sowas von unauffällig, absolut nichts Charakteristisches, das er irgendwo in seiner Erinnerung verorten könnte. Nur die Haltungsschwäche sticht ins Auge, der schmächtige Oberkörper leicht nach vorn gebeugt, der Hals vom Kopf in den Rumpf gedrückt, die Knie unentschlossen angewinkelt. Irgendwie weibisch. Unter dem Arm trägt er eine speckige Kunstledermappe. Ein Beamter, der irgendeine Unterschrift von ihm will?

Gustav hat schon lange nichts mehr unterschrieben. Das erledigt jetzt die Frau für ihn. Seine Elke. Wie gut, dass er sie hat. Morgen früh muss er ihr Blumen kaufen. Rosen, einen Riesenstrauß. Hinter den schmalen Schultern des Eindringlings macht er weitere Gestalten aus, doch mit denen wird er sich später beschäftigen.

Gustav nimmt alle Kraft zusammen, um mit seiner Stimme diesen Eindruck von früher hervorzurufen, als er von der Bühne herab mit einem einzigen Wort Hunderte in Erstarrung versetzen oder zu Tränen rühren konnte. Die Bühne und das Leben. Und jetzt?

Er muss Haltung bewahren. In entscheidenden Momenten hat er schließlich immer auf Höflichkeit geachtet. »Guten Tag?« Es ist mehr Frage als Begrüßung.

Eine Pause entsteht. Der Fremde lächelt und schweigt. Gustav weiß nicht, was er davon halten soll. Er beginnt, Vertrauen zu fassen, aber gerade das macht ihn zugleich misstrauisch. Will ihn da jemand mit geheuchelter Nähe einwickeln? Abstand zwischen sich und anderen war ihm stets wichtig. Nur nicht zu schnell die Karten auf den Tisch legen. Nein, das Bild gefällt ihm nicht. Also bloß nicht das ganze Pulver auf einmal verschießen, das trifft es schon eher. Das Kartenspiel war nie seine Sache, die Freuden des Waidmanns hingegen haben seit den Kindheitstagen seine Sehnsucht beflügelt. Im Wald und auf der Heide, wie von selbst spitzen sich seine Lippen, als wollten sie die geliebte Weise pfeifen, wie einst, als er mit den Hunden unterwegs war, als er noch Laub unter den Füßen und Moos unter den Fingernägeln spürte. Ja, ein Mann muss schießen können. Schießen! Damals, als er …

Er will gerade die Augen schließen, um den Schauplatz zu wechseln, da hört er, wie der andere tief durchatmet. Gustav kennt dieses rhetorische Schniefen. Da will sich einer Gehör verschaffen, um etwas Gewichtiges loszuwerden. Na gut, soll er. Die Stimme ist genauso mittelmäßig wie alles andere an dieser armseligen Figur. »Gustav, willst du nicht mitkommen?«

Wieder eine Pause. Wie kommt diese Nervensäge dazu, ihn einfach zu duzen? Woher kennt der eigentlich seinen Namen? Und wohin mitkommen? »Wer sind Sie überhaupt?«, entfährt es ihm missmutig und wesentlich weniger auf Form bedacht als eine halbe Minute zuvor.

»Ich bin der Tod.«

Gerade weil es so sanft ausgesprochen wird, trifft es Gustav wie ein Meteorit. Der Tod? Jetzt? Plötzlich ist er hellwach. Der Unauffällige lächelt und blickt ihn fest an. Seine Haltung wirkt gar nicht mehr so schlaff wie noch vor wenigen Augenblicken. Gustav verspürt das Bedürfnis, die Schuhe des immer noch in der Tür Stehenden zu sehen. Mit Mühe hebt er seinen Kopf über die Bettkante. Gleichzeitig achtet er darauf, dass seine nackten Füße unter der Bettdecke nicht in Richtung Tür zeigen. Unter dem leichten Schlag der grauen Hosenbeine erkennt er schwarze, abgerundete Schuhspitzen, vorn leicht abgestoßen, oben voller Staub und getrockneter Schlammspritzer. Gustav vermutet, dass die Hacken der billigen Gummisohlen schiefgetreten sind. Das soll der Tod sein? Wie banal! Bestimmt nur wieder so ein geschmackloser Scherz seiner dämlichen Nachbarn, die ihn auf diese Weise vorzeitig ins Jenseits befördern wollen.

In einem Volksstück hat er mal selbst den Tod gespielt. Nicht nur das Publikum, auch seine Kollegen erschauerten angesichts seiner Verkörperung des Bösen. Geradezu lachhaft, wie dieser Todesschnösel da auftritt. In dieses angenehme Gefühl der Überlegenheit drängt sich wie ein schneidender Luftzug durch die Hintertür seiner Gedanken die Formulierung »der Tod kommt auf leisen Sohlen«. Gustav wird nachdenklich: »Haben Sie vielleicht eine Zigarette?«

»Tut mir leid, ich rauche nicht.«

Von wegen. Gustav weiß sich zu helfen. Lange und genießerisch stößt er Luft zwischen den Lippen hervor und folgt mit den Blicken vergnügt den tanzenden Schimären des erdachten Tabakrauchs. »Wieso der Tod?« Jetzt ist er es, der eine rhetorische Pause einlegt. Und nach einer kleinen Ewigkeit und weiteren Zügen aus der unsichtbaren Zigarette: »Der Tod ist doch nicht so freundlich wie Sie. Er ist grausam und unbarmherzig. Er bittet nicht, sondern fordert. Meist nicht einmal das, er klopft kurz an die Tür und holt ohne Worte, wen er will. Ich weiß, wovon ich rede.« Gustav spürt, wie seine Stimme an Schärfe verliert. Hoffentlich hat er es diesem sichtlich um Harmlosigkeit bemühten Wichtigtuer jetzt gegeben. Der Fremde aber tut, was er die ganze Zeit schon getan hat. Er lächelt.

Was soll das? Wo bleibt der Respekt? Es reicht. Gustav hat von diesem Gespräch genug. Der Schlaf wartet, er schließt die Augen und will seinem Körper das Kommando geben, sich zur anderen Seite zu drehen. Doch wieder vernimmt er dieses Räuspern. Offenbar lässt der penetrante Eindringling nicht so leicht locker. Gustav kann sich nicht dagegen wehren.

»Es gibt viele Tode«, hört er den anderen sagen.

Im Zimmer ist es totenstill. Gustav lauscht. Der Unscheinbare redet mit ihm wie mit einem Kind, langsam, nachsichtig und mit vielen Pausen, fast als würde er singen. »Es gibt den grausamen Tod, den heimtückischen Tod, den plötzlichen Tod, den Tod durch Fremdverschulden, den Freitod, den langwierigen Tod, den lauernden Tod, den lächerlichen Tod, den plötzlichen Kindstod, nicht zu vergessen das Massensterben – und ich bin eben der freundliche Tod. Ich weiß, ich werde immer mit schwarzem Umhang und Sense dargestellt, aber das ist ja nur ein billiges Klischee. Wer unter den Lebenden hätte mich schon jemals so zu Gesicht bekommen, dass er von mir hätte erzählen können? Der eine oder andere ist mir vielleicht im letzten Augenblick von der Schippe gesprungen. Auch das ist wieder nur so eine Redensart, aber bitte, niemand soll mir Kleinlichkeit nachsagen. Die Erinnerung dieser Deserteure habe ich sowieso stets sofort gelöscht. Im schlimmsten Fall haben sie von Nahtod-Erfahrung erzählt. Reine Einbildung, ein Nahtod ist mir wirklich noch nicht begegnet. In Wirklichkeit ist alles ganz anders, als die Normalsterblichen es glauben. Aber wer sollte das besser wissen als du, Gustav? Ich meine, das mit der Wirklichkeit. Kommst du jetzt mit oder nicht?«

Gustav ist wieder hellwach. Das Wort Deserteur hat ihn an etwas erinnert. Nichts Angenehmes. Aber darüber kann er jetzt nicht nachdenken. Langsam beginnt ihm zu dämmern, dass dies hier kein Scherz seiner Nachbarn ist. Verdammt, wo ist nur diese Scheißbrille? Sein Blick richtet sich mit der ganzen Restschärfe auf das kleine goldene Abzeichen. Kaum zu erkennen, aber es handelt sich tatsächlich um eine Sense.

In der Gefolgschaft der grauen Erscheinung beginnt es unruhig zu werden. Zum ersten Mal unterzieht Gustav die Menschentraube einer genaueren Prüfung. Sie hat sich im Rücken ihres merkwürdigen Anführers devot gruppiert wie ein Rudel christlicher Märtyrer hinter einer mittelalterlichen Darstellung des Heilands. Das sind doch Hartmut, Fritz und

Günter, die nicht aus dem Krieg zurückgekommen sind. Und sein langjähriger Freund, der Schauspieler Paul Borchert, mit dem er früher regelmäßig auf Sauftour war. Seitdem der Arsch als Fernsehkommissar dauerbesetzt war, hatte er den Kontakt abgebrochen. Pauls Erfolg war für Gustav wie ein Verrat an der gemeinsamen Freundschaft. Was hätte er selbst für einen Kommissar abgegeben! Als der Kumpan von früher vor ein paar Jahren nicht mehr aus dem Koma erwachte, weinte er ihm keine Träne nach. Das hatte er nun davon, der alte Suffkopp. Und – sein Herz schlägt fast bis zum Kieferknochen – da ist sein Vater.

Er selbst ist jetzt zwei Jahre älter als sein alter Herr damals war, als ihn völlig unerwartet der Schlag hinstreckte. Kaum zu glauben. Doch hier steht der Vater als junger Mann. So, wie Gustav als Junge von unten zu ihm aufgesehen hat, stark war er, entschlossen, streng, unnachgiebig und doch in geheimen Momenten, die nur ihnen beiden gehört hatten, liebevoll und gütig. Auch in anderen Silhouetten glaubt er ehemalige Wegbegleiter zu erkennen, die der Tod bereits mit sich gerissen hat.

Die Sonne hat sich aus dem Zimmer zurückgezogen. Die Hundebilder an der Wand sind nur noch neutrale Vierecke in Grau. Keine geliebte Schnauze mehr, die ihm ihre rosafarbene Zunge schlabbernd entgegenstrecken würde. Ist es Abend oder sind einfach nur Wolken aufgezogen? Vielleicht weigert sich das ewige Symbol des Lebens auch nur, Zeuge dieser düsteren Szene zu sein. Gustav versucht noch einmal, das Gesicht des unheimlichen Besuchers abzutasten, doch das liegt jetzt im Halbschatten, als hätte er klammheimlich doch noch eine Kapuze über seine grausige, hier auf Unschuld getrimmte Visage gezogen. Kein Zweifel, das ist der Tod, wenn auch der freundliche.

»Elke!« Er ruft, so laut er kann, doch sie hört ihn nicht. Niemand hört ihn in diesem Augenblick, in dem der Sensenmann in seiner Tür steht. Sein kultiviertes Benehmen und die lächerlich moderne Aufmachung ändern ja nichts an der Tatsache, um wen es sich da handelt. Verdammter Mist!

»Elke!« Der flehende Ruf nach seiner Frau erstickt in seiner trockenen Kehle und hinterlässt ein stumpfes Echo unterhalb seiner Schädeldecke. Ihm ist, als würde der Tod ihn leise auslachen, doch genau weiß er es nicht. Flüsternd wendet er sich an sein Gegenüber. »Wollen Sie nicht endlich abhauen? Ich verliere auch kein Sterbenswörtchen darüber, dass Sie hier waren.«

»Ich habe Zeit«, säuselt die sanfte Stimme unbeeindruckt. Immer wieder dieses unsinnige Wort Zeit. Selbst Gevatter Tod ist davon besessen. Einmal mehr muss Gustav grinsen, denn er glaubt, seinen Gesprächspartner durchschaut zu haben. Zum Glück ist der einzige Hocker im Zimmer mit dem Teller blockiert. Elke ahnt gar nicht, was sie ihm da für einen Gefallen getan hat. Nicht auszudenken, wenn dieser lästige Freundlichtuer sich jetzt auch noch zu ihm ans Bett setzen würde. »Du kannst ruhig mitkommen, es ist gar nicht so schlimm, wie du denkst«, raunt es aus der Entourage des Jenseitigen.

»Früher oder später wirst du sowieso mitkommen, ob du willst oder nicht«, beharrt er jetzt in deutlich sachlicherem Ton, und dann unerwartet distanziert: »Sei froh, wenn *ich* dich hole und nicht eines Tages einer meiner Kollegen in deiner Tür steht.«

Wie bitte? Das wäre ja noch schöner. Den Augenblick seines Abgangs will Gustav immer noch selbst bestimmen. Als hätte er sich jemals etwas vorschreiben lassen. Wenn seine Gliedmaßen ihm gehorchen würden, dann würde er es diesem ungehobelten Kerl zeigen. Soll ihn doch der Teufel holen. Lustige Vorstellung: Der Teufel holt den Tod. Gustav versucht sich vorzustellen, wie das in einer Theaterinszenierung aussehen würde. Welche Rolle würde er lieber spielen, Teufel oder Tod? Er entscheidet sich für den Teufel. Mephisto hatte er nie spielen dürfen, immer nur Faust.

Er weiß nicht, ob er zwischendurch wieder eingeschlafen war. Das Zimmer ist dunkel. Ist der Graue noch da? Gustav kann ihn nicht mehr sehen. Besser so. In diesem Erlösung verheißenden Moment des unwiderruflichen Loslassens hat er nämlich ganz plötzlich noch etwas anderes zu klären. Er gerät in Panik.

Da steht diese eine Frage im Raum, vor deren Beantwortung er sich ein Leben lang erfolgreich gedrückt hat. Seine Augen sind wieder geschlossen. Gustav hat das Gefühl, immer leichter zu werden, abzuheben und von einer Anhöhe aus ein letztes Mal auf sich selbst herabzublicken, wie er da unten in seinem Bett liegt. Doch die Züge seines Spiegelbilds beginnen sich in ihrer Umgebung aufzulösen.

Er versucht seinen Blick für diese allerletzte Begegnung zu fokussieren wie das Teleobjektiv seiner Kamera, die ihn über all die Jahre ebenso treu begleitet hat wie seine Hunde, und sich selbst in ein Gespräch zu verwickeln. Aber wer soll den Anfang machen? Gustav weiß nicht, ob er es laut ausspricht oder einfach nur die Atemluft unter seinen Bartstoppeln hervorstößt. »Wer bin ich?«

Hat er tatsächlich eine Antwort erwartet? Statt abschließender Klarheit breitet sich ein verklärtes Lächeln in seinen Zügen aus. Na klar, er ist immerhin ein Auserwählter. Während alle anderen vor, hinter und neben ihm nur stupide ihrem Lebensfaden folgen, dessen einzige vorgegebene Richtung keinerlei Abweichung zulässt, hat er nicht ein, sondern viele Leben gelebt. Gustav hat es besser gemacht. Aber jetzt – buchstäblich im Angesicht des Todes – muss er eine Entscheidung treffen. »Wer?«, fleht es immer eindringlicher in ihm. Er möchte aufspringen, die Arme hochreißen, doch die Kräfte verlassen ihn.

Da spürt er auf seiner Haut wieder den Atem seines Gastes, der ihn umhüllt wie einst die Mutter, wenn sie ihn ein ganzes Menschenleben zuvor mit einem Tuch aus der Badewanne hob. Gerade noch die liebe Mutter und jetzt der Tod. Sein Herz schlägt an, er will erschauern, doch der Hauch des Todes riecht nicht etwa verfault oder muffig, nein er riecht nach Wald, Moos, morgendlichem Nebel und den nassen Felsen des Elbsandsteingebirges. Bald wird ein Baum aus seinen Eingeweiden wachsen. Und Gustav wird zu Hause sein. Er atmet tief ein. Bevor er die allerletzte Möglichkeit verpasst, will er sich ein einziges Mal zu dem winzigen Krümelchen Lebenswirklichkeit bekennen können, das ihm geblieben ist. Gleich, gleich …

2.

Wenn sich Gustav Bülow an seine Kindheit erinnerte, hatte er ein unübersichtliches Mosaik vor Augen, das sich aus Hunderten zusammenhangloser Einzelbilder aufbaute. Nur der verbindende Kitt der elterlichen Erzählungen machte daraus einen kontinuierlichen Film der Ereignisse mit Anfang und viel zu frühem Ende. Aus der Sicht des Erwachsenen konnte Gustav natürlich nur schwer unterscheiden, welche Szenen auf eigener Erinnerung beruhten und welche von den Begleitern seiner unbeschwerten Kindheitstage ergänzt worden waren.

Doch das machte ihm gar nichts, denn zu diesen beiden Säulen des Denkens an seine ersten Tage kam noch eine dritte tragende Komponente hinzu, die seine Lebenschronik erst zu dem machte, was sie war. Eine Unzahl von gehörten, angelesenen und in Wachträumen ersehnten Begebenheiten, die sich genau so zumindest hätten ereignet haben können und auf deren Glorie Gustav keineswegs verzichten wollte, verdichtete seine Kindheit zu einem einzigen langen Abenteuer. Doch wer wollte ihm das jetzt noch vorhalten? Der Schleier der Lebensjahre hatte die Grenzen zwischen Sehnsucht und Wahrheit ohnehin längst aufgehoben.

Gustav Bülow durfte auf eine knallbunte Kindheit zurückblicken. Seine Erinnerungen hatten so gar nichts gemein mit den im Kino oft in Schwarzweiß getunkten Rückblenden, mit denen die Vergangenheit im Auge des Betrachters von der Gegenwart abgesetzt werden soll, als ließe sich die Erinnerung in eine Ära vor und nach Einführung des Farbfernsehens einteilen.

Für Gustav war es genau umgekehrt. Je weiter sich sein Alltag von der unverschämten Grenzenlosigkeit der Knabenzeit entfernte, desto praller wurde deren retrospektive Farbenpracht. Die schwarzen und graubraunen Tage, von denen es nicht wenige gab, blendete er einfach aus. Damals war er ein Abenteurer, stets auf der Suche nach neuen Herausforderungen, ein später Kumpan von Tom Sawyer und Huckleberry Finn. Mit dem kleinen Unterschied, dass er beide gleichzeitig sein durfte.

Am nordwestlichen Stadtrand von Dresden herrschte sommers wie winters Idylle. Die Elbe schleppte sich träge und ölig dahin, überflutete in manchen Jahren die sie umfangenden Wiesen, um den Stadtteil Cotta erstreckte sich ein Gürtel von Parks, Wäldern und Feldern. Als Junge genoss Gustav alle erdenklichen Freiheiten – solange er allein war. Nach Erledigung seiner schulischen Pflichten, die ihm im Grunde ziemlich egal waren, rannte er, so schnell ihn seine Füße trugen, in den nahe gelegenen Zschoner Grund, ein Wäldchen, das trotz seiner relativ geringen Ausdehnung mit Bächen, Hängen und Felsen wie das endlose Labyrinth eines amerikanischen Canyons wirkte. Was er am Abend zuvor in den Büchern Karl Mays oder Friedrich Gerstäckers gelesen hatte, konnte Gustav nach dem Unterricht sogleich in handfestem

Spiel nacherleben. Im Zschoner Bach wusch er Gold, auf der Wiese zwischen den Hängen erlegte er Büffel und manchen Desperado brachte er furchtlos zur Strecke.

In der Erinnerung herrschte in der Zschone, wie Gustav sein Wäldchen liebevoll nannte, immer Spätsommer. Noch Jahrzehnte später hörte er die Melodie der Grillen über dem von der Sonne verbrannten Gras. Woran mag es liegen, dass dieses Zirpen nie wieder jenen verführerischen Klang der Weite Afrikas hatte wie in jenen Jahren zwischen zehn und vierzehn, die Gustav als die glücklichsten seines Lebens abspeicherte?

Die Schleuse zwischen den letzten villenartigen Häusern von Cotta und der Zschone bestand aus einigen herrenlosen Obstbäumen hinter einem niedergetrampelten Lattenzaun, an deren zu Boden gefallenem Überfluss er sich schadlos halten konnte. Äpfel, Birnen und Pflaumen, so viel er wollte und die Wespen zuließen. Vor den Stechinsekten hatte er einen Mordsrespekt, denen wollte er nichts von dem Fallobst streitig machen. Und doch liebte er die kleinen Flügeltiere wegen des akkuraten Schwarzgelbs ihres Streifenkostüms und nicht zuletzt auch wegen ihrer Wehrhaftigkeit. Die Natur war doch ein famoser Maler, dessen Form- und Farbenpracht keine Grenzen kannte. Gustav hielt in Zeichnungen fest, was er sah.

Mehr noch, er sprach mit den Bäumen, konnte stundenlang auf Rehe warten, die früher oder später an einer bestimmten Lichtung vorbeikommen mussten, beobachtete den Mäusebussard, wenn er ein Kaninchen in seinen Horst in den Wipfeln trug. Von den Augen in der Buchenrinde fühlte er sich beobachtet, in jeder Astgabel vermutete er eine Eule.

In der Dämmerung verfolgte er den Flug der Fledermäuse und versuchte Nachtfalter zu kategorisieren. Es wäre ihm nicht im Traum eingefallen, eines der schönen Tiere zu fangen und zu töten. Nein, er liebte die Natur lebend, wurde zum Teil von ihr. Hier im Wald war er zu Hause, und seine Eltern ließen ihn gewähren, solange er draußen war.

Zeit existiert in der Kindheit nicht. Kinder lernen die Uhr lesen, wollen aber nicht einsehen, wozu. Warum etwas messen wollen, das man nicht festhalten kann? Zeit ist eine Erfindung der Erwachsenen, die nur dazu dient, das Unendliche einzugrenzen. Etwas völlig Unbegreifliches, in jeder Hinsicht Überflüssiges. Ein Tag, eine Woche, ein Jahr, das machte überhaupt keinen Unterschied. Im Spiel konnte Gustav Jahrhunderte überspringen.

Nur einmal im Jahr, wenn der Geburtstag naht, wird Zeit wichtig. Wie lange noch? Und wie würde es sich anfühlen, wenn man wieder ein Jahr älter wäre. Wenn man aber nachmittags auf dem Rücken liegend nichts tut, als die Wolken über sich hinweg ziehen zu lassen, gibt es weder Morgen noch Gestern und schon gar kein nächste Woche. Jeder einzelne Augenblick dehnt sich im Universum aus. Spielt es für die Wolke eine Rolle, wie lange sie braucht, um ihre Gestalt zu verändern? Wie würde es sich anfühlen, eine Wolke zu sein? Eben noch ein Krokodil, das einen Vogel verschlingt, und im nächsten Augenblick ein riesiger Hase, eine Dampflok oder ein gewaltiger Blumenkohl. Gustav würde gern zum Himmel aufsteigen und wie eine Wolke seine Umrisse wechseln. Und wie mochte es erst einmal über den Wolken aussehen? Die Sterne lagen ihm näher als das Nachbarhaus. »Wenn du groß bist, werdet ihr auf dem Mond spazieren gehen«, hatte der Vater gesagt. Gustav bezweifelte keinen Augenblick, dass sein alter Herr recht hatte.

Freunde hatte Gustav nicht, aber er brauchte auch niemanden zum Spielen. Die sportlichen Wettkämpfe seiner Schulkameraden langweilten ihn. Fußball hasste er ebenso wie Völkerball. Wenn beim Mannschaftssport die Aufstellungen gelost wurden, blieb er immer bis zum Schluss stehen. Keiner wollte ihn in der Mannschaft haben. Anfangs wurmte ihn das, nach einer Weile hielt er es für ein Privileg. Im Wald übte er heimlich Speerwerfen und Bogenschießen, Klettern und Laufen. Er spielte Bergsteiger und Großwildjäger, suchte sich Verstecke, falls ihn einst Banditen durch das kleine Tal jagen würden. Hier kannte er jeden Winkel, keiner würde ihm überlegen sein. Nein, nicht er war der von den anderen Jungs Geschmähte, sondern er ließ sie nicht an seiner Lebenswelt teilhaben. So einfach war das.

Hin und wieder traf er auf den saftigen Wiesen neben dem Bach oder unter den Obstbäumen einen Schäfer. Die zottelige Gestalt sah aus, als wäre sie gerade aus einer fernen Vergangenheit aufgetaucht, braun gebrannt, mürrisch, mit undefinierbaren graubraunen Lumpen behängt, deren ursprüngliche Bestimmung nicht mehr erkennbar war. Sein Gesicht war stets unrasiert, ein Bart, der diesen Namen verdient hätte, wollte ihm trotzdem nicht sprießen. Wangen und Kinn waren eher von einer Art schwarzem Unkraut überwuchert. Die struppige Frisur ließ sich unter dem breiten, ausgefransten Schlapphut nur erahnen. So mussten wohl die Trapper ausgesehen haben, von denen Gustav in seinen Abenteuerbüchern las.

Wie der Schäfer hieß, sollte Gustav nie erfahren. Er nannte ihn Vogelscheuche, ohne ihn allerdings jemals direkt mit diesem Namen anzusprechen. Gustav war fasziniert von dieser Naturerscheinung in Menschengestalt, hatte aber auch ein wenig Angst vor ihr. Vogelscheuche redete so gut wie nie. Und wenn er es doch tat, hatte Gustav Mühe, ihn zu verstehen. Er sprach nie in Sätzen, sondern stieß einzelne Wörter hervor, die von gutturalen Geräuschen und unbändigem Fluchen unterbrochen waren. Vogelscheuche vermied es, Gustav direkt in die Augen zu sehen. Und doch spürte der Knabe, dass diese seltsame Figur, die so gar nicht in die Zeit passen wollte, ihn mochte.

Manchmal stibitzte Gustav aus der elterlichen Küche etwas Essbares, um es seinem unkonventionellen Kameraden mitzubringen. Dann zog sich über das narbige Gesicht des Schäfers ein breites, tonloses Lachen, das einen kläglichen Rest verfaulter Zähne zum Vorschein brachte. Wenn Vogelscheuche die Geschenke aber sogleich laut schmatzend, spuckend und pausenlos fluchend verspeiste, hätte sich Gustav am liebsten die Ohren zugehalten. So sehr er die gedeckte Tafel der Natur bevorzugte, lagen ihm doch die strengen väterlichen Tischsitten weitaus mehr als Vogelscheuches Rumgemansche.

Der wortkarge Einzelgänger hatte einen Hund namens Wolf, mit dem sich Gustav schnell anfreundete. Vogelscheuche erzählte ihm auf seine umständliche Art, dass Wolf tatsächlich von Wölfen abstammen würde. Früher hätten seine Vorfahren Schafe gerissen, heute passte Wolf auf, dass kein Schaf verloren geht. Der rasselose Vierbeiner schien völlig verwildert, seinen Pelz bevölkerten ganze Stämme von Läusen und Flöhen, doch wenn Vogelscheuche einen heiseren Pfiff ausstieß, parierte er sofort. Auf Kommandos von Gustav reagierte Wolf nicht. Gustav konnte Knüppel werfen, so oft er wollte, das ignorante Hundevieh blieb träge liegen. Und doch war Gustav stolz darauf, dass Wolf ihn als Teil der Herde akzeptierte und ihm nach den ersten Begegnungen laut bellend und schwanzwedelnd entgegenstürmte, wenn er sich Vogelscheuche und seinen Schafen näherte.

Von dem Hirten lernte Gustav nicht nur schnitzen, pfeifen, spucken, nach Herzenslust fluchen, Feuer machen, Fährten lesen und den Kot unterschiedlicher Tiere zu unterscheiden. Er verinnerlichte auch das Gesetz des Überlebens. Der heranwachsende Städter sog jede Bewegung seines burlesken Lehrmeisters auf, der ihm viel mehr Achtung abrang als das steife Lehrergesocks in der Schule, das so oft über ihn spottete. Er lernte, in der Natur den Körper vom Bewusstsein zu trennen, einzuschlafen, aber sofort hellwach zu sein, wenn die Situation es erforderte, zum Beispiel, wenn sich ein Fremder der Herde näherte.

Stundenlang konnte er mit Vogelscheuche und Wolf unter einer durchlässigen Plane im heftig prasselnden Regen sitzen und nichts tun, als wortlos vor sich hin zu starren. Zeit spielte keine Rolle. Beim ersten Mal störte ihn die durchdringende Nässe noch, aber er biss die Zähne zusammen und ließ sich nichts anmerken. Der Schäfer warf ihm eine nach Schaf und Erde riechende Decke hin und Gustav wickelte sich ein. Nass wurde er trotzdem, aber er fühlte sich wie ein Indianer vor seinem Tipi. Und bald machte ihm der Regen nichts mehr aus.

Schlotternd vor Kälte und am ganzen Körper verdreckt kam er an solchen Tagen nach Hause. Die Mutter wollte wissen, warum er sich nicht untergestellt hätte oder früher nach Hause gekommen wäre. Doch Gustav strahlte sie so glücklich an, dass sie nicht weiter insistierte. Hin und wieder erzählte Gustav den Eltern von Vogelscheuche, aber die hielten das für eine der vielen Fantastereien ihres Sohnes. Der war zunächst beleidigt, im Grunde war ihm das Unverständnis seiner Alten jedoch nicht einmal unrecht, fürchtete er doch, der Vater könnte ihm den Kontakt zu seinem so gar nicht salonfähigen Gefährten womöglich verbieten. Dann wäre es mit seinem Leben als Abenteurer vorbei gewesen, bevor es überhaupt angefangen hatte.

Mit Spannung hatte Gustav die Berichte des schwedischen Weltreisenden und Naturschützers Bengt Berg gelesen. Auch der war seit den Tagen seiner Kindheit ein bedingungsloser Liebhaber der Natur geworden. In seinen Büchern machte er aus seiner Verachtung der Zivilisation mit all ihrer Berechnung und Zerstörungswut keinen Hehl. In eindrucksvollen Bildern schilderte er die Schönheit und Empfindlichkeit, aber auch die Unbarmherzigkeit der Natur. Der Stärkere setzt sich durch. Immer und überall. Gustav musste stark sein, lernen, in einer feindlichen Umgebung zu überleben und all die Dinge, vor denen die Verfechter der Zivilisation flohen, zu seinem Vorteil zu nutzen. Wie Bengt Berg. Sich in Pfützen zu waschen und mit der Feldflasche das Regenwasser aufzufangen.

Bergs Bücher über Wildgänse und Adler ließen den wissbegierigen Jungen nicht mehr los. Er las sie immer wieder, bis er das Gefühl hatte, selbst all diese Abenteuer erlebt zu haben. Wie gern wäre er einer der sechs deutschen Jungs gewesen, die sich in dem Film »Sehnsucht nach Afrika« von Bergs Schilderungen berauschen ließen. Er sah den Film so oft, bis er ihn auswendig kannte. Doch er absorbierte nicht nur die Bilder und Aussagen, er studierte auch seine Machart. Die suggestive Kraft, die von den Naturbildern ausging, faszinierte ihn. Was wären diese Aufnahmen wohl ohne das gesprochene Wort, ohne die Anleitung, wie man sie zu betrachten und zu bewerten habe. Ein und dasselbe Bild, das wurde Gustav klar, konnte ganz unterschiedliche Geschichten erzählen. Erst die begleitende Schilderung machte es zu dem, was es in der Erinnerung des Betrachters blieb. Das Gesetz der Bilder stand in erstaunlichem Gegensatz zum Gesetz der Natur.

Der Schwede war auch Fotograf. Seine Fotos waren sensationell. Niemand sonst kam so dicht an die Tiere heran wie er. Wenn er Vögel fotografierte, wurde er selbst zum Vogel. Gustav wünschte sich nichts sehnlicher als eine Spiegelreflexkamera, um die Tiere im Zschoner Grund zu fotografieren. Später würde es auch ihn ins Himalaya, in die Serengeti und in die Rocky Mountains verschlagen. Wie sein Vorbild würde er den Kindern in der Heimat von seinen großen Forschungsreisen erzählen. Die Klassenkameraden von heute würden dann ihre Söhne und Töchter in seine Vorträge schicken und damit prahlen, dass sie einst mit Gustav die Schulbank gedrückt hatten. Der Blick des Expeditionsleiters in spe schweifte in die Wolken und er freute sich auf diesen Augenblick.

Zu Hause in der kleinen Drei-Zimmer-Wohnung am Stadtrand von Dresden galt freilich ein anderes Regiment. Das Leben hangelte sich an einer Reihe fester Rituale entlang, die sich vom Tages- und Wochenablauf über die Verteilung der häuslichen Pflichten bis zum Essensplan erstreckten. Gustav konnte sich zum Beispiel nicht erinnern, dass es sonntags jemals etwas anderes zu Mittag gegeben hätte als Schnitzel mit

Salzkartoffeln und Mischgemüse. Der Vater wollte es so und niemand hätte gewagt, einen anderen Vorschlag zu unterbreiten. Warum auch, es war völlig in Ordnung. Der kleinste Bruch einer jener niemals schriftlich oder mündlich fixierten, sondern als unumstößlich empfundenen Regeln wurde nicht etwa bestraft, er lag schlicht außerhalb alles Vorstellbaren. Gustav und seine sechs Jahre ältere Schwester Ingeburg hätten nicht im Traum an einen Verstoß gegen das Vaterrecht gedacht.

Allerdings wusste Gustav, dass Ingeburg ihm gegenüber im Vorteil war, und das ärgerte ihn. Sie musste nur das Gesetz der Eltern einhalten, er zusätzlich die Lex Ingeburg, die nicht immer zum Regelkanon der Altvorderen kompatibel war. Gegen die Schwester aufzubegehren kam ihm zwar hin und wieder in den Sinn, doch wurde seitens Ingeburgs jede Übertretung ihrer willkürlichen Zusatzparagrafen mit harten Strafen bedacht. Kleinere Vergehen wurden mit einem ausgeklügelten System von Demütigungen geahndet, die selbstredend nur in Anwendung kamen, wenn die Eltern nicht zugegen waren. Darüber hinaus musste Gustav regelmäßig häusliche Obliegenheiten von Ingeburg übernehmen und sich dann anhören, wie ihr Pflichtbewusstsein von den Eltern gelobt wurde. Wie hasste er sie dafür!

Kam es ganz schlimm, musste er stundenlang Publikum spielen, wenn Inge ihre Kleider vor dem Spiegel ausprobierte. Und wehe, eine der Kostümierungen gefiel ihm nicht. Dann setzte es die nächste Gemeinheit. Von manchen Vergehen wusste Gustav nicht einmal, dass er sie begangen hatte. Zum Beispiel die Hände in den Hosentaschen halten oder Rotz hochziehen. Er hatte den Vater nie darüber reden hören, aber

Inge versicherte ihm, die Strafe der Eltern wäre weit strenger als die ihm von ihr auferlegte Buße.

Wenn er sich Inge nicht gefügig zeigte, musste er sich von ihr anhören, dass er eigentlich gar nicht der Sohn seiner Eltern sei, sondern ein Findelkind, das sie, Ingeburg, vor ein paar Jahren beim Spielen im Gebüsch des nahe gelegenen Leutewitzer Parks entdeckt habe. Ihr allein habe er es zu verdanken, dass Mutter und Vater sich seiner angenommen hätten. Sie könne die Eltern bewegen, ihn wieder auszusetzen.

Gustav spürte zwar intuitiv, dass diese Fabel nicht stimmte, und doch hasste er sie, weil Inge sie immer erzählte, wenn er im Bett lag. Er konnte dann nicht einschlafen. Was, wenn sie doch recht hatte? Müsste er vielleicht ins Waisenhaus, wenn er sich Inge gegenüber nicht dankbar erwies? Nein, auf keinen Fall, nicht umsonst lernte er, in der Natur auf sich selbst gestellt zu überleben. Sie sollten nur versuchen, ihn ins Heim zu stecken, er würde weglaufen und sich im Zschoner Grund so verstecken, dass sie ihn nie finden würden. Erst aus seinen später von Millionen Kindern gierig verschlungenen Abenteuerberichten würden sie in vielen Jahren erfahren, was aus ihm geworden war. Dieser Gedanke beruhigte ihn.

Süßigkeiten besaß Gustav fast nie. Oder zumindest nie lange. Die Eltern beschenkten zwar beide Kinder mit allerlei Zuckerkram, da sie selbst gern naschten, aber die von Ingeburg erdachten Strafzölle brachten Gustav um einen wesentlichen Teil seines Vorrats. Den kläglichen Rest nahm sie ihm ohne Begründung trotzdem weg. Er konnte sein Naschzeug noch so gut verstecken, sie fand es immer. Fragte er, wo seine Kekse oder sein Kandis wären, zuckte sie nur schnippisch mit den Achseln. Drohte er aber, dem Vater davon zu erzählen, setzte sie ein derart strenges Gesicht auf, dass er sich die Strafe für seine Petzerei gar nicht ausmalen wollte und es lieber bleiben ließ.

Einmal wagte Gustav es dennoch, die Mutter ins Vertrauen zu ziehen. Er konnte seine Traurigkeit über den Verlust eines kostbaren Schokoladenschatzes einfach nicht verbergen. »Gustav, was hast du denn«, fragte Clara Bülow.

Er wollte mit der Wahrheit nicht heraus, wusste er doch, was ihm dafür blühte. Doch die Mutter ließ nicht locker, streichelte ihm über den Scheitel und fragte immer wieder. Da berichtete Gustav von dem Diebstahl.

»Passiert das öfter«, wollte die Mutter wissen. In solchen Momenten konnte ihre Stimme hart wie Stahl sein. Wieder zögerte er mit der Antwort, aber die Mutter schaute ihn so ernst an, dass er nicht mehr wusste, vor welchem der beiden weiblichen Mitglieder der Familie er sich mehr fürchtete. Schweren Herzens beichtete er, dass er sich nicht erinnern könne, wann es anders gewesen sei. Die Mutter war außer sich und Gustav überlegte, was er wohl falsch gemacht hatte. Gleich würde sich ein häusliches Gewitter entladen. Aber die Mutter schickte ihn nur aus dem Zimmer und rief nach Inge.

Er rannte zu seinen Bäumen und Wiesen. Was sich an diesem Nachmittag genau zwischen Mutter und Schwester abgespielt hatte, sollte er nie erfahren und vorsichtshalber wollte er auch nicht fragen.

Am Abend schaute Ingeburg ihn ein einziges Mal kurz aus den Augenwinkeln an, doch dieser Blick erschütterte ihn bis ins Mark. Danach sprach sie drei Wochen lang kein einziges Wort mit ihm. Sie schien es nicht einmal zu bemerken, wenn er im Raum war. Gustav stellte die Schachtel mit seinen Bonbons offen auf den Tisch des gemeinsamen Zimmers, doch Inge rührte nichts von dem Naschzeug an. Diese Strafe war schlimmer als alle Drangsalierungen, die er zuvor seitens der Schwester zu erdulden hatte.

Inge konnte unerbittlich sein. Gustav liebte sie, aber er fürchtete sich auch vor ihr, weil sie der einzige Mensch auf der Welt zu sein schien, dem er nichts vormachen konnte. In Sekundenschnelle vermochte sie ihn mit ihren Röntgenaugen zu durchdringen, ihm jedes Geheimnis zu entlocken, noch bevor er sich dessen selbst bewusst war. Ihre kühle, unnachgiebige Art hatte sie vom Vater. Am meisten störte ihn ihre herablassende Nachsicht. Wenn er ihr begeistert vom Wald erzählte und sie ihm nichts anderes entgegnete als: »Ach Gustav, du musst noch viel lernen«, spürte er, wie es in ihm kochte.

Fast täglich dachte er sich neue Geschichten aus, um die Schwester zu beeindrucken. Zwei größere Jungs hätten ihm an den Obstbäumen aufgelauert. Er hatte sie nicht bemerkt, und als er sich nach Äpfeln und Birnen bückte, gingen sie plötzlich von hinten auf ihn los. Gustav versuchte, nach einem Knüppel zu greifen, doch die beiden Großen waren schneller und wollten zuschlagen.

Da kam Gustav plötzlich eine Idee, wie er seine Überlegenheit ausspielen könnte. Auf der den Angreifern abgewandten Seite einer angefaulten Birne bemerkte er zwei Wespen, die er blitzschnell als Waffe einzusetzen beschloss. Er tat so, als wolle er nach der Birne greifen, bewegte sich aber so langsam und auffällig, dass es den beiden Wegelagerern nicht entgehen konnte. Einer der beiden trat auf seinen Arm und langte nun selbst ganz langsam und seine Überlegenheit auskostend nach dem Stück Fallobst. In dem Augenblick, als er aber zugriff, stachen Gustavs unfreiwillige Alliierten zu. Der Junge schrie laut auf, seine Hand zuckte zurück. Gustav nutzte den Moment der Verwirrung seiner Kontrahenten, griff nach dem Knüppel und zog dem Unversehrten der beiden eins über den Schädel. Heulend suchten die zwei viel Größeren das Weite.

Je ausführlicher Gustav dieses oder andere Abenteuer schilderte, desto mehr glaubte er die Geschichte selbst. Er spürte buchstäblich die Blessuren der Keilerei. War es nicht so passiert, dann wäre es doch genau so und nicht anders geschehen, wenn ihm wirklich zwei Größere aufgelauert hätten.

Und Ingeburg? Die wandte sich nicht einmal von ihrem Spiegel ab und ließ nur ein lakonisches »Aha, Gusti der große Held von Dresden« vernehmen. Er kam gegen diese Mauer der Dominanz seiner Schwester nicht an, fühlte sich hilflos und ausgeliefert.

Manchmal fügte er sich selbst leichte Verletzungen zu, um seinen Geschichten mehr Nachdruck zu verleihen – niemals so, dass es wirklich wehtat, denn vor körperlichem Schmerz hatte er große Angst. Oder er zog ein Bein nach, wenn er aus dem Wald nach Hause kam, spulte mit einstudierter Beiläufigkeit seine Geschichte ab, wie er mit einem Wildschwein aneinandergeraten oder von einem Felsvorsprung gefallen war, nur damit Inge ihm anschließend belustigt hinterherrief: »Gusti, hinken nicht vergessen!«

Familie Bülow erhielt selten Besuch. Waren doch mal Gäste im Haus, betonten seine Eltern immer wieder lauthals, wie sehr Inge dem Vater ähnelte. Gustav fand diese Bemerkungen unerträglich. Er glich angeblich seiner Mutter, dabei hätte er doch auch so gern wie der Vater ausgesehen. Vor dem Spiegel übte er heimlich den ernsten Blick und die würdevolle Haltung seines Vaters, aber so sehr er sich auch mühte, es wollte ihm nicht gelingen. Wie würde er wohl wirken, wenn seine Wangen etwas kantiger wären und nicht so rundlich und mädchenhaft wie bei seiner Mutter? Er versuchte in seinem Mund ein Vakuum zu erzeugen, um so das weiche Wangenfleisch nach innen zu ziehen. Aber so konnte er ja nicht ewig herumlaufen. Vielleicht war es ja einfach nur eine Frage des Alters, wann er es mit dem Äußeren seines Vaters aufnehmen könnte.

Einen Bart würde er sich später wachsen lassen, daran hatte er keinen Zweifel. Wenn er in den Spiegel schaute, was er freilich nur tat, wenn er sich unbeobachtet wusste, versuchte er sich vorzustellen, wie sein Gesicht mit Bart aussehen würde. Er deckte Kinn, Wangen und Oberlippe mit Tüchern und Lappen ab, um dieser Fantasie mehr Realität zu verleihen. Ein wenig schämte er sich für diese Bartschau, denn genau genommen mochte er es überhaupt nicht, sich im Spiegel zu betrachten. Das war etwas für Mädchen. Hätte Vogelscheuche jemals einen Spiegel benutzt? Gustav fand es viel spannender, sich im Wasser eines Baches zu spiegeln, wenn die sich kräuselnden Wellen und die unter der Oberfläche liegenden Steine das Abbild bis zur Unkenntlichkeit verfremdeten. Man brauchte den Kopf nur ein paar Zentimeter nach links oder rechts zu drehen und schon blickte man in ein völlig anderes Gesicht, das eines Trappers oder Beduinen.

Vom Wasser haben wir's gelernt – wie recht das Volkslied doch hatte. Gustav lernte, lernte und lernte. Er fühlte sich wie ein Mooskissen unten am Zschoner Bach, das sich statt mit Wasser mit Wissen vollsog. Wissen war sein Wasser. Er zeichnete alles auf, ordnete zu, beschrieb. Pilze, Blumen, Zapfen, Gräser, Vögel, Insekten, Fährten, Blätter, Mineralien, Rinden – alles musste erfasst werden. Wer weiß, wofür er diese Aufzeichnungen eines Tages noch gebrauchen könnte, wenn er angesichts von Lämmergeiern oder Seeelefanten keine Zeit mehr hatte, den Flug des Rotkehlchens zu studieren.

3.

Gustavs Vater Walter war ein Mann vom alten Schlag, wie es so schön heißt. Er war schlank, bewegte sich langsam, aber entschlossen und bewahrte in jeder Lebenssituation Haltung. Nichts schien ihn aus der Ruhe zu bringen. Ins behäbige Dresden mit seiner bürgerlichen Gemütlichkeit passte der nüchterne Hanseat wie Knäckebrot zu Eierschecke. Ursprünglich kam er aus Kiel, viel mehr wusste Gustav aber nicht über die Jugend seines Vaters. Dass er mal ein Kind gewesen sein könnte, ging über seine Vorstellungskraft hinaus. Nein, sein Vater musste schon immer ein Erwachsener gewesen sein.

Freunde hatte auch Walter Bülow keine, und wenn doch, dann kannte Gustav sie nicht. Der Vater schien sich auch nicht nach Gesellschaft zu sehnen. Zu gern hätte Gustav ihm offenbart, wie gut er ihn verstand. Doch das hätte der Vater nie zugelassen. Manchmal traf er sich mit Geschäftsfreunden, aber er brachte sie niemals mit nach Hause. Der größte Teil seiner Freizeit spielte sich verlässlich im Kreis der Familie ab. Seine Eltern sprachen in Gegenwart der Kinder nicht viel miteinander und doch schienen sie auf wundersame Weise eng verbunden.

Vor allem redete der ältere Bülow nicht gern über sich. Das Wenige, das Gustav über ihn wusste, hatte er von der Mutter. Die Prähistorie seiner eigenen Existenz erschien ihm ohnehin wie ein Mythos aus grauer Vorzeit. Kaum zu glauben, dass es mal eine Zeit gegeben hatte, in der die wie durch ein göttliches Gesetz verbundenen Eltern sich nicht gekannt hatten.

Walter Bülow und Gustavs Mutter Clara, geborene Brandt, hatten sich, soweit Gustav rekonstruieren konnte, einige Jahre vor dem Weltkrieg kennengelernt. Sie waren sich im Park begegnet. Clara war Walter sofort aufgefallen. Fast unmerklich hatte er ihr zugenickt, und sie hatte mit einem verräterischen Blick aus ihren wunderschönen grauen Augen geantwortet. Am nächsten Sonntag kehrte er zur selben Zeit am frühen Nachmittag in den Park zurück, das Frollein, wie er sie damals vor sich selbst nannte, war wieder da. Er fand sie zauberhaft und meinte, sie hätte trotz des kühlen Wetters ein besonders reizvolles rötlich schimmerndes Kleid angezogen – nur für ihn, da war sich Walter sicher. Was hätte er darum gegeben, sich ihr so dicht zu nähern, um das zweifellos betörende Rascheln ihrer Falten und Säume zu hören. Doch eine derartige Indiskretion verbot sich von selbst. Auch diesmal sollte es nur zum einmaligen kurzen Blickwechsel kommen.

Von nun an trafen sie sich jeden Sonntag zur selben Stunde. Nie sprachen sie ein Wort miteinander. Walter achtete stets peinlich darauf, dass sein kurzes Haar perfekt saß und sein weißer Sonntagsanzug keine Falte zu viel aufwies. Er steckte sich je nach Saison eine Blume ins Knopfloch und wartete aufgeregt, ob seine Angebetete wieder im Park erscheinen würde. Pünktlich um drei Uhr nachmittags tauchte sie auf und gab vor, ihn nicht zu bemerken. Selbstredend überspielte auch er sein Interesse, so gut es ging. Bis es zum ersehnten Blickwechsel kam und beide glücklich wieder auseinandergehen konnten.

Es war ein unverabredetes Spiel: Wer hielt es länger aus, den anderen zu ignorieren. Sie waren zwei Menschen, die, magnetisch voneinander angezogen, jeden Sonntag demselben Ritual folgend zur gleichen Zeit an derselben Stelle aufeinander lauerten. Walter hatte niemanden, dem er sich hätte anvertrauen können, denn schon damals legte er keinen Wert auf die Gesellschaft von Freunden. Womöglich hätte er Clara niemals angesprochen, wäre nicht der Krieg dazwischengekommen, der damals noch nicht Weltkrieg hieß.

Für Walter war es keine Selbstverständlichkeit, seine Pflicht gegenüber dem Vaterland zu erfüllen. Von der allgemeinen Kriegsbegeisterung blieb er relativ unbeeindruckt, er hatte weder einer Burschenschaft noch einem damals wie Pilze aus dem Boden schießenden Verein angehört. Walter Bülow brannte in keiner Weise darauf, dem Feind zu zeigen, was es bedeutete, sich mit dem Kaiser anzulegen. Pathos und übertriebene Leidenschaft waren seine Sache nicht. Doch er wusste, dass man ihn auf jeden Fall einziehen würde. Als Freiwilliger rechnete er sich gewisse Privilegien aus, die ihm die berüchtigten Drangsalierungen im deutschen Militär ersparen würden.

Eigentlich wollte er zu Kaiserlichen Marine, denn für Schiffe hatte er sich schon immer begeistert, doch dort wurde ihm eröffnet, man nehme keine Schwimmer – und Walter schoss durchs Wasser wie ein Delfin. Jeder aber, der schwimmen konnte, war ein potenzieller Deserteur, der sich in die

Fluten retten würde, sowie es darum ginge, das Schiff mit seinem Leben zu verteidigen. So ging Walter zur Infanterie, die erstaunlicher Weise sehr wohl Freiwillige nahm, die laufen konnten. Eine Woche, bevor er seinem Stellungsbefehl Folge leisten musste, nahm er allen Mut zusammen und sprach Clara im Park an: »Frollein, würden Sie mich ein Stück begleiten?«

Walter war erstaunt, wie wenig es ihm ausmachte. Es fühlte sich gut und richtig an. Und Clara beschenkte ihn mit dem dankbarsten Augenaufschlag, den der kühle Charmeur je gesehen hatte. Arm in Arm gingen sie in eine Konditorei und Walter fragte unumwunden, ob er Frollein Clara – deren Namen er jetzt kannte – am nächsten Tag wiedersehen dürfe. Diesmal blickte sie beschämt nach unten, und er hätte zu gern gewusst, ob sie errötete. Aber seine Manieren verboten es ihm, genau hinzusehen.

Am letzten Tag vor seiner Einberufung verlobten sich Walter und Clara. Sie wagten es nicht einmal, einen Kuss auszutauschen. Keiner von beiden ahnte, dass sie sich sechs lange Jahre nicht wiedersehen würden. Walter schrieb hin und wieder Briefe von der Front. Prahlerei von Kriegsabenteuern lag ihm fern. Nüchtern und in knappen Worten erzählte er vom Krieg, als wäre es eine Sache der Buchhaltung. Die Anrede lautete immer: »Liebes Fräulein Clara«, das Wort »du« schien Walter nicht zu kennen, und am Ende jedes Briefes standen die Worte »Ergebenst, Walter Bülow«.

Clara ersehnte die Briefe, doch wenn sie ehrlich zu sich selbst war, langweilte sie das Kriegsgeschreibsel ihres Walters, wie sie ihn jetzt nannte. Trotzdem hielt sie es für ihre Pflicht, sie nach dem flüchtigen Lesen wie kostbare Schätze in einer

Perlmutt-Schatulle abzulegen, die sie eigens dafür angeschafft hatte. Manchmal erklärte er ihr in vorsichtigen Worten, dass er an sie denke, sich nach ihr sehne und sich auf ihr Wiedersehen freue. Doch, ähnlich gesonnen wie ihr Verlobter, empfand Clara das eher als peinlich. Sie war praktisch veranlagt. Warum das Herz an jemanden verschwenden, der vielleicht nie aus dem Krieg zurückkommt. Aber sie hielt ihm die Treue, nicht aus innerer Verbundenheit oder gar Verliebtheit, sondern aus Pflichtgefühl vor Gott. Immerhin waren sie verlobt.

Zwei Jahre, nachdem Walter in den Krieg gezogen war, kam ein dickerer Umschlag als sonst. Clara öffnete ihn behutsam und fand neben dem beschriebenen Briefbogen einen Gegenstand, der in fleckiges Packpapier eingewickelt war. Sie wickelte das verklebte Päckchen behutsam aus, schrie aber jäh auf, als ihr der darin verborgene Gegenstand auf die Handfläche kullerte. Es war ein verformtes Stück Metall, an dem Knochensplitter und getrocknete Fleischreste klebten. Clara beförderte diese ihrer Ansicht nach beispiellose Geschmacklosigkeit auf der Stelle empört in den Müll und sprach mit niemandem ein Wort darüber. Wie konnte ein Mann von Kultur und Benehmen sich in so kurzer Zeit in einen solchen Barbaren verwandeln? Wütend wünschte sie sich, sie hätte Walter niemals kennengelernt. Doch verlobt ist verlobt.

Als hätte Walter Claras Wunsch an der fernen Front erraten, blieben von jenem Tag an weitere Briefe von ihm aus. Bülow war von einem Granatsplitter schwer verwundet worden und in englische Gefangenschaft geraten. Er nutzte die Zeit im Lager, um sich der englischen Sprache zu bemächtigen. Sein Organisationstalent und seine bedachte Art brachten ihm zudem die unter den gegebenen Umständen ebenso vorteilhafte wie angenehme Funktion eines Sekretärs in der Schreibstube ein. Walter lernte, sich in den einstigen Feind hineinzudenken und ihm Respekt entgegenzubringen. Und er wurde seinerseits respektiert. All die Ressentiments, die ihn auf dem Weg an die Front begleitet hatten, lösten sich im Handumdrehen auf. Menschen, so konstatierte Walter Bülow hanseatisch nüchtern sich selbst gegenüber, waren überall Menschen, solange sie sich menschlich verhielten.

Alles in allem hatte er unter der Kriegsgefangenschaft weit weniger zu leiden als die meisten seiner Kameraden, die er im Winter 1918 massenweise an der Grippe sterben sah. An die Heimat dachte er in dieser Zeit selten. Clara ahnte von alledem nichts. Sie vertraute auf Gott und darauf, dass Walter nichts zugestoßen wäre, zweifelte aber nachts klammheimlich daran, dass er noch lebte. Ob sie das eine oder das andere hoffen sollte, konnte sie sich in diskreten Momenten selbst nicht beantworten. Dafür schämte sie sich.

Ende 1920 stand Walter dann plötzlich wieder vor ihrer Tür. Ohne jede Ankündigung. Clara hatte zahllose Schauergeschichten von hoffnungslos verlotterten, ausgemergelten Heimkehrern in zerlumpten Uniformen gehört, die sich nicht mehr ans normale Leben im Frieden gewöhnen konnten, ihre Frauen oder Verlobten verprügelten und in den häuslichen vier Wänden ihren Krieg weiterkämpften. Oder von anderen, die zwar friedlich waren, dafür aber Beine oder Augenlicht verloren hatten. Vor einer solchen Rückkehr eines geistig oder körperlich Verstümmelten hatte sie immer Angst gehabt.

In den Straßen von Kiel sah sie einige dieser bejammernswerten Gestalten herumlungern. Ob es für diese armen Gottesgeschöpfe nicht besser gewesen wäre, wenn der Krieg sie einfach verschluckt hätte, statt sie wieder in den deutschen Alltag zu spucken? Doch nicht nur die Tatsache, dass Walter überhaupt heimgekehrt war, überraschte sie. Nein, er hatte sich tatsächlich die Zeit genommen, sein Äußeres in einen tadellosen Zustand zu bringen.

Im perfekt sitzenden weißen Anzug stand er in der Tür, einen Strauß Rosen in der Hand, ein leichtes Lächeln auf den Lippen, so als sei er von einer ganz normalen Reise mit der Eisenbahn zurückgekommen. Er sah reifer, um nicht zu sagen besser aus. Der Krieg hatte aus dem schlaksigen Jüngling einen Mann gemacht. Was er an der Front und in der Gefangenschaft erlebt hatte, behielt er zum größten Teil für sich.

Clara war stolz auf ihren Walter. Vor dem Krieg hätte sie nie gedacht, dass sie den kantigen Galan so lieben könnte. Wenige Wochen nach seiner Rückkehr heirateten sie, drei Jahre darauf kam Ingeburg zur Welt. Die Namensfindung für das Mädchen sorgte anfänglich für ein kurzes Zerwürfnis zwischen den jungen Eheleuten.

»Es muss doch Ingeborg heißen«, wandte Walter für seine Verhältnisse ungewöhnlich verständnisvoll ein, als er den Namenswunsch seiner Frau vernahm. Dabei betonte er mit leichtem Nachdruck die letzte Silbe des Namens. Doch Clara bestand auf Ingeburg. Das Mädchen sollte stark sein, denn die Zeiten könnten hart werden. Walter spürte, dass er dieses eine Mal nachgeben musste. Er würde sie einfach Inge nennen.

Die kleine Familie zog zunächst nach Dessau. Walter war ein gefragter Ingenieur, der leicht Arbeit erhielt. Sein dreiköpfiger Haushalt brauchte nicht viel, Walter und Clara führten ein bescheidenes Leben. Er kümmerte sich um die Arbeit, sie um Haushalt und Kind. Er brachte das Geld nach Hause und keiner von beiden stellte jemals Fragen. Streit war zwischen den Eheleuten Bülow ebenso unbekannt wie sexuelle Leidenschaft, eher kam es vor, dass sie mehrere Tage kein Wort wechselten. Jahrzehnte später bekannte Clara nicht ohne Stolz, dass ihr Mann sie niemals nackt gesehen habe. Walter stieg in kurzer Zeit zum Prokuristen einer Firma auf, die Zulieferteile für Motoren herstellte, und konnte ein wenig Kapital ansparen, das später als Grundlage für sein eigenes Unternehmen dienen sollte.

In Dessau hielt es die Bülows nur wenige Jahre. Die Grundlage für seine wirtschaftliche Unabhängigkeit legte er eine Eisenbahnstunde elbaufwärts in Dresden. Dort übernahm er eine Firma, die sich auf das Gießen von Metallbuchstaben spezialisiert hatte.

Die Gießerei Bülow erarbeitete sich schnell einen guten Ruf, das Geschäft florierte. In der Gefangenschaft hatte Walter Bülow Demut gelernt. Er war dankbar für den Wohlstand und die Sicherheit, die er seiner Familie bieten konnte. Es gelüstete ihn nicht nach dem großbürgerlichen Prunk, dem sich andere Firmeneigentümer in einer Situation hingaben, die mit seiner vergleichbar war. Mit sicherem Gespür für die richtigen Entscheidungen brachte er sein Unternehmen durch die Jahre der wirtschaftlichen Misere. Buchstaben, Türschilder, Firmentafeln und alle Arten von Schriftzügen wurden selbst in Krisenzeiten gebraucht.

Seine Mitarbeiter achteten ihn, obwohl er auch im Betrieb distanziert und wortkarg war. Aber er blieb immer korrekt und menschlich. Ungerechtigkeiten seitens seiner Vorleute duldete er nicht. Jeder Arbeiter war ein Teil der Firma und damit unverzichtbar. Mehr als einmal mokierte sich Clara über den familiären Ton, den sich ihr sonst so gestrenger Gatte von seinen Mitarbeitern bis zum Pförtner gefallen ließ. Doch gerade dieser überaus fortschrittliche Gemeinschaftsgeist gehörte zum Erfolgsrezept der Gießerei Bülow.

1928 genossen die Bülows ausreichend Sicherheit, um über ein zweites Kind nachdenken zu können, und im September 1929 kam der kleine Gustav zur Welt. Diesmal gab es mit dem Namen kein Problem. Walter wollte ihn nach seinem Vater Gustav Louis nennen, Clara hielt es für geboten, sich diesmal in Zurückhaltung zu üben, und so wurde der neugeborene Junge auf den Namen Gustav Louis getauft.

Gustav wuchs in dem angenehmen Gefühl heran, zu einer Familie zu gehören, der auf breiter Ebene Respekt entgegengebracht wurde. Trotz ihres relativen Wohlstands lebten die Bülows in der bescheidenen Dreizimmer-Parterre-Wohnung eines modernen Mietshauses zwischen weitläufigen Gärtnereien. Zu den übrigen Mitbewohnern wurden allerdings keine sozialen Kontakte gepflegt. Auch Gustav hielt sich von den anderen Kindern fern. Später, so betonte der Vater, sollte der Filius einmal die Gießerei übernehmen. Gefragt, ob er das wolle, wurde der designierte Nachfolger nicht. Es stand so unverrückbar fest wie die Gravur in einem von Bülows Metallschildern. Gustav dachte bei sich, bis ich groß bin, vergeht noch viel Zeit, lass den Vater reden.

Inge wiederum wäre nur zu gern Walters Nachfolgerin im väterlichen Betrieb geworden und machte diesbezüglich den Eltern gegenüber keinen Hehl. Doch für die waren das nur reine Hirngespinste eines übermotivierten Mädchens, das seinen Platz im häuslichen Leben schon noch finden würde. Denn so liberal Walter Bülow im Geschäft war, so streng achtete er daheim auf die Einhaltung der gesellschaftlichen Konventionen.

Wovon Gustav damals noch keine Ahnung hatte, war der Lauf der Zeit selbst, der sich um die Geschicke seines Elternhauses oder des Einzelnen überhaupt nicht scherte. Dass im Januar 1933 ein gewisser Adolf Hitler die Macht in Deutschland an sich gerissen hatte, kümmerte ihn nicht weiter, denn er war noch klein und die Eltern hielten Politik von ihren Kindern fern. Das allgegenwärtige Konterfei des Führers war für den kleinen Gustav genauso ein selbstverständlicher Anblick wie das Doppelporträt der Eltern auf der Kredenz in der Stube. Für ihn selbst hatte sich ja nichts geändert.

Wenn ihnen auf den Straßen Dresdens die Männer mit den braunen Uniformen begegneten, war der Vater auffällig wortkarg. Gustav mochte die Uniformen und vor allem die roten Armbinden mit dem Hakenkreuz, das er so gern malte. Dem Vater missfielen diese Zeichnungen seines Juniors, doch die Mutter zischte ihm stets etwas zu, das Gustav nicht verstehen konnte.

Einmal jedoch, als er den Eltern fröhlich verkündete, er wolle zum Fasching als SA-Mann gehen, verlor sein alter Herr die Fassung. Ungewöhnlich laut machte er ihm deutlich, das komme nicht in Frage. »Du kannst als Indianer, Trapper oder von mir aus als Schornsteinfeger gehen, aber nicht als SA-Clown. Hast du mich verstanden?«

Mit diesen Worten verschwand der Vater in seinem Zimmer und schloss leise die Tür. Gustav wäre es lieber gewesen, er hätte sie geschmissen, aber das war eben nicht die Art des Bülow-Häuptlings, wie Gustav ihn gern respektvoll nannte. Wenig später kam das Familienoberhaupt wieder aus seiner Festung heraus, ging in die Hocke, ergriff seinen Sohn an beiden Oberarmen, kam seinem Gesicht ungewöhnlich nah, um ihm tief in die Augen zu blicken, und ermahnte ihn leise, aber eindringlich: »Das mit dem Clown erzählst du bitte niemandem. Hast du mich verstanden? Keinem Menschen. Auf gar keinen Fall.«

Gustav hätte es nicht gewagt, der Autorität des Vaters zuwider zu handeln. Aber er verstand keineswegs, was an dieser Bemerkung so schlimm gewesen sein sollte. SA-Clown, das klang doch lustig.

Über den Vorfall wurde nie wieder gesprochen. So war das im Hause Bülow üblich. Die Mutter nähte Klein-Gustav die gewünschte Uniform und der ging zum Fasching als stolzer SA-Mann. Er genoss es, wie die Leute ihm auf der Straße wohlwollend zulächelten. Heil Hitler, Gusti!

4.

Die Augen schmerzten, die Schläfen pochten, der organisierte Lärm in seiner Umgebung hallte im Innern seines Schädels wider wie das Echo in der weitläufigen Felsenhöhle im Zschoner Grund. Er wusste, warum er hier war, aber er wusste nicht, wie ihm geschah. Hunderte von Fackeln loderten dem pechschwarzen Himmel entgegen, Funken huschten wie bewegliche Sterne durch die hell erleuchtete Dunkelheit. Gustav fürchtete sich vor Feuer, aber diese Angst durfte er sich hier keinesfalls anmerken lassen. Ab heute würde er Hitlerjunge sein.

Seit Jahren hatte er diesem Feiertag entgegengeträumt. Hitlerjunge, wenn auch vorerst nur im Jungvolk, eine Uniform tragen, die er nicht am Faschingsabend wieder ausziehen musste, wenn die Füße in den Schuhen festgefroren waren. Nein, diese Uniform, bestehend aus braunem Hemd, schwarzer kurzer Hose, schwarzem Halstuch und dem Fahrtenmesser am Gürtel würde er tragen können, so oft er wollte. Das Wort Pimpf gefiel ihm nicht. Das klang wie Käferchen, das für immer zum Kleinbleiben verurteilt war. Pimpf erinnerte ihn an Pups. Er wollte nicht niedlich und schon gar kein stinkendes Lüftchen sein, er wollte kämpfen. Noch steckte sein braunes Hemd akkurat, aber harmlos in der Hose, ohne von einem Riemen gehalten zu werden. Für dieses Zeichen der Tapferkeit und körperlichen Härte würde er sich erst im sportlichen Wettkampf bewähren müssen. Aber das hatte noch Zeit.

Es war der 19. April 1940, der Tag vor dem Führergeburtstag. Aus der Ferne ertönte eine Stimme. Gustav steckte in seinen eigenen Gedanken, die wie durch einen Wall geschützt waren. Schlagworte wie Führer, Kampfschar, Treue, Einsatz, Blutzeuge oder Leben drangen an sein Ohr. Sie bedeuteten ihm nichts und doch galten sie ihm grundsätzlich alles. Er war bereit, für den Führer das Leben zu geben. Mehr noch, er hoffte, diese Bereitschaft eines Tages unter Beweis stellen zu können, wenn sein Opfer gebraucht würde.

Seit einigen Wochen lag Deutschland im Krieg. Was man so Krieg nennt, wenn die eigenen Truppen drückend überlegen sind. Wer wollte sich der deutschen Wehrmacht schon in den Weg stellen? Die Polen etwa, deren Ulanenmützen noch aus dem 19. Jahrhundert übrig geblieben waren? Wollen die ernsthaft mit ihrer Kavallerie gegen unsere Panzer anreiten? Oder diese dämlichen Dänen, für deren komplette Demütigung man gerade erst einen einzigen Tag gebraucht hatte, ohne dass diese viel Widerstand an den Tag gelegt hätten? Dieser Krieg war ein Spaziergang, Deutschland brauchte wahrlich andere Gegner.

In früheren Zeiten stapelten sich im Krieg noch die Leichen in den Straßen, es stank nach Pulverdampf, Häuser brannten, Frauen schrien. Sein Vater hatte ihm von der Völkerschlacht bei Leipzig erzählt. Er wusste alles über Napoleon. Aber das war über hundert Jahre her. Damals gab es wirklich noch Ulanen. Die Ära der Kriegskunst war ein für allemal vorbei. Heute wurden Feldzüge mit wissenschaftlicher Präzision geführt. Die Front war fern der Heimat. Von der Wirklichkeit des Krieges zeugte nur die Wochenschau, wenn auf schmetternder Marschmusik vom schnellen Vormarsch der deutschen Soldaten die Rede war, die von polnischen Kindern dankbar begrüßt wurden.

Irgendwann würde es auch ihn an die Front verschlagen. Bei diesem Gedanken überkam ihn Gänsehaut. Um ein Haar wäre ihm die Fackel aus der Hand gefallen. Sein Nebenmann warf ihm einen vernichtenden Blick zu, als wäre er mehr Jungvolkjunge als Gustav. Der verscheuchte die Traumbilder, nahm wieder Haltung an und versuchte dem Geschehen zu folgen.

In den Gesichtern seiner Kameraden erkannte er Stolz. Wie schafften die das alle, so ernst auszusehen? Ihr Kinn machte sich im Schein der Fackeln doppelt so stark aus wie sonst, ihre Konturen hoben sich scharf vom Schwarz der Nacht ab. Gustav versuchte seinen Unterkiefer nach vorn zu schieben und einen entschlossenen Blick aufzusetzen. Diese Jungs hier waren nicht mehr die Mitschüler, die ihn auf dem Schulhof gehänselt hatten, sondern bildeten mit ihm gemeinsam die zuverlässige Reserve des Führers, nicht nur zu allem entschlossen, sondern von nun an durch den Fahneneid fest verbunden. Ab heute würden sie nicht mehr seine Feinde sein.

Was Gustav an diesem Tag empfand, hatte er so noch nie unter Menschen gefühlt. Er hatte die ausgelassenen Stunden mit Vogelscheuche geliebt, aber das hier war etwas anderes. Weder der zottelige Schäfer noch sein gelehriger Hund Wolf würden verstehen, was es heißt, sein Leben in den Dienst des Volkes zu stellen. Heute liebte es Gustav, ein Mensch zu sein.

Fanfarenklänge rissen ihn aus seinen Gedanken. »Vorwärts! Vorwärts! Schmettern die hellen Fanfaren«, ertönte es aus tausend Kehlen um ihn herum. Er hatte den Text hundertfach gesungen, doch jetzt versagte seine Stimme. Er fror und hatte Mühe, einen Hustenanfall zurückzuhalten. Aber bloß keine Schwäche zeigen. Dann folgte der Eid. Der blecherne Ton aus den Lautsprechern war kaum zu verstehen, doch in der Schule hatten sie die Formel so lange geübt, bis auch der Schwächste im Gedichtaufsagen sie draufhatte. »Jungvolkjungen sind hart, schweigsam und treu. Jungvolkjungen sind Kameraden. Der Jungvolkjungen Höchstes ist die Ehre.« Alle konnten diese heiligen Worte. Selbst Walter, der ausgerechnet den Namen von Gustavs Vater trug, hatte sie gelernt.

Walter galt als Halbjude, sein Status war ungeklärt. Seine Duldung in der Volksgemeinschaft hing an einem seidenen Faden. Er hätte alles darum gegeben, wenn auch er die braune Uniform hätte überstreifen dürfen. Im Unterricht war er stets der Eifrigste, wenn es darum ging, die Vita des Führers aufzusagen oder seine Treue zum deutschen Volk zu bekunden. Anfangs hatte sich für Walter wenig geändert. Er war stark, lebenslustig und beliebt.

Langsam und zunächst unmerklich änderte sich jedoch die Situation. Man begann, hinter seinem Rücken zu tuscheln, seine Schulsachen zu verstecken, Tinte über seinen Heften auszukippen, und obwohl die Lehrer wussten, dass die anderen Jungs der Klasse dahinter steckten, musste doch immer Walter vor das Pult treten und duldsam seine öffentliche

Bestrafung erleiden. Mit seiner Beliebtheit schienen auch seine Selbstsicherheit und seine Kraft zu schwinden.

Gustav fand das ungerecht. Er wusste schließlich aus eigener Erfahrung, was es hieß, den Spott und die Ablehnung der anderen ertragen zu müssen. Wenn sie in der großen Pause in Zweierreihe im weiten Kreis um die große Linde in der Mitte des Schulhofs laufen mussten, hatten sich die beiden Geschmähten oft zusammengefunden und sich vorsichtig angefreundet.

Inge redete zwar auf ihren Bruder ein, dass es dem Führer kaum gefallen würde, wenn er sich mit einem Judenbengel einließe, aber Gustav beschloss, ihr einfach nichts mehr von Walter zu erzählen, genauso, wie er es bereits seit Langem mit Vogelscheuche hielt.

Auch Walter kam aus gutem Hause, doch seine Kleidung verlor an Form und der Inhalt seiner Brotbüchse wurde immer spärlicher. Gustav spielte seiner Mutter vor, sein Hunger würde immer größer werden. Clara Bülow hörte das gern, denn die spindeldürre Erscheinung ihres einzigen Sohnes machte ihr Sorgen. Doch Gustav gab Walter vom zusätzlichen Brot ab. Heimlich, denn es war verboten, mit den Juden zu teilen. Die beiden Jungs achteten darauf, dass niemand ihren Handel Brot gegen Freundschaft beobachtete. Mit der Zeit wurden sie jedoch unvorsichtig und der Aufseher erwischte sie in der großen Pause, als Walter in Gustavs Brotdose griff.

Beide Jungen mussten gemeinsam vor die Klasse treten. Walter hielt den Kopf stolz erhoben und rührte sich nicht. Gustav hingegen wagte es nicht, seine sitzenden Kameraden anzusehen. Der Lehrer schnaubte vor Wut. Ob der Judenlümmel nicht wüsste, was es für eine deutsche Mutter bedeute, für ihre Familie zu sorgen. Ob es seinem Stamm nicht reiche, die deutsche Volksgesundheit zu unterwandern, und er nun auch noch den Deutschen das Brot stehlen müsse.

Gustav schämte sich, wusste aber nicht, wofür und vor wem. Nachdem Walter seine Abreibung erhalten hatte, war er dran. Der Lehrer müsse seiner Mutter berichten und es könne schwerwiegende Folgen haben, dass Gustav sich den Regeln der Schule und des Anstands widersetze und Juden durchfüttere. »Hast du denn gar keine Ehre im Leib, Bülow? Solche Elemente wie dich können wir im Jungvolk nicht gebrauchen.«

Diese unmissverständliche Drohung traf Gustav wie ein Hammerschlag. Nun wusste er, auf welcher Seite er zu stehen hatte. »Das war nur … das war nur ein … Walter hat mir gedroht, er würde …« Weiter kam er nicht, doch das reichte aus, um ihn zu rehabilitieren.

»Bülow, setzen!«, erklang es streng, aber mit einer Spur Nachsicht.

Gustav schleppte sich mit letzter Kraft zu seiner Bank. Er spürte, wie die Blicke der anderen an ihm hafteten, doch was er sonst als Demütigung empfunden hätte, interessierte ihn heute nicht. Er wusste, dass die Tortur für ihn vorbei war und sich die achtzehn Augenpaare der Klasse gleich wieder nach vorn richten würden, wo jetzt nur noch ein Delinquent stand.

Ein Schwall von Beschimpfungen ergoss sich unter lautstarkem Hohn der Klasse über Gustavs einzigen Freund, der nun keiner mehr sein durfte. Die gerade noch Verbündeten sprachen nie wieder ein Wort miteinander, und Gustav dachte nicht gern an jenen Tag zurück. Warum musste er ausgerechnet jetzt daran denken? Gustav versuchte diese Erinnerungen zu verscheuchen, doch es wollte ihm nicht gelingen. Der Eid lenkte ihn ab.

Irgendwo in der Menge, die das Ereignis am Rande verfolgte, wusste Gustav die Mutter und Ingeburg. Die große Schwester hatte ihm schon von Adolf Hitler erzählt, als Gustav die fotografische Omnipräsenz des seltsamen Mannes mit dem Bleistiftstummel-Bärtchen einfach nur als gottgegeben hinnahm. Sein Vater sprach nicht über Hitler, die Mutter tat es dem Vater gleich. Inge aber hatte ihm erzählt, sie sei in Adolf Hitler verliebt.

Vor und nach der Nennung dieses angebeteten Namens machte sie stets eine winzige, aber umso bedeutsamere Pause, als müsse sie diese vier untrennbaren Silben A-dolf-hit-ler auf ein kleines sprachliches Podest stellen. Gustav hatte sich dann vorgestellt, wie die Schwester dem Mann, den er von tausend gerahmten Fotografien kannte, in den Armen liegen würde. Wie mochte sie wohl als seine Braut aussehen? Doch das war lange her, inzwischen wusste er selbst, was es bedeutete, den Größten aller Deutschen zu lieben. Heute endlich würde Inge stolz auf ihn sein. Er konnte sie nicht sehen, denn er war ganz auf die Choreografie des Aufmarschs konzentriert, aber er wusste, dass sie ihn sehen konnte.

Der Vater war nicht gekommen. Er hatte am Morgen über Migräne geklagt, doch Gustav ahnte, dass das gelogen war. Inge und der Vater hatten oft Auseinandersetzungen wegen Hitler, der Partei und der nationalsozialistischen Idee. Gustav liebte und fürchtete seinen Vater, doch er verstand nicht, warum er einfach nicht den neuen Geist akzeptieren wollte.

»Wenn es nach mir ginge, würdest du diesem Idiotenhaufen nicht beitreten. Lern endlich, für dich selbst zu denken«, hatte der alte Bülow seinen Sohn ermahnt, doch der winkte innerlich ab. Diesmal hatte der Vater zum Glück nichts zu sagen, denn Pflicht ist Pflicht und Gesetz ist Gesetz.

Am Abend, als Gustav glücklich heimkehrte und Mutter und Inge noch eine halbe Stunde mit ihm feierten, ließ sich Walter Bülow nicht blicken. Gustav fragte nicht nach ihm, auch Mutter und Schwester taten so, als hätte es nie einen Vater gegeben. Als Gustav kurze Zeit später im Bett auf den Schlaf wartete, war er sich plötzlich nicht mehr sicher, ob er die Eidesformel überhaupt mitgesprochen hatte. Mit einem Mal schoss er vom Kissen hoch und hatte das Gefühl, von einem hinterhältigen Apachen mit Pfeilen durchbohrt und skalpiert zu werden. Was, wenn er gar kein richtiger Jungvolkjunge wäre, weil er sich nicht laut und vernehmlich zur Kameradschaft in der Hitlerjugend bekannt hatte. Hastig sprach er die Worte, die er so oft im Unterricht geübt hatte.

Der auf den großen Freitag folgende Montag war eine bittere Enttäuschung. Gustav kleidete sich in seine Uniform und konnte es kaum erwarten, als ein Tropfen in einem Meer von Braun auf dem Schulhof zu treiben. Der Vater ließ sich nur kurz am Frühstückstisch sehen, sprach kein Wort und verschwand grußlos.

Bei seinem Eintreffen in der Schule staunte Gustav nicht schlecht, dass außer ihm niemand die Gala vom Fahneneid angelegt hatte. Überhaupt, wo war er, der Geist, der alle noch drei Tage zuvor wie Kruppstahl zusammengeschweißt hatte. Der Klassenraum sah aus wie immer, in den Gesichtern war nichts zu lesen und der Unterricht wurde durchgezogen, als ob nichts passiert wäre. Nur Walter war verschwunden. War Gustav der Einzige, dem das auffiel? Bei der Anwesenheitsliste wurde der Name des ungeliebten Mitschülers einfach weggelassen. Keinen schien das zu kümmern. Gustav kämpfte gegen ein flaues Gefühl im Magen an. Doch mit der Zeit vergaß er Walter.

Mittwochnachmittags und samstags war Dienst. So wenig Gustav die Schule mit all ihren unerfreulichen Begleiterscheinungen mochte, so sehr liebte er die Dienste. Mittwochs gab es meist Schulungen. Bei den Geschichten von germanischen Göttern konnte er wegträumen. Er spann diese Geschichten weiter, begann mit Hingabe die Götterromane von Felix Dahn zu lesen und errang sich mit seinem Wissen um die germanische Sagenwelt Achtung bei seinen politischen Erziehern. Auch die Sanitätsausbildung gefiel ihm. Er konnte auf ein paar praktische Tipps zurückgreifen, die er von Vogelscheuche gelernt hatte.

Manchmal musste das Jungvolk auch losziehen, um kriegswichtige Rohstoffe wie Papier, Altkleidung, Schrott und Flaschen zu sammeln. Gustav verstand zwar nicht, was ein Stapel gebündelten Papiers am Lauf des Krieges ändern sollte, doch er war mit Eifer dabei, denn nichts lag ihm mehr, als sich durch seinen Beitrag zum Endsieg auszuzeichnen. Mehr als jeder andere musste er beweisen, dass er ein würdiger Hitlerjunge war, sonst hätte vielleicht noch jemand herausgefunden, dass er einst den Eid nicht satzungsgemäß geleistet hatte.

Viel mehr lag ihm aber der Dienst am Samstag. Da ging es nämlich um Wehrsportübungen. Aktive Vorbereitung auf den Kriegsdienst, hieß es. Gustav hatte zwar Angst vor dem

Krieg, aber noch war er ja jung und bis er zum Manne gereift wäre, würde wohl auch diese Angst verflogen sein. Beim Wehrsport war er weder kräftiger noch geschickter als seine Mitschüler. Beim Handgranatenweitwurf zum Beispiel holte er eines Tages so kräftig aus, dass ihm der Wurfgegenstand unbeabsichtigt nach hinten entglitt. Als ihm der Ausbilder drei Meter negativer Weite attestierte, brach die Klasse in schallendes Gelächter aus. Seinerseits lachend, versuchte Gustav zu überspielen, wie sehr ihn dieses Missgeschick wurmte. Doch er konnte auf andere Weise seine Stärken ausspielen. Draußen im Feld kam es nämlich nicht nur auf Stärke und Gewandtheit an, sondern man musste sich auch in der Natur bewegen können.

Gustav erwarb sich schnell den Ruf eines Überlebenskünstlers. Niemand hatte seine fünf Sinne so beisammen wie er. Er konnte die Bäume am Geruch unterscheiden, brauchte keinen Kompass, um die Himmelsrichtung zu erkennen. Bei absoluter Finsternis fand er jeden Weg, und wenn er wollte, wurde er von einem Augenblick auf den anderen unsichtbar.

Jeden zweiten Samstag fuhr seine Gruppe ins Elbsandsteingebirge, das neben der Zschone sein zweites Hinterzimmer war. Hier kannte er sich aus und konnte seine Naturkenntnisse noch besser anwenden. In weitem Rahmen wurden Geländespiele organisiert. Gustav verstand es nicht nur, jede Spur zu lesen, er konnte sich auch durch die Natur bewegen, ohne selbst Spuren zu hinterlassen.

Wurde er beim Schulsport oder bei den nachmittäglichen Spielen auf dem Hof stets als Letzter in eine Gruppe gewählt, war es hier genau umgekehrt. Mit Gustav war der Sieg so gut wie sicher.

Zwischen den Sandsteinfelsen musste sich seine Gruppe gegen Jungenschaften aus anderen Dresdner Stadtteilen bewähren. Die Jungs wurden auf Feindkontakt im offenen Gelände vorbereitet und von ihren Führern regelrecht aufeinander losgehetzt. Dabei ging es manchmal so hart zur Sache, dass die Bezeichnung Spiel fehl am Platze schien. Gebrochene Knochen und blutende Nasen waren an der Tagesordnung. Wer selbst bei schweren Blessuren Tränen zeigte, wurde als Memme gehänselt. Gustav jedoch führte seine Kameraden mit solcher Sicherheit durch die unwegsamsten Gegenden, dass sie selten ins Hintertreffen gerieten.

Seine scharfen Augen trugen ihm den Spitznamen Falkenauge ein. Wo andere nur Gestrüpp sahen, fand er immer noch einen Weg, wo andere einen unüberquerbaren Fluss vermuteten, entdeckte er unmittelbar unter der gekräuselten Wasseroberfläche eine Furt aus Steinen, die sicher und halbwegs trocken zum anderen Ufer führte. Er konnte klettern wie kein Zweiter und passte seine Extremitäten derart geschickt den Formen der Natur an, dass er sich auf einen Ast setzen konnte, ohne von seinem Feind gesehen zu werden.

An den Nachmittagen im Gelände machte sich Gustav viele Freunde. Seltsamerweise währten diese Freundschaften immer nur, solange sie draußen waren. Die nur unwesentlich älteren Jungenschaftsführer, die den Rest der Klasse hetzten, bis jedem »die Lunge zur Fresse raushing« – so die Formulierung eines Ausbilders –, verschonten ihn. Ja, sie fragten ihn sogar um Rat, wenn es zum Beispiel zu regnen anfing oder Wind aufkam. Gustav wucherte mit seinem Wissen um die Natur und lag meistens richtig.

In der Schule jedoch wurde der König der Samstagnachmittage weiterhin von den Lehrern vorgeführt. Dieselben Jungs, die ihm am Wochenende noch Achtung gezollt hatten, lachten ihn plötzlich wieder aus. Was konnte Gustav nur tun, um den Respekt der Wehrsportübungen mit ins Klassenzimmer zu tragen? Nicht selten hatte er das Gefühl, zwei Leben zu leben.

Zu Hause spitzte sich die Situation zu. Inge war nachmittags immer seltener zu Hause und der Vater wurde zusehends verschlossener. Er sprach kaum noch und blieb manchmal für mehrere Tage weg. Die Eltern stritten sich oft und heftig. Vor ihrem Sohn versuchten sie den Schein zu wahren, aber Gustav spürte, dass etwas nicht stimmte.

Wenn er mit Vater und Mutter im nahen Leutewitzer Park spazieren ging, erzählte er stolz von seinen Abenteuern an den Dienstnachmittagen. Die Mutter fragte interessiert nach, der Vater hing ostentativ anderen Gedanken nach. Wenn Gustav aber leidenschaftlich den rechten Arm anwinkelte und sein akkurates »Heil Hitler« brüllte, sowie sie einem Offizier der Wehrmacht, einem SS-Mann oder auch nur einem vierzehnjährigen Gruppenführer begegneten, war der Alte wieder voll da. »Muss das denn sein?« Es sei seine Pflicht, zu salutieren, entgegnete Gustav entrüstet. »Kann ja sein, aber doch nicht so, verdammte Scheiße.« Der Vater wurde dünnhäutiger, verlor schneller die Fassung, als Gustav es gewohnt war.

Eines Tages im Frühjahr 42 kam Gustav nach Hause und spürte sofort, dass etwas Schwerwiegendes vorgefallen sein musste. Die Mutter saß weinend in der Küche und brachte kein Wort hervor. Der Vater stand reglos in der Stube und blickte zum Fenster hinaus. Inge lehnte am Ofen und überschüttete das Familienoberhaupt mit Vorwürfen, als hätte sie jetzt das Regiment übernommen. »Es musste ja so kommen. Mit deinem undeutschen Verhalten bist du dem Führer in den Rücken gefallen. Das ist Hochverrat, und das mitten im Krieg. Du, der du für diesen tatterigen Kaiser im Weltkrieg den Kopf hingehalten hast. Sei froh, dass sie dir nur die Fabrik weggenommen haben.« Sie klatschte sich die flache Hand mit solcher Wucht auf die Stirn, dass unter dem kurzen Pony eine rote Stelle zurückblieb. Der Vater atmete hörbar tief ein, schaltete aber sonst auf Durchzug.

Gustav traute seinen Ohren kaum. Vater hatte dem Führer den Gehorsam verweigert? Es stellte sich heraus, dass sich Walter Bülow geweigert hatte, in seiner Gießerei Rüstungsgüter herzustellen. Erst hatte man es ihm freundlich angetragen, ihn dann aber per Befehl dazu aufgefordert. Bülow änderte seine Ablehnung nicht. Er werde sich mit seiner Fabrik nicht an der Kriegsmaschinerie beteiligen. Die Antwort der Behörden ließ nicht lange auf sich warten. Als er an diesem Morgen in die Firma kam, war sie bereits von SS-Leuten besetzt. Bülow durfte nicht einmal sein Büro betreten. Ihm wurde nur wortlos ein mit dem Reichsadler unterstempeltes Dokument ausgehändigt, in dem ihm mitgeteilt wurde, dass seine Gießerei als kriegswichtige Einrichtung ab sofort unmittelbar dem Rüstungsministerium unterstellt sei. Mit anderen Worten, er war enteignet worden.

Vor Gustavs Augen blinkte ein und dasselbe Wort immer wieder auf wie die Leuchtreklame vor der Verdunkelung. Schande! Wie sollte er morgen seinen Kameraden und Lehrern gegenübertreten? Wie konnte er sich mit dem Verräter noch im Park oder anderswo sehen lassen?

Die Angst war unbegründet. Seltsamerweise schien in der Schule niemand zu wissen, was vorgefallen war. Der Vater brachte ihn auch nicht weiter in Verlegenheit, weil er, um die Familie zu ernähren, die Geschäftsführung einer Druckerei im fernen Füssen übernahm. Er kam nur noch alle zwei Wochen für den Sonntag nach Dresden. Da die Feldlager inzwischen von Samstagmittag bis Sonntagnachmittag ausgedehnt worden waren, bekam Gustav den Vater kaum noch zu Gesicht. Wenn er zu sich selbst ehrlich war, war ihm das auch ganz lieb so. Er ertrug nicht die immer noch autoritäre Verachtung seines Erzeugers allem gegenüber, was ihm wichtig und heilig war. Und er mochte sich nicht die Frage beantworten, wem er mehr Treue und Gehorsam schuldete, dem Führer oder dem Vater.

Draußen im Lager musste er sich solche Gedanken nicht machen. Da waren nur die Natur, die Kameraden, der Traum vom Endsieg und er. So verflog die Zeit, und nicht nur Gustav verlor das Gefühl dafür, dass der Krieg immer näher rückte. Sterben wurde selbstverständlicher, genauso wie die täglichen Einschränkungen, die Abstriche beim Essen, das Frieren im Winter. Auch der Krieg selbst lief längst nicht so glatt wie damals, als er in die HJ aufgenommen worden war.

Die Briten und Amis kamen mit ihren Flugzeugen über den Ärmelkanal, deutsche Städte wurden bombardiert, einige seiner Kameraden hatten ihre Väter oder Brüder an der Front verloren. Auch die Lehrerschar war deutlich dezimiert. Männer unter 50 gab es nicht mehr, dafür wurden Greise aus dem Ruhestand zurückgeholt, die gar nicht erst zu kaschieren suchten, dass sie den ihnen Anvertrauten hoffnungslos unterlegen waren. Die Jungs saßen hinter den Bänken einfach nur noch die Zeit ab und warteten auf ihre Einberufung, einige euphorisch, andere voller Angst. Unter der Bevölkerung machte sich Verbitterung breit. Durch die Straßen liefen Menschen mit Trauerbinden, es wurde viel geflüstert, geschwiegen und geweint.

In der Sächsischen Schweiz war von alledem kaum etwas zu spüren. Dort war die Welt selbst im Sommer 1944 noch in Ordnung. Die Sonne ging auf, die Sonne ging unter, die Felsen rochen nach Jahrtausende alter Fäulnis, Vögel sangen, Eidechsen huschten, die Flüsschen plätscherten im Sonnenschein, der Fingerhut blühte, das Springkraut sprang und die Spinnen webten ihre Netze. Die Ostfront war weit und die alliierten Bomber reichten nicht bis Dresden. Am Oberlauf der Elbe war der Krieg immer noch ein Spiel. Zwischen den vertrauten Sandsteinfelsen fand Gustav nicht nur Zuflucht vor dem immer drückenderen Alltag, dort konnte er auch vor den anderen seine Überlegenheit beweisen.

Anfang Juli sollte im malerischen Polenztal für das Wochenende ein Zeltlager errichtet werden, um einmal mehr die Feldtauglichkeit der Heranwachsenden zu erproben. Gustav fand sich mit den anderen Jungs seiner Klasse wie gewohnt am Samstagmittag auf dem Stellplatz am Hauptbahnhof ein. Es war ein drückender, regnerischer Tag in diesem ungewöhnlich heißen Sommer.

Gustav hatte Kopfschmerzen und darüber hinaus ein ungutes Gefühl. Sein Missmut sollte schnell Bestätigung finden. Kameradschaftsführer Karl, bei dem er Privilegien als Pfadfinder genossen hatte, erschien nicht. Es hieß, er sei zur Wehrmacht eingezogen worden. Statt seiner war ein neuer Anführer auf dem Platz, der zwar laufend das Wort Kameradschaft im Mund führte, aber ansonsten nur rumbrüllte.

Mit dem Zug ging es bis Bad Schandau, dann zu Fuß weiter durchs offene Gelände bis ins Polenztal. Der neue Chef hatte es nicht eilig, sich Freunde zu machen. Im Gegenteil, er ließ die Jungs ohne Rast bis zum vorgesehenen Lagerplatz marschieren und sofort nach der Ankunft die Zelte aufbauen. Wer sich für einen Augenblick ausruhte oder nur den Schweiß aus der Stirn wischte, wurde auf der Stelle angeranzt. Lahmärsche, Drückeberger, Muttersöhnchen, jüdische Weicheier und ähnliche Schmähungen fielen am laufenden Band.

Gustav, der sich aufgrund seiner herausgehobenen Stellung an die Rolle des Mittlers gewöhnt hatte, nahm allen Mut zusammen und baute sich vor dem Neuen auf: »Kamerad, meinst du nicht, dass wir mal 'n paar Minuten Pause gebrauchen könnten?«

Der Angesprochene hielt die Luft an und verfärbte sich dunkelrot. Gustav hoffte, er würde tot umfallen, aber das tat er nicht. Nachdem er die Fassung zurückerlangt hatte, baute er sich breitbeinig vor Gustav auf, stemmte die Fäuste in die Hüften und fragte statt einer Antwort zurück: »Wie ist der Name?«

»Bülow, Gustav.«

»Schon mal was von Haltung gehört in diesem Sauhaufen? Stillgestanden! Fünf Minuten Pause für alle. Außer Bülow. Und weil dir, Bülow, offenbar so sehr am Wohl deiner Kameraden gelegen ist, übernimmst du heute die Nachtwache vom Zapfenstreich bis zum Wecken. Und gnade dir Gott, wenn ich noch ein Wort höre …«

Gustav spürte, wie ihm die Knie weich wurden und sich ein leichtes Kribbeln in der Blasengegend bemerkbar machte. Um ihn wurde es mucksmäuschenstill. Keiner seiner Kameraden rührte sich, selbst die Vögel schienen für ein paar Augenblicke ihren Gesang einzustellen. Er nahm alle Kraft zusammen, um nicht in Tränen auszubrechen. So gedemütigt hatte er sich noch nie gefühlt, nicht einmal von seiner großen Schwester, die keine Gelegenheit ausließ, ihn zu erniedrigen. Für den Rest des Nachmittags und Abends fühlte er sich wie ein Aussätziger. Niemand sprach mit ihm oder setzte sich auch nur in seine Nähe. Hatte sich so vielleicht Jahre zuvor sein jüdischer Mitschüler Walter gefühlt, als er ihn im Stich gelassen hatte?

Um zehn war Zapfenstreich. Alle verschwanden in ihren Zelten und das Feuer wurde gelöscht. Der Verdunkelungsbefehl galt schließlich auch im Wald. Der Feind lauerte überall und es war nicht ausgeschlossen, dass hier, in der Unübersichtlichkeit der Bergwelt, kommunistische Späher unterwegs waren.

»Ich weiß unseren Nachtschlaf in sicheren Händen«, höhnte sein Peiniger, bevor er das Zelt von innen verschloss.

Es war bedrückend still. Gustav beobachtete die Sterne und hoffte auf eine Sternschnuppe. Würde er eine sehen, würde er dem Führer Glück für den Endsieg wünschen. Sollte ihm noch eine zweite beschieden sein, würde der neue Kameradschaftsführer morgen auch in den Krieg abkommandiert werden. Am liebsten hätte er sich auf den Rücken gelegt, aber er hatte Angst einzuschlafen. Auf einem Stein sitzend, versenkte er sich in die Sternbilder. Die Milchstraße, der Große und der Kleine Wagen, der Schwan, alle waren ganz deutlich zu sehen. Irgendwo dort oben wollte er jetzt in einer ganz anderen Welt sein. Langsam schoben sich Wolken vor die Sterne, als gelte auch fürs Firmament Verdunkelungspflicht. Gustav probierte aus, was bei dieser Finsternis an der Redensart dran wäre, dass man die Hand nicht mehr vor den Augen sehen könne. Tatsächlich konnte er nichts sehen, wenn er sie nicht unmittelbar vor die Augen hielt.

Wie spät mochte es jetzt sein? Gustav hatte keine Ahnung, wie lange er noch so harren musste. Orientierung gab ihm nur das gleichmäßige Rauschen der Polenz. Er beschloss, am Ufer auf und ab zu laufen, möglichst eine große Strecke, damit die Stunden bis zum Wecken schneller vergingen. Würde es ihm gelingen, sich nur mit dem Gehör am Ufer entlang zu bewegen? Er schloss die Augen und verlegte seine ganze Aufmerksamkeit in die Schuhspitzen und Ohren. Angespannt bis zum Äußersten setzte er einen Fuß vor den anderen.

Schon nach wenigen Schritten stieß er mit dem rechten Fuß gegen eine Wurzel, wich kurz entschlossen nach rechts aus, trat jedoch ins Leere. Hastig griffen seine Finger nach dem nahen Baum, doch dort, wo er ihn vermutet hatte, war nichts als das Nichts. Gustav fiel. Jeder Moment dehnte sich unendlich aus. Obwohl es stockdunkel war, hatte der Strauchelnde den Eindruck, er könne sich selbst ganz deutlich beim Fallen zusehen. Für eine halbe Unendlichkeit war keine einzige Stelle seines Körpers mehr mit der Erde verbunden, dann landete er mit dem Rücken zuerst in der eiskalten Polenz.

So flach der Fluss auch war, Gustav schluckte literweise Wasser und wäre um ein Haar ertrunken. Nur mit Mühe konnte er sich wieder in die Senkrechte bringen. Schnell raus aus dem Wasser, offensichtlich hatte niemand sein Missgeschick bemerkt. Ans Ufer kletternd, verlor er auf dem schlüpfrigen Untergrund ein zweites Mal den Halt und plumpste nun bäuchlings ins Wasser, wobei er sich an einem Strauch das Gesicht zerkratzte. Ohnehin pitschnass, ging er ein Stück flussabwärts, bis das Ufer ein wenig flacher war. So ein Mist, wie sollte er das vor den Kameraden verborgen halten? Aber im Erfinden von Geschichten war er schon immer gut gewesen …

5.

Das Untier

Es war so dunkel, dass man nicht mehr die Hand vor den Augen erkennen konnte. Das ist nicht nur so ein Spruch, ich habe es wirklich ausprobiert. Erst mit gespreizten und dann mit geschlossenen Fingern. Gesehen habe ich nichts. Es muss so gegen Mitternacht gewesen sein. Mond und Sterne waren hinter dichten Wolken verschwunden, es war totenstill. Außer dem Rauschen der Polenz und hin und wieder dem Schrei eines Käuzchens war nichts zu hören.

Habt ihr schon mal den Schrei eines Käuzchens gehört? Das klingt seltsam. Schrill, aber zugleich abgehackt und erstickt. Irgendwie gruselig. Gar nicht wie eine Eule, sondern als würde jemand versuchen, dich aus deiner Sicherheit zu locken. Kein Irrlicht, eher eine Art Irrklang. Ich habe mich an all die Gruselgeschichten erinnert, in denen ein Käuzchen mit seinem Schrei auf dem Friedhof die Toten aufweckt.

Mein Vater hat mir mal die Geschichte von einem Betrunkenen erzählt, der gedacht hatte, er hätte den Ruf einer schönen Jungfrau vernommen. In Wirklichkeit folgte er dem Schrei eines Käuzchens und merkte in seinem Suff nicht, wie er ein offenes Friedhofstor durchschritt. Hypnotisiert von der lockenden Schönen, die er sich in den verführerischsten Bildern ausmalte, gelangte er immer weiter auf den Friedhof, bis er in ein offenes Grab stolperte, das am Vorabend ausgehoben worden war. Er fiel so tief und war so betrunken, dass er sofort das Bewusstsein verlor.

Als die Totengräber am nächsten Morgen bei einer Beerdigung den Sarg hinabließen, merkten sie nicht, dass sich schon jemand da unten zur Ruhe gebettet hatte. Sie schaufelten das Grab einfach zu. Dabei war ihnen, als hätten sie ein leises Klopfen gehört. Offenbar war der Säufer aufgewacht, als der Sarg auf ihm gelandet war, und versuchte sich jetzt durch Klopfen bemerkbar zu machen. Vergeblich. Seine Angehörigen ließen jahrelang nach dem nächtlichen Spaziergänger suchen, doch irgendwann gaben sie auf. Erst als nach Jahrzehnten die Grabstelle aufgehoben und der Rest des Sarges entfernt wurde, fand man darunter ein zweites Skelett, das die linke Hand zur Faust geballt hatte.

Diese und ähnliche Geschichten schossen mir durch den Kopf, als ich es plötzlich unmittelbar hinter mir laut knacken hörte. »Wer da?«, rief ich. Schließlich ging es ja darum, das Lager zu bewachen. Stille. Wie gesagt, sehen konnte ich nichts. Das hatte natürlich den unschätzbaren Vorteil, dass auch ich nicht gesehen werden konnte. Vorsichtshalber ging ich trotzdem hinter einem Baum an der Polenz in Deckung. Die rechte Hand hatte ich am Messer. Man weiß ja nie. Das Knacken ertönte abermals und danach raschelte es. Irgendjemand schlich ums Lager. Sollte ich den Führer wecken, der mir doch die Verantwortung für die ungestörte Nachtruhe der Kameraden in die Hand gelegt hatte? Nein, ich musste mich erst vergewissern, ob wirklich keine Gefahr drohte.

Ich verließ mein Versteck und schlich vorsichtig mit gezücktem Dolch in die Richtung, aus der ich das Geräusch vernommen hatte. Auf mein Gehör kann ich mich ja zum Glück verlassen. Dabei musste ich höllisch aufpassen, denn in der Dunkelheit konnte ich weder Stock noch Stein sehen und hätte leicht stolpern und mich verraten können.

Eine Weile war nichts zu hören. Keine Stimme, kein Knacken, kein Rascheln. Nichts. Vielleicht doch nur ein Tier? Gerade wollte ich mich entspannen, da hörte ich es wieder ganz deutlich, diesmal ein Stück weiter oben aus dem Wald. Hoffentlich ist das kein kommunistischer Partisan, der hier sein Unwesen treibt. Und wenn doch, ist es an mir, ihn auszuschalten. Ich biss die Zähne zusammen und lief in gebückter Haltung an die Waldgrenze. Jetzt konnte ich es ganz deutlich hören, ein tiefes Rufen, dazu Schritte und ein Rascheln wie von Hosenbeinen, die aneinander reiben, wenn jemand rennt.

Mir war echt beklommen zumute. Das konnte alles sein, aber ich war fest entschlossen, die Verfolgung aufzunehmen. Ich musste den steinigen Hang hinauf und dabei immer noch jedes Geräusch vermeiden. Solange ich lautlos blieb, war ich meinem unsichtbaren Gegner gegenüber im Vorteil.

Bald gelangte ich an den Rand der Felsen. Mit den Händen ertastete ich einen Kamin, drückte mich mit dem Rücken gegen die eine Wand und schob mich mit den Beinen an der gegenüberliegenden empor. Um die Finger freizubekommen, nahm ich das Messer zwischen die Zähne. Der kalte Stahl ließ mich erschauern. Würde ich damit zustechen müssen, womöglich einen Menschen töten? Ja, ich gebe es zu, ich hatte Angst.

Zurück konnte ich nicht. Ich schob mich weiter hoch, folgte dem Geräusch. Nach einer Weile mündete der Kamin als Felsspalte auf einem kleinen Plateau, über dem schräg ein abgestorbener Baum lag. Nach dem dunklen Schacht konnte ich dort oben wenigstens vage Umrisse erkennen. Von meinem Gegner war nach wie vor nichts zu sehen, dafür nahm ich einen beißenden Geruch wahr, der mich an den Zoo in Dresden erinnerte. Richtig, es roch nach totem Fleisch. War ich in einen Hinterhalt gelockt worden? Mein Herz schlug bis zur Schädeldecke. Gleich würde es zur offenen Auseinandersetzung kommen, das spürte ich ganz deutlich. Ich versuchte alle Richtungen gleichzeitig im Blick zu behalten, ohne dass ich wirklich viel sehen konnte.

Kennt ihr das Gefühl von Gefahr? Man kann sie nicht hören, man kann sie nicht sehen, man kann sie nicht riechen. Und trotzdem ist sie greifbar. Sie liegt in der Luft wie eine elektrische Ladung, die nach Erdung sucht.

Ich bedauerte meine Entscheidung, dem Knacken gefolgt zu sein. Was hätte ich darum gegeben, mich jetzt in der Nähe meiner Kameraden zu wissen, statt auf mich allein gestellt hier oben zu sein. Mich beschlich die Ahnung, dass mein unsichtbarer Feind mich längst im Visier hatte. Nur hatte ich keinen Schimmer, von wo aus er mich erwartete und vielleicht gleich angreifen würde. Zu alldem musste ich auch noch aufpassen, dass ich in der Dunkelheit nicht in den Abgrund stürzte. Halt fand ich auf dem glibberigen

Sandstein nicht. Unter meinen Füßen fühlte es sich an, als hätte gerade jemand einen Eimer Seifenlauge ausgekippt.

Und dann passierte, was ich unbedingt vermeiden wollte. Ich trat auf einen trockenen Ast. Der zerbrach mit einem derart lauten Knall, als hätte sich ein Schuss gelöst. Anfangs dachte ich sogar, auf mich wäre geschossen worden, ich hechtete zur Seite. Im nächsten Augenblick sah ich, wie etwas Großes auf mich zuschoss. Mir blieb das Herz stehen, als ich gewahr wurde, dass es keine Arme hatte, sondern Flügel. Zwei riesengroße Augen rasten auf mich zu, die irgendwelches Licht reflektierten. Ich vernahm einen Schrei, von dem mir nicht ganz klar war, ob er von meinem Angreifer kam oder ich ihn selbst ausgestoßen hatte.

Erst als das Wesen mit ausgestreckten Krallen nach mir greifen wollte, erkannte ich, dass es sich um einen Uhu handelte. Offensichtlich war ich ihm gefolgt und zu dicht an sein Nest oben in den Felsen geraten. Er wiederum vermutete in mir wahrscheinlich eine Gefahr für seine Jungen. Ich sprang zur Seite. Aber dort, wo ich den Boden vermutete, landete ich zu meinem Entsetzen nicht auf den Füßen, sondern spürte, wie ich in die Tiefe stürzte. Das war's, dachte ich. Es heißt ja immer, im letzten Augenblick vor dem Tod zieht das ganze Leben an einem vorbei. Wenn ihr mich fragt, ich kann mich beim besten Willen nicht mehr erinnern, was ich in dieser Situation gedacht habe. Ich spürte nur einen stechenden Schmerz im Gesicht. Offenbar hatten mich die Klauen des Vogels noch erwischt.

In der freien Abwärtsbewegung ruderte ich mit den Armen durch die Luft, inständig hoffend, dass meine Hände irgendeinen Halt finden könnten. Und siehe da, meine Linke verfing sich im Geäst eines dünnen Bäumchens, das ein Stück weit waagerecht aus dem Felsgestein ragte. Für den Moment war ich gerettet. Aber wie sollte ich hier runterkommen. Ich hatte keine Vorstellung, wie hoch ich über dem Grund hing. Alles, was meine Sinne mir zutrugen, war das beharrliche Plätschern unter mir. Ich musste mich also unmittelbar über der Polenz befinden. Zu groß konnte der Höhenunterschied nicht sein, denn das Rauschen des Wassers klang recht nah.

Ich musste es riskieren. Loslassen. Mich auf meinen Schutzengel verlassen. Unten ankommen würde ich auf jeden Fall, die Frage war nur, in welchem Zustand. Ganz langsam lösten sich meine Finger vom Holz. Die Auseinandersetzung mit dem Uhu war zwar überstanden, aber Angst hatte ich trotzdem noch. Den größten Teil der Strecke hatte ich anscheinend schon zurückgelegt, bevor ich Halt in dem Baum gefunden hatte. Unbeschadet plumpste ich in die Polenz. Ich landete zwar auf meinen Füßen, aber die Wucht des Aufpralls riss mich ins Wasser, von dem ich mehr schluckte, als mir lieb war. Ich brauchte einige Sekunden, bis ich wieder auf die Beine kam. Das eiskalte Wasser schnitt mir in die Wunden wie ein Rasiermesser, aber ich sage euch, ich war einfach nur glücklich, dass ich alles überstanden hatte.

Im Lager war alles ruhig, niemand hatte irgendwas bemerkt. Aus einem der Zelte kam ein unregelmäßiges Schnarchen, das wahrscheinlich jede Wildsau in die Flucht geschlagen hätte. Ich entledigte mich meiner Sachen, hüllte mich in eine trockene Decke und musste für den Rest der Nacht keine Angst mehr haben, dass ich einschlafen könnte.

6.

Im Januar 1945 sah Gustav seinen großen Moment endlich gekommen. Die Lebensbedingungen in Dresden hatten sich unerträglich zugespitzt. Am 7. Oktober des Vorjahres war auch die sächsische Hauptstadt erstmals englischen Bombern ausgeliefert gewesen. Die Schäden hielten sich zwar in Grenzen, doch von nun an war es mit dem Mythos der Unverwundbarkeit der Elbresidenz vorbei. Die Nahrungsmittel wurden immer knapper und das Wenige galt es auch noch zu teilen. Es gab kaum noch eine Familie, die keine Opfer zu beklagen hatte. Täglich trafen neue Flüchtlinge aus Schlesien ein, die das Gelände um den Hauptbahnhof komplett in Beschlag nahmen. Traurige Gestalten, die im sicheren Dresden zur Ruhe hatten kommen wollen und nun merkten, dass der Krieg sie selbst am vermeintlichen Ziel ihrer Flucht nicht in Ruhe ließ. Ihre Blicke verrieten Angst und Desillusionierung, aber auch Neid und Gier. Die Dresdner trauten ihnen nicht. Besser, man kam ihnen nicht zu nahe.

Familie Bülow war wieder vollzählig. Der Vater hatte auch seine Stellung in Füssen verloren. Unverbesserlich, wie er war, wollte er sich dem braunen Kadavergehorsam nicht beugen. Entgegen den Anordnungen der Partei hatte er darauf bestanden, die eingesetzten Zwangsarbeiter genauso zu verpflegen und zu behandeln wie die letzten verbliebenen Angehörigen der Stammbelegschaft. »Solange ich hier was zu sagen habe ...«

Aber er hatte nichts mehr zu sagen und niemand stand ihm zur Seite. »Sie lassen sich hier besser nicht mehr sehen, ansonsten müsste ich Sie wegen Kollaboration anzeigen. Sie wissen, was das bedeutet«, hatte ihm ein Vertreter der Partei empfohlen, von dem Bülow nicht genau sagen konnte, ob er es gut mit ihm meinte oder den unbequemen Geschäftsführer einfach nur loswerden wollte. Diesmal machte die Mutter kein Aufhebens um den Verlust des Postens. Sie war froh, ihren Gatten in den Zeiten des Untergangs wieder zu Hause zu wissen.

Um wenigstens für das Nötigste zu sorgen, schlug sich Walter Bülow als Englischlehrer durchs Leben. Zwar wollte es noch niemand offen zugeben, aber Englisch stand hoch im Kurs. An den Endsieg glaubten nur noch die Wenigsten und sich mit den Siegern verständigen zu können, schadete nichts. Die Angst vor den russischen Barbaren war groß, aber Engländer und Amerikaner gehörten ja zivilisierten Völkern an. Der ehemalige Fabrikbesitzer ließ sich in Naturalien bezahlen, ein paar Kartoffeln hier, ein halbes Brot da, ein Päckchen Butter dort. Man kam über die Runden, so gut es ging. Immerhin war Bülow einer der Wenigen, die in dem allgemeinen Chaos überhaupt noch Arbeit fanden und darüber hinaus weiterhin mit Respekt behandelt wurden.

Wenn der Vater zu Hause war, blätterte er wie abwesend in seiner Bibel, dem dicken Napoleon-Buch, las immer wieder voller Interesse dieselben Textpassagen, als würde er zum ersten Mal auf sie stoßen, und starrte unter Umständen minutenlang auf einzelne Illustrationen. Hin und wieder nickte er, zuweilen murmelte er auch etwas Unverständliches vor sich hin.

Was will der Vater mit diesem korsischen Froschfresser, fragte sich Gustav, wenn uns doch der größte Heerführer der Menschheitsgeschichte gerade mit sicherer Hand dem Endsieg entgegenführt. Doch er sparte es sich, seinem Häuptling derartige Fragen zu stellen, denn dessen lakonische Antwort kannte er nur zu gut. Wenn Hitler so ein Genie der Kriegsführung ist, warum wird Deutschland dann von allen Seiten eingekesselt, warum werden unsere Städte in Schutt und Asche gelegt, warum geht eine ganze Generation an der Front zugrunde? Warum haben wir nichts mehr zu fressen und warum arbeiten in unseren Fabriken nur noch Polen, Russen und Juden, obwohl der arische Arbeiter zu ganz anderen Leistungen in der Lage ist? Warum tyrannisiert die Gestapo ihr eigenes Volk?

Der Vater wollte einfach nicht begreifen, dass eine historische Umwälzung auch Opfer verlangt. Als ob nicht gerade Napoleon am Ende gescheitert wäre, weil er zu weich war. Adolf Hitler weiß, was er tut. Immer und ohne Ausnahme. Scheitern ausgeschlossen. Eines Tages, da war sich Gustav ganz sicher, würde sein alter Herr seine Irrtümer einsehen und ihm, dem Sohn, für seine Standhaftigkeit und seinen Weitblick dankbar sein.

Die Gelegenheit, seine Liebe zum Vaterland zu beweisen, sollte für Gustav nicht lange auf sich warten lassen. Es war ein Dienstag, einer jener langweiligen Schultage, an denen eigentlich nichts mehr gelernt wurde. Die Schüler saßen die Zeit ab, die Lehrer hatten längst begriffen, dass es für ihre

Schützlinge Wichtigeres gab, als den Unterrichtsstoff zu pauken. Eigentlich hätte man auch zu Hause bleiben können.

Plötzlich ging die Tür auf. Der greise Direktor trat mit einem drahtigen Major der Wehrmacht ein und noch bevor das Schuloberhaupt seine Aufforderung aussprechen konnte, sich von den Plätzen zu erheben, stand die ganze Klasse stramm hinter den Bänken. »Heil Hitler!«, brüllte der abgehetzt wirkende Offizier und die Klasse erwiderte den Gruß, als ginge es ums Leben.

Tatsächlich ging es auch um nicht weniger als das Leben. In knappen Worten erinnerte der Uniformierte die Jungen an ihren Eid, den sie dem Führer geleistet hatten, und am nächsten Montag hieß es einrücken.

Die Jungs hatten schon seit Wochen auf diesen Augenblick gewartet. Sie versuchten sich gegenseitig mit Geschichten zu übertrumpfen, wie sie den Iwan mit einem kräftigen Tritt in den Hintern aus Deutschland befördern und den Ami vom Himmel holen würden. Die deutschen Panzer sind die besten und der deutsche Kampfgeist ist sowieso jedem anderen überlegen. Hitlers Befehl, bis zum letzten Atemzug für den Endsieg zu kämpfen, war gerade erst im Radio übertragen worden. Man munkelte, dass er noch eine Wunderwaffe im Ärmel hätte, die das Kriegsgeschehen drehen würde. Der Feind mochte getrost schon Deutschlands Niederlage feiern, bevor der Führer zum vernichtenden Schlag ausholte. Seine Entschlossenheit übertrug sich auf jeden Einzelnen von ihnen. Der deutsche Cäsar hat uns so viel geschenkt, er hat uns Stolz und eine Zukunft gegeben, jetzt heißt es, ihm etwas zurückzugeben. Auf wen soll der Führer sich verlassen, wenn nicht auf uns?

Gustav schlug das Herz bis zum Hals. Er rannte den halben Kilometer von der Schule nach Hause. Zu seinem Erstaunen fand er die Mutter in Tränen aufgelöst. Sie hatte den Einberufungsbefehl in der Hand und wollte ihren einzigen Sohn in die Arme schließen, doch der Vater hielt sie zurück. »Komm lass«, sagte er knapp, und sein Blick befahl Gustav unmissverständlich, das Zimmer zu verlassen. Der Junge ließ die Tür angelehnt und versuchte zu lauschen, worüber die Eltern sprachen. »So schlapp und schmächtig, wie der ist, nehmen die ihn sowieso nicht. Er muss ja noch zur Musterungsuntersuchung.«

Gustav war wütend. Schlapp und schmächtig, als ob es darauf ankäme. Dass ihm ausgerechnet seine eigene Familie in dieser Schicksalsstunde so in den Rücken fallen musste. Denen würde er es schon zeigen. Die Szene mit den verräterischen Eltern erinnerte ihn an Hänsel und Gretel.

Am nächsten Tag ging es zur Musterungsuntersuchung. Dazu musste Gustav ein paar Straßen weiter zu Doktor Bernhard gehen, der sich um ihn gekümmert hatte, solange er zurückdenken konnte. Husten, Masern, Scharlach, der Blinddarm, eine Stirnhöhlenentzündung, weil er immer den Rotz hochgezogen hatte, ein Hornissenstich, eine ausgekugelte Schulter, nachdem er von der Schaukel gefallen war – immer war Doktor Bernhard zur Stelle gewesen.

Der schmale und doch athletisch wirkende Mann mit der hohen Stirn und dem streng nach hinten gescheitelten Haar flößte Gustav Vertrauen ein. In seinem männlich galanten Auftreten erinnerte der große Blonde ihn an den Schauspieler Hans Albers. Nach jeder Behandlung durfte er in eine grüne Metalldose greifen, um ein Bonbon oder ein Stück

Zucker zu ergattern. Daran hatte sich nicht einmal in den Jahren des Mangels etwas geändert. Seit einiger Zeit trug Doktor Bernhard unter seinem weißen Kittel Schaftstiefel und eine SA-Uniform. Diese Kombination aus Barmherzigkeit und Kampfeswillen rang dem angehenden Rekruten nur noch mehr Respekt ab.

Am liebsten wäre Gustav allein zu Doktor Bernhard gegangen. Aber die Mutter wollte unbedingt mit. Von dem Besuch bei Bernhard versprach sie sich ein Wunder, denn der Arzt stand neuerdings in einem besonderen Verhältnis zu Familie Bülow. Der Mediziner, eine der angesehensten Persönlichkeiten in Dresden-Cotta, pflegte seit einigen Monaten eine intime Beziehung mit Inge. Das durfte natürlich niemand wissen, denn Bernhard war verheiratet. Doch, so munkelte man schon lange, die Ehe des Doktorenpaars lief nicht gut. Er wäre in der heutigen Zeit nicht der Erste, der sich ein zweites Mal verheiraten würde.

Clara Bülow konnte den arroganten Lackaffen zwar nicht leiden und der Vater ging sowieso nicht zu diesem Bonzen, aber Inge, das wusste Mutter, konnte in diesen Tagen des Umbruchs nicht besser fahren. Seit sie ihre Ausbildung hatte abbrechen müssen und zurück im elterlichen Haus war, traf sie sich regelmäßig mit dem wesentlich älteren Arzt. Auch das war Gustav peinlich, vor allem heute, weil er sich mithilfe der Lasterhaftigkeit seiner Schwester nicht vor der Pflicht drücken wollte.

»Na, junger Mann, jetzt wird's ernst«, begrüßte ihn der Doktor in einer Mischung aus förmlicher Freundlichkeit und feierlichem Missionseifer. Er stand hinter dem Schreibtisch auf, streckte seinem Patienten die Hand entgegen und zwinkerte ihm vertraulich zu. Die Mutter wollte ihren heimlichen Schwiegersohn kurz ins Nebenzimmer bitten, aber der setzte ein breites Grinsen auf, das zum akkuraten Krachen seines Stiefelleders passte, und bot ihr mit einer Geste, die keinen Widerspruch duldete, einen Stuhl im Behandlungszimmer an. Clara Bülow verstand sofort, was die Stunde geschlagen hatte. »Mein Gott, sehen Sie doch mal, wie schmächtig der Junge ist. Der hält an der Front keine zehn Minuten durch.«

Das Betteln der Mutter war Gustav unerträglich. »Lassen Sie das mal meine Sorge sein, liebe Frau Bülow«, entgegnete der Arzt herablassend. Und dann wandte er sich mit einem Zwinkern in Gustavs Richtung: »Der Krieg hat noch niemandem geschadet. Sie werden Ihren Jungen nachher nicht wiedererkennen. Gerade wer ein bisschen schwach auf der Brust ist, kommt von der Front als ganzer Mann zurück. Oder, Gustav?«

Der Angesprochene wäre am liebsten im Erdboden versunken. Diese Mütter. Die Untersuchung ging ganz schnell, ein bisschen Abhören, ein paar Kniebeugen, ein Seh- und Hörtest, das war's. »Meinen Glückwunsch, du kannst einrücken und dem Führer deinen Mut beweisen. Glückwunsch auch an Sie, Frau Bülow, Sie können stolz auf diesen Prachtkerl sein. Er wird uns allen Ehre machen.«

Geschafft, seufzte Gustav innerlich. Ab Montag wird er Soldat im Ehrendienst für Volk und Vaterland sein. Mit seinen Fähigkeiten und seiner Wendigkeit in der Natur wird ihn der Feind schon nicht erwischen. Der Waldgeist ist stets auf seiner Seite.

Zurück in der Wohnung, brach zwischen den Eltern und Inge ein heftiger Streit aus. »Du musst mit deinem Verlobten noch mal reden, er darf Gusti nicht in den Krieg schicken«, flehte die Mutter ihre Tochter an, doch Inge blieb kalt.

»Erstens ist Doktor Bernhard nicht mein Verlobter«, sagte sie mit gespielter Beiläufigkeit, »was sich zwischen uns abspielt, geht außer uns beiden niemanden etwas an. Und zweitens, frag doch mal deinen Gusti, was er selbst will. Der kann's ja gar nicht abwarten, Krieg zu spielen. Wenn du mich fragst, weiß der nämlich viel besser als du, was er sich und uns allen schuldig ist. Oder willst du etwa, dass die Bolschewiken über uns herfallen und uns alle schänden? Du hast doch selbst gehört, was im Osten an der Tagesordnung ist. Guck dir doch mal diese armen Frauen am Hauptbahnhof an. Die können dir haarklein erzählen, was du von den Russen erwarten kannst, diesen Untermenschen!«

Bis zu diesem Zeitpunkt hatte Walter Bülow immer erregter, aber trotzdem noch still zugehört. Seine Nasenflügel bebten, sein Unterkiefer rotierte wie ein Mühlstein, der die Bemerkungen seiner Tochter pulverisierte. Aber er hielt sich zurück, solange er konnte. Bei Inges letztem Ausspruch konnte der Mann, der sonst stets die Form wahrte und sich lieber jeden Kommentar verbiss, nicht mehr an sich halten.

Er sprang aus dem Sessel auf, raste auf seine erwachsene Tochter zu und packte sie fest bei den Oberarmen, um sie ungewöhnlich scharf anzuherrschen. »Es reicht! Merkst du eigentlich, wie du mit deiner Mutter redest? Wenn du bei deinen Parteibonzen bist, kannst du solchen Mist quatschen, aber in diesen vier Wänden behältst du deine Nazi-Scheiße für dich. Das ist keine Bitte, sondern eine klare Anordnung. Wenn du damit nicht leben kannst, ist das deine Sache, aber dann mach, dass du hier wegkommst, auf der Stelle, hast du mich verstanden? Und jetzt geh mir aus den Augen, sonst vergesse ich meine Kinderstube und die Tatsache, dass du meine Tochter bist!«

Clara Bülow duckte sich, als müsste sie vor den verbalen Geschossen ihres Mannes in Deckung gehen. Inge aber blieb wie angewurzelt stehen. So hatte der Vater nicht mehr mit ihr gesprochen, seit sie zehn war. Nur Gustav sah zu, dass er das Weite gewann, bevor auch er noch sein väterliches Fett abkriegte. Zur Schule musste er für den Rest der Woche nicht mehr. Er konnte sich die Zeit in der Zschone vertreiben, die jetzt von einer dicken Schneeschicht bedeckt war. Vorsichtig stapfte er durch die Vorstadtstraßen. An manchen Stellen spürte er unter dem frischen Pulverschnee Glatteis. Bloß nicht noch vor der Einberufung ausrutschen und ein Bein brechen. Das könnte als Selbstverstümmelung gewertet werden, und darauf stand seit kurzer Zeit die Todesstrafe.

Kaum war er im Wald angelangt, wurde ihm bei der Erinnerung an Vogelscheuche und Wolf ein wenig klamm. Seinen alten Freund hatte er seit Jahren nicht mehr gesehen. Als der Schäfer eines Tages nicht mehr da war, dachte Gustav noch, er sei mit seiner Herde weitergezogen, weil alles abgegrast war, und würde selbstredend nach ein paar Wochen wiederkommen. Aber er kam nicht.

Einer seiner Klassenkameraden, dessen Vater, so wurde behauptet, bei der Gestapo arbeitete, meinte, den alten Zigeuner hätten sie wohl abgeholt. Gustav mochte sich gar nicht vorstellen, was das bedeutete. Abgeholt. Und wieso Zigeuner? Das machen sie doch nur mit den Juden. Und den Kommunisten. Die hatten's ja auch nicht besser verdient. Aber Vogelscheuche? Wer konnte etwas gegen diesen mürrischen, zotteligen Herumtreiber haben, der niemandem im Weg war? Vielleicht würde er ihn ja nach dem Krieg wiedertreffen?

Gustav erwischte sich dabei, wie er sich wehmütig von Bäumen, Lichtungen, Felsen und dem Bach verabschiedete. Auf der kleinen Brücke, die über das schmale Bächlein führte, blieb er eine Weile stehen und sah dem Wasser unter der dünnen Eisschicht beim Fließen zu. Jetzt war der Krieg bei ihm angekommen.

War er wirklich so mutig, wie er vorgab? Ist es nicht doch ein großer Unterschied, von Kriegsabenteuern zu träumen und tatsächlich in die Schlacht zu ziehen, wo sie einem die Eingeweide aus dem Leib schießen, ein Schrapnell einem das halbe Gesicht wegreißen kann oder man in der Gefangenschaft wie ein Vieh krepiert? Das Wasser fließt einfach immer weiter, egal ob er heil von der Front zurückkommt oder nicht. Plötzlich schossen ihm Tränen aus den Augen.

Er weinte und weinte und weinte, hier, wo er sich unbeobachtet wusste und noch ein letztes Mal Junge sein durfte. Was war das für ein Scheißdreck mit diesem Krieg? War Adolf Hitler nicht auch irgendwann mal ein Junge gewesen, der einfach nur leben und glücklich sein wollte? Was machte aus einem Jungen einen Führer, der über ein Volk und die ganze Welt bestimmen kann? Und was würde aus ihm, Gustav, werden, wenn er den Krieg überleben sollte? Er versuchte sich vorzustellen, als Trapper durch die Rockies zu streifen, mordgierige Rothäute im Rücken, denen er entkommen musste. Es gelang ihm nicht.

Das Wochenende zog sich mit lästigen Verwandten- und Bekanntenbesuchen in die Länge. Alle wollten das jüngste Familienmitglied noch einmal sehen, bevor es in diesen aussichtslosen Krieg ziehen musste. Gustav fand die Prozedur lästig, aber die Mutter duldete keinen Widerspruch. Der Vater blieb zu Hause. Er hatte keine Lust, diesen Haufen von Spießern und Opportunisten, wie er sich ausdrückte, zu sehen.

Diesmal konnte Gustav den alten Herrn gut verstehen. Auch er war froh, als der peinliche Schaulauf endlich vorbei war. All diese Tränen nervten ihn. Am Sonntagabend holte der Vater eine Flasche Cognac, die er seit Friedenszeiten in der Kredenz aufbewahrt hatte. »Hier mein Junge, wer im Krieg für den Führer den Arsch hinhalten kann, der darf sich auch besaufen.«

Am Montagmorgen begleitete der Vater seinen Sohn zu der Kaserne, in der er sich bis neun Uhr einfinden musste. Das alte Gemäuer in Dresden-Übigau war gar nicht weit vom Elternhaus entfernt. Einfach nur auf der anderen Seite der Elbe. Den hohen Turm der Drillanstalt konnte man von Cotta aus mit bloßem Auge sehen. Diesmal war die Mutter zu Hause geblieben. Ungewohnt liebevoll bedeutete Walter Bülow seiner Frau, dass er gleich zurück sein werde. Mensch, der Alte zeigt Gefühl, schoss es Gustav durch den Kopf. Schon in den letzten Tagen hatte er sich mehrfach gehen lassen. So kenne ich diesen komischen Kauz gar nicht.

Auf dem Weg redeten die beiden kaum miteinander. Gustav war schon gedanklich mit den Kameraden an der Ostfront. Er freute sich auf seine schneidige Uniform, mit der er dem Feind trotzen würde. Das stolze Grau der Wehrmacht war doch etwas anderes als das kindliche Paradebraun der HJ-Kluft. Hinter den markanten Brauen des Vaters, die sich über die Augen zogen wie Baldachine, kämpften mehrere Dragonerregimenter ihre eigene Völkerschlacht, deren Ausgang ungewiss schien. Gustav hätte einiges darum gegeben, für einen Augenblick hinter dieses dichte Buschwerk dringen zu können.

Als Vater und Sohn sich am Tor verabschiedeten, presste der alte Herr die Lippen fest zusammen, klopfte dem angehenden Rekruten auf den Oberarm und ließ ein hanseatisch knappes »Bis bald« hören. Dann drehte er sich ruckartig weg und ging, ohne sich umzublicken, zurück zu seiner Frau nach Cotta.

Erst jetzt spürte Gustav, wie ein Gefühl von Abschied in ihm aufstieg. Auch wenn er in letzter Zeit immer seltener mit dessen Ansichten übereinstimmte, war der Vater doch immer für ihn dagewesen. Wann würde er seinen geliebten Beschützer wiedersehen? Und was würde aus Dresden werden, wenn er der Heimatstadt den Rücken kehrte?

Doch er hatte nicht viel Zeit, sich seiner Wehmut hinzugeben. Die Kaserne saugte ihn ein. »Rekrut Bülow meldet sich zum Dienst, Heil Hitler!« Mit aller Kraft knallte er seine Hacken zusammen. Der Eindruck aber verpuffte im Schneematsch, denn die weichen Winterschuhe verursachten keinerlei Geräusch. Dem künftigen Kriegshelden stieg die Schamesröte ins Gesicht. Das fing ja gut an.

Bei der Einkleidung herrschte ein unermessliches Durcheinander. Überall quirlten bewegliche Trauben von jungen Männern. Sie balancierten Berge von mausgrauen Kleidungsstücken durch die Gegend. Ständig fiel etwas runter, keiner wusste, was wem gehörte und wohin er sich wenden musste. Die Feldwebel versuchten mit ihren Kommandos vergeblich eine Struktur in diese Abläufe zu bringen. Durch die langen

Gänge der Kaserne hallte ohrenbetäubender Lärm. Niemand verstand die blechernen Parolen, die aus den Lautsprechern dröhnten. Schlimmer kann es auf dem Schlachtfeld auch nicht werden, wurde Gustav von irgendwem zugeraunt. Hin und wieder entdeckte er in dem Gewimmel Gesichter einzelner Schulkameraden.

Zu seinem großen Verdruss musste sich Gustav eine Uniform verpassen lassen, die ihm viel zu groß war. Die Hose reichte ihm fast bis unter die Achselhöhlen und nur das Koppel hielt alles notdürftig zusammen. Das hatte er sich anders vorgestellt. Er wollte gegen diese Zumutung protestieren, musste sich aber anschnauzen lassen, er sei hier nicht in einem Modehaus und solle sich mit dem zufriedengeben, was er bekomme. Den Russen interessiert es einen Scheiß, ob er mit Manschettenknöpfen oder in Unterhosen auf ihn schießt. Hauptsache er trifft.

In der viel zu weiten Wehrmachtskluft fühlte sich Gustav gleich noch viel verlorener. Zum Glück gab es nirgendwo in der Kaserne einen Spiegel, der ihm die äußerliche Schmach vor Augen geführt hätte. Ach was, immerhin kommt es ja auf die inneren Werte an, Siegeswille, Kampfkraft, Entschlossenheit und Treue zu Volk und Führer. Doch so oft Gustav diese Formel auch vor sich hinbetete, das Heimweh, das ihn schon nach wenigen Stunden befallen hatte, wollte nicht weichen.

Die Grundausbildung war kurz und hart, aber oberflächlich. Alles Wesentliche hatten die Jungs ja schon auf dem Schulhof oder an den Wochenenden in der Sächsischen Schweiz gelernt. Es ging noch einmal darum, sich im Zug aufeinander einzuspielen, sich zu hundert Prozent aufeinander zu verlassen. Gustav mochte seine Ausbilder nicht und bis auf einen seiner ehemaligen Klassenkameraden, Hartmut, konnte er auch seine Zimmergenossen nicht sonderlich leiden. Es war saukalt und die Aussicht, an die noch viel kältere Ostfront zu müssen, bereitete niemandem Vergnügen. Andererseits konnte es keiner abwarten, es dem Russki mal so richtig zu zeigen. Nach zwei Wochen Ausbildung sollte es ins Feld gehen.

7.

Die Handgranate

Wir hatten verschiedene Ausbilder. Mit einigen kamen wir ganz gut aus. Andere jedoch mussten uns ohne Unterlass ihre angebliche Überlegenheit spüren lassen. Sie merkten, dass wir keinen Respekt vor ihnen hatten, deshalb versuchten sie uns Angst zu machen. Vor allem beneideten sie uns, weil wir bald an die Front durften, während sie in der Kaserne verschimmelten. Am schlimmsten war ein Unteroffizier namens Thiel. Der Mann bestand nur aus Stiefeln und einer Riesenfresse. Ich weiß nicht, wie der das gemacht hat, denn überall spritzte der Dreck, aber er sah im Gegensatz zu uns Rekruten immer wie aus dem Ei gepellt aus.

Thiel war kleiner als die meisten von uns und fett. Seine besten Jahre in der Armee hatte er lange hinter sich. Gut möglich, dass er schon im Ersten Weltkrieg, wie wir den Krieg von vierzehn-achtzehn jetzt nannten, gedient hatte. Wie alle kleinen Männer hatte er ein unfassbares Geltungsbedürfnis und sein Rang erlaube es ihm, dieses an uns auszulassen. Es war so entwürdigend, so viel geballter Dummheit in Gestalt einer einzigen erbärmlichen Kreatur ausgeliefert zu sein.

Wenn wir uns bei den Übungen nicht dreckig machten, wurden wir von unserem Spieß als Jammerlappen diffamiert, und das war noch das Harmloseste. Sauten wir uns aber ein, dann waren wir Schweine, nicht würdig, der deutschen Volksgemeinschaft anzugehören, und Drecksäue, die sich in nichts von dem slawischen Geschmeiß unterschieden, gegen das wir bald zu kämpfen hätten. Ich kann mich nicht an ein einziges Wort der Anerkennung von diesem Vollidioten erinnern. Überhaupt an nichts, das ich auch nur irgendwie sympathisch gefunden hätte.

In den zwei Wochen, die wir uns in der Kaserne auf den aktiven Fronteinsatz vorbereiteten, freundete ich mich mit einem Jungen namens Hartmut Müller an, falls der banale Begriff Junge für einen Soldaten, der mit scharfer Munition auf lebende Menschen schießt, überhaupt noch angebracht ist.

Wir spürten, wie sich innerhalb weniger Tage das Barthaar durch Kinn und Wangen bohrte und erste Anwürfe von Falten ein System von Schützengräben in die Stirn gruben. Es war schon eine putzige Erfahrung, in einer so kurzen Zeit vom Knaben zum Mann zu reifen. In der Schule hatten Hartmut und ich nicht viel miteinander zu tun gehabt. Sein Vater war Schauspieler, auch ihn zog es zum Theater. Wenn ich in den Wald entfloh, vergrub er sich in seinen Büchern. Es gab einfach keine Berührungspunkte zwischen uns. Außer dem Wenigen, das wir im Unterricht voneinander wahrnahmen, wussten wir praktisch nichts übereinander.

In der Kaserne war das anders. In den engen Stuben waren Doppelstockbetten aufgestellt. Hartmut hatte das Bett über mir. Wenn du Tag und Nacht in extremer Anspannung gemeinsam den sadistischen Anwandlungen deiner Vorgesetzten ausgesetzt bist, schweißt das mehr zusammen, als die Schulbank es je vermag. Hatten wir uns zuvor jahrelang wacker ignoriert, brauchten wir jetzt nur Stunden, um uns wie Brüder zu fühlen.

Er erzählte mir die Geschichten aus seinen Büchern und Theaterstücken, machte mich mit Shakespeare und Lessing vertraut, ich hingegen versuchte gar nicht erst, ihm von Karl May oder Hermann Löns vorzuschwärmen, sondern schilderte ihm meine Abenteuer in der freien Natur. Vielleicht habe ich das eine oder andere ein wenig ausgeschmückt, um sein Interesse zu binden, aber das macht ja nichts. Er war mir stets ein dankbarer Zuhörer, fragte nach, machte sich gelegentlich Aufzeichnungen.

Hartmut war daran schuld, dass später ein Mann des Theaters aus mir wurde. Er konnte mir in lebhaftesten Farben vor Augen führen, wie es sich anfühlt, auf einer Bühne unter Scheinwerferlicht in den nahezu schwarzen Raum hineinzusprechen und das Publikum kaum zu sehen, aber zu spüren. Wenn ich ihm nachts von meinen Erlebnissen in Wald und Flur erzählte, wähnte ich mich bereits im Theater. Gemeinsam träumten wir davon, nach dem Krieg Filme zu drehen, er als Kameramann oder Spielleiter, ich als Schauspieler. Ich wäre stets sein Hauptdarsteller. Der Führer war ihm genauso egal wie der ganze Nazi-Zauber. Ich merkte schnell, dass es zwecklos war, ihn von der völkischen Idee überzeugen zu wollen. Es gelüstete ihn auch nicht nach Heldentaten. Hartmut wollte mit so wenig Widerstand wie möglich durch den Krieg kommen und danach seine Träume verwirklichen. In seiner Fantasie lebte er schon mitten im Frieden.

»Was wir hier durchmachen, müssen wir später fürs Kino festhalten«, sagte er immer. »Das glaubt uns sonst kein Schwein.« Für Hartmut war der Krieg ein großer Geschichtenerzähler. Er führte ein kleines dunkelrotes Notizbüchlein mit sich und schrieb alles auf. Wir konnten uns noch so abrackern, er fand immer Zeit, seinen winzigen Bleistiftstummel rauszuholen, der erstaunlicherweise niemals kleiner wurde, obwohl ich meinen Freund kein einziges Mal beim Anspitzen erwischte.

Thiel nannte ihn verächtlich Professor. Hartmut war in der Rangliste des Schleifers ganz unten. Wenn wir alle einen ganzen Nachmittag durch den Dreck gerobbt und unentwegt in voller Montur durch teils brennende Häuserattrappen geklettert waren, spendierte Thiel meinem Freund stets noch ein oder zwei Extrarunden. Jeder andere hätte bittere Rache geschworen, doch Hartmut war niemals sauer. Er schien fast Mitleid mit Thiel zu haben, nannte ihn eine tragische Figur. Für Hartmut war das alles eine absurde Inszenierung und Thiel ein jämmerlicher Regisseur, der sein Ensemble nicht im Griff hatte.

Eines Tages mussten wir zum Handgranatentraining in den Wald. Die Übung führte uns ausgerechnet über die Elbe in den Zschoner Grund.

Ich grüßte mein geliebtes Wäldchen und war irgendwie traurig, dass der mir heilige Boden, auf dem ich einst mit Vogelscheuche und Wolf die Geheimnisse der Natur erkundet hatte, nun von Thiels Sprengkörpern gepflügt werden sollte. Jeder von uns hatte ein halbes Dutzend am Koppel. Es waren Stielhandgranaten, die ungefähr ein halbes Kilo pro Stück wogen.

Erst übten wir mit täuschend echten Nachbildungen, doch nach etwa einer Stunde ging Thiel zur scharfen Ladung über. Das war etwas anderes, als mit dem Gewehr am Schießstand auf Zielscheiben zu ballern oder die Astlöcher eines Baumes zu durchsieben. Ein falscher Handgriff und du warst nur noch ein blutiger Fleischhaufen. Zum ersten Mal blickten wir alle dem Tod ins Gesicht und wussten trotzdem nicht, wie nah wir ihm schon waren.

Thiel brüllte rum wie immer. Keiner machte es richtig. Selbst die Sportlichsten unter uns, die ihre Granate gut dreißig Meter weit warfen, mussten sich immer noch Spott und Beschimpfungen von ihm gefallen lassen. Alle außer Hartmut, der es wie immer gelassen nahm, waren nahe dran, diesem fetten Zwerg eins in die Fresse zu hauen. Aber wir standen unter Kriegsrecht und hätten für einen solchen Übergriff sofort erschossen werden können. Also fügten wir uns in sein grausamen Spiel.

Als jeder noch genau eine Granate am Koppel hatte, hieß uns Thiel in Reih und Glied antreten. Er habe jetzt noch eine besondere Übung, bei der es auf Konzentration und Gottvertrauen ankäme. Unsere Stahlhelme seien aus Kruppstahl, die würden jeden Granatangriff überstehen. Wenn direkt auf dem Helm eine Granate explodiert, würde davon nicht mehr als ein Kratzer zurückbleiben. Das sollte jetzt jeder von uns ausprobieren.

Wir sahen uns entsetzt an. Hatte der Fettwanst endgültig den Verstand verloren?

Mir wurde schwarz vor Augen bei der Vorstellung, dass auf meinem Kopf eine Granate explodiert, Kruppstahl hin oder her.

»Es muss dabei absolute Ruhe herrschen«, brüllte es aus Thiel heraus. »Niemand macht eine hastige Bewegung, niemand sagt ein Wort. Fehlt irgendeinem von euch Pantoffelhelden der Mumm dazu?«

Ja, mir fehlte der Mumm, und wie ich wagte auch kein anderer, ein Wort zu sagen. Jeder fürchtete, er wäre dann als Erster an der Reihe gewesen.

Und dann geschah etwas, das wir so von Thiel nicht gewohnt waren. Er hetzte uns ja immer durch die Landschaft, ohne sich selbst mal an irgendeiner seiner Torturen zu beteiligen. Es ging ihm ja auch gar nicht darum, dass wir etwas von ihm lernten, sondern allein um den süßen Triumph der Erniedrigung.

Die Nummer mit der Handgranate auf dem Helm aber liebte er offenbar, denn er wollte sie uns demonstrieren wie einen Zirkustrick, den er lange geübt hatte. Vielleicht wollte er uns mit diesem Kunststückchen auch endgültig seine Überlegenheit beweisen. Wir werden seine Absicht niemals ergründen. Intuitiv traten wir alle ein Stück zurück und bildeten in ängstlicher Vorahnung einen weiten Halbkreis um unseren großmäuligen Ausbilder. Die meisten kniffen in Erwartung des bevorstehenden Knalls die Augen zusammen.

Thiel lächelte, dann setzte er ein entschlossenes Gesicht auf und schürzte die Lippen. Ganz ruhig zog er an der Abreißschnur und stellte sich die Granate mit dem Metallkolben und der Sprengladung nach unten auf den Helm. Er stand ganz aufrecht und rührte sich nicht. Für Bruchteile einer Sekunde herrschte angespannte Stille, dann brach mit lautem Krachen ein Reh aus einem nahe gelegenen Busch.

Alles geschah so schnell, dass niemand von uns begriff, was sich wirklich abspielte. Thiel schoss mit seinem Oberkörper herum, die Granate rutschte ihm unweigerlich vom Helm und er riss entsetzt die Augen auf. Kaum dass der Sprengkörper den Boden berühren konnte, flog er in die Luft. Im Feuerblitz und im anschließenden Qualm konnten wir nicht sehen, was mit unserem Vorgesetzten passiert war. Wir waren einfach nur starr.

Der Rauch verzog sich ganz langsam. Keiner von uns rührte sich. Kein Wort war zu hören. Alle schienen sogar das Atmen eingestellt zu haben. Ich weiß nicht, wie lange wir so dastanden. Besonders tapfer fühlte sich in diesem Augenblick niemand. Aus einem mir bis heute schleierhaften Grund rechnete ich fest damit, dass Thiel unbeschadet mit blanken Stiefeln und unversehrter Uniform aus dem kleinen Krater steigen und uns mit seinem Unflat überhäufen würde: »Warum steht ihr da wie die Ölgötzen, arme Wehrmacht, armer Führer, dass du das Heil Deutschlands in die Hand solcher Schwachköpfe legst.« Wie er das eben immer so tat. Aber er tauchte nicht auf. In der kalten Winterluft lag ein Gestank wie von auf dem Lagerfeuer verkohltem Fleisch.

Nach einer schwer zu bestimmenden Zeitspanne bewegten wir uns wie auf ein geheimes Kommando gleichzeitig auf das Loch zu. Der Schnee war dreckverkrustet. Erstaunlicherweise war kaum Blut zu sehen. Noch immer glaubte ich, es könne sich nur um einen Trick des durchtriebenen Unteroffiziers gehandelt haben. Wortlos begannen wir die Gegend abzusuchen. Alle außer Hartmut, denn der hatte seinen Stift rausgeholt, leckte die Spitze an und begann hastig, Protokoll zu führen.

Ich weiß nicht, was ich zu finden hoffte, denn ich schaute auch unter Büschen und Steinen nach, als hätte sich Thiel in eine Kröte verwandeln können, die ich mitten im Winter sowieso nicht gefunden hätte. Während ich den Boden absuchte, rief einer der Jungs vom Zschoner Bach aus: »Ich hab ihn!«

Wir rannten zu dem Rufer. Der stand stolz da und reckte wie einen Pokal einen abgerissenen Unterschenkel mit Stiefel in die Luft. Es war bizarr. Thiels ganzer Stolz war blitzeblank gewienert, wie wir das von ihm kannten. Nicht einmal jetzt war auch nur das geringste Anzeichen eines Blutstropfens oder Matschspritzers zu erkennen, kein Schneerand, nichts. Aus dem Schaft jedoch ragte ein spitzes Ende seines Schienbeins mit ein paar blutigen Fleischfetzen und einem kläglichen Rest Hose. Mehr war nicht von ihm übrig geblieben.

Angesichts der absurden Lage, in der wir uns befanden, brachen wir alle in schallendes Gelächter aus. Wir konnten uns vor Lachen nicht mehr auf den Beinen halten, wälzten uns wie kleine Kinder im Schnee und veranstalteten eine wilde Schneeballschlacht. Es war ja kein Vorgesetzter mehr da, der uns daran hätte hindern können. Nach und nach aber schlug diese Ausgelassenheit bei jedem von uns in Flennen um.

Wir hatten unseren ersten Kriegstoten gesehen. Nicht, dass irgendjemand Thiel vermisst hätte. Gar nicht. Mochte er in der Hölle schmoren. Aber jedem von uns könnte es schon in wenigen Tagen genauso gehen. Ich bin mir sicher, dass einige von uns sich nach der Rückkehr in die Kaserne erstmal die Scheiße aus den Unterhosen kratzen mussten.

Was mich bis heute beschäftigt, ist Thiels legendärer Helm aus Krupp-Stahl. Wir suchten das Gelände noch stundenlang nach der Schüssel ab. Vergeblich. Entweder hatte sich dieses Symbol deutscher Unbesiegbarkeit in seine chemischen Bestandteile aufgelöst oder es war von der Druckwelle so weit weggeschleudert worden, dass es sich einfach unseren Blicken entzog. Solange ich in Dresden wohnte, durchkämmte ich die Hänge und suchte das Ufer des Baches ab, wenn ich mit dem Hund durch die Zschone lief. Irgendwo muss dieser verdammte Helm ja geblieben sein ...

8.

Sirenen! Das schneidende Geheul, das sich über die Dächer hinaus am ganzen Himmel ausbreitete, gehörte längst zu Gustavs Alltag. Dennoch wurde ihm jedes Mal flau in der Magengegend, wenn dieser Gefahr verheißende Singsang, der alles übertönte, über das Ohr in seine Nervenbahnen und von dort in jede einzelne Zelle seines Körpers drang. Mit den allwöchentlichen Luftschutzübungen hatte es angefangen, dann ging im letzten Sommer der erste Luftangriff auf das nahe gelegene Bergarbeiterstädtchen Freital nieder. Im Oktober und Januar folgten die nicht für möglich gehaltenen Bombardierungen Dresdens, denen jeweils mehrere hundert Menschen, meist Zivilisten, zum Opfer gefallen waren. Scheiß-Amis, Scheiß-Briten. Nicht nur vom Dach der Kaserne schrillte es in ohrenbetäubender Lautstärke, auch von der Stadt hallte der durchdringende Dauerton des Bombenalarms herüber.

Dabei hatte der 13. Februar eher lustig begonnen. Trotz des Krieges hatte man sich am Faschingsdienstag ein wenig bescheidenen Spaß gegönnt. Karnevalistischer Mummenschanz stand bei der Partei nicht gerade hoch im Kurs, doch heute ließ man die Leute gewähren. Viel zu lachen gab es ohnehin nicht mehr. Jede Ablenkung vom Schrecken des Krieges war willkommen. Selbst der Drill auf dem Kasernenhof war an jenem klaren Wintertag ein wenig erträglicher. Am nächsten Morgen sollte es ins Feld gehen. Den Rekruten wurde noch ein wenig Spaß gegönnt. Sogar ein paar Kästen Bier wurden auf den Hof gestellt. Gustav mochte keinen Alkohol. Während die anderen sich betranken, zog er sich mit Hartmut zurück und erträumte ein großes Naturtheater in der Sächsischen Schweiz.

Gustav hätte gern ein Stück geschrieben, in dem Tiere Eigenschaften von Menschen verkörperten. Hartmut fand die Idee ein wenig altmodisch, zumal ihm nicht einleuchten wollte, warum Menschen Tiere spielen sollten, die wiederum Menschen symbolisierten.

»Außerdem weißt du ja, wie das ist«, meinte er. »Alles, was nicht eindeutig ist, wird sowieso verboten. Warum etwas schreiben, das nachher niemand sehen kann? Oder willst du etwa in den Untergrund gehen?« Gustav klopfte sich kräftig mit dem Zeigefinger gegen die Stirn, und beide mussten lachen. Dass sie vorher noch in den Krieg ziehen mussten, kam den beiden Träumern in diesem Augenblick nicht in den Sinn.

Um neun begann die Nachtruhe, die Unteroffiziere achteten bei mehreren Zimmerkontrollen streng darauf, dass alle in den Betten lagen. Gustav wollte nicht einschlafen. Er bemühte sich, die Zeit bis zum Abmarsch so lange wie möglich hinauszuzögern. Je länger er wach blieb, desto mehr hatte er von der Nacht. Doch die Strapazen der letzten Tage forderten ihren Preis. In der vollkommenen Dunkelheit der Kasernenstube wehrte er sich vergeblich gegen die bleierne Schwere seiner Lider. Die Gedanken entglitten ihm und zogen ihn hinüber ins Traumland. Um ein Haar hätte er sich dem Schlaf willenlos hingegeben, wenn es nicht plötzlich erst aus der Ferne und dann vom Dach gegenüber gejault hätte. Nur wenige Augenblicke später forderte die blecherne Stimme der Lautsprecher alle Soldaten auf, umgehend im Hof anzutreten.

Hektisch sprangen alle aus den Betten, versuchten mehr schlecht als recht in ihre Uniformen zu schlüpfen und rannten hinaus. Anders als noch vor einer Stunde war der Himmel hell erleuchtet. Über Dresden stand der Christbaum, von den britischen Fliegern abgeworfene Signallichter, welche die verdunkelte Stadt für die Bombergeschwader erleuchten sollten. Gustav hatte vom Christbaum reden gehört, aber der Zauber dieses himmlischen Leuchtspiels bei wolkenfreiem Wetter stand in entsetzlichem Gegensatz zu seinem tödlichen Zweck.

Tatsächlich sollte es nicht lange dauern, bis hoch oben der Motorenlärm der Bomberstaffeln zu hören war. Das Flak-Wummern hielt sich in Grenzen, denn beim Fliegerangriff vom 16. Januar waren große Teile der Luftabwehr zerstört worden. Auf dem Kasernenhof schien niemand den Überblick zu haben. Offiziere und Unteroffiziere versuchten Ordnung in die Reihen zu bekommen, doch ihre Befehle widersprachen sich dermaßen, dass niemand wusste, was konkret zu tun war, und die Lage nur noch unübersichtlicher wurde. Die einen wollten, dass die Kaserne sofort geräumt wird, die anderen befahlen die Mannschaften in die Luftschutzkeller, wieder andere wollten das alte Gemäuer verteidigen. Offenbar war niemand auf diese Situation vorbereitet.

Gustav spürte, wie die Angst in seinem Kehlkopf pochte. Gedankenfetzen hetzten einander von einer Felswand seines Schädelinnern zur anderen. Er stellte sich seinen Kopf wie eine Tropfsteinhöhle vor, in der die Gedanken und Ideen wie Fledermäuse von der Decke hingen und aufgeregt hin und her flatterten, sowie sie durch äußere Einflüsse aufgescheucht wurden. In dem gewaltigen Durcheinander verlor er jede Orientierung. War denn hier niemand, der ihm einen ordentlichen Befehl geben konnte?

Es dauerte nicht lange, bis das Heulen der Sirenen und das Brummen der Motoren am Himmel von den ersten Einschlägen unterbrochen wurde. Erst ein schneidender Pfiff in der Luft, gefolgt von dumpfem Krachen mit langem Hall, jedes Mal bebte die Erde ein wenig. Die Dichte der Einschläge nahm ebenso zu wie die Kraft der Erschütterungen. Schlimmer noch, die Detonationen kamen immer näher.

Gustav warf sich auf den Boden, das panische Befehlsgeschrei seiner Vorgesetzten interessierte ihn nicht mehr. Er war ein Überlebenskünstler, ihm konnte nichts passieren. Er musste sich nur am Boden unsichtbar machen und die Bomben würden ihn verschonen.

Nervtötender als alles andere war dieses infernalische Pfeifen, das jeder Tod bringenden Eruption vorausging. Gustav hielt sich unter dem Stahlhelm die Ohren zu. Es half nichts. Dann der erste Treffer in der Kaserne. Steinbrocken flogen durch die Luft, das Befehlsgebrüll wurde von Schmerzensschreien abgelöst. Gustav wagte nicht, nach oben zu sehen. Es wurde heiß. Er spürte, dass es brannte. Wo konnte er sich in Sicherheit bringen? Er sprang auf, rannte, stolperte – ein lebloser Körper, ein Kamerad. Es dauerte ewig, nein, länger als ewig.

Dann war plötzlich Ruhe. Keine Schreie, keine Bomben, keine Sirenen, kein Pfeifen in der Luft. Nur das unbarmherzige Trommeln des Feuers. Große Teile der Kaserne brannten. Überall lagen Leichen herum. Über dem Qualm breitete sich ein blutrot flackernder Himmel aus. Was hatte das zu bedeuten. »Dresden brennt«, raunte eine Gestalt neben ihm, »das war's.« Was hätte Gustav jetzt darum gegeben, bei seinen Eltern sein zu dürfen. Aber von dem friedlichen Treiben in Cotta trennte ihn gerade ein ganzer Weltuntergang.

Den Krieg hatte er sich ganz anders vorgestellt. Im offenen Kampf Mann gegen Mann gewinnt der Überlegene. Und das wäre in jedem Fall er gewesen. Aber diese Angriffe aus der Luft auf wehrlose Opfer waren feige und erbärmlich. Eine Maus hatte immer noch die Chance, sich vor der angreifenden Eule unter der Erde zu verstecken. Aber vor diesen Bomben gab es kein Entrinnen. Jetzt endlich konnte Gustav weinen.

Nicht aus den Lautsprechern, sondern mit unverstärkt erstickter Stimme erklang aus dem Qualm der Befehl, sich zu sammeln. Ein Offizier mit lädierter Uniform, dessen Dienstgrad im Zwielicht nicht zu erkennen war, gab den Befehl, die Toten zu bergen und die Verletzten in die Krankenstation zu bringen. »In umgekehrter Reihenfolge, versteht sich!«

Gustav packte an, so gut er konnte. Zu gern hätte er jemandem das Leben gerettet, doch er fand nur Leichen. Hartmut, dachte er. Wo ist Hartmut? Der Freund war nirgends zu sehen. Ein wenig beruhigte es ihn, dass er ihn auch nicht unter den Opfern ausmachen konnte.

Es war lange nach Mitternacht, als Gustav sich die erste Pause gönnte. Trotz der nächtlichen Kälte war er schweißüberströmt. Erschöpft sank er auf den Boden und legte den Helm neben sich. Dies war der Moment, in dem er sich eine Zigarette gegönnt hätte, wenn er rauchen würde.

»Alles in Ordnung?« Diese Stimme kannte er nur zu gut. Neben ihm hatte sich Hartmut fallen lassen. Gott sei Dank, der Freund war unversehrt. »Das war'n Schauspiel, oder?« Hartmut klopfte ihm auf die Schulter, als wolle er Beifall für eine Inszenierung einheimsen, und kicherte.

Der muss irre geworden sein, das kann er nicht ernst meinen, flüsterten die Fledermäuse in Gustavs Schädelhöhle. Wutschäumend packte er den Kameraden am Kragen und schrie ihm ins Gesicht: »Sag mal, spinnst du? Kannst du nicht mal jetzt deine Theaterscheiße lassen? Das sind keine Schauspieler, die stehen nicht mehr auf. Du beschissener Arsch!«

Hartmut klopfte Gustav besänftigend auf den Oberarm. »Komm, beruhige dich mal, du lebst und ich lebe. Das ist das Wichtigste.« Doch Gustav konnte sich nicht mehr halten. Alles, was sich in den letzten zwei Stunden in ihm angestaut hatte, prügelte er dem Gefährten mitten ins Gesicht. Dieser blutete aus Mund und Nase, aber er kicherte immer noch. »Mensch, Gustav!«

»Na, na, na«, ertönte es hinter Gustav, »heute ist doch wohl genug Blut geflossen. Komm mal wieder zu dir, mein Junge.« Ein alter Fähnrich hielt ihn fast liebevoll davon ab, seinen Freund krankenhausreif zu schlagen.

»Tut mir leid, Hartmut, aber das war mir gerade zu viel.«

»Ist schon gut, du Idiot, hätte ich umgekehrt genauso gemacht.«

Der Flügel, in dem die beiden frischgebackenen Wehrmachtsangehörigen untergebracht waren, schien noch intakt. Gustav zog es ins Bett. Er wollte nur noch schlafen. Brauchte er dazu einen Befehl? Scheiß drauf, er würde jetzt schlafen gehen, das könnte ihm keiner verbieten. Doch er war zu schlapp, um sich überhaupt noch aus seiner jetzigen Lage zu befreien. Was soll's, dann würde er eben hier an Ort und Stelle einschlafen.

Aus diesen Betrachtungen sollte er jäh wieder herausgerissen werden. Erst ganz leise, dann immer deutlicher war es wieder zu hören, jenes bedrohliche Brummen am Himmel, das nichts Gutes verhieß. Vereinzelte Flakschüsse waren zu vernehmen, dann krachte es wieder ganz in der Nähe. Jemand schrie »Deckung!« und es schlug direkt neben ihm ein. Wieder flogen Trümmer durch die Luft, wieder schrien Kameraden nach ihrer Mutter. Es hörte überhaupt nicht mehr auf zu pfeifen, zu knallen und zu rumsen. Die Hitze wurde unerträglich, die Erde platzte unter Gustav auf und drohte ihn in die Hölle zu ziehen. Gustav bedeckte den Kopf mit den Armen. Diesem Schutz traute er mehr als dem der Mauern. Er riss sich hoch und rannte los. Wohin wusste er nicht, er rannte einfach um sein Leben.

Seiner Sinne beraubt und nur noch der blinden Motorik seiner Beine gehorchend, lief er mit voller Wucht gegen einen Mann, der ihn sogleich mit eisernem Griff festhielt und zur Seite zog. Gustav leistete keinen Widerstand. Endlich mal jemand, der weiß, was er zu tun hatte. Der Fremde fasste ihn unter den Armen und führte ihn im Laufschritt in einen toten Winkel des Kasernenhofs, von wo aus sie das chaotische Geschehen auf dem von Kratern zerfurchten Geviert nicht mehr sehen konnten und sich den Blicken der anderen entzogen.

»Du bleibst hier, verstanden?« Gustav traute seinen Ohren nicht. Das war doch … »Hast du mich verstanden, habe ich gefragt!«

»Vater!« Gustav brüllte es. Er verstand nicht, wie ihm geschah, aber er wusste, dass er nie zuvor so glücklich gewesen war, seinen Vater zu sehen.

»Halt's Maul und bleib hier, ich bin gleich wieder da.« Der Vater verschwand.

Es pfiff und krachte weiter, aber Gustav fühlte sich in seinem Unterschlupf einigermaßen sicher. Was mochte der Vater vorhaben? Und wo war er hin? Konnte er nicht dieses eine Mal bei ihm bleiben? Die Tränen rannen über sein Gesicht, aber ein paar Bombentreffer später kam der Vater mit einem zweiten Zivilisten, den Gustav nie zuvor gesehen hatte, und einer Decke zurück. »Wickel dir das um!«

Gustav widersprach nicht. Dann wurde er von den beiden Männern gepackt und fortgetragen. Die Sicht war ihm durch die Decke genommen. Der Vater und der andere unterhielten sich hastig, doch Gustav konnte durch den dicken Stoff kein Wort verstehen. Er spürte, wie er auf einen harten Holzboden geworfen wurde, der kurz darauf sanft zu schuckeln begann. Das musste ein Pferdewagen sein.

Sein Herz klopfte so heftig, dass es den Brustkorb zu sprengen schien. War er etwa vom Vater aus der Kaserne entführt worden? Gewehrfeuer und Bombenhagel boten immerhin noch eine geringe Überlebenschance, aber Fahnenflucht war der sichere Tod. Das musste der Vater doch wissen.

Er zog sich die Decke vom Kopf. Rauch stand in der Luft und das Rot am Himmel erschien ihm noch gleißender als zuvor. Dennoch hatte er den Eindruck, sie bewegten sich weg von dem Grauen. Bloß nicht zurückschauen, womöglich würde er sich sonst in eine Salzsäule verwandeln.

Er wollte gerade zu einer Frage ansetzen, doch Walter Bülow zischte: »Kein Wort.« Gustav wagte nicht, sich zu widersetzen. »Decke über die Rübe, sonst sind wir alle tot.«

Er zog den Kopf wieder ein. Durch die wollene Sicherheit der Decke hörte er aus allen Richtungen Stimmengewirr, aufgeregt, wütend oder verzweifelt. Der Bombendonner wurde immer leiser. Kaum zu glauben, aber er war gerettet. Mehr zu denken, war er nicht in der Lage. In seiner Umhüllung zur Bewegungslosigkeit verdammt, versuchte er zu schlafen, doch jede Zelle seines Körpers sträubte sich gegen die Erschlaffung und den damit verbundenen Kontrollverlust.

Es roch nach Morgen, als der Pferdewagen endlich zum Stehen kam. Ehe Gustav irgendetwas begreifen konnte, zog der Vater ihn von der Pritsche und schob ihn kommentarlos in einen schmalen Hauseingang. Gustav wollte ein paar Bilder seiner neuen Umgebung einfangen, doch die Decke wurde ihm zur persönlichen Verdunkelung sofort wieder über den Kopf gezogen. »Besser so«, vernahm er die knappe Bemerkung des Vaters durch das Gewebe. Über eine Reihe von Stufen wurde er nach unten geführt, vermutlich in einen Keller. Instinktiv bückte er sich.

»Setz dich und warte«, befahl der Vater, ohne jedes Anzeichen von Liebe in der Stimme. »Ich bin gleich wieder da.«

Gustav hörte, wie sein Retter die Stufen wieder hinaufeilte. Er fühlte sich verlassen. Sicher hätte er die Decke jetzt vom Gesicht streifen können, aber er traute sich nicht. Vielleicht war er ja doch nicht allein.

Nach kurzer Zeit kehrte der Vater zurück, befreite Gustavs Kopf von der Sichtblende, reichte ihm ein Stück trockenes Brot und eine Porzellantasse voll Wasser und setzte sich ihm gegenüber. Ohne erkennbare Regung schaute er seinem Sohn beim Essen zu, sagte aber kein einziges Wort. Gustav konnte die Blicke des Vaters nicht erwidern. Er verspürte weder Hunger noch Durst. Immer fester zog sich eine unsichtbare Schlinge um seinen Hals zu. Eine Umarmung oder eine väterliche Streicheleinheit, das hätte ihm jetzt geholfen. Er wusste, er würde nichts davon bekommen. Das Jüngste Gericht war einfach der falsche Augenblick für Zärtlichkeiten.

»Walter!«, hallte es fordernd von oben herunter und brach sich an den Kellerwänden. Der Gerufene erhob sich und ließ Gustav abermals allein. Erstmals nahm dieser den Raum in Augenschein, der ihn umgab. Die winzige, fensterlose Kammer bestand aus nichts als nackten roten Ziegelmauern, die von einer kleinen Bergmannsfunzel auf dem Fußboden angeleuchtet wurden, und der angelehnten Tür, durch die der Vater gerade verschwunden war. Das Erbärmliche dieses Etablissements war für Gustav ein Sinnbild für die Ausweglosigkeit seiner Situation. Nur wenige Schritte und er wäre wieder in Freiheit, könnte sich zum Dienst in der Kaserne zurückmelden und sich eine Erklärung dafür überlegen, wo er in der Zwischenzeit geblieben war, ohne den Vater zu belasten. Doch eine Macht, die tausendmal stärker war als der Rest seiner Kraftreserven, drückte ihn auf den Hocker, auf dem er seit etwa einer Stunde wie angenagelt saß.

Erleichterung erfasste ihn erst, als er die leisen Schritte des Vaters erkannte, die sich wieder auf der Kellertreppe näherten. Diesmal steckte Walter Bülow nur den Kopf herein und raunte: »Hör mir kurz zu. Wir können hier nicht lange bleiben. Draußen wimmelt es von SS. Ruh dich aus, Junge, es kann noch anstrengend werden. Ich kümmere mich um alles. Und rühr dich hier um Gottes Willen nicht weg.«

»Und wenn ich aufs Klo muss?«

»Ich bringe dir gleich einen Eimer, für alle Fälle.«

Ausruhen, guter Witz. Dumpf vernahm der unglückliche Deserteur durch die dicken Mauern das erneute Wummern der Bombeneinschläge. Das Inferno war offenbar noch nicht vorüber. Gustav konnte kein Auge zudrücken. Er versuchte die Sekunden, Minuten und Stunden zu zählen, wie er es so oft in den nächtlichen Wachstunden seiner Kindheit getan hatte, doch die Zahlen gerieten außer Rand und Band und lösten in seinem Kopf ein noch größeres Durcheinander aus. Er sprang auf, rannte absichtlich mit voller Wucht gegen die Wand, steckte sich die Zeigefinger in beide Ohren und schrie, so laut er konnte, das Mauerwerk an, bis er sich restlos verausgabt neben dem Schemel auf den Boden fallen ließ. Schlaf fand er trotzdem nicht. Er fror. Zum ersten Mal in seinem Leben verlor sich Gustav Bülow in abgrundtiefer Leere.

Wie lange er so vor sich hin gedämmert hatte, vermochte er nicht einzuschätzen. Vielleicht waren es Stunden, womöglich auch Tage. Unbeteiligt registrierte er, wie der Vater wieder seine Zelle betrat, ihm die Decke zuwarf und mit Nachdruck »Los!« sagte. Willenlos ließ er sich treppauf führen und offensichtlich wieder auf denselben Pferdewagen hieven. Das Holz der Pritsche fühlte sich weich an, das harmonische Geschuckel tat ihm nach dem harten, kalten Kellerboden gut. Sein Körper wurde sanft hin und her gewiegt. Endlich fiel er in einen tiefen, traumlosen Schlaf.

In absoluter Dunkelheit wachte er wieder auf. Er tastete nach rechts und links. Er schlug mit der Hand auf den Boden. Das Echo wurde von Wand und Decke zurückgeworfen. Er musste in einem größeren Raum liegen. Es roch muffig. Vielleicht eine Höhle? »Hallo?« Auf diesen ersten, relativ verhaltenen Versuch einer Kontaktaufnahme erfolgte keine Antwort. Noch einmal lauter: »Halloooh!« Wieder keine Reaktion. Gustav wollte aufstehen, doch ein stechender Schmerz im Rücken hinderte ihn daran. War er vielleicht tot? War diese schwarze, einsame Leere das Ende?

Erst langsam kamen ihm die Ereignisse in der Kaserne und seine mysteriöse Flucht wieder in den Sinn. War das tatsächlich alles passiert? Lag die majestätische Elbmetropole in Schutt und Asche? Und er, Gustav Bülow? Ist er wirklich desertiert? Nicht bei dem Gedanken an Dresden, sondern erst bei der Vergegenwärtigung des Treuebruchs gegenüber dem Führer schossen ihm abermals Tränen in die Augen. Nein, das konnte nicht sein, er hatte noch eine Pflicht zu erfüllen. Nur wenn jeder sein Letztes gab, war der Endsieg sicher. Entzog sich nur ein einziges Mitglied der Volksgemeinschaft seiner Pflicht, war alles verloren. Das konnte, das durfte nicht sein.

Unter großen Schmerzen zog er sich Stück für Stück an der Wand hoch, bis er aufrecht stand. Vorsichtig setzte er in der Dunkelheit einen Fuß vor den anderen. Zum Glück hatte er die blinde Orientierung oft als Kind geübt. Noch einmal ließ er sein Hallo ertönen. »Ist hier irgendwer? Hier muss doch irgendjemand sein!« Nichts.

Die Hände nach vorn ausgestreckt, tastete er sich weiter. Seine merkwürdige Lage erinnerte ihn an Edgar Allan Poes Geschichte »Die Wassergrube und das Pendel«, die er vor zwei Jahren schaudernd gelesen hatte. Bloß nicht aus Versehen ins Verderben treten. Da, ein Hindernis. Es war aus Holz. Gustav tastete es mit beiden Händen ab. Ein großes Fass, vermutlich ein Weinfass. Sich an dessen Vorderseite entlang tastend, stieß er auf ein zweites Fass. Es handelte sich offenbar um einen Weinkeller. Und wo ein Weinkeller ist, muss es auch eine Tür geben.

Gustav musste nicht lange suchen. Er hörte, wie sich Metall in Metall drehte, vermutlich ein Schlüssel. Eine Tür wurde geöffnet, grelles Licht schmerzte in den Augen und die Silhouetten mehrerer Männer kamen herein, darunter konnte er die hageren Umrisse seines Vaters ausmachen.

»Wo bin ich hier«, entfuhr es dem Weggesperrten.

»Das musst du nicht wissen. Hauptsache, du bist in Sicherheit«, entgegnete der Vater knapp, »hier ist noch jemand.« Ein Rascheln bewegte sich auf Gustav zu. Am Geruch erkannte er, dass es nur Inge sein konnte. »Es war zu unsicher, sie zu Hause zu lassen, denn sie werden nach dir suchen. Mutter habe ich auch untergebracht.«

»Aber ich muss zurück!« Es war mehr ein flehendes Winseln als der ernsthafte Versuch, seinem Refugium zu entkommen.

Die Stimme des Vaters klang sehr resolut. »Pass auf, Gustav, der Krieg ist bald zu Ende. Vielleicht noch drei oder vier Wochen, dann bricht der ganze Müllhaufen zusammen. Solange wirst du hierbleiben. Ich lasse nicht zu, dass sie dich für nichts und wieder nichts abknallen. Wenn alles vorbei ist, wird niemand mehr fragen. Hauptsache, du hältst durch. Und zieh deine Nazi-Klamotten aus.«

Eben noch stolzer Rekrut der Wehrmacht, verwandelte Gustav sich wieder in einen ordinären Zivilisten. Nach dem

Grund brauchte er nicht zu fragen. Einer der Begleiter des Vaters warf ihm ein Bündel mit Kleidern zu. Hektisch entledigte sich Gustav seiner Uniform. Als käme es auf jede Sekunde an, stopfte der Vater das Wehrmachtszeug in einen alten Kartoffelsack. »Das werden wir heute noch verbrennen.« Niemand würde in einem spindeldürren Fünfzehnjährigen einen entflohenen Soldaten vermuten.

Gustav wollte Fragen stellen, aber ihm fielen keine ein. Inge drückte ihn fest an sich. »Tut mir leid, Gusti.« Er verstand nicht, was sie meinte.

»Wir bringen euch alle paar Tage etwas zu essen«, fuhr der Vater fort. »Auch zwei Eimer, Decken und so viele Annehmlichkeiten wie möglich. Ihr dürft auf keinen Fall nach draußen gehen. Deshalb schließen wir die Tür wieder ab. Ihr kriegt ein paar Kerzen, damit ihr etwas sehen könnt. Zündet sie aber erst an, wenn wir den Keller verlassen haben.«

Das Gefühl, der Vater könne in Verbindung zu feindlichen Kollaborateuren stehen, beunruhigte Gustav. Er spürte jedoch, dass jede Frage, die in diese Richtung zielen würde, zwecklos wäre. Das alles entscheidende Wort hieß Sicherheit. Nach nichts verlangte ihn mehr. Und wenn der Vater Sicherheit versprach, dann konnte er gewiss sein, er war in Sicherheit.

Die Tür schlug leise hinter Walter Bülow und seinen Begleitern in den Rahmen, der Schlüssel wurde im Schloss gedreht, diesmal in die andere Richtung. Inge entzündete eine Kerze. Zum ersten Mal konnte Gustav seinen Kerker eingehend betrachten. Der Raum war kleiner, als er gedacht hatte, das Mauerwerk bestand aus Sandstein. Alles wirkte ein wenig feucht. Auf dem Boden waren zwei Lager ausgebreitet, dazu zwei Hocker, ein Koffer, in dem sich vermutlich Kleidung befand. »Schöner Schlamassel!« Gustav raffte die Decke zusammen und schüttelte den Kopf. Er sah der Schwester lange in die Augen. Jeder wollte dem anderen etwas sagen, aber keins der beiden Geschwister wagte es, in dieser Stunde als Erster die Stille zu brechen.

Quälend lange Wochen vergingen. Inge musste ihrem kleinen Bruder immer wieder haarklein schildern, wie Dresden an jenen drei unglückseligen Tagen Mitte Februar im Feuersturm untergegangen war. Wie ein Meer von Flammen die Menschen wie Streichholzkuppen verbrannt hatte. Wie Luftschutzkeller zu unentrinnbaren Fallen geworden waren. Wie einige Tage nach den Angriffen die ausgebrannte Frauenkirche wie ein morbides Symbol der Apokalypse in sich zusammenstürzte und eine riesige Rauchsäule über Dresden freisetzte. Wie brennende Menschen in die Elbe sprangen, aber das klebrige Phosphor an ihren Körpern auch unter Wasser weiter brannte.

Gustav hörte diese Berichte seiner Schwester mit nachlassendem Entsetzen. Immer weniger hatten sie mit ihm selbst zu tun. Auch das Interesse am Schicksal seiner Kameraden verflüchtigte sich. Was blieb, war ein animalischer Überlebenswille.

Zwei bis dreimal in der Woche kamen seine unbekannten Kerkerwächter, um die Eimer auszuleeren und ein paar Rüben, Brot und Wasser zu bringen. Er hatte Hunger, er musste sich entleeren. Mehr interessierte ihn hier, abgeschieden vom Rest der Welt, nicht mehr. Nur anfangs zählte er noch die Tage. Ein Robinson Crusoe der Unterwelt war er, der nur auf seine Befreiung wartete. Doch was würde ihn dort draußen erwarten?

9.

Unter Wölfen

Mein enges Verhältnis zur Natur und meine wachen Sinne hatten sich unter meinen Vorgesetzten in der Kaserne schnell herumgesprochen. Die meisten meiner Kameraden waren Muttersöhnchen, die zwar von der Sache des Führers überzeugt waren, sich aber im Angesicht des Feindes in die Hosen schissen. Offenbar war ich da aus anderem Holz. Ich will weiß Gott nicht behaupten, dass bei mir immer alles glatt lief. Aber wenn bei mir irgendwas richtig schiefging, habe ich trotzdem noch das Beste daraus gemacht.

Eines Tages übten wir zum Beispiel in der Zschone, Panzer auszuschalten. Auf einem Hang war eine Panzernachbildung aus Holz aufgebockt, wir mussten uns anschleichen und in die Sichtöffnung eine Granate werfen. Natürlich handelte es sich auch bei der Granate nur um eine Attrappe. Im Panzer saß ein Kamerad, der nicht wusste, woher wir jeweils kamen, und den Angreifer seinerseits ausschalten musste. Diese Übung ging ein paar Mal gut, bis ich an der Reihe war.

Ich schlich mich den Hang hinauf, die Pseudo-Granate einsatzbereit in der Hand. Es gelang mir ganz gut, mich hinter den Bäumen zu tarnen. Ich bin mir bis heute sicher, dass der Späher im Holzpanzer mich nicht sehen konnte. Aber das war auch egal, denn ich setzte das Gefährt auf ganz andere Weise außer Gefecht. Ohne dass ich das gewollt hätte, trat ich auf einen der Pflöcke, mit dem das Scheißding am Boden befestigt worden war. Der Pflock rutschte im matschigen Boden weg und das feindliche Fahrzeug geriet in Bewegung. Mir blieb gar nichts übrig, als auf den herabrasenden Bretterhaufen aufzuspringen, sonst wäre ich zermalmt worden.

Der Kamerad im Innern schrie durch den Sehschlitz: »Bülow, du Idiot, was soll das?«

Ich rief zurück: »Selber Idiot, bring lieber das Ding zum Stehen.« Darauf er: »Womit denn, denkst du, so ein Holzpanzer hat eine Bremse?«

Weiter kamen wir nicht, denn die Reste des Ungetüms knallten laut krachend gegen einen Baum und zersprangen in tausend Stücke. Ich sah, wie die Jungs meines Zuges am Fuß des Hanges bestürzt das Geschehen verfolgten. Keiner rührte sich. Nur der Spieß brüllte außer sich vor Wut: »Bülow!«, wobei er die zweite Silbe in die Länge zog, bis ihm die Luft ausging.

Als ich wieder einigermaßen zur Besinnung gekommen war, stolperte ich starr vor Angst runter zur Truppe, salutierte stramm vor dem Ausbilder und stotterte: »Herr Oberfeldwebel, feindlicher Panzer vernichtet!«

Der Alte starrte mich fassungslos an. Ich dachte, seine Augen würden gleich aus seinem Schädel gesprengt. Ich war mir nicht sicher, ob er seine Pistole zücken und mich vor versammelter Mannschaft über den Haufen schießen würde.

Ein paar Sekunden blieb er reglos stehen, dann hellte sich sein Gesicht auf und er rief für alle gut hörbar: »Na Bülow, an Ihnen hat der Russe nicht viel zu lachen. Aber hier bei der Ausbildung will ich Sie nicht mehr sehen. Wegtreten!« Dann überkam ihn ein jäher Heiterkeitsanfall. Die Ausbildung war für diesen Tag zu Ende. An welchem Panzer hätten wir schließlich noch üben sollen?

Am nächsten Tag wurde ich zum Kommandanten befohlen. Ich erwartete mein blaues Wunder und kriegte kaum mein Frühstück runter. Vor seinem Schreibtisch musste ich Aufstellung nehmen. Er musterte mich eine Weile, zuckte leicht mit dem rechten Mundwinkel und meinte dann: »Steh'n se mal bequem. Bülow? Sie wissen, warum ich nach Ihnen habe rufen lassen, oder?«

Ich schlug die Hacken zusammen: »Jawoll, Herr Oberst.«

Jetzt erhob er sich aus seinem schweren Ledersessel, umkreiste mich zweimal und blickte mir scharf in die Augen. Dann kam er mir ganz nahe und flüsterte fast: »Habe gehört, dass die Panzer sich von selbst in ihre Bestandteile auflösen, wenn Sie sich anschleichen.« Er machte eine Pause und wartete meine Reaktion ab.

Ich ließ mir nichts anmerken, war aber bis zum Äußersten gespannt.

Nachdem er mich noch zweimal umrundet hatte, ließ er die Katze aus dem Sack. »Leute wie Sie brauchen wir, Bülow.«

In knappen Worten erzählte er mir, worum es ging. In der Sächsischen Schweiz trieben kommunistische Banditen und Saboteure ihr Unwesen, um die Invasion der Sowjets vorzubereiten. Eine Spezialeinheit aus Bergsteigern, Scharfschützen und Nahkämpfern wurde aufgestellt, um diese Elemente dauerhaft unschädlich zu machen. Dass ich mich wie kaum ein Zweiter im Felsenlabyrinth zwischen Pirna und Bad Schandau auskannte, hatte sich offenbar bis zur Obersten Heeresführung herumgesprochen. Man brauchte mich als Pfadfinder in diesem noch weitgehend unerschlossenen Gelände. Ich zögerte keine Sekunde und sagte zu.

»Gut, mein Lieber, finden Sie sich morgen früh um zehn am Bahnhof Bad Schandau ein, dort erfahren Sie alles Weitere.« So begann eines der größten Abenteuer meines Lebens.

Ich reiste inkognito, ohne Uniform. Nach der harten Grundausbildung, in der ich keinen Moment allein sein konnte, tat es mir gut, allein in den Lieferwagen zu steigen und die weiße Winterpracht an mir vorüberziehen zu lassen. Am Bahnhof Bad Schandau warteten zwei Männer auf mich, die wie Jäger gekleidet waren. »Bülow?« Wir stiegen in eine Limousine, überquerten mit der Fähre die Elbe und trafen uns mit noch drei anderen Männern des Sonderkommandos in einer spärlich ausgestatteten Berghütte, die für die nächsten Wochen unser Quartier sein sollte. Allemal besser als die muffige Kaserne.

Meine Aufgabe wurde mir schnell erklärt. Weite Teile der Sächsischen Schweiz waren militärisches Sperrgebiet. Ich sollte möglichst unbemerkt durch die Felsenlandschaft streifen und nach menschlichen Spuren suchen. Gemeint waren natürlich nicht nur Fußabdrücke im Schnee, denn die hätte ja jeder Idiot entdeckt. Nein, ich sollte abgeknickte Zweige, Überreste von Proviant, Zigarettenasche, Feuerreste, frische Kletterspuren im Felsen und anderes mehr aufspüren. Besser hätte ich es nicht treffen können. Ich war in meinem Element. Die freie Luft der Natur atmen, ungebunden sein und doch mit einer verantwortungsvollen Aufgabe betraut: all meine Sinne und meinen kompletten Naturverstand gebrauchen, um dem Feind auf die Spur zu kommen und selbst nicht überwältigt zu werden.

Ich führte einen Trupp mit drei Spezialkräften durch die Berge. Jeden Morgen gingen wir gleich nach Sonnenaufgang los und kehrten erst nach Einbruch der Dunkelheit zurück. Oft verharrten wir Stunden in einem Unterschlupf, um unbemerkt ein größeres Gelände zu überblicken. Dabei sprachen wir kein einziges Wort, denn jedes Geräusch hätte uns verraten können. Wir hatten einige Handzeichen vereinbart, mit denen wir uns verständigten. Anfangs tat sich nichts. Die Dresdner hatten andere Sorgen, als Ausflüge in die Umgebung zu unternehmen. Das Gebirge schien nahezu menschenleer. Wenn sich hier überhaupt jemand herumtrieb, war es wahrscheinlich ein kommunistischer Verräter.

Das Schießen sollte ich eigentlich dem Scharfschützen in meiner Gruppe überlassen. Trotzdem hielt ich es für besser, mich niemals ohne meine Maschinenpistole auf den Weg zu machen. Ich war nicht sonderlich erpicht auf Feindberührung, meine Antennen waren ununterbrochen auf Empfang. Abends waren meine Augen und Ohren so erschöpft, dass ich nach einem heißen Kräutertee sofort in tiefen Schlaf fiel.

Ich weiß nicht, ob unsere Wachsamkeit mit der Zeit nachließ, aber nach etwas mehr als einer Woche gerieten wir in einen Hinterhalt. Es war auf einer Strecke, die wir täglich inspizierten. Wir sprachen nicht miteinander, jeder hing seinen Gedanken nach. So achteten wir weder auf unsere Umgebung noch auf uns gegenseitig. Als ich die sorgfältig verwischten Spuren im Schnee entdeckte, war es schon zu spät. Ich rief noch Deckung, aber schon ertönte ein Schuss, dessen Knall sich an den Felsen brach.

Der Mann zu meiner Rechten riss weit die Augen auf und fiel ohne den geringsten Ton vornüber in den Schnee. Meine beiden anderen Kameraden waren hinter einem Felsvorsprung einigermaßen gedeckt, nur ich stand mitten auf einer Lichtung und wartete darauf, der Nächste zu sein. Mein Atem gefror in der Luft, im klirrenden Frost schien auch die Zeit zu erstarren. Ich weiß nicht, wie lange ich brauchte, um zur Seite in den Schnee zu springen und die MPi hochzureißen. Ich dachte nicht nach, sondern feuerte mein Magazin einfach in die Richtung ab, aus der vorhin geschossen worden war. Hinter einem Baum vor einer höher gelegenen Nische zwischen zwei Felsen löste sich eine Gestalt, fiel zu Boden und rollte den Berg hinab.

Danach setzte beklemmende Stille ein. Ich robbte zu den anderen und wartete auf weitere Schüsse, doch es war nichts mehr zu hören. Als wir sicher waren, dass es sich um einen Einzelgänger gehandelt haben musste oder seine Komplizen verschwunden waren, schlichen wir vorsichtig zu dem toten Körper. Ich hatte ihm den Brustkorb zerfetzt. Das leuchtend rote Blut im Schnee und das schwarze, feuchte Holz, das er in seinem Sturz mitgerissen hatte, erinnerten mich an Schneewittchen.

Die Gesichtszüge des Erschossenen waren klar zu erkennen. Einer meiner Begleiter stieß einen erstaunten Pfiff aus und klärte mich auf. Ich hatte offenbar einen Glückstreffer gelandet. Der Tote, der da vor uns im Schnee lag, war der seit Jahren gesuchte Anführer einer kommunistischen Verbrecherbande, die im Sold des Russen stand. Wahrscheinlich war er sogar der Drahtzieher der gesamten bolschewistischen Umtriebe, denen wir hier auf der Spur waren. Die zwei Überlebenden meines Trupps, beide mindestens doppelt so alt wie ich, schüttelten mir dankbar die Hand.

Damit war der Auftrag erledigt. Mit der Liquidierung des Oberhauptes der Bande verstreute sich deren Rest in alle Winde. Manche wurden gefasst und standrechtlich erschossen, anderen gelang es, sich zu den Russen durchzuschlagen und sich ihrer Strafe zu entziehen. Ich hätte gern weitergemacht, aber ich musste zurück in die Kaserne, wo mir seitens der Offiziere viel Anerkennung zuteil wurde. Zumindest musste ich nicht mehr an der Grundausbildung teilnehmen. Mitte März hieß es dann, ich solle am 20. des Monats nach Berlin, der Führer wolle mich sehen. Ich war erschüttert.

Fast genau fünf Jahre nach meiner Aufnahme in die Hitlerjugend wurde ich unter abenteuerlichen Umständen, auf die ich hier nicht näher eingehen will, nach Berlin gebracht. Die Reichshauptstadt war von den Russen eingekesselt. Wir tarnten uns als Bauern, mussten mehrfach das Auto wechseln, um überhaupt von Dresden nach Berlin zu gelangen, und wurden dann von einer Motorrad-Eskorte durch die unter Beschuss stehenden Straßen zum Führerbunker geleitet.

Zu meiner Überraschung erfuhr ich, dass ich nicht der einzige Junge war, der für jenen historischen Tag eine Einladung erhalten hatte. Aus allen Teilen des Reiches waren jugendliche Helden nach Berlin beordert worden, um ausgezeichnet zu werden.

Im Hof der Reichskanzlei nahmen wir Aufstellung. Für die Architektur hatte ich keinen Blick, auch das Grummeln über der Stadt nahm ich kaum wahr. Eine Fernsehkamera war aufgestellt. Der Kameramann nahm von uns überhaupt keine Notiz. Er war mit seinem Apparat beschäftigt. Wir Jungs unterhielten uns nicht. Keiner wusste etwas von den anderen. Ich war der Vorletzte in der Reihe.

Wir mussten lange warten, bis sich die Tür öffnete und eine Gruppe ranghoher Offiziere eintrat. Ich konnte den Führer nicht erkennen, wohl aber Reichsjugendführer Artur Axmann, den ich von Fotografien kannte.

Plötzlich stand er vor uns. Ich weiß nicht, woher er gekommen war. Aber ich spürte seine Anwesenheit, noch bevor ich ihn sah.

Ein frischer Luftzug wehte über den Hof, die Zusammensetzung der Moleküle schien sich ebenso verändert zu haben wie der Lichteinfall. Der Führer wirkte anders, als ich es erwartet hatte. Seine Uniform erschien im Gegensatz zu seinem Gefolge fast ein wenig nachlässig. Mein Blick fiel auf das einsam an seine Brust geheftete Eiserne Kreuz, das ihm für besondere Tapferkeit im Ersten Krieg verliehen worden war. Dieser Mann wusste, was es bedeutet, sich allein vor dem Feind zu bewähren. Er konnte sich in uns, die wir hier standen, hineinversetzen. Er gehörte zu uns, nicht zu diesen uniformierten Speichelleckern, die ihn umschwirrten. Der Kragen war hochgeschlagen, obwohl es ein relativ warmer Tag war. Er sah ein wenig eingefallen aus, das Haar wirkte grau und seine Gestalt leicht gedrückt. Das war er also, mein Führer, für den ein ganzes Volk sein Leben zu geben geschworen hatte.

Adolf Hitler sagte nicht viel. Einer seiner Gefolgsleute forderte uns auf, einer nach dem anderen zu erzählen, was wir erlebt hatten. Einige der Jungs hatten sich um die Verteidigung Berlins verdient gemacht. Der Führer hörte sich ihre Prahlereien an, gab einem einen freundschaftlichen Klaps auf die Schulter, schüttelte dem anderen die Hand, gab jedem ein paar aufmunternde Worte mit. Als er bei meinem Vordermann anlangte, wurde mir schwarz vor Augen. Gleich würde ich ihm von meinem Abenteuer in der Sächsischen Schweiz erzählen.

Dann stand er tatsächlich vor mir. Axmann versuchte, ihm von hinten etwas ins Ohr zu flüstern, doch Hitler beschied ihm mit einer Geste seiner rechten Hand zu schweigen. Er sagte kein Wort und sah mir tief in die Augen. Ich war überrascht, wie leicht es mir fiel, diesem Blick standzuhalten. Da war in diesem Moment nichts anderes als dieses Paar schräger Augen, das mich aufzusaugen drohte wie die Strudel, die ich von der Elbe kannte. Ich fühlte mich hypnotisiert und dachte bei mir, was mögen diese beiden Schlitze schon alles gesehen haben. Und jetzt richteten sie sich auf nichts anderes als auf mich. Ich holte Luft, hob zu reden an, doch ein winziges Zwinkern seines rechten Auges gebot auch mir innezuhalten.

Ich schwieg. Er schwieg.

Es war, als bestünde zwischen uns beiden eine spirituelle Verbindung, die über jeder Etikette und allen Hierarchien stand. Wie zwei Wölfe in einem Rudel.

Mir fiel in diesem Augenblick ein, dass der Name Adolf nichts anderes war als die Ableitung von Edelwolf. Ja, genau das war er, ein Raubtier von besonders edlem Geblüt. Einer, der sein Rudel kennt und sofort weiß, wann er die Witterung von seinesgleichen aufgenommen hat. Wir brauchten keine Worte und verstanden trotzdem. Er, der Leitwolf, sah in mir, dem Jungwolf, etwas, das nur er erkannte. In meinem Innersten fühlte ich, dass er es instinktiv erfasst hatte, ohne für den Moment genau zu verstehen, was es war.

Wie ein Film spulten sich vor meinem Auge all die geschlagenen Schlachten ab, die sich in seine Haut eingegraben hatten, all die Triumphe, aber auch der Verrat und die Enttäuschungen. Dieser große Mann wirkte müde und doch zu allem entschlossen. Sein eiserner Siegeswille, das war uns beiden, wie wir da standen, bewusst, übertrug sich in diesem Moment auf mich. Nie erschien mir der Endsieg greifbarer.

Meine Augen vergruben sich in den blaugrau umrandeten Pupillen des Führers. Gut möglich, dass ich auf dem langen Weg von Dresden in die Reichskanzlei zu wenig getrunken hatte, aber mir schien, ich würde zu halluzinieren beginnen. Der Boden wankte unter meinen Füßen, die Welt begann sich um mich zu drehen, erst ganz langsam, dann immer schneller, bis alle Formen und Farben zu einem einzigen graubunten Schleier zusammenliefen. Ich fühlte mich wie auf einem Kettenkarussell, dessen feste Achse dieses magische Augenpaar war, in dessen Abgrund ich mich immer tiefer versenkte.

Nie zuvor und nie wieder danach ist mir eine derart gebündelte Übertragung von Energie zuteil geworden. Nichts, was sich von diesem Augenblick an in meinem Leben ereignen würde, könnte ich losgelöst von dieser Transformation betrachten.

Ich hatte keine Ahnung, wie lange dieser Rausch, diese Offenbarung andauerte. Mein einziger Wunsch bestand darin, vor dem Führer aufrecht zu bleiben. Ich verstand, warum diesem Mann die Massen er- und die Völker unterliegen mussten. Wie die Strahlen einer Geheimwaffe durchbohrten mich seine Blicke. Der von fern grollende Geschützdonner kam plötzlich näher, jetzt schwankte der Boden tatsächlich. Nervosität machte sich auf dem Hof breit, nur dieser Mann, der Nationen in Bewegung setzen und ganze Kontinente unterwerfen konnte, bewahrte die Ruhe. Einen Moment blieb er noch wortlos vor mir stehen, beugte sich fast unmerklich zu mir herab, kniff die Augen zusammen, trat dann einen Schritt zurück und ging seelenruhig zum letzten Jungen weiter, dessen Geschichte er sich wieder anhörte.

Am Ende dieses auserwählten Spaliers jugendlicher Helden verschwanden der Leitwolf und seine kläffende Meute so schnell, wie sie gekommen waren. Kein Blick mehr, kein Wort. Die Tür schlug zu, und das war's.

Ich kann bis heute nicht einschätzen, wie lange die ganze Zeremonie gedauert hat. Kaum war der Hof von den Offiziellen verlassen, kam in die anderen Jungen, die eben noch so ehrfürchtig strammgestanden hatten, aufgeregte Bewegung. Nur ich blieb stehen und versuchte das einzuordnen, was da gerade geschehen war. Es mag banal klingen, aber ich war verwirrt. Was hatte all das zu bedeuten? Welche Aufgaben hatte er mir noch zugedacht?

Natürlich ahnte niemand von uns, dass dies Adolf Hitlers allerletzter Auftritt in der Öffentlichkeit sein sollte. Nicht einmal anderthalb Monate später sollte er sich erschießen.

Hatte er, als er mir in die Augen blickte, bereits gewusst, wie nah sein Ende war? Und dass die slawischen Horden uns niedermachen würden?

In der Wochenschau wurde dieses letzte Treffen des Führers zu einem kurzen Beitrag zusammengefasst. Ich sah mir diese Sequenz an, so oft ich konnte, und versuchte irgendeinen Hinweis auf meine Anwesenheit zu finden. Doch nicht einmal mein Schatten war zu sehen.

Ehrlich gesagt, wunderte mich nicht, dass die Begegnung mit mir komplett herausgeschnitten worden war. Dieses wortlose Zusammentreffen zweier Wölfe, die einander beschnupperten, passte nicht mehr ins offizielle Bild der Propaganda. Man bereitete sich schon auf die Zeit nach Hitler vor, wollte ihn nicht mehr als entschlossenen Siegesmenschen darstellen. Und in späteren Zeiten, als es nur noch darum ging, seine Leistungen zu verunglimpfen, hatte man schon gar kein Interesse mehr daran.

Noch viele Jahre versuchte ich, an die originale Filmrolle heranzukommen, aber die Aufnahmen waren wie vom Erdboden verschwunden. Ich schrieb sogar Briefe an den Regisseur. Angeblich war die Zelluloid-Rolle jedoch bis auf wenige Meter in den letzten Kriegstagen verbrannt. Schöner Zufall.

Ich gab trotzdem nicht auf. Der Zweite Weltkrieg war schon lange vorbei, da erhielt ich einen anonymen Brief, in dem mir geraten wurde, keine Fragen mehr über den Verbleib des Films zu stellen, wenn mir mein Leben lieb sei. Zu gern hätte ich weiter nach den Aufnahmen gefahndet, aber das wurde mir dann doch zu gefährlich.

10.

Dunkelheit. Tag und Nacht nur Dunkelheit. Es zermürbte Gustav, in diesem dunklen, kalten Stollen gefangen zu sein. Nicht die Umgebung selbst raubte ihm den Nerv. So leicht fror er nicht und bei seinen abendlichen Wanderungen durch den Zschoner Grund und die Dresdner Heide hatte er sich längst mit der Dunkelheit angefreundet. Mehr noch, er beneidete die Norweger um ihren arktischen Winter, in dem die Sonne für Monate versank. Nein, das war es nicht.

Was ihn fast um den Verstand brachte, war die Ohnmacht der Untätigkeit. Es gab fast nichts zu sehen. Links, rechts, oben, unten, vorne, hinten, überall nur Schwarz, durchbrochen von den vagen Konturen, die das spärliche Licht zuließ, das tagsüber, wenn er die Außenwelt sonnendurchflutet wähnte, durch die verhängten Fenster einfiel. Wenn sich die beiden Geschwister eine Kerze anzündeten, wurde alles nur noch schlimmer.

In den ersten Tagen war er glücklich über Inges Gegenwart. Er spürte, dass auch sie froh war, sich um ihren kleinen Bruder, der nun kein kleiner Bruder mehr war, kümmern zu dürfen. Doch sie erwartete Dankbarkeit. Er hätte sich wieder in die Rolle Klein-Gustis fügen sollen, gehorchen und vor allem nicht widersprechen. Sich ihren Spott gefallen lassen. Und das, obwohl er schon die Uniform der Wehrmacht getragen hatte, ein Mann war, der dem Grauen ins Gesicht gesehen hatte. Mit jedem Tag, jeder Stunde ging ihm Inge mehr auf die Nerven. Allein das Rascheln ihrer Strickjacke wurde ihm zur täglichen Tortur.

Der Vater hatte ihnen ein paar Bücher mitgebracht. Anfangs lenkte es Gustav noch ab, von Abenteuern in Wald und Prärie, Heide und Gebirge zu lesen. Er stürzte sich in die fremden Welten, fühlte sich wie in den seligen Tagen seiner Kindheit, als er schon nach wenigen Seiten eines Romans mit dem Protagonisten verschmolz. Doch diesmal war es anders, der Kontrast zwischen den Tagen in der Kaserne und seinem unfreiwilligen Aufenthalt im Weinkeller war allzu krass. Schon nach wenigen Tagen des Schmökerns bei flackerndem Kerzenlicht überkamen ihn Beklemmungen. Er las ja nicht, weil er wollte, sondern mangels Alternative. Was hätte er sonst zwischen den dunklen Wänden ohne Tageslicht tun können?

Gustav fühlte sich wie ein an beiden Beinen Amputierter, den ein Dämon dazu verurteilt hatte, Berichte über Leichtathletik zu lesen. Die Erzählungen von Jagden und Schatzsuchen, vom Kampf Mann gegen Mann im offenen Gelände führten ihm seine Hilflosigkeit nur noch deutlicher vor Augen. Wie lange würde er hier noch aushalten müssen?

Der einzige Romanheld, mit dem sich Gustav über die Distanz der Jahrhunderte anfreunden konnte, war der Graf von Monte Christo. Es war noch gar nicht so lange her, dass er dieses Buch verschlungen hatte. Am meisten hatte Edmond Dantès' abenteuerliche Flucht von der Gefängnisinsel seine

Fantasie angeregt. Nie hätte er sich bei der Lektüre dieser Geschichte von Verrat und Rache träumen lassen, wie schnell er selbst in eine, wie er fand, vergleichbare Situation geraten würde.

Wie der Held aus dem Roman von Alexandre Dumas hatte er die Orientierung darüber verloren, wer als Freund oder Feind zu betrachten war. Natürlich liebte er den Vater, aber war dessen resolutes Handeln während des Bombenangriffs auf Dresden für ihn, Gustav, nun Fluch oder Segen? Wer waren seine Helfer? Etwa Kommunisten oder andere Elemente der Subversion gegen den Führer? Und was würde mit ihm geschehen, wenn der Krieg vorüber wäre? Seine Fahnenflucht würde man ihm kaum verzeihen.

Wie der Graf von Monte Christo würde er unter falscher Identität ein völlig neues Leben beginnen müssen. Oder in die Fremde gehen, zu den Goldsuchern in Kanada, den Trappern in den Appalachen oder den Gauchos in Südamerika. Womöglich würde er unter anderem Namen wirklich ein großer Forschungsreisender wie Bengt Berg, dessen Filme in Deutschland gezeigt wurden.

Alles Quatsch. Viel wahrscheinlicher wäre, dass man ihn aufgriffe und kurzen Prozess mit ihm machte. Jeden Moment könnte die Tür aufspringen und die SS ihn stellen. Es sei denn, er würde sich durch eine besondere Heldentat im letzten Moment retten. Zum Beispiel im Elbsandsteingebirge feindliche Kuriere aufspüren und damit die russische Befehlskette zerstören.

Gustav überlegte fieberhaft, wie er seiner Zwangslage entfliehen könnte. Er war nicht Edmond Dantès, hatte nicht jenen kühnen und messerscharfen Verstand, der jede Misslichkeit in einen Vorteil verkehren konnte. Was ihn jedoch noch viel mehr entmutigte: Inge war nicht Abbé Faria, jener ebenfalls inhaftierte Weise, der Dantès nicht nur zur Flucht verholfen, sondern ihm auch noch Zugang zu einem der größten Schätze der Menschheit verschafft hatte. Inge war nur seine dämliche Schwester, die immer alles besser wusste und nicht aufhörte, ihn zu piesacken. Nein, Gustav war ganz auf sich allein gestellt.

Zwei Gedanken quälten ihn besonders, die sich ganz einfach mit den Begriffen Flucht und Genugtuung beschreiben ließen. An wem hätte er sich rächen sollen? Er wollte sein Ansehen wieder herstellen, das durch die Fahnenflucht schwer beschädigt war. Mit Inge darüber zu reden war zwecklos, die würde am Ende wie alle Weiber alles ausplaudern. Gustav spielte verschiedene Möglichkeiten durch, seine vermeintlichen Kerkermeister zu überwältigen, die ihn regelmäßig mit Essen und dem Nötigsten versorgten. Aber die waren ja immer zu zweit. Da sie nicht viel sprachen und er sie kaum richtig ansehen konnte, vermochte er sie überhaupt nicht einzuschätzen.

Selbst wenn ihm die Flucht gelänge, wohin sollte er gehen? Nach Hause konnte er nicht. Der Vater war es ja, der ihn, ohne zu fragen, überhaupt erst in diesen Zustand der Tatenlosigkeit versetzt hatte. Es wäre nicht ausgeschlossen, dass zu Hause schon Gestapo oder SS warteten, um ihn mitzunehmen. Das durfte er keinesfalls riskieren.

Am besten wäre es, in die Kaserne zurückzukehren und vorzugeben, er sei während des Bombenangriffs von einem herumfliegenden Trümmerteil am Kopf getroffen worden und dann ohne Gedächtnis durch die Umgebung von Dresden geirrt. Am Ende sei aber wie durch ein Wunder die Erinnerung zurückgekehrt und jetzt wäre er wieder bereit, seinen Treueeid einzulösen.

Bei der Vorstellung, wie er einsam und orientierungslos durch die Straßen von Dresden stolperte, verspürte er unweigerlich Mitleid mit sich selbst. Er führte sich bildlich vor Augen, wie er geistesabwesend einen Fuß vor den anderen setzte ohne Ziel, ohne Hoffnung. Völlig fremde Menschen würden ihm, dem zerlumpten Herumtreiber, karge Speisen und Getränke reichen, aber er würde nicht reagieren, sondern vor sich hin starrend seinen Weg gehen. Das Haar würde ihm bald auf die Schulter fallen, der Bart sprießen, die Gewänder in Fetzen am Körper herabhängen. Früher oder später würden ihn die Menschen hier als Heiligen verehren. Er würde Schüler um sich scharen, Jünger, denen er das Leben in Eintracht mit der Natur predigte.

Sie würden ihn den Wolfsmann nennen, der aus der Wildnis zu den Menschen gekommen ist und ein Rudel aufgebaut hat. Er wäre aber kein Heiland, der das Gute verkünden würde. Das Gleichnis mit den beiden Wangen empfand er schon immer als Freibrief für Schwächlinge. Die Natur kennt kein Gut oder Böse, sie akzeptiert nur Sein oder Nichtsein. Das ist das Wolfsgesetz, dem er gehorchte.

In der Abgeschiedenheit seiner Eremitage war er jedoch der einzige Wolf. Inge war keine Wölfin, sie war eine dumme Kuh, die nicht begriffen hatte, dass er nicht ihr Mündel sein wollte. »Na, träumst du wieder von Heldentaten«, hörte er die Stimme, die er zur Zeit am meisten hasste, spotten. Gegen wen hätte sich sein Hass sonst richten sollen. Es war ja niemand anderes da.

Irgendwie hatte sie ja auch recht. Die Geschichte mit dem Gedächtnisschwund würde ihm niemand glauben. Er hatte sich verdrückt, als die Kameraden für den Führer den Kopf hinhielten. Das war eine nackte Tatsache. Er beneidete die Jungs aus seiner Klasse, die jetzt draußen auf dem Feld die frische Luft des milden Spätwinters einatmen und sich vor dem Feind mit Ruhm bekleckern durften. Nach dem Krieg würden sie sich treffen und ihre Kriegsabenteuer austauschen. Einige von ihnen würden Orden tragen. Was aber würde er zu berichten haben? Dass er sich über Monate auf einer stinkenden Matratze in Gemüse verwandelt und Erde angesetzt habe? Dass er sich tapfer gegen seine Schwester gewehrt habe, die ihm aber stets ihre Überlegenheit demonstrierte? All das Hunderte von Kilometern vom Feind entfernt?

Hartmut würde vermutlich ein Theaterstück über den Krieg schreiben. Wie sollte er die Hauptrolle glaubwürdig verkörpern, wenn er nie aktiv am Frontgeschehen teilgenommen hatte? Seine Gedanken schweiften ab, er sah sich im Schneesturm mit einer Panzerfaust einen bolschewistischen Tank ausschalten, der zwei seiner Kameraden hinter einem Schneehaufen zu zermalmen drohte. Angesichts des unausweichlichen Todes waren sie starr, doch Gustav rettete ihnen das Leben. Der befehlshabende Offizier hatte alles mit angesehen und schlug ihn wegen besonderer Tapferkeit für das Eiserne Kreuz vor.

Solche und ähnliche Gedanken vermochten den dichten Nebel, der sich über sein Gemüt gelegt hatte, zumindest für ein paar Augenblicke aufzulockern. Doch dann drängte sich sofort wieder der bange Blick in die Zukunft auf. Er müsste lernen, seine niemals erlebten Kriegsabenteuer lebendiger zu schildern als alles, was die Kameraden leibhaftig im Feld erlebt hatten. Und wehe den langweiligen Statistikern, die ihm permanent mit ihrer Erbsenzählerei ins Wort fallen würden. Oder den Zynikern wie Inge. Es war zum Verzweifeln.

Überhaupt, was war aus dem Krieg geworden? Die Front bewegte sich in Gustavs Fantasie gleichzeitig in zwei Richtungen. Von Deutschland weg und ins deutsche Kernland hinein. Je nach seiner inneren Verfassung war die Wehrmacht auf dem Vormarsch oder in der Defensive. Er litt darunter, von der militärischen Entwicklung komplett abgeschnitten zu sein. Seit fünf Jahren war er kontinuierlich auf seine persönliche Feuertaufe vorbereitet worden. Jetzt durfte er nicht einmal Zuschauer sein. Weder Wochenschau noch Radio, keine Verlautbarungen, nicht eine einzige Information. War Stalin schon in Dresden? Hatte Roosevelt seinen Schreibtisch in Berlin aufgestellt? Drehte Churchill eine Runde über dem Rhein?

Schlimmer als all die beharrlich nagenden Zweifel, unbeantworteten Fragen und ständigen Anflüge von Mutlosigkeit war der ausbleibende Wechsel von Tag und Nacht. Im permanenten Dunkelgrau hatte Gustav jedes Zeitgefühl verloren, er wusste nicht mehr, wann er schlafen und wann er wachen sollte. Müdigkeit war ein Dauerzustand, aber kaum dass er die Augen schloss, konnte er keinen Schlaf finden. Wenn er dann doch einmal ins Elysium des Schlafes entwich, reichte eine einzige Bewegung Inges aus, um ihn in die Wirklichkeit zurückzuholen. Und dann lag er wach. Die winzigen Falten der harten Matratze drückten ein Muster in seine Haut. Die unerhörte Stille wurde zum Höllenlärm. Wände, Decke und Fußboden detonierten, jedes Molekül des Raums hob zu leisem Singsang an, alle zusammen summierten sich zu einem ohrenbetäubenden Chor der gegen Gustav alliierten Elemente. Der Gepeinigte versuchte sich dieser anmaßenden Kakophonie durch Ohrenzuhalten zu entziehen. Immer fester drückte er die Handflächen auf die Hörmuscheln. Vergeblich, denn die gewaltigen Lavaströme des durch seine Adern pulsierenden Blutes wummerten brutal auf seine Trommelfelle. Sein Atem klang wie ein tosender Orkan, der die Brandung mehrerer Ozeane gegen die Küsten seiner Sinne warf.

Trotz der Dunkelheit schmerzten die Augen vom unentwegten Versuch, eine Kontur zu erhaschen. Er zog sich die Decke über den Kopf. Auch das half nicht, denn von der Innenseite seiner Lider leuchteten tausend Scheinwerfer die Netzhaut aus, als wollte ein Bombengeschwader der Finsternis seine schlaftötende Last darauf abwerfen. Jede Sekunde wurde zum Albtraum. Nur dass die Dämonen, die ihn sonst durch seine ätzenden Traumwelten hetzten, durch ein massives Nichts ersetzt wurden. Trotz der räumlichen Enge bestand seine ganze Existenz nur noch in Ausdehnung.

Die feuchtkalten Wände rückten ihm auf den Pelz, drohten ihn zu zerquetschen. Er wollte sie mit aller Kraft aufhalten, doch der tote Stein verhöhnte ihn. Nackte Panik ergriff Besitz von seinem Körper und Geist. Gustav glaubte zu ersticken. Er bekam Durstanfälle, doch das seine Kehle hinabströmende Wasser gab ihm das Gefühl zu ertrinken. Gerade hatte er noch versucht, die Augen mit sieben Siegeln zu verschließen, jetzt riss er sie weit auf, um seines inneren Grauens besser gewahr zu werden und die Bedrohlichkeit seiner Existenz abzuschütteln. Er wollte schreien, doch seine Stimme versackte wie im Treibsand. Er versuchte sich Luft zu verschaffen, indem er die ignorant schlafende Inge so brutal wie möglich aus ihrer tumben Nachtruhe riss, doch seine Fäuste versagten ihm den Gehorsam.

Zu viele Gedanken spielten in seiner Schädelhöhle verrückt. Welch heimtückischer Wink des Schicksals hatte ihn hierher verschlagen? Sollte dieses nicht enden wollende Elend wirklich sein Leben sein? Was war aus all seinen Träumen geworden? Er hatte so große Ziele gehabt, wollte als Schauspieler berühmt werden und gemeinsam mit Hartmut von der Bühne aus die Welt verändern. Stattdessen steckte er gegen seinen Willen in diesem muffigen Kerker fest und sein einziges Publikum war Inge, die seine Tragödie zu ihrer Komödie machte. Welch klägliches Rollenspiel.

Was hätte Gustav für ein paar Stunden zusammenhängenden Schlafes gegeben. Er probierte die verschiedensten Methoden aus, zählte auf Deutsch und Englisch von Tausend runter, versuchte, alle Singvögel aufzuzählen, die ihm in den Sinn kamen, erging sich in erotischen Fantasien, doch nichts wollte ihn in den heiß ersehnten Schlaf hinüberführen. Ein paar Minuten nervöser Schlummer, mehr war nicht drin. Aber, so tröstete er sich, vielleicht war einfach nicht die Zeit zum Schlafen. Grotte oder nicht, er war immer noch im Krieg oder, schlimmer noch, er war auf der Flucht vor dem Krieg und seiner eigenen Unzulänglichkeit.

In einigen dieser wachen Momente stellte er sich vor, die grob behauenen Sandsteinquader seiner Einfriedung wären riesige Landschaften, die er aus dem All betrachtete. In den Erhebungen und Vertiefungen machte er Berg- und Tal-Landschaften aus, zarte Risse im Gestein vergrößerten sich zu Strömen, die an den Kanten zu gewaltigen Deltas ausfransten. Vor seinem Auge erstanden Städte, über die er mit dem Finger fuhr, um sie zu bombardieren. In seinen Wachträumen imaginierte er das Treiben in diesen Mikro-Metropolen. Krabbelten Asseln, Weberknechte oder Ohrenkneifer an der Wand entlang, versuchte Gustav, sie aus der Perspektive der mikroskopisch kleinen Bewohner seiner Fantasiestädte als monströse Ungeheuer wahrzunehmen. Wie mochte sich die Invasion eines gigantischen Achtfüßlers ausmachen? Er selbst wiederum würde in der Stratosphäre als Anführer einer Staffel neuartiger Düsenbomber die verheerenden Spinnenwesen beschießen. Für die Bewohner seiner Städte dachte er sich Namen aus, erfand Biografien.

Einmal tötete er eine winzige Spinne, um ein dicht besiedeltes Bergmassiv zu retten, das von ihrem Angriff bedroht war. Er überließ ihr selbst die Entscheidung, würde sie einen bestimmten Canyon überqueren, müsste sie mit erbitterter Gegenwehr rechnen. Mit einem Strohhalm versuchte er sie von ihrem Weg abzulenken, doch sie kehrte immer wieder in die anfangs eingeschlagene Richtung zurück. Das Monstrum musste getötet werden. Gustav murmelte leise Befehle, so dass Inge sie nicht verstehen konnte. Und dann schoss er die Spinne ab. Ein Schuss, ein Treffer, Sieg! Das Bergmassiv war gerettet.

Doch der Triumph hielt nur wenige Sekunden an. Was hatte das unschuldige Krabbeltier mit dem Krieg der Menschen zu tun? Wer gab ihm das Recht, derart in den Gang der Natur einzugreifen, selbst wenn es nur eine kleine Spinne war.

Plötzlich wandelte sich die Ebene. Er versuchte sich selbst aus der Perspektive der Spinne wahrzunehmen. Auf der Flucht vor einem Riesenwesen, voller Panik und ohne Chance zu entrinnen. Ein Leben lang sollte ihn die Schuld gegenüber dem winzigen Gottesgeschöpf, für dessen Existenz wahrscheinlich ohnehin nur wenige Tage vorgesehen waren, begleiten. War diese namenlose Spinne nicht ein Gleichnis für ihn selbst?

11.

Brennende Häuser

Der Krieg war noch nicht ganz zu Ende, in und um Dresden herrschte jedoch Ruhe. Der Kampf tobte nur noch in Berlin und in ein paar Gebieten des Sudetenlandes. Amis und Russen hatten sich in Torgau getroffen, Deutschland war weitgehend aufgeteilt, aber es war eben noch nicht ganz vorbei.

Ich war jedoch dem größten Schrecken entronnen, mein Vater hatte uns in einem Weinkeller in der Nähe von Meißen versteckt. Eigentlich sollten wir diesen stinkenden, dunklen Stollen nicht verlassen, aber Inge fand einen Weg, das alte Schloss mit einem verbogenen Stück Eisen zu öffnen. In unserer Höhle hatten wir so wenige Annehmlichkeiten, dass wir mit einem altersschwachen Handwagen, der eigentlich zum Transport von Fässern vorgesehen war, loszogen, um vielleicht den einen oder anderen brauchbaren Gegenstand zu finden. Und wenn es nur etwas war, mit dessen Zerkleinerung ich mir wie ein junger Hund die Zeit vertreiben konnte.

Bei diesen Ausflügen war äußerste Vorsicht geboten. Wären wir der SS oder den Kettenhunden in die Fänge geraten, die Jagd auf alles machten, was im Krieg verzweifelte, hätten die uns auf der Stelle erschossen. Und mein Vater hätte sich wahrscheinlich vergessen, wenn er uns außerhalb unserer Zuflucht gefunden hätte.

Dummerweise wussten wir ja nicht einmal, wer die Helfer meines Vaters waren, denn selbst denen konnten wir ja jederzeit über den Weg laufen. Gefährlich genug war es ohnehin, da auch die Dresdner Nazigrößen, allen voran Gauleiter Martin Mutschmann, ihrerseits verschiedene Felsenstollen in Beschlag genommen hatten, um sich und ihre Habe sicher durch den außer Kontrolle geratenen Weltenbrand zu bringen.

Es hätte nicht viel gefehlt, und auch wir wären von einem dieser unliebsamen Besuche heimgesucht worden. Inge und ich vernahmen Schritte vor der Tür, merkten aber sofort, dass sie fester waren als die unserer Helfer, die stets auf leisen Sohlen und immer im Schutz der Dunkelheit kamen. Aufs Äußerste gefasst, versteckten wir uns im Schatten des hintersten Fasses und gaben keinen Mucks von uns. Mehrere Metallgegenstände, wahrscheinlich Dietriche, kratzten im Schloss unserer Eisentür, bis es nachgab.

Die Tür sprang auf, mindestens drei Männer traten ein und sahen sich kurz um. Ich wagte nicht, um die Ecke zu blicken, die Angst, entdeckt zu werden, schnürte mir die Kehle zu. »Hier stinkt's ja wie im Scheißhaus, das hält ja nicht mal ein Jude aus«, hörte ich einen der Eindringlinge poltern. »Bloß raus hier, sonst verbannt uns der Chef noch in dieses Rattenloch«, meinte ein Zweiter, und Gott sei Dank verschwanden die ungebetenen Quartiersucher wieder. Das Tor ließen sie offen. Wir wagten uns noch lange nicht aus dem Versteck im Versteck hervor.

Am selben Abend statteten uns auch die Leute unseres Vaters ihre übliche Visite ab, um uns mit neuen Lebensmitteln zu versorgen. Als sie das offene Tor bemerkten, gerieten sie in Panik. Sie durchbrachen ihr Schweigegelübde und fragten uns barsch, was das solle. Wir erzählten, was passiert war. »Mutschmanns Scouts«, war die kurze Antwort. Mehr sollten wir offenbar nicht wissen.

Trotz dieser Begegnung mit der Abordnung des Gauleiters, die bei unserer Entdeckung sicher nicht lange gefackelt hätte, litten wir zusehends unter dem Höhlenkoller und mussten raus, egal um welchen Preis. Die wochenlange Untätigkeit trieb uns in den Wahnsinn und Inges ständige Sticheleien hätten mich fast zum Mörder an meiner Schwester gemacht.

Die Welt jenseits unserer Kerkertür hatte nichts mehr mit unserer Erinnerung gemein. Als wären die vier apokalyptischen Reiter mit einer riesigen Feuerwalze über die Städte, Felder und Wälder gezogen, war alles niedergebrannt. Der ganze Erdkreis bestand bis zum Horizont nur noch aus Asche. Hinter dem Horizont sah es wahrscheinlich kaum anders aus. In schöner Einmütigkeit hatten Russen, Amerikaner und Briten das Deutschland, das ich kannte, zerstört. Adolf Hitler wurde für das ganze Grauen die Schuld zugesprochen. Man hatte es sich in Nürnberg leicht gemacht, denn der konnte sich ja nicht mehr wehren. Die wahren Schuldigen an dem Gemetzel sind hingegen nie auf die Anklagebank gesetzt worden. Aber das ist eine andere Geschichte.

Was sich Inges und meinen Augen in dieser neuen, unbekannten Welt darbot, war so entsetzlich, dass es uns die

Sprache verschlug. Nie zuvor hatte ich solches Leid gesehen. Nur noch wenige Häuser standen. Leichenteile lagen in den Straßen. Es gab nicht einmal Hunde, die sie hätten fressen können, denn die waren längst in den Kochtöpfen der hungernden Menschen gelandet. Selbst die Ratten waren verschwunden, sodass man schon den Krähen Fallen zu stellen begann.

Die Silhouette von Meißen mit seiner schönen Doppelturmfigur über der Elbe hatte sich zu meinem Erstaunen kaum verändert. Offenbar war die Stadt von den Bombardierungen wie durch ein Wunder halbwegs verschont geblieben. Nur in der Umgebung war alles verwüstet.

Als wir an einem freistehenden Haus kurz vor Meißen vorbeikamen, erblickten wir an einem Fenster im Erdgeschoss eine alte Frau, die uns aufgeregt heranwinkte. Sie hatte gesehen, dass wir mit einem Handwagen unterwegs waren. Jetzt sollten wir ihr helfen, ihre letzten Habseligkeiten herauszuholen. Von ein paar Einschüssen abgesehen, sah die Fassade des mehrstöckigen Wohnhauses recht intakt aus, in Wirklichkeit war es jedoch von den schweren Erschütterungen in unmittelbarer Nähe irreparabel beschädigt worden und drohte jeden Moment einzustürzen.

Anfangs wollten wir weiterziehen, doch die Frau war so außer sich, dass ich Inge überreden konnte zu helfen. Endlich mal was Sinnvolles tun, das war die beste Heilkur gegen die Untätigkeit im Weinberg.

»Beeilt euch, das Haus kann jeden Moment zusammenfallen«, rief sie uns zu, als wir uns im Treppenhaus trafen.

»Ist noch jemand drinnen?«, fragte ich. Oben sei noch ein Herr Irgendwas, aber dem sei sowieso nicht mehr zu helfen. Ich legte mir eine Decke über den Kopf und rannte das morsche Treppenhaus hinauf in die oberste Etage, trat die Tür ein und durchsuchte die Zimmer.

Tatsächlich fand ich auf einem total verdreckten Bett ein hutzliges Männlein, um das sich offenbar seit Wochen niemand mehr gekümmert hatte. Von seinem klapprigen Körper hing ein graublauer Fetzen herunter, der früher einmal ein Bademantel gewesen sein musste. Sein Kopf hatte bereits begonnen, sich in einen Totenschädel zu verwandeln. Apathisch stöhnte diese bedauernswerte Gestalt vor sich hin. Wahrscheinlich hatte sie nicht einmal bemerkt, dass jemand an ihr Bett getreten war. Ich verstand kein Wort, aber mir war in diesem Augenblick auch nicht nach Konversation.

Die Zimmerdecke hing über uns Angst einflößend durch. Dumpfes Knacken von brechendem Holz ließ auf keinen guten Zustand der Trägerbalken schließen. Wahrscheinlich lastete der zusammengestürzte Dachaufbau, den man von außen so nicht hatte sehen können, zu schwer auf dem dünnen Speicherboden. Das Rumpeln und Ächzen wurde heftiger, ich lud mir den stöhnenden Alten auf die Schulter und machte, dass ich raus kam. Er stank entsetzlich, aber das durfte mich nicht interessieren. Kaum hatte ich die Schwelle übertreten, gab die Zimmerdecke nach und die Trümmer regneten krachend und staubend auf Bett und Fußboden. Eine halbe Minute später, und nicht nur der Alte, sondern auch ich wäre Matsch gewesen.

Inge stand entsetzt im Treppenhaus und starrte nach oben, von wo aus dicke Staubwolken herabquollen. Sie hatte bereits einige leichtere Gegenstände aus der Wohnung der Frau geholt.

»Ein Glück, ich dachte schon …«, keuchte sie erleichtert. Ich stürzte hustend hinaus und legte den Halbtoten ein Stück vom Haus entfernt auf eine Wiese, damit nicht alles umsonst gewesen wäre, falls das Haus doch noch ganz und gar einstürzte. Die Frau schlug beide Hände über dem Kopf zusammen und meckerte, wir sollten den Alten in Ruhe lassen, der sei doch sowieso hinüber. Wir sollten uns lieber um ihre Sachen kümmern.

Ich schrie nur »Maul halten!« und rannte wieder rein. Über mir ertönte abermals ein Krachen, mit dem verglichen sich der Durchbruch des Dachbodens kurz zuvor wie das Brechen eines Zahnstochers ausmachte. Wahrscheinlich war gerade die Decke des Zwischengeschosses eingestürzt. Es war nur eine Frage der Zeit, wann auch die Deckenbalken der Parterrewohnung dem zunehmenden Gewicht nicht mehr standhalten könnten.

»Den Teppich«, keifte die Frau draußen. Ich erinnerte mich an Hans Christian Andersens Märchen vom Feuerzeug und fühlte mich wie der Soldat, der jener Hexe gleich den Kopf abschlagen würde. Leider hatte ich kein Schwert dabei, aber ein Tischbein hätte es sicher auch getan. »Wenn Sie nicht sofort …«

Ich weiß nicht, wie ich den Satz vollenden wollte, aber über mir knirschte es, die Zimmerdecke bog sich, Risse zogen sich von einer Wand zur anderen, Putz rieselte, die Lampe krachte scheppernd nach unten.

»Gustav!«, hörte ich Inge draußen panisch schreien. »Mach, dass du da rauskommst!«

Dieser Aufforderung hätte es jedoch nicht bedurft, denn mein Überlebensinstinkt funktionierte noch ganz gut. Ohne um mich zu schauen, ergriff ich, was mir in die Hände fiel, und rannte los. Wie schon im Obergeschoss hatte ich noch nicht ganz die Wohnung verlassen, als der Trümmerhaufen von Dach und zwei Etagen durch die Decke geschossen kam. Zu allem Überfluss hatte es auch noch zu brennen begonnen. Mir fehlt jede Erinnerung, wie ich rauskam. Ich habe nur noch das Bild vor Augen, wie ich mich in sicherem Abstand zu dem Haus erschöpft auf den Boden fallen ließ.

»Könnt ihr nicht noch mal rein, ich brauche noch meine ...« Ich sah nur noch Rot, schnellte hoch und ging mit beiden Fäusten auf die unverschämte Alte los. Die schrie hysterisch um Hilfe, aber niemand wollte kommen, um ihr beizustehen. Im Gegenteil. Es waren sogar Leute auf der Straße, die der ganzen Szenerie schadenfroh zuschauten. Endlich mal ein bisschen Abwechslung.

»Lass sie, Gustav, die ist irre«, drang Inge auf mich ein und fuhr mir mit aller Kraft in den Arm. »Du wirst doch keine alte Frau schlagen, nur weil sie den Verstand verloren hat. Das geht doch heute allen so.«

Nur mit äußerster Mühe konnte ich mich zurückhalten. Ich hörte mich schnaufen, spuckte ihr ins Gesicht und stieß ein verächtliches »Hexe!« hervor. Dann kippte ich den Handwagen um. »Hier, Ihr Zeug!« In diesem Moment entlud sich in mir die ganze Wut, die sich im Krieg angestaut hatte.

Der klapprige Wagen überlebte die Aktion nicht. Im selben Moment, als er seine ärmliche Ladung dem Straßenpflaster übergab, sackten auch die Reste des Hauses zusammen. Die keifende Matrone, der röchelnde Alte, die sensationsgierigen Umstehenden, alles versank in einer riesigen Wolke aus Staub und Ruß. Vermutlich starb der Oberstock-Bewohner noch am Schauplatz seiner Rettung. Ich sollte es nie erfahren.

Mit weniger, als wir mitgenommen hatten, kehrten wir ins Elend unserer Notunterkunft zurück. Und doch empfanden wir für einen Augenblick Erlösung von unserem tristen Los. Das war wirklich eine verdammt traurige Zeit.

12.

Walter Bülow öffnete mit gemessenen Bewegungen die rostigen Pforten zum erzwungenen Refugium seiner Kinder, als handle es sich um die ehrwürdigen Flügel eines gotischen Schnitzaltars. Gustav und Inge hatten die warme Maisonne selbst hinter den Mauern ihres feuchten Verstecks gespürt. Hitler hatte sich erschossen, der Krieg war endgültig vorbei. Gustav trat ins Sonnenlicht hinaus, streckte die Gliedmaßen von sich und stieß einen langen gellenden Schrei aus, der im Elbtal widerhallte. Zum ersten Mal konnte er die Landschaft sehen, die ihn so lange umgeben hatte. Die Weinhänge an der Elbe sahen fast genauso aus, wie er sie in Erinnerung hatte. Westlich ragten die Türme von Meißen in den Himmel. Nichts ist passiert, vielleicht war es ja doch nicht so schlimm, dachte Gustav im ersten Moment erleichtert.

Doch dann schärfte er die müden Augen, die sich erstaunlich schnell an das lange vermisste Licht gewöhnten. Im Boden sah er tiefe Furchen, in den Reihen und Gliedern der Weinhänge hatte sich anarchische Unruhe ausgebreitet, rostige Metalltrümmer ragten aus dem Wasser empor. Das wahre Entsetzen sollte in Dresden noch folgen, aber hier, in der Frühlingspracht blühender Hecken und fröhlich zwitschernder Piepmätze war davon vorerst nur ein kleiner Vorgeschmack zu spüren.

Was immer da noch kommen mochte, das Leben konnte wieder beginnen. Es war Frieden, nichts anderes zählte. Die Schuldzuweisungen und Rechtfertigungen, das Aufräumen, Wiedergutmachen und Neuaufstellen, das Nachdenken über Ursachen und Verlauf des Krieges und die Bedingungen des Friedens, ja selbst der Alltag im Chaos – all das konnte warten. Jetzt hieß es erst einmal durchatmen. Frieden im Frühling! Wer wollte da nicht zum Romantiker werden?

Der Vater sah alt aus. Als Gustav ihn zum letzten Mal richtig hatte ansehen können – das war lange, bevor sie Ende Januar zusammen zur Kaserne aufgebrochen waren –, strahlte die Gestalt des Familienoberhauptes der Bülows noch Stolz und Würde, ja trotz der schlechten Zeiten sogar unerschütterliche Zuversicht aus. Jetzt, wo endlich alles vorbei war und niemand mehr hoffte, es würde noch mal ein Wunder geschehen, wirkte er einfach nur erschöpft. Zum ersten Mal in seinem Leben sah Gustav den Vater unrasiert. Seine Wangen waren eingefallen, das schütter gewordene Haar war zwar noch sorgfältig nach hinten gekämmt, und doch lungerte es irgendwie gelangweilt über der porösen Lichtung am Hinterkopf. Auch das Sakko, das er seit Jahren trug, schien ihm mit einem Mal viel zu groß. Der alte Herr hüllte sich in ernstes Schweigen.

Doch Gustav war sich sicher, sein Vater wäre einer der ganz Wenigen, die in den Zeiten des Zusammenbruchs niemals den Kopf verloren hatten. Er selbst wusste nicht, was er im Augenblick denken sollte. So lange er sich zurückerinnern konnte, hatte der Vater den blutigen Untergang des Dritten

Reiches vorausgesagt. Wie oft hatte er ihn deswegen ausgelacht. Jetzt schämte er sich dafür und fühlte sich selbst schuldig, weil der Vater so ausgezehrt erschien.

Zwischen Vater und Sohn gab es eine kurze, wortlose Umarmung. Mit Genugtuung nahm Gustav zur Kenntnis, dass auch Inges Begrüßung nicht herzlicher ausfiel. Fragen zu stellen, wagte er jedoch nicht. Dabei wusste er selbst nicht, ob der Abstand zum Vater im Augenblick einfach zu groß war oder ob er vielleicht doch eher Angst vor der Wahrheit hatte. Die Antworten blieben aber nicht aus. Der Fußmarsch nach Dresden war lang und anstrengend. Die Grundausbildung lag Monate zurück. In der Grotte hatte sich Gustav das Laufen abgewöhnt. Die Füße rutschten in den Stiefeln haltlos hin und her, jeder Schritt schmerzte.

Je näher das Trio Dresden kam, desto mehr wurde Gustavs Schmerz von anderen Eindrücken verdrängt. Die Bilder der Verwüstung überstiegen jede noch so düstere Erwartung. Wo einst Straßen gewesen waren, führten Trampelpfade durch Steinhaufen, vereinzelte Reste von Fassaden ragten nackt in die Höhe wie graue Felsvorsprünge des Elbsandsteingebirges. Das altehrwürdige Elbflorenz war in die Natur zurückgebombt worden. Die Frauenkirche eingestürzt, Semperoper, Kreuzkirche und Schloss ausgebrannt, Straßenbahnschienen in die Höhe gebogen, als handelte es sich um Unkraut. Überall meterhohe Steinhalden.

Auf den Trümmern saßen graue Höhlenmenschen, die durch nichts verrieten, dass sie gerade noch Einwohner der stolzen Stadt Dresden gewesen waren. Gustav konnte kaum eine menschliche Regung an ihnen wahrnehmen. Die Frühlingsdüfte, die er eben noch mit vollen Lungen eingesogen hatte, wichen einem aufdringlichen Gestank von Fäulnis und Verwesung. Hier und da machte er Suchtrupps aus, welche die Trümmer durchkämmten.

»Leichen«, sagte der Vater so leise und trocken, dass Gustav ihn kaum verstand. »Überall Leichen. Es nimmt kein Ende. Ganz Dresden ist ein riesiger Friedhof.« An einem von der Hitze bizarr verbogenen Laternenpfahl baumelte lose das Ende eines Strickes im leichten Wind. »Erst haben sie die Deserteure aufgeknüpft, ein paar Tage später die Henker.«

Gustav begriff nicht, er hatte noch keine Vorstellung von der neuen Ordnung. An den verkohlten Wänden hingen bunte Plakate mit der Aufschrift »Befreiung«. Am meisten Angst hatte er davor, nach Hause zu kommen. Was wäre mit dem Mietshaus in Cotta geschehen? Wann immer er in der Ferne ein Haus zu erblicken meinte, das verschont schien, fühlte er sich beim Näherkommen von den toten Augen der ausgebrannten Fenster verhöhnt. Er wagte sich nicht auszumalen, wie er um die Ecke treten und auf die Trümmer des Vaterhauses starren würde.

Der Marsch war endlos, aber Gustav wollte ankommen. Der Vater zählte Straßennamen auf, um seinen Kindern Orientierung zu geben, doch so sehr sich Gustav auch mühte, er erkannte nicht, wo er war. Umso heftiger spürte er die Blicke der Menschen. Einen männlichen Jugendlichen in seinem Alter, der völlig unversehrt durch die Straßen marschierte, sah man nicht so oft in diesen Tagen. Auch davon hatte Gustav noch keine Ahnung, aber das sollte sich bald ändern.

Je näher er seinem Zuhause kam, desto unerträglicher schwoll ihm der Hals zu. Jetzt war er regelrecht dankbar, dass

Vater und Schwester so schweigsam waren. Kurz vor dem Ziel des langen Fußmarsches stellte sich jedoch Erlösung ein. Cotta war vom Flächenbrand weitgehend verschont geblieben. Hier ein schwarzes Loch im Giebel eines Hauses, da eine Trümmerhalde in einer sonst intakten Häuserzeile, das war's fürs Erste.

Als sie zu dritt in die heimatliche Straße einbogen, bot sich zunächst auch hier ein Bild der Verzweiflung. Wo früher an der Ecke das Gebäude des Lebensmittelladens gestanden hatte, befand sich nur noch ein Steinhaufen. Vermummte Frauen räumten stoisch Trümmer weg und stapelten brauchbare Ziegelsteine zu kleinen, rechteckigen Quadern. Aber die übrigen Häuser der Straße gab es noch. Wie durch ein Wunder waren nur ein paar Gebäude der rückwärtigen Gärtnereien getroffen worden und ausgebrannt. Gustavs Schritt wurde langsamer, das Pochen des Herzens musste jeden Augenblick den Brustkorb sprengen, der Gaumen trocknete aus. Zu oft war er in den vergangenen Stunden auf den trügerischen Schein vermeintlich heiler Fassaden hereingefallen. Doch dann endlich der überaus vertraute Anblick: Das Elternhaus war verschont geblieben. Lediglich die Klopfstange im Hof war, aus welchem Grund auch immer, total verbogen.

»Wie kann das sein?«, fragte er.

»Glück!« Mehr wollte der Vater dazu nicht sagen.

Fünf Stufen führten im Treppenhaus zur Hochparterrewohnung, an deren Tür der Name Bülow prangte, als hätte es den Krieg nicht gegeben. Das Namensschild war noch in der Gießerei Bülow gegossen worden. Trotz seiner Erschöpfung nahm Gustav den kleinen Treppenabsatz aus Marmor-Imitat mit einem einzigen Sprung. Sogar die Klingel funktionierte noch. Ihr Piepen machte sich in all der Tristesse so wunderschön aus wie der Gesang einer Nachtigal. Die Tür sprang auf, die Mutter nahm ihre beiden Kinder in die Arme, alle drei weinten. Wieder musste Gustav ans Märchen denken. Walter Bülow wohnte dieser Szene unbeteiligt bei, als ginge ihn das alles nichts an.

An Mutter Bülow waren die zurückliegenden Wochen ebenfalls nicht spurlos vorübergegangen. Sie war bei einer Freundin im beschaulichen Radeburg untergekommen, das in den letzten Kriegstagen nicht mehr als ein paar russische Gewehrschüsse abbekommen hatte, und damit weit weg vom grausamen Geschehen in Dresden gewesen. So sehr sie ihn auch um Einzelheiten anflehte, ihr Mann hatte ihr nichts Genaues über den Aufenthalt von Sohn und Tochter nach dem Bombenangriff verraten. Er zweifelte an ihrer Standhaftigkeit, wenn es drauf ankäme.

Dabei hätte er sie besser kennen müssen. Auch Walter Bülows Frau wirkte hagerer als noch vor vier Monaten, ein paar eisgraue Fäden machten sich im glänzenden Kastanienbraun ihrer Haare bemerkbar, aber in Verbindung mit der Herzenswärme ihrer Augen verliehen ihr diese beiden neuen Äußerlichkeiten nur noch mehr Würde. Ihre Umarmung war lang und kräftig. Gustav wähnte sich in die Tage der frühen Kindheit zurückversetzt. Zum ersten Mal seit fast einem halben Jahr fühlte er sich wirklich behütet. Der Vater mochte ihm Halt und Sicherheit geben, aber Geborgenheit kam nur von der Mutter.

Clara Bülow umfing ihren Sohn immer fester. Es fiel Gustav schwer, seine Mutter abzuwehren, aber nach den Wochen im dunklen, engen Weinkeller musste er sich schnell wieder Luft verschaffen. Sie blickte gütig zu ihm auf und verstand.

»Nun kommt doch mal rein«, sagte endlich der Vater. Er schob Gustav und Inge in die Stube, wo ein Kuchen auf dem Tisch wartete. Ein Kuchen! Gustav hatte fast vergessen, dass es so etwas gab. Er hielt sich schadlos, küsste Mutter und Schwester, verschwand in seine Kammer, wo er sich auf sein Bett warf, ein paar Minuten an der hellen Zimmerdecke belustigt die Bahnen der Fliegen verfolgte und dann bis zum nächsten Morgen schlief.

Beim Erwachen auf die Uhr zu blicken, hatte er sich längst abgewöhnt. Die Eltern hatten ihn schlafen lassen, es gab ja auch keinerlei Verpflichtungen, die ihn erwartet hätten. Von Schule konnte keine Rede sein. Von dem einst imposanten Schulgebäude, dessen Architektur Festigkeit und Autorität ausgestrahlt hatte, standen nur noch die Grundmauern, in der Kaserne hatte der Junge indes seine Reifeprüfung bestanden. In einem Vierteljahr würde er sechzehn werden, über Schule und Ausbildung könnte man immer noch nachdenken.

Nach dem Aufstehen hieß es erst einmal, den Schweiß und Dreck der letzten Monate loszuwerden. Am Vorabend war Gustav einfach nur in einer speziellen Mischung aus Erschöpfung und Erleichterung aufs Bett gesunken, aber jetzt musste er sich waschen. Er riss sich die Sachen vom Leib, spritzte mit dem Wasser nur so um sich und schrubbte mit harter Bürste, bis er an einigen Stellen zu bluten begann. Der Schmerz verschaffte ihm Befriedigung. Es schien ihm, als befördere er seine alte Hülle zutage, erst jetzt werde er wieder der wahre Gustav Bülow, der aus seinem Reich der Träume und Visionen in eine neue Wirklichkeit zurückkehrte. Dieses Reinigungsritual würde er bis an sein Lebensende jeden Tag wiederholen. Mit der Waschung erteilte er sich Absolution von all seinen Verfehlungen und Anmaßungen. Ein Tag, den er mit dieser Läuterung seines Körpers begann, konnte kein schlechter Tag werden.

Nachdem die herrliche Morgentoilette abgeschlossen war, hatte Gustav zunächst nur einen Wunsch: sehen, wie es den Freunden ergangen war. Beim kargen Frühstück teilte er seiner Familie beiläufig mit, dass er Hartmut aufsuchen wolle.

»Damit würde ich mir noch ein wenig Zeit lassen«, meinte der Vater nüchtern. Gustav fiel auf, dass seine Mutter konzentriert auf ihren Teller blickte. Wahrscheinlich hätten die einstigen Kameraden ein Problem damit, dass er das Weite gesucht hatte, als es brenzlig wurde. Aber Hartmut war anders. Der hatte dem ganzen Führerkram sowieso nie etwas abgewinnen können. Er schnitt das Thema nicht weiter an und machte sich am späten Vormittag auf den Weg. Ein kurzer Fußmarsch nur und er würde bei seinem Freund sein.

Hartmuts Straße in der Friedrichstadt war stark in Mitleidenschaft gezogen worden. Das Haus, in dem die Familie des Freundes wohnte, hatte weniger Glück gehabt als das von Gustav. Fehlende Teile der Vorderseite waren mit Holz und Pappe abgedeckt. Die obere Etage war komplett verschwunden, das Dach nur improvisiert. Eine schmale Schneise führte zwischen den zertrümmerten Fragmenten der einstigen Straßenseite zur Eingangstür. Das Treppenhaus war noch begehbar. Hartmuts Familie wohnte im ersten Stock. In der Dunkelheit und Enge des Flurs fühlte sich Gustav an seine Grotte bei Meißen erinnert. Seine persönliche Befreiung lag erst einen Tag zurück, aber es erschien ihm, als wäre seitdem schon ein halbes Jahr vergangen.

An Hartmuts Tür sang keine Klingel. Gustav hörte Geräusche von innen und klopfte. Nichts. Er wartete, überlegte, was zu tun sei, und versuchte es noch einmal, diesmal wesentlich kräftiger. Die Tür wurde einen kleinen Spalt geöffnet. Auch dahinter war es dunkel, soweit Gustav erkennen konnte. Hartmuts kleiner Bruder, sieben oder acht Jahre alt, lugte durch den Türspalt. Er schien sich länger nicht gewaschen zu haben. Riesige Augen starrten Gustav aus tiefliegenden Höhlen an. Dann drehte er sich um und rief ins Innere: »Mutti, Bülow ist da.«

Aus dem hinteren Teil der Wohnung kamen Schritte näher. Die Kette wurde gelöst, der Türspalt wurde ein wenig breiter und vor dem Dunkel des Korridors erschien das ausgemergelte Gesicht von Frau Müller. Früher hatten alle Klassenkameraden Hartmut um seine attraktive Mutter beneidet, doch von der einstigen Verführungskraft der schönen Frau war nichts mehr übrig, seit ihr Mann, Hartmuts Vater, an der Ostfront geblieben war. Beide starrten sich eine Weile verlegen an.

Der traurige Schatten von Mutter Müller ergriff als Erster das Wort. »Verschwinde!« Es klang fast tonlos. Gustav konnte nicht erkennen, ob sie überhaupt die Lippen bewegt hatte.

Der Schock saß tief. Er tat, als hätte er nicht verstanden, nahm allen Mut zusammen und fragte mit zitternder Stimme: »Wie bitte?«

Sie blickte um sich, als suche sie nach Hilfe und stieß zweimal kräftig Luft durch die Nase. Dann richtete sie ihr dunkles Augenpaar wieder auf Gustav, atmete tief ein und schrie aus Leibeskräften: »Ich habe gesagt, du sollst verschwinden! Verschwinden, mich in Ruhe lassen! Lass mich einfach in Ruhe und wage es nicht, je wieder hierher zu kommen!«

Der kleine Bruder fing an zu weinen und verkroch sich hinter der Wohnungstür, die sich kurz darauf leise schloss. Gustav hörte, wie sich andere Türen im Haus öffneten. Noch lange stand er beschämt vor der Pforte zur Wohnung der Müllers. Am liebsten hätte er noch einmal geklopft, doch er traute sich nicht.

Auf dem Treppenabsatz erwartete ihn eine andere Bewohnerin undefinierbaren Alters. Gustav sah sie fragend an. »Erst ihr Mann, dann ihr Junge. Die arme Frau. Ich glaube, die macht es nicht mehr lange. Was soll nur aus dem Kleinen werden?«

Er spürte, wie sich ein eisernes Band immer enger um seinen Hals zog. Sollte das heißen, Hartmut war tot? Hatte es den Freund in den letzten Kriegstagen noch erwischt? Wie gern wäre er jetzt auf die Straße in die warme Frühlingsluft gerannt, doch seine Beine wollten ihm einfach nicht gehorchen. Gustav musste unbedingt noch ein paar andere Klassenkameraden aufsuchen, um Genaueres über Hartmut zu erfahren. Wahrscheinlich waren ja alle zusammen an die Front gezogen.

Der Mitschüler, der am nächsten wohnte, war Fritz Klötzsch, ein Aufschneider, den Gustav nie gemocht hatte. Die Antipathie hatte auf Gegenseitigkeit beruht, doch meistens war es Fritz gelungen, die Klasse auf seine Seite zu ziehen. Das war aber vor der Einberufung gewesen. Jetzt zählte all das nicht mehr.

Durch Spaliere von Trümmerfrauen kämpfte sich Gustav dorthin vor, wo er das Haus von Fritz vermutete. In dessen Straße stand nichts mehr. Er konnte sich nicht einmal vorstellen, wo das Haus von Fritz gewesen sein mochte. Die Stimmung war gespenstisch. Es war buchstäblich stiller als auf einem Friedhof, denn trotz des warmen Frühlingswetters war nicht einmal der Gesang eines Vogels zu hören. Auf einem Haufen verkohlter Mauersteine saß ein alter Mann. Er tat nichts, saß einfach reglos da und starrte ins Leere.

Gustav näherte sich vorsichtig dem Greis, man weiß ja nie. »Entschuldigen Sie, wissen Sie, wo ich Familie Klötzsch finde?«

Es dauerte eine Ewigkeit, bis der Mann auf dem Steinstapel den Kopf hob und seinen Besucher ansah. »Alle tot.« Der Mann starrte ängstlich in den Himmel, als ob es von dort gleich wieder Bomben regnen würde.

Gustav dachte nach. »Aber was ist mit Fritz. Der ist doch zur Wehrmacht.«

Aus der Nase seines Gesprächspartners erklang ein Schniefen. Sollte das ein angedeutetes Lachen sein oder ein Ausdruck von Ablehnung? Gustav wusste es nicht. »Der ist in den Krieg. Und da isser geblieben.«

Er hatte es fast erwartet. Hartmut tot, Fritz tot. Was mag aus dem Rest der Klasse geworden sein? Gustav trat schweren Herzens den Weg nach Hause an und hatte plötzlich das beklemmende Gefühl, tausend Augenpaare würden an ihm kleben. Er lebte, und dafür begann er sich plötzlich schuldig zu fühlen.

Als er in seine Gedanken versunken an einer Gruppe von Frauen vorbeilief, glaubte er das Wort Drückeberger aufzuschnappen. Meinten die etwa, er habe sich vor seiner Pflicht gedrückt? Den Führer – nein, gar nicht mal den Führer – viel perfider, seine Freunde und Kameraden verraten?

Der Führer hatte sich ja selbst feige aus dem Staub gemacht. Als Gustav sich das vor Augen führte, spürte er das Feuer der Empörung in sich auflodern. Wir haben … hätten alles für ihn gegeben und er hat sich einfach seiner Verantwortung entzogen? Uns alle, die wir an ihn geglaubt hatten, im Stich gelassen. Auf einmal fühlte er sich ganz allein. Damals im April 1940, vor fünf Jahren, hatte er seinem geliebten Führer die ewige Treue geschworen. Aber war der seinem Volk nicht auch Treue schuldig? Vor wenigen Wochen war er noch Hitlerjunge und Rekrut der Wehrmacht gewesen, bereit für Führer und Vaterland im Angesicht des Feindes das Leben zu geben. Hartmut und Fritz hatten das getan. Und wie hatte es der Führer ihnen gedankt?

Ganz langsam trottete er nach Hause. Auf der großen Kreuzung auf der Warthaer Straße, dem pulsierenden Herzen von Dresden-Cotta, das sich erfolgreich vor dem Bombenhagel versteckt hatte, stand ein alter Bekannter. An einer Plakatwand mit Bekanntmachungen lehnte jovial lächelnd Doktor Bernhard. Er war in Zivil, offenbar gefiel er sich nicht mehr in SA-Uniform und Schaftstiefeln, aber der Anzug saß tadellos. Auf seine äußere Wirkung war der alte Quacksalber offenbar selbst im furchtbarsten Chaos penibel bedacht.

Zu Gustavs Überraschung schien er sich ehrlich zu freuen, seinen ehemaligen Patienten wohlbehalten wiederzusehen, womit er sich auffallend von allen anderen Menschen unterschied, denen der Heimkehrer an diesem Tag begegnet war. »Mensch, Junge, aus dem Krieg zurück?«

Gustav wusste nicht, was er sagen sollte, er konnte ja schlecht ausgerechnet dem Arzt, der ihm ein paar Wochen Front zur Kräftigung verordnet hatte, stecken, dass er gar nicht im Krieg gewesen war. »Sondereinsatz.«

Bernhard zog die linke Braue hoch und tat so, als hätte er verstanden. »Willst bestimmt nicht drüber reden, was?«

»Besser nicht. Heikel in der neuen Zeit.«

»Schon klar. Musst ja auch nicht von mir ... du weißt schon. Gibt schon genug Ärger. Die Russen krallen jeden, den sie kriegen können. Man muss aufpassen, was man sagt. Hab nur Glück, dass es nicht genug Ärzte gibt. Sonst wär ich schon weg.« Bernhard machte mit dem Zeigefinger eine langsame Bewegung über den Hals, verdrehte die Augen und ließ für einen Moment die Zunge raushängen.

Gustav war die Begegnung peinlich. Er konnte dem ehemaligen Liebhaber seiner Schwester nicht ins Gesicht sehen. »Was ist eigentlich aus den anderen geworden?«

»Aus welchen anderen?«

»Na aus meiner Klasse. Wir sind doch alle zusammen eingezogen worden, waren alle in der Kaserne. Ich habe sie ...« Fast hätte sich Gustav verplappert.

Über Bernhards Gesicht zog eine Wolke, sein arrogantes Lächeln verschwand. »Die hat's alle noch erwischt. Leider. In den letzten Kriegstagen. Irgendwo in Mähren. Ja. Alle tot. So ein Wahnsinn, Kinder in den Krieg zu schicken. Gegen russische Panzer.« Er schüttelte bedauernd den Kopf.

Gustav schaute den Doktor fragend an. Wer war es denn, der die Jungs in den Krieg geschickt hatte? Er merkte, wie sich seine Hände zu Fäusten ballten, doch er beherrschte sich. Bernhard war gut trainiert, Gustav hätte in jedem Fall den Kürzeren gezogen. Und wozu das alles, jetzt noch? Als Hitlerjunge hatte Gustav sich stark gefühlt, nun kam er sich einfach nur noch verloren vor. Er drehte sich grußlos um und reagierte nicht, als er den Arzt rufen hörte, er solle doch bitte das Fräulein Schwester grüßen. »Beschissener Heuchler, du kannst mich mal«, knurrte Gustav in sich hinein.

Zu Hause erwartete ihn der Vater mit besorgter Miene. Der alte Fuchs wusste ja schon immer alles vorher und natürlich war ihm auch diesmal lange vor Gustav bekannt gewesen, was dessen Mitschülern widerfahren war. Walter Bülow schwieg zwar, doch Gustav hörte aus diesem Schweigen ein beredtes »Ich hatte dich gewarnt« raus. Nein, bloß jetzt nicht reden. Gustav wollte nichts hören und schon gar nicht erzählen, wie es ihm an diesem Tag ergangen war. Er musste nachdenken, über Freunde und Führer, über ein tausendjähriges Reich, das nach genau einem Dutzend Jahren in Asche versunken war. Und über die neue Zeit.

In einem der allerletzten Scharmützel des Krieges war der Verband, dem Gustavs Kameraden angehört hatten, in der Nähe der Stadt Olmütz von russischen Panzern aufgerieben worden, berichtete der Vater am Abendbrottisch. Die meisten Soldaten, zum Großteil Jugendliche, waren gefallen, einige wenige waren in russische Kriegsgefangenschaft geraten. Was aus ihnen geworden war, wusste nicht einmal Gott, denn der hatte in den letzten zwölf Jahren Pause gemacht. Der Hohn des Schicksals hatte es gewollt, dass diese nichts mehr entscheidende Schlacht am 9. Mai stattgefunden hat, einen Tag nach der Kapitulation. Genaueres über den Tod der Jungs wusste niemand, nur dass kein einziger von ihnen nach Hause zurückgekehrt war.

»Wenn sie dich jetzt sehen, wird es ein Schock für sie sein«, murmelte Clara Bülow monoton, und es war nicht ganz klar, ob sie damit Gustav ansprach, selbst zu einer Erkenntnis gekommen war oder einfach nur vor sich hin palaverte. »Stell dir doch mal vor, dein Kind ist tot, und dann taucht plötzlich jemand auf, von dem du glaubst, er ist mit deinem Kind zusammen gefallen. Und wenn die dann auch noch rauskriegen, dass du …«

Gustav war entsetzt. Ausgerechnet die Mutter führte ihm seine unauslöschbare Schuld vor Augen. Ja, er hatte sich in einer Art und Weise schuldig gemacht, die er nie würde sühnen können. Freilich gab es kein Gericht, das ihn dafür verurteilen könnte. Aber er würde damit leben müssen. Niemand konnte ihm diese Bürde abnehmen. Wie eiskalt die plötzliche Einsamkeit war. Alles geriet durcheinander. Wer hatte wen im Stich gelassen. Er war wütend auf den Vater, weil dieser ihn am 13. Februar aus der Kaserne geholt hatte. Zwar war er froh zu leben, doch wusste er nicht, wie er seines Lebens jemals wieder froh werden sollte.

In den ersten Tagen seiner Rückkehr nach Dresden sollte er schnell bemerken, dass aufgrund der Luftangriffe nicht nur die Bausubstanz seiner Heimatstadt eingeebnet worden war, auch das Gedächtnis ihrer Bewohner war planiert worden. Nazis schien es überall gegeben zu haben, nur nicht in Dresden. Gustav hasste diese Opportunisten, die jetzt eifrig skandierten, persönlich nie auch nur das Leiseste mit der Idee des Nationalsozialismus zu tun gehabt zu haben. Sie lernten fleißig Russisch, um sich mit den neuen Besatzern gut zu stellen. Man hatte ja gemusst, sonst wäre man, und hätte man gewusst dass, dann … Gerade noch stramm »Heil Hitler!«

gebrüllt und die Hacken zusammengeschlagen und jetzt von alledem nichts mehr wissen wollen, wie dieser Doktor Bernhard, und einen auf Russenfreund machen. Ohne Leute wie diesen Arzt würde Hartmut jetzt noch leben.

Wie in den glücklichen Tagen der Kindheit entwich er ins Paradies des Zschoner Grundes, in die geliebte Natur. Das unschuldige Plätschern des Baches würde ihm Frieden geben. Vielleicht würde er ein Reh sehen und in der Dämmerung Fledermäuse beobachten, die auf der Jagd nach Nachtfaltern Stukas ähnelten. Doch seine Enttäuschung war kaum zu übertreffen, als er dort, wo er einst mit Vogelscheuche und Wolf den Schafen zugesehen hatte, mehrere Reihen khakifarbener Zelte erblickte. Ein provisorisches Quartier der russischen Armee. Gustav duckte sich, hatte Angst, den Russen in die Hände zu fallen und als ehemaliger Wehrmachtsangehöriger doch noch in die Gefangenschaft geschickt zu werden. Nee, lieber krepieren, als sich in einem bolschewistischen KZ zu Tode zu schuften.

Sich unentdeckt wähnend und im vorsichtigen Rückzug begriffen, spürte er plötzlich etwas Hartes im Rücken. Das konnte nichts Gutes bedeuten. Ganz vorsichtig drehte sich Gustav um. Im Gegenlicht der Sonne erkannte er die Silhouetten zweier russischer Soldaten, die ihre Maschinenpistolen auf ihn richteten. In seiner Leistengegend wurde es mit einem Mal warm und feucht. Einer der beiden Soldaten gab ihm mit der Mündung zu verstehen, dass Gustav ihnen folgen sollte. Die Hände im Nacken, wurde er in das Lager eskortiert und zu einem Offizier gebracht. Der musterte seinen jugendlichen Gefangenen, dem angesichts seiner Perspektiven schwarz vor den Augen wurde.

Doch alles kam ganz anders. Der Russe setzte ein breites Grinsen auf und ließ ein lang gezogenes, hartes »Juhn-ge kohm« vernehmen. Er führte Gustav in sein geräumiges Zelt und bot ihm einen Stuhl an. Unter der Plane waren einige Gegenstände aufgestellt, die den Hauch von häuslicher Behaglichkeit vermitteln sollten. Der Offizier breitete die Arme aus, grinste wieder und sagte »kleine Sovietskaja Sojusa, Rodina, verstehst?«. Gustav verstand nicht, was hier passierte, aber die Gefahr war offensichtlich gebannt.

Es sollte noch besser kommen. Sein Gegenüber entkorkte eine Flasche durchsichtigen Schnapses, goss zwei mittelgroße Gläser bis zum Rand voll und gab eines davon Gustav. Der traute sich nicht abzulehnen und kippte es wie der Russe in einem Zug hinter. Gerade erst mit heiler Haut dem Krieg entronnen, verspürte er nun eine Explosion, die alles von seinem Magen bis zur Speiseröhre verbrannte. Er rang nach Luft, glaubte im nächsten Augenblick tot umzufallen und hielt sich mit Mühe auf den Füßen.

Der Russe hielt die Flasche in die Luft, rief »Wodka« und brach in schallendes Lachen aus. »Nooch ainen?«

Gustav beeilte sich, den Kopf zu schütteln. Jetzt wurde der Blick des Russen streng. Er rief etwas auf Russisch nach draußen. Seine dichten Augenbrauen zogen sich zusammen. Ein Adjutant kam mit einem Laib Brot ins Zelt.

Der Offizier nahm es und reichte es Gustav weiter. »Geh nach Haus, Juhn-ge, zu Mama. Uhnd erzäll! Krigg vorbai. Wir Frieden.«

Mit diesen Worten drehte sich der Russe um und Gustav verstand, dass er sich zu entfernen hatte. Seine Zwei-Mann-Eskorte von vorhin brachte ihn bis zum Eingang des Zschoner

Grundes. Von dort an rannte er, so schnell er konnte. Seine Füße trugen ihn wieder.

Außer Sichtweite seiner Gastgeber ließ sich Gustav auf eine Wiese fallen und entleerte seinen Magen. Er hätte nie geglaubt, dass man in derart mageren Zeiten so viel kotzen konnte. Viel mehr als dieser rein physische Umstand überraschte ihn jedoch, wie unfassbar glücklich er war, obwohl sich der Magen umdrehte und sich das Innerste nach außen kehrte. In diesem Augenblick war der Krieg für ihn wirklich zu Ende.

13.

Das Moorbad

Ihr müsst nicht denken, dass das Trampen eine Erfindung der siebziger Jahre ist. Uns blieb damals gar nichts anderes übrig, als per Anhalter zu fahren. Allerdings hatten wir dafür andere Begriffe, denn bei uns ging es ums nackte Überleben. Das ist eine lange Geschichte.

Der Krieg war noch nicht ganz zu Ende, aber die Verbände der Wehrmacht waren bereits aufgelöst. Überall zogen kleine Trüppchen von Soldaten rum. Die Befehlsstrukturen waren längst aufgehoben, die Offiziere hielten lieber die Fresse, sie hatten einen Heidenschiss. Die hatten uns die ganze Scheiße ja eingebrockt. In der Regel wurde der Stärkste und Durchsetzungsfähigste zum Anführer. Das war in diesem Fall ich, denn ich verfügte über das nötige Waldläufer-Wissen, uns sicher durch die feindlichen Linien zu bringen.

Wir waren nur eine kleine Gruppe, ganze vier Mann, die von Gevatter Zufall zusammengewürfelt worden waren. Ich kann mich an keinen der Namen mehr erinnern. Bekanntschaften waren in den Tagen des Krieges stets sehr flüchtig. Man hängte sein Herz nicht an Menschen, die man in jedem Moment für immer verlieren könnte. Unser Quartett wollte sich zu den Amerikanern durchschlagen. Hier, rund um Dresden, würden bald die Russen das Sagen haben, denen wollten wir auf keinen Fall in die Hände fallen. Ich konnte dank meines Vaters gut Englisch und würde dort schon meinen Weg machen. Aber wie dorthin kommen, ohne erwischt zu werden?

Es hatte geregnet. Wir froren und waren hungrig. Ein ordentliches Lager hatten wir seit Wochen nicht gesehen, geschweige denn ein Bett. Wir waren ja noch fast Kinder, fühlten uns aber wie Helden, denn jeder von uns hatte Schreckliches erlebt.

Wir hatten getötet, um selbst nicht getötet zu werden. Aus unseren eben noch so zarten Jungsgesichtern schossen struppige Bärte. Der Krieg hatte Männer aus uns gemacht. Unsere Uniformen waren verdreckt und verkrustet. Wahrscheinlich sahen wir aus wie ein Haufen Kinder, der sich als Räuber verkleidet hatte.

Mit unseren MPis im Schoß saßen wir am Straßenrand und diskutierten, als die Lösung unversehens angerollt kam. Ein offener Geländewagen mit vier Angehörigen der Waffen-SS raste auf der nassen Straße in Richtung Westen. Die wollten offensichtlich das Gleiche wie wir.

»Die Karre holen wir uns«, sagte ich. Die anderen verstanden sofort, was ich meinte.

Wir verteilten uns über die gesamte Breite der Fahrbahn. Ein nervöses Kribbeln machte sich in meinen Eingeweiden bemerkbar. Der Wagen machte keine Anstalten, langsamer zu fahren. Da nahm ich meine Maschinenpistole und tat so, als würde ich auf die Frontscheibe zielen.

Auf der Stelle quietschten die Bremsen. Der Beifahrer, ein hoher SS-Dienstgrad, stand auf und brüllte: »Was soll das, ihr Scheißkerle? Aus dem Weg, sonst knallt's.«

Um zu zeigen, wer hier knallt, ballerte ich eine Salve über seinen Kopf. Einer der Insassen des Fahrzeugs konnte sich ein wütendes »Scheiße« nicht verkneifen. Der SS-Mann auf dem Beifahrersitz aber war auf der Stelle ruhig und lenkte ein: »Ist ja gut, wir können ja über alles reden.«

»Erst aussteigen!« Die vier begriffen, dass ich es ernst meinte, und kletterten, einer nach dem anderen, aus ihrem Jeep. Keiner sagte mehr ein Wort. Wir behielten unsere Kanonen im Anschlag. Jeder von uns hatte einen der SS-Männer fest im Blick. »Am Straßenrand aufstellen!« Es machte mir Spaß, diesen Großmäulern, die sonst nur andere durch die Gegend hetzten, zackige Befehle zu erteilen, die sie auch noch befolgen mussten. Regeln gab es ja nicht mehr.

Wie die Kleinkinder stellten sie sich nebeneinander auf. Der von vorhin konnte sich jetzt nicht mehr zurückhalten und zischte ein drohendes »Das wird euch noch leid tun. Nach dem Endsieg werdet ihr Erde fressen.«

Wir stiegen grinsend in den Wagen, in dem es sich gerade noch die vier Bonzen bequem gemacht hatten. Die Sitze waren noch warm. »Den Endsieg werdet ihr nicht mehr erleben«, konnte ich mir nicht verkneifen.

Die beiden Jungs auf den Rücksitzen zielten immer noch auf unsere Gegenspieler. Es fühlte sich schon komisch an, nicht mehr gegen die Russen, sondern gegen die eigenen Leute zu kämpfen, zumindest hier am Straßenrand. Als ich die Karre startete, gingen einem der SS-Burschen anscheinend die Nerven durch. Er fingerte an seiner Pistolentasche. Wahrscheinlich dachte er, wir würden sowieso nicht ernst machen. Ein folgenschwerer Irrtum.

Unsere Jungs waren schneller und feuerten mehrere Garben aus ihren Maschinenpistolen ab. Da lag er nun zur Abwechslung mal in seinen eigenen Blutlachen, der vierfache Stolz der SS, und zuckte nicht mehr. Auf ein paar Leichen mehr oder weniger kam es jetzt nicht mehr an. Wen interessierte das schon in der allgemeinen Auflösung. Ein bisschen mulmig wurde mir trotzdem. Was, wenn es sich nur um eine Vorhut gehandelt hatte und gleich eine Kolonne von SS-Fahrzeugen folgen würde? »Los, schnell weg hier, bevor es uns erwischt.«

Ich war immer wieder verblüfft, wie rasch es vom Leben in den Tod ging. Anfangs hatte mich das noch erschüttert, inzwischen aber hatte ich so viel Blut und zerfetztes Fleisch erblickt, dass es mir kaum noch was ausmachte. Ich hatte im Feld zahlreiche Kameraden gesehen, denen angesichts des monatelangen Grauens am Ende der eigene Tod nichts mehr bedeutete. Sie nahmen es einfach als gottgegeben hin und fielen, von einer Kugel getroffen, um. Fertig.

Aber wir lebten ja noch. Es musste einen Weg durch die russischen Stellungen zu den Amerikanern geben. Den galt es zu finden. Selbst wenn wir dort in Kriegsgefangenschaft gerieten, würden wir auf jeden Fall was Anständiges zu essen bekommen. Vielleicht sogar Kaugummi. Unser Problem bestand nur darin, dass wir nicht genau wussten, wo die Amis überhaupt steckten. Also fuhren wir einfach in Richtung Westen, immer geradeaus durch zerbombte Dörfer, abgebrannte Wälder, Äcker, auf denen sich statt Korn oder Kartoffeln die Leichen türmten.

Unsere erste Begegnung mit den Amerikanern war alles andere als angenehm und fand absolut nicht auf Augenhöhe statt. Wegen des Brummens unseres Motors entging uns ein Geräusch, das aus der Luft kam. Erst als er unmittelbar über uns war, fiel uns ein amerikanischer Tiefflieger auf. Da es zu spät war, im Dickicht Deckung zu suchen, blieb uns nichts, als ruckartig auf die Bremse zu gehen, um für einen Augenblick dem Schussfeld des Flugzeugs zu entkommen. Der Plan ging auf, die Straße vor uns wurde laut klatschend durchsiebt, doch uns war bewusst, dass es nur eine Frage von Sekunden war, bis er wieder über uns auftauchte.

Ohne uns abzustimmen, rannten wir paarweise links und rechts in den Wald. Die Maschine kam zurück, senkte sich bis knapp über die Baumkronen und perforierte Straße und Auto. Offensichtlich hatten Pilot und Schütze bemerkt, dass ihr Ziel inzwischen verwaist war, denn einen dritten Anflug unternahmen sie nicht.

Wir verharrten noch eine Weile in unserem Versteck und stellten dann erleichtert fest, dass die Kühlerhaube und ein paar Sitze zwar durchlöchert, Tank, Motor, Räder und alle notwendigen Teile aber unversehrt geblieben waren. Die Fahrt konnte weitergehen. Sie wurde angenehmer, als wir vermutet hatten.

Unter der Rückbank entdeckten wir einen für damalige Verhältnisse unermesslichen Schatz. In eine Decke eingewickelt waren da Schinken, Büchsenfleisch, frisch duftendes Brot und mehrere Flaschen Schnaps. Daran gewöhnt, nur mit dem Nötigsten versorgt zu werden, wenn überhaupt, stürzten wir uns auf die Köstlichkeiten, bevor sie uns wieder abgejagt werden konnten.

Wir schlangen und soffen, ohne uns zu streiten, denn für unser kleines Häuflein war mehr da, als wir verdrücken konnten. Das war vielleicht ein Gefühl, sich mit dem Wodka innerlich von der ganzen Kriegsscheiße zu reinigen. Das göttliche Gesöff ging runter wie Wasser und fühlte sich an, als hätten wir Gold im Leib. Im Nu waren wir betrunken und wurden unvorsichtig.

Mit Einsetzen der Dämmerung suchten wir uns einen verlassenen Bauernhof am Straßenrand. In der unsicheren Lage mit Scheinwerfern zu fahren war uns zu riskant. Außerdem hofften wir, unsere Uniformen gegen Zivilkleidung eintauschen zu können. Es musste ja nicht jeder sehen, dass wir zur Wehrmacht gehörten. Wir versteckten das Auto in einer Scheune und fanden zu unserer Überraschung ein recht gemütliches Wohnhaus vor. Wo die Bewohner abgeblieben waren, interessierte uns nicht die Bohne. Den Schnaps nahmen wir mit rein, soffen noch ein wenig, sangen übermütig ein paar unanständige Lieder und fielen schließlich in einen tiefen, volltrunkenen Schlaf.

Ich kann mich nicht erinnern, was ich träumte, aber ich wurde unsanft geweckt. Etwas Hartes stieß gegen meinen Kopf. Ich blickte auf und erkannte in der diffusen Morgendämmerung mehrere russische Soldaten, die ihre Kalaschnikoffs auf uns richteten. Meine Kameraden wurden ähnlich geweckt. Die Russen gaben uns ein Zeichen, dass wir uns, die Hände erhoben, mit dem Gesicht zur Wand stellen sollten. Mir brummte der Kopf, ich wusste nicht, ob das am

Schnaps lag oder an dem Schlag, der offensichtlich mit einem Gewehrkolben erfolgt war. Die Russen gerieten in Streit. Ich verstand kein Wort. Einer von ihnen wollte uns offenbar gleich an Ort und Stelle über den Haufen schießen. Aber ein anderer konnte sich durchsetzen.

Verkatert und unserer Würde beraubt, mussten wir einen langen Marsch antreten, auf dem wir nichts zu essen oder zu trinken erhielten. Völlig entkräftet trafen wir gegen Mittag in einem russischen Sammellager ein. Hinter Stacheldraht waren dort auf offener Wiese mehrere hundert deutsche Soldaten untergebracht, viele von ihnen in unserem Alter. So erschöpft wir auch waren, schienen wir dennoch in wesentlich besserer Verfassung zu sein als die meisten der hier schon länger zusammengepferchten Kriegsgefangenen.

Wir wurden einfach nur hinter den Stacheldraht geschubst und das war's. Da saßen wir wie die Hühner im Käfig und warteten auf die Schlachtung. Von der Wiese war bei genauer Betrachtung nicht viel zu erkennen. Der Regen hatte alles in eine riesige Matschlandschaft verwandelt. Einer der Gefangenen erzählte mir, dass es in ein paar Tagen einen Transport nach Russland geben sollte, wo wir dann in irgendeinem gottverlassenen Bergwerk würden schuften müssen. Das war das Letzte, was ich mir vorstellen konnte. Ich zischte meinen Kameraden zu, dass wir unbedingt zusammenbleiben mussten. In diesem russischen Dreckloch würde ich keine zwei Tage bleiben.

Es regnete den ganzen Nachmittag. Wir hatten keinerlei Dach über dem Kopf, es wurde trotz der verhältnismäßig milden Temperaturen saumäßig kalt, und wir hatten Hunger. Viele unserer Mitgefangenen waren schwer krank, sie schüttelten sich vor Fieber. Manche waren bereits so apathisch, dass ich mir nicht sicher war, ob sie überhaupt noch lebten. Alle paar Stunden schleppten die Russen ein paar leblose Körper raus und warfen sie in eine Grube.

Vor dem Stacheldraht marschierten Posten auf und ab. Dass sie besonders wachsam gewesen wären, konnte man nicht behaupten. Wahrscheinlich hatten sie ebensolchen Hunger wie wir. Mir lagen noch all die Geschichten von russischen Soldaten an der Front im Ohr, die sich freiwillig in deutsche Gefangenschaft begeben hatten, um endlich mal was zu fressen zu kriegen. Da kam mir die rettende Idee. Aus dem SS-Jeep, den wir am Vortag gekapert hatten, steckte noch ein Stück Schinken in meiner Uniform-Jacke. Wahrscheinlich hatte ich den am Abend verdrücken wollen, bevor ich besoffen eingeschlafen war. Ich konnte mich nicht erinnern. Jetzt aber sollte er mir und meinen Kameraden das Leben retten.

Bis zum Morgengrauen schloss ich kein Auge. Ich hoffte, dass es nebelig werden und die Sicht eingeschränkt sein würde. Und siehe da, ich sollte recht behalten. Es waren zwei Posten, die mit der Knarre im Anschlag stoisch am Stacheldraht auf und ab patroullierten. Ich weckte meine Kameraden, legte meinen Finger auf den Mund und schlich gemeinsam mit ihnen durch die schlafenden Körper hindurch zum Zaun.

Als einer der beiden Posten wieder an uns vorüber marschierte, stieß ich einen kaum hörbaren Pfiff aus. Der Russe riss sofort seine Waffe herum und zielte auf uns. Ich erhob eine Hand, mit der anderen machte ich ein Zeichen des

Schweigens. Dann öffnete ich ganz langsam meine Jacke und holte den Schinken hervor. Ich konnte sehen, wie dem jungen Soldaten, der kaum älter sein mochte als wir, das Wasser im Mund zusammenlief. Etwas derartiges hatte er wahrscheinlich nicht einmal in Friedenszeiten gesehen.

Der Russe ließ die Waffe sinken und wies vorsichtig auf den anderen Posten, der gerade am entgegengesetzten Ende des Zaunes angelangt war. Ohne ein Wort zu sagen, zeigte ich erst auf den Schinken, dann auf ihn. Er wollte danach greifen, doch ich ließ den Gegenstand seiner Begierde wieder in meiner Jacke verschwinden. Dann wies ich auf mich und meine Jungs, machte mit Zeige- und Ringfinger eine Laufbewegung und sah den Russen fragend an.

Er hatte verstanden und begann aufgeregt zu atmen. Der andere Posten war fast wieder zu ihm aufgeschlossen. Unser Russe gab uns mit Handzeichen zu verstehen, dass wir warten sollten. Wir stellten uns schlafend, bis der andere sich ein paar Meter entfernt hatte. Unser Russe bedeutete uns mit einer hastigen Winkbewegung, dass wir uns unter dem Zaun hindurchschieben sollten. Ich kroch als Erster, einer meiner Kameraden folgte mir. Ich warf dem Russen den Schinken zu und wir verschwanden im Nebel. Einen Augenblick blieben wir mucksmäuschenstill auf der Wiese liegen, dann rannten wir in ein etwa hundert Meter entferntes Waldstück.

Kaum waren wir dort angelangt, drang aus dem Russenlager aufgeregtes Stimmengewirr zu uns. Schüsse ertönten und die Scheinwerfer wurden angeschmissen. Hier im Wald konnten sie uns kaum erreichen, aber wir wollten es gar nicht erst ausprobieren. Wir rannten, was das Zeug hielt, stolperten, blieben hängen, stießen unsere Köpfe an Ästen blutig, aber all das war uns egal. Bloß weg von hier.

Was aus unseren anderen beiden Kameraden geworden war, sollten wir nie erfahren. Vielleicht wurden sie auf der Flucht erschossen, vielleicht endeten ihre Tage in einer russischen Uranmine. Aber darauf konnten wir in dieser Minute keine Rücksicht nehmen. Das mag brutal und herzlos klingen, aber es war die fiese Grimasse des Krieges, von der jede Menschlichkeit nur ausgelacht wurde. Nur die Härtesten konnten überleben. Und wir wollten überleben, um jeden Preis.

Was aber mochte geschehen sein? Wahrscheinlich hatte unser russischer Freund es nur auf den Schinken abgesehen. Ein Schinken war gut, ein Schinken und ein Orden war aber noch besser. Kaum waren wir weg, wird er die anderen Jungs gestellt haben, dieser erbärmliche Verräter.

Wir waren bestimmt eine Stunde oder länger gerannt, die Lunge hing uns zum Hals raus, da entdeckten wir am Ende des Waldes ein kleines Gehöft. Vorsichtig schlichen wir uns an. Ich lugte durchs dunkle Fenster, sah niemanden. Im Gegensatz zu dem Bauernhof vom Vortag sah es hier bewohnt aus. Wir schlichen um das Haus herum und sahen auf dem Acker einen Traktor stehen, der noch ganz gut in Schuss schien. Zu unserem großen Glück waren auf dem Feld sogar zwei Vogelscheuchen aufgestellt, deren zerschlissene Jacken wir gegen unsere Wehrmachtskluft tauschten. Dann sprangen wir auf den Trecker, ließen ihn an und fuhren einfach auf dem Feldweg drauflos, wohin, wussten wir selbst noch nicht.

So begann der zweite Teil unserer Tramp-Tour, der ungleich entspannter verlief als der erste. Bald kamen wir an eine Straße, die wir weiter in Richtung Westen befuhren. Es war immer noch früh am Morgen, kaum jemand begegnete uns. Die Wenigen, die wir doch trafen, vermuteten unter unseren abgerissenen Klamotten und dem unüberhörbaren Gebrüll unseres Motors keine Soldaten auf der Flucht. Am frühen Vormittag ging uns der Sprit aus. Wir ließen unser Fluchtfahrzeug am Straßenrand stehen und verdrückten uns wieder in den Wald. Sicher war sicher, wer weiß, wer uns noch auf den Fersen war.

Rennen mussten wir fürs Erste nicht mehr. Mangelnder Vorsicht wollten wir uns trotzdem nicht noch einmal schuldig machen. Sonst würde es uns am Ende ergehen, wie unseren Kameraden, deren Aufbruch in die Freiheit in dem russischen Stacheldrahtverhau ein so trauriges Ende gefunden hatte.

Wir hielten also Augen und Ohren offen und taten nichts Unbedachtes. Glaubten wir zumindest. Allerdings setzte uns der Hunger natürliche Grenzen. Den Durst konnte man immer noch mit Regenwasser oder im Bach stillen, doch Essbares war nicht so leicht aufzutreiben, es sei denn, wir wollten versuchen, mit bloßen Händen zu fischen. Um Fallen aufzustellen und geduldig darauf zu warten, dass irgendein Kleinsäuger hineintappte, fehlte uns einfach die Zeit. Fürs Erste blieb uns nichts, als Moos zu fressen.

Mitten im Wald kamen wir an einen Morast. »Hier kommen wir nicht weiter«, sagte ich zu meinem Begleiter.

Auf der Suche nach einem Pfad oder zumindest einer Furt schritten wir am Rand des Sumpfes entlang. Wir wollten gerade eine kurze Rast machen, da ertönte ganz in unserer Nähe von der Waldseite Gewehrfeuer. Zwar konnten wir nicht sehen, wer da auf wen schoss, aber wir wollten es auch nicht herausfinden. Zumindest an unseren Hosen hätte man uns immer noch als deutsche Soldaten erkennen können. Panisch suchten wir nach einem Ausweg durch den Sumpf. Und siehe da, wir fanden einen von Ästen und Grasbüscheln angedeuteten Pfad.

»Lass mich vorgehen«, bot ich meinem Kompagnon an, doch der rannte aus lauter Angst blind los. Ich versuchte ihn aufzuhalten, aber es half nichts.

Was wir für einen Pfad gehalten hatten, erwies sich ganz schnell als zufällige Ansammlung von Holz und verwesenden Pflanzenresten, die uns nicht weiterführte. Erst staksten wir, jeden Schritt genau abwägend, vorwärts, dann mussten wir dazu übergehen, im dichten Baumbestand von Ast zu Ast hangelnd auf kleinen festen Stellen Halt zu finden. Doch die Bäume wurden weniger, die festen Stellen auch. Bald wussten wir nicht mehr vor noch zurück. Inzwischen handelte es sich mehr um ein morastiges Gewässer als um einen Sumpf. Ich rüttelte an einem Baum, in der Hoffnung, er könnte schon so morsch sein, dass er sich einfach umkippen und zur Brücke umfunktionieren ließ, denn das Ufer, an dem wir wieder festen Tritt unter die Füße bekommen würden, schien greifbar nah.

Mein Gefährte stieß ein wegwerfendes »Scheißdrauf« aus und sprang von seinem Grassockel in die braune Brühe. Bis zum Bauchnabel war er verschwunden, aber er stand sicher und fest. Das Letzte, was ich von ihm hörte, war ein entschlossenes: »Los, das schaffen wir.«

Dann vernahm ich ein lautes Geräusch, das wie ein gewaltiger knurrender Magen klang. Er versank mit flehend aufgerissenen Augen und die Matschbrühe schloss sich über seinem Kopf. Ich hatte nicht einmal mehr die Zeit, ihm etwas zuzurufen.

Aus heutiger Sicht kann ich gar nicht mehr sagen, was ich damals empfand. Ich glaube, ich fühlte mich einfach nur ohnmächtig und ausgeliefert. Wieder bei Sinnen, wunderte ich mich über die unglaubliche Stille, als wäre gerade gar nichts passiert. Ich begriff, was das Wort Totenstille bedeutet. Die Natur kann so erbarmungslos sein. Aber ungerecht ist sie nie. Es hätte genauso gut mich treffen können, wenn ich als Erster abgesprungen wäre.

Zu viert hatten wir uns auf den Weg gemacht, jetzt war ich wieder auf mich allein gestellt. Ich wollte mich mit dem Ende als Sumpfleiche nicht abfinden und überlegte fieberhaft, was ich tun könnte, aber mir fiel partout nichts ein. Als sich langsam erste Anzeichen von Dämmerung bemerkbar machten, war mir alles egal. Sollte er mich doch auch verschlingen, dieser verdammte Sumpf, dann wäre endlich alles vorbei. Ich sprang in den sicheren Tod, doch der wollte noch ein wenig auf sich warten lassen.

Es waren nur etwa fünf Meter bis zum rettenden Land. Ich war so weit gesprungen, wie ich ohne Anlauf konnte. Etwa auf derselben Höhe, auf der ich eben noch meinen Kameraden hatte sterben sehen, bereitete ich mich auf ein ähnliches Schicksal vor. Doch mein Fuß kam auf etwas Hartem, Rundem zu stehen. Tatsächlich, ich hatte festen Halt. Von hier aus konnte ich mich an Land hieven. Eine letzte Kraftanstrengung und ich war außer Gefahr. Zu

Tode erschöpft, wollte ich trotzdem noch herausfinden, was mir da unter meinem Stiefel das Leben gerettet hatte. Ich suchte nach einem langen Stock und begann mit ihm im Trüben zu fischen. Ein paar Mal rutschte ich ab, doch am Ende hatte ich Glück und holte einen verrosteten Stahlhelm aus dem Morast, dessen Form darauf schließen ließ, dass er einmal einem Amerikaner gehört haben musste. Nach dieser Verrichtung verließen mich die Kräfte, ich sank ins weiche Moos und schlief ein.

Als ich erwachte, fand ich mich nicht etwa am Rande des Morastes wieder, frierend und von Mücken gepeinigt, sondern lag auf einem weißen Laken unter einer Decke. Um mich herum wurde Englisch gesprochen. Ich hatte es offenbar hinter die amerikanischen Linien geschafft und war von einer Patrouille aufgegriffen worden. Die Reste meiner Uniform waren nach dem Moorbad beim besten Willen nicht mehr als solche erkennbar. Die Amis hatten mich einfach mitgenommen und in ein Lazarett gepackt. Ich war so fertig, dass ich von dem Transport überhaupt nichts bemerkt hatte. In meinem Krankenlager konnte ich mich ein paar Tage erholen und wurde aufgepäppelt. Ich durfte sogar mit anderen Patienten Schach spielen. Es fehlte mir an nichts.

Als es mir endlich wieder besser ging, wurde ich über die Umstände ausgefragt, unter denen ich in meine merkwürdige Lage geraten war. Ich behauptete, ich sei mit knapper Not der SS entkommen, weil ich mich beim Bombenangriff auf Dresden unerlaubt von meiner Kaserne entfernt hätte und am Krieg nicht mehr teilnehmen wollte. Bestimmte Erlebnisse der letzten Tage konnte ich ja getrost so schildern, wie sie stattgefunden hatten. Die Verhöre verliefen außerordentlich respektvoll und kameradschaftlich. Die Amerikaner notierten sich alles, berieten sich untereinander und boten mir am Ende an, mich neu einzukleiden und nach Hause zu schicken. Selbstredend ging ich dankbar auf diese Offerte ein.

So wurde aus dem Soldaten Gustav Bülow wieder der Zivilist Gustav Bülow, der gesund und bei Kräften zu seinen Eltern zurückkehren sollte. Das war zwar etwas anderes als der von mir geplante Neuanfang im amerikanisch besetzten Gebiet, aber zumindest der Krieg war für mich zu Ende. Hallelujah.

14.

Dresden lag in Trümmern. Offiziell war der Frieden ausgerufen worden, doch in jener Mondlandschaft, die in einer früheren, kaum noch erinnerbaren Epoche im Ansehen einer der schönsten Städte Deutschlands stand, war davon nicht viel zu spüren. Im täglichen Kampf ums pure Überleben gab es keine Front mehr. Jeder kämpfte gegen jeden, alle Mittel schienen erlaubt. Mord, Heimtücke und Denunziation waren an der Tagesordnung. Viele, die den Bombenhagel glücklich überlebt hatten, wurden nun von Hunger, Mangel und Seuchen dahingerafft.

Ganz Deutschland litt unter den Folgen des Krieges. Nur Gustav Bülow nicht. Seine Eltern hatten ihn gefragt, ob er nicht die Schule beenden wolle, doch nichts lag ihm ferner. Schulbankdrücken hatte ihm noch nie sonderlich viel bedeutet, Pauker hielt er grundsätzlich für Idioten und die Schule des Lebens hatte er in den ersten Monaten des Jahres fünfundvierzig absolviert. Jetzt war Frieden und es hieß, das Leben zu genießen.

Anfangs wurde er noch im elterlichen Haushalt durchgefüttert, doch dann bestand Walter Bülow darauf, dass sich der Sohnemann eine andere Bleibe suche, wenn er keinen

Beitrag zum Auskommen der Familie leiste. Noch nie habe ein Bülow auf der faulen Haut gelegen. Schließlich sei auch er im Krieg gewesen und ihm hätte vierzehn-achtzehn niemand aus dem Desaster geholfen. Gustav konnte diese Sprüche nicht mehr hören. Sollte der Vater in seiner Vergangenheit leben, er war jetzt sechzehn und wusste selbst am besten, was er wollte. Oder zumindest, was er nicht wollte.

Er nahm sich eine winzige Dachstube in der Dresdner Neustadt und schlug sich mit seinen zahlreichen Talenten durchs Leben. Vor dem Krieg hatte er Klavier-Unterricht genommen. Er war kein Virtuose, aber es reichte, um auf Tanzveranstaltungen, die es jetzt wieder immer öfter gab, für Unterhaltung zu sorgen. Er sah gut aus, hatte Rhythmus im Blut und konnte sich spontan auf jedes Publikum einstellen. Sein gutes Englisch prädestinierte ihn obendrein zur Interpretation amerikanischer Swing-Nummern, nach denen die jugendlichen Tänzer gierten. Gustav lernte schnell und hatte die verlangten Titel im Handumdrehen drauf. Wenn er in die originalen Texte aus dem Stegreif pointierte Kommentare zu aktuellen Problemen in Dresden oder der allgemeinen politischen Lage in Deutschland hinein improvisierte, wurde ihm besonderer Dank des Publikums zuteil.

Allerdings trug ihm diese persönliche Note auch mehrere Verhaftungen ein. Er kam zwar immer am selben Abend wieder frei, da seine Bonmots kein ernsthaftes Aufwiegelungspotenzial hatten, aber er merkte schnell, dass er sich auch unter den neuen Verhältnissen in der sowjetischen Besatzungszone auf dünnem Eis bewegte. Viel verdiente er nicht, aber zumindest war immer eine warme Mahlzeit in der Gage inbegriffen und am Ende der Woche reichte es für die Miete.

Und die Frauen, allesamt ein paar Jahre älter als er, lagen dem jugendlichen Möchtegern-Casanova zu Füßen.

Eine weitere Gabe, die in den ersten anderthalb Jahren nach dem Krieg für bescheidene materielle Sicherheit des frisch gebackenen Lebenskünstlers sorgte, war sein Zeichentalent in Kombination mit einem ausgeprägten Sinn für Situationskomik. Nur zum Spaß hatte er für einen befreundeten Lokalbesitzer eine Einladungskarte für ein Geburtstagsfest entworfen. Die wurde vervielfältigt und verteilt, was ihm eine Reihe weiterer Aufträge als Gelegenheitsgrafiker einbrachte. Viele Möglichkeiten standen Gustav offen, er musste nur zugreifen. Vielleicht könnte er sich ja auch als Pressezeichner verdingen. Aber dafür fehlten ihm die Kontakte.

In einem der zwielichtigen Tanzlokale, in denen er regelmäßig auftrat, wurde er von einem etwa zwanzigjährigen Burschen namens Jochen angesprochen, ob er seine gewinnende Art nicht auch als fliegender Händler einsetzen wolle.

»Womit soll ich denn handeln?«, wollte Gustav wissen, dem jeder Broterwerb, bei dem er sich nicht die Finger schmutzig machen musste, willkommen war.

»Was so anfällt«, lautete die knappe Antwort.

Gustav merkte schnell, dass es sich bei Jochen und dessen Freunden um eine Schieberbande handelte, deren Geschäft der Schwarzmarkt war. Vieles, womit sie schoben, holten sie aus zerbombten Häusern. Nachts stiegen sie in die Ruinen ein und holten raus, was sie konnten. Und wenn es doch mal keine Ruine, sondern eine intakte Villa in der Vorstadt war, hatten sie damit auch kein Problem. Dabei mussten sie äußerst wachsam sein, denn Plünderung wurde immer noch hart bestraft, von Einbruch gar nicht zu reden, aber Jochen hatte gute Verbindungen »nach oben«, wie er sagte. Wenn wirklich mal ein Mitglied der Bande in die Bredouille geriet, war es wie durch Zauberhand schnell wieder auf freiem Fuß.

An den Beutezügen nahm Gustav nie teil. Mit seinem künstlerischen Talent half er seinen neuen Freunden aber, kaputte Antiquitäten oder verbeulten Schmuck wieder so weit herzustellen, dass die Mängel nicht mehr zu erkennen waren. Abnehmer waren vor allem amerikanische Offiziere in Berlin, zu denen das Diebesgut auf Schleichwegen gelangte. Diese wiederum bezahlten mit Zigaretten, Kaffee, Seidenstrümpfen und allem, was das deutsche Herz begehrte. Die russischen Offiziere in Dresden verlangte es nach Kleidung für ihre Frauen. Auch damit konnten Jochen und seine Jungs dienen. Im Tausch erhielten sie Schnaps, Speck, Butter und Zucker.

Das Geschäft auf den verschiedenen Dresdner Schwarzmärkten florierte. Wenn es doch hin und wieder eine Razzia gab, wusste Jochen im Voraus Bescheid. Es waren ja seine Geschäftspartner, welche die »unangekündigten« Kontrollen organisierten. Gustav ging also keinerlei Risiko ein, wenn er seine heiße Ware singend und reimend an Mann und Frau brachte. Er war fast schon eine Attraktion. Manche Passanten blieben nur stehen, um Gustav zu hören. Jochen war zufrieden und erhöhte den Anteil seines Kundenmagneten.

Nicht selten blieben junge Mädchen vor dem Straßenladen des hübschen Händlers stehen und blinzelten ihn herausfordernd an. Wie auch bei seinen nächtlichen Club-Auftritten wusste Gustav nicht, wie er damit umgehen sollte. Er fühlte sich zwar als Draufgänger, hatte mit dem anderen Geschlecht jedoch überhaupt noch keine Erfahrung. Nur zu gern hätte er eine der Dresdner Schönheiten angesprochen, die oft in wesentlich besseren Verhältnissen zu leben schienen als er selbst. Doch so sehr es ihn auch danach verlangte, er war erst sechzehn und traute sich nicht.

Mit Klavierspiel, Zeichnen und Schwarzhandel schlug sich der talentierte Tausendsassa etwa ein Jahr lang durch. Er liebte dieses Leben und hätte es um nichts in der Welt eintauschen mögen. Und doch wusste er, dass es nicht ewig so weitergehen konnte. Bar-Pianist war keine Perspektive und zum Berufsmusiker fehlte ihm die Geduld. Ob Jochens Geschäfte immer laufen würden, bezweifelte er, denn irgendwann würden die Zeiten wieder besser, dann würde man keine Schwarzhändler mehr brauchen. In der Tat sollte Jochen Ende 1946 in einer bewaffneten Auseinandersetzung mit der Polizei ums Leben kommen und seine Bande vor Gericht gestellt werden.

Ein glücklicher Umstand verhalf Gustav dazu, seine Lebensumstände auf den Kopf zu stellen, bevor ihn Jochen mit in den Abgrund riss. Eine Zeitungsanzeige weckte einen Traum in ihm, der seit mehr als einem Jahr verschüttet war. »Schauspielstudio Fröhlich/Dresden sucht Mitarbeiter«.

Herbert Fröhlich, ein aus dem Exil zurückgekehrter Jude, hatte ein fahrendes Theater-Ensemble gegründet, in dem er Interessenten aller Altersgruppen Ausbildung in der Praxis versprach. Gustav zögerte keinen Augenblick, zu der angegebenen Adresse zu gehen und vorzusprechen. Viel sagen musste er gar nicht. Fröhlich, ein kleines, lebenslustiges Männlein, das seinem Nachnamen alle Ehre machte, sah den schlaksigen Jüngling kurz an und bot ihm umgehend einen festen

Platz in seiner Truppe an. So wurde aus dem sesshaften Vagabunden Gustav Bülow von einem Moment auf den anderen ein fahrender Mime.

Das Schauspielstudio Fröhlich war ein Kunstwerk für sich. Im zerstörten Dresden machte sich eine fahrende Trümmerbühne auf den Weg, um überhaupt so etwas wie ein kulturelles Bedürfnis bei der erschöpften und desillusionierten Bevölkerung zu wecken. Nichts funktionierte, wie es sollte, aber niemand erwartete in irgendeiner Weise, dass überhaupt etwas funktionierte. Allein die Existenz eines solchen idealistischen Theatervereins war bereits ein Wunder. Und für Wunder hatte Gustav schon immer ein besonderes Faible gehabt.

Von Ausbildung merkte der angehende Schauspieler nicht viel, dafür wurden seine Talente auf ebenso vielfältige Weise genutzt wie zuvor in Jochens Bande. Wie auch die anderen insgesamt sieben Mitglieder des Ensembles war der Neuzugang für alles auf einmal zuständig. Er malte Programmhefte, klebte Plakate, funktionierte Kneipen und Kaschemmen zu Theaterräumen um, suchte auf Müllhalden nach Lumpen, die er zu Kostümen umnähen konnte, fungierte an Stellen, an denen er selbst nicht auf der Bühne stand, als Beleuchter oder Souffleur, spielte wenn vorhanden Klavier, übernahm hin und wieder die Regie und musste nicht selten auf nicht immer ganz koschere Weise für Proviant sorgen.

Die Gage bestand meist in alten Papier-Rentenmarkscheinen, oft aber auch in Kartoffeln oder Getreide. Selbst um die wenigen Einnahmen, die stets gerecht durch acht geteilt wurden, musste gekämpft werden, denn nach der Vorstellung wurde dem schauspielernden Häuflein oft aufgelauert.

Gustav, der gern mit seinen frei erfundenen Kriegsabenteuern prahlte, fiel die Aufgabe zu, die erspielten Finanzen oder Naturalien nach den Gastspielen in Sicherheit zu bringen.

Eine eigene Bühne hatte das Schauspielstudio Fröhlich freilich nicht. Geprobt wurde in der Wohnung des Chefs, gespielt in den Dörfern der Umgebung. Pferdewagen, Vorortzüge oder Holzgas-LKW transportierten das Studio zu seinen Auftritten, die Kulissen mussten von den Akteuren selbst überall hin mitgeschleppt werden.

Von einem professionellen Theater war Fröhlichs Wanderverein weit entfernt. Doch oder gerade in diesem Dauerprovisorium lernte Gustav alles, was er fürs Theater brauchte. Das Repertoire bestand hauptsächlich aus einem Stück. Das Nachkriegspublikum gelüstete nicht nach Tiefgründigem, auf dem Spielplan stand das unverfängliche »Charleys Tante«. Gustav hing die Rolle des Babbs bald zum Hals heraus, aber er spielte sie hinreißend und aalte sich in dem Erfolg beim Publikum. Kaum eine Vorstellung, die nicht ausverkauft war. Wenn Hartmut doch nur hätte sehen können, wie nah er dem gemeinsamen Traum gekommen war.

Gustav war glücklich und mit dem Glück auf der Bühne kam auch die erste Erfüllung in der Liebe. Mit ihm gemeinsam fing Greta Wölfert in Fröhlichs Kompanie an. Sie war drei Jahre älter als Gustav, wirkte aber sehr mädchenhaft. Er verguckte sich sofort in ihre schrägen grauen Augen, ihr langes blondes Haar und ihre hoch aufgeschossene Gestalt. Sie war gleichermaßen kühl und liebevoll, zeigte Gustav ihr Interesse, ließ ihn aber nicht allzu nah an sich heran. Er konnte nicht mehr schlafen, machte ihr zaghafte Avancen, fühlte sich nach jedem Annäherungsversuch schlecht. Doch immer, wenn er seine Chancen ihr gegenüber für aussichtslos zu halten begann, warf sie ihm ein Krümchen Hoffnung hin.

Greta war jung verwitwet. Kaum hatte sie 1944 gegen den Willen ihrer Eltern geheiratet, wurde ihr Bräutigam Horst auch schon in den Krieg eingezogen und erlitt das Schicksal so vieler frisch Vermählter. Er kam nicht zurück. Über diesen bitteren Verlust war die junge Ehefrau nie hinweggekommen und Gustav ahnte, dass er ihn auch nicht wettmachen könnte.

Doch er ließ nichts unversucht, um sie zu erobern. Sie widersetzte sich, gab ihm jedoch auch zu verstehen, dass sie den jugendlichen Neuzugang der Truppe attraktiv fand. Sich von ihr ermutigt wähnend, ließ er nicht locker und ihr Widerstand schmolz Tag für Tag dahin. Schon nach wenigen Wochen waren sie ein Paar, was nicht allen in der Truppe gefiel. Gustav war nicht der Einzige, der ein Auge auf die schöne Blondine geworfen hatte. Auch der glücklich verheiratete Herbert Fröhlich stand der jungen Liaison kritisch gegenüber, brachte sie doch Unruhe in sein Ensemble.

Es war ein ständiges Auf und Ab mit Greta. Sie empfand Scheu, sich erneut zu binden, er litt unter panischer Angst, sie zu verlieren. Die Ängste des einen schürten die Sorgen des anderen und umgekehrt. Einen Ausweg aus diesem Kreislauf schien es nicht zu geben. Sie liebten und begehrten einander, schmiedeten große Pläne für die Zukunft, sprachen von Kindern und Familie, konnten die gemeinsame Zeit aber nur selten unbeschwert genießen. Kaum waren sie zusammen, fürchtete Greta, er könne zu viel Nähe einfordern, während Gustav schon wieder mit Schrecken dem Ende der

Zweisamkeit entgegensah. Sie waren wie die Königskinder, die nicht zusammenkommen konnten.

Am meisten litt Gustav unter Gretas häufigen Rückzügen. Gerade wenn ihr Beisammensein am symbiotischsten war, sie nicht mehr voneinander lassen konnten und sich gegenseitig mit den schönsten Liebeserklärungen überhäuften, bekam sie kalte Füße und war für ihn nicht mehr ansprechbar. Sie standen zwar gemeinsam auf der Bühne, aber Greta sah durch Gustav hindurch. Er verstand die Welt nicht mehr und lief innerlich Amok.

Doch was er als Liebesentzug verstand, war für sie nur ein Weg, sich ihm unbefangen zu nähern. Zumindest behauptete sie das unentwegt. Der Debütant in Liebesdingen hatte zwar oft in Liedern gehört und in Büchern gelesen, wie dicht Liebe und Leid beieinander waren, doch was er bisher stets für kitschige Überempfindlichkeit gehalten hatte, bekam er jetzt am eigenen Leib schmerzhaft zu spüren.

Wenn sie sich ihm dann in regelmäßigen Abständen wieder öffnete, schüttete er ihr das Herz aus, überhäufte sie mit Blumen und brachte ihr – oft unbeholfen – alle nur erdenklichen Gunstbeweise entgegen. Und schon begann das ermüdende Spiel von vorn. Er kam mit ihr nicht weiter, sie war zusehends genervt.

Gustav konnte sich nicht mehr auf seine Bühnenrolle konzentrieren, verpasste seine Einsätze und ließ sich zweimal nach der Vorstellung die Abendeinnahmen abluchsen. Alle in der Truppe, Greta eingeschlossen, waren stinksauer auf ihn. Und wenn er den anderen von seinen Problemen mit Greta erzählen wollte, verdrehten die nur noch genervt die Augen. Nicht schon wieder …

Gustav spürte, wie er langsam den Respekt vor sich selbst verlor, denn sie konnte mit ihm machen, was sie wollte. Nicht, dass ihr das bewusst gewesen wäre, sie wunderte sich nur, warum er so litt. Bat sie ihn anfangs noch um Entschuldigung für ihre erratischen Unerklärlichkeiten, übernahm er es bald für sie, Erklärungen zu finden. Sein vorauseilendes Verständnis begann ihn selbst zu nerven. Doch was sollte er tun, er war süchtig nach ihren großen, warmen Händen.

Wenn sie mit den Handtellern sein Gesicht umfing und ihre Fingerspitzen über seine Ohrläppchen strichen, wenn dann ihre Augen langsam so dicht an die seinen heranfuhren, dass ihre grau umrahmten Pupillen zu einem einzigen, alles verschlingenden Krater zusammenwuchsen, war er glücklich. Für dieses Glück nahm er immer mehr in Kauf und merkte nicht, wie er sie zusehends unter Druck setzte.

In den ersten Monaten ihrer Beziehung besuchten sie sich noch gegenseitig, um miteinander die Nächte zu genießen. Gustav liebte es, an ihre seidige Haut gepresst einzuschlafen. Doch sie fand an seiner Seite nur selten Schlaf. Erst glaubte sie, damit umgehen zu können, und versprach, das werde sich schon geben, aber mit den Wochen schob sie die Schuld für ihre Schlaflosigkeit mehr und mehr Gustav zu. Sie wurde dünnhäutiger und ließ ihre Gereiztheit an ihm aus. Er wusste nie, woran er mit ihr war, und selbst wenn sie sich einließ, konnte ihre Stimmung jeden Moment umschlagen. Die Ausweglosigkeit des Schlafmangels kannte er noch zu gut aus dem Stollen bei Meißen, aber – mein Gott – jetzt herrschten doch andere Zeiten.

Mehrfach am Tag rannte sie zum Briefkasten, in der Hoffnung, doch noch eine Nachricht von Horst zu erhalten. »Ich weiß ja, dass er nicht zurückkommt, aber was ist, wenn er doch noch lebt? Ich bin doch für ihn verantwortlich«, meinte sie flehend.

»Und wie lange soll das noch so gehen?«, fragte Gustav bissig. »Willst du auch noch in zehn Jahren auf ein Zeichen von ihm warten? Du hattest sicher eine großartige Zeit mit deinem Horst, aber finde dich endlich damit ab, dass er nicht mehr da ist, und nimm dir Zeit für mich!« Er wusste, dass das grob war, aber er konnte nicht anders. Je mehr Aufmerksamkeit er einforderte, desto vehementer entzog sie sie ihm. Die Bemerkungen über Horst nahm sie ihm übel. Das stand ihm einfach nicht zu. Gustav bemühte sich nach Kräften, diese Ausfälle zu unterdrücken, doch je mehr er mit sich rang, desto öfter entwichen ihm die seinen verschollenen Vorgänger betreffenden Vorwürfe.

So ging es ein Dreivierteljahr. Greta wollte nicht über die Probleme ihrer Affäre sprechen, sondern einfach die gemeinsame Liebe genießen. Gustav fand jedoch, wenn sie sich keine Zeit für ihn nimmt, ist da auch nichts, was man gemeinsam ausleben könnte. Das Misstrauen bildete Metastasen aus, er schwor ihr ewige Treue, war sich aber nicht mehr sicher, ob er die Wahrheit sagte oder einfach nur Angst vor den Konsequenzen einer Trennung hatte.

Sie reagierte mit Orientierungslosigkeit, verleugnete sich, vergaß Verabredungen, die sie mit ihm getroffen hatte. Er stellte sie zur Rede, sie behauptete, die Abrede hätte es nie gegeben. Das kränkte ihn und er ließ sie das spüren. Er konnte so zynisch sein, dass er sie mit zwei Wörtern nicht nur schachmatt setzte, sondern gezielt zum Heulen brachte. Freilich schämte er sich dafür und gelobte nach jedem derartigen Schlagabtausch, von dieser Praxis abzulassen. Doch wenn er sich von ihren Abweisungen bedroht fühlte, konnte er sich nicht im Zaum halten.

Und sie brauchte ihre Freiheit. Seine Nähe schnürte ihr den Hals zu. Auf der Fahrt zu einem Gastspiel konnte sie noch ihre Nase in seinen Hals vergraben und ihm süße Obszönitäten ins Ohr flüstern, um ihm nach der Vorstellung brüsk ins Gesicht zu schleudern, dass sie seine Anhänglichkeit nicht länger ertrage. Sie appellierte an seine Geduld, man habe ja noch die ganze Zukunft vor sich, warum er denn alles auf einmal wolle. Doch Geduld wurde ihm zum Reizwort, dessen inflationärer Gebrauch ihrerseits ihn zusammenzucken ließ. Nach neun Monaten fühlte er sich schließlich völlig ausgebrannt.

Eines Abends nach einer erfolgreichen Aufführung in Pirna lud Greta ihren Geliebten noch zu einem mitternächtlichen Tee ein. Volle drei Wochen hatte sie ihn weitgehend ignoriert, er fühlte sich schäbig, weil er seine eigene Freundin bedrängte. Sie gossen sich Schnaps in den Tee und es passierte, was er nicht vermeiden konnte. Er begann wieder darüber zu reden, warum sie nur entweder an ihren verstorbenen Ehemann denken könne oder an ihn. Sie könne sich doch auch erinnern und ihm trotzdem ihre Liebe zeigen. Doch Greta verstand nicht, was er von ihr wollte. Wenn es nach ihr ginge, würde sie das Rad gern zurückdrehen, Abstand gewinnen und ihn ganz neu kennenlernen. Dieser Satz traf Gustav ins Innerste. Sie wollte ihn also nur so, wie sie ihn am Anfang gesehen hatte, nicht aber, wie er wirklich war. Empört lehnte er eine derartige Zumutung ab.

Als er anschließend allein in seinem Bett lag, die Augen nicht schließen konnte und sich fieberhaft von einer Seite auf die andere warf, begann er anders über Gretas Vorschlag zu denken. Warum sollte er sich dieses ganze Hin und Her weiter gefallen lassen? Sicher, er betete seine schöne Kollegin an, sie hatte ihm Augenblicke unvergleichlicher Zärtlichkeit geschenkt. Aber was hatte er davon, wenn sie ihm ihre Zuneigung nicht dauerhaft zeigen konnte? Wenn er alle drei Wochen wieder von vorn anfangen musste?

Der stetige Kampf um die Beständigkeit ihrer Liebe hatte ihn zermürbt, verbittert und von anderen wichtigen Aspekten des Lebens abgelenkt. Er fühlte sich innerlich und äußerlich verwahrlost. Ihre Überzeugung, es reiche ja aus, wenn man sich begehrte, dann müsse man sich ja nicht noch sehen, stand in eklatantem Gegensatz zu seinen Vorstellungen von einer festen Verbindung zwischen Mann und Frau, wie er sie von seinen Eltern und aus seinen Büchern kannte. Er musste diesem Strudel entrinnen, sonst würde er untergehen.

Am nächsten Morgen schrieb er ihr einen kurzen, liebevollen Brief, in dem er alle Schuld für das Scheitern ihrer Affäre auf sich nahm, ihr versprach, er wolle sich ändern, und ihr anbot, sich eine Weile aus dem Weg zu gehen. Vielleicht könne man sich ja nach einer gewissen Phase des Abstands wieder innerlich frei begegnen.

Mehrere Tage hörte er nichts von ihr, dann kam ein Brief, in dem sie ihm mitteilte, auch sie brauche Abstand von ihm, wie lange, wisse sie nicht, er solle sie aber in dieser Zeit unbedingt in Frieden lassen. Zu gern hätte er ihr das Versprechen abgerungen, nach dieser nicht genau definierten Phase der Einkehr zu ihm zurückzukommen, doch das verbot ihm sein Stolz.

So endete seine erste große Liebe banal wie in einem Groschenroman. Wie hatte ihm das nur widerfahren können? Ihm, dem unwiderstehlichen Leitwolf, der sich bisher immer auf seinen Instinkt hatte verlassen können? Er verstand sie nicht, diese seltsamen Wesen in Röcken und Hackenschuhen, deren mysteriöse Gebaren allen Naturgesetzen Hohn sprachen. Bei zwei Rotkehlchen ist das ganz einfach. Das Männchen wirbt so lange um das Weibchen, bis es nachgibt und es an den Bau des gemeinsamen Nestes geht. Keine Diskussionen, keine Zickereien. Warum konnte es bei den Menschen nicht genauso sein. Gustav schwor sich, nie wieder auf eine Frau hereinzufallen. Und doch wurden die Frauen zu einem großen Thema seines Lebens.

Er war besessen vom anderen Geschlecht, fand keine Ruhe, brauchte immer wieder die Bestätigung der frischen Eroberung. Solange er um eine Frau kämpfen musste, bot er alle strategischen Mittel auf, deren Arsenal im Lauf weniger Monate beträchtlich anwuchs. Gustav wusste um seine Wirkung, doch ihm war auch bewusst, dass ihm der Ruf eines Schwerenöters vorauseilte. Er flirtete gern, doch die flüchtige Romanze reichte ihm nicht. Er brauchte die komplette Unterwerfung, um sich, kaum dass er den Sieg davongetragen hatte, sogleich neu zu verlieben. Sowie er Witterung aufnahm, schaltete sein Verstand vom Hirn auf die Lenden um. Freunde oder Kollegen kannte er nicht, wenn er spontan die Geliebte oder Frau eines anderen aufs Korn nahm. Er sollte eine Spur der gebrochenen Herzen hinterlassen, ohne jemals die Frau zu treffen, die ihn dauerhaft halten konnte.

So weit war es jedoch noch nicht. Erst einmal musste er über Greta hinwegkommen. Da er sich jetzt vorerst nicht mehr um Liebesdinge kümmern musste, nahm seine Karriere als Schauspieler wieder Fahrt auf. Kurz nach der Trennung von seiner ersten Geliebten ereilte ihn das Angebot der Dresdner Komödie, eines soliden Hauses, dort ein Engagement einzugehen. Einmal mehr wendete sich das Nachkriegsdesaster zu Gustavs Glück. Bei der Verpflichtung des jugendlichen Amateur-Mimen ging es nämlich weniger um dessen komödiantische Fähigkeiten als viel mehr um die nackte Tatsache, dass dem deutschen Theater nach dem Krieg junge männliche Darsteller ausgegangen waren.

Im Anschluss an die chaotische Wandersaison mit Herbert Fröhlich, die mehr mit der Existenz von Hausierern gemein hatten als mit ernsthafter Theaterkunst, war diese Einladung zu lukrativ, um sie auszuschlagen. Der Schmerz mit Greta saß überdies noch zu tief, als dass er sie weiterhin täglich neben sich auf der Bühne hätte ertragen wollen. Der alte Fröhlich selbst ermutigte seinen Schüler, den nächsten Schritt seiner Laufbahn zu wagen, er würde es noch weit bringen. Schweren Herzens verließ Gustav das Schauspielstudio, dem er mehr als ein Jahr angehört hatte. Niemals würde er die Intensität dieser Zeit missen wollen.

Seine neue Anstellung brachte ihm ungleich mehr wirtschaftliche Sicherheit, denn er erhielt nicht nur ein amtliches Zertifikat als professioneller Schauspieler, sondern auch erstmals in seinem Leben eine vertraglich vereinbarte Gage. Stolz ging er ins Haus seines Vaters, das er seit 1945 nur dann aufgesucht hatte, wenn es sich nicht vermeiden ließ – zum Beispiel zum Geburtstag der Mutter, mit der er sich lieber im Café West in der Warthaer Straße traf, als dem strengen Familienoberhaupt zu begegnen –, und zeigte den Vertrag und die Bescheinigung für eine abgeschlossene Berufsausbildung vor.

Aber, er hätte es ahnen können, der Vater winkte nur ab. »Das soll ein Beruf sein? Ein Bülow malt sich an und macht sich vor anderen Leuten zum Kasper. Habe ich dich dafür aus der Kaserne geholt?« Er konnte so verletzend sein, dieser alte Griesgram.

An der Dresdner Komödie spielte Gustav nur kurze Zeit. Trotz verschiedener Gastspiele am Kurfürstendamm in Berlin und einem wesentlich größeren Portfolio an Stücken als bei Fröhlichs fühlte er sich dort nicht sonderlich wohl. Zwar war das vom Krieg schwer beschädigte Haus auch nur ein einziges Provisorium, aber die pedantischen Inszenierungen langweilten den Bauch-Mimen Gustav, der sich gern als Theater-Frontschwein bezeichnete.

Mehr als diese professionelle Seite seines neuen Jobs machte ihm jedoch der menschliche Faktor zu schaffen. Ihm fehlte die persönliche Nähe zu seinen Kollegen, dieses existenzielle aufeinander Angewiesensein, das er bei Fröhlich kennengelernt hatte. Anstelle jener anarchistischen Freizügigkeit in der Wandertruppe traf er in der Komödie überall nur auf Neid und Intrigen, die zuweilen auf politischer Bühne ausgetragen wurden. Wer jemand anderem im Weg stand, wurde kurzerhand bei der russischen Militäradministration denunziert. Gustav mochte diese Ränkespiele nicht.

Auch wenn er es sich nicht eingestehen wollte, bei seinem neuen Arbeitgeber fehlte ihm vor allem eine Person: Greta. Würde er jemals wieder so eine Liebe empfangen, eine solche Innigkeit der Hingabe erleben können?

Er konnte. Schon nach wenigen Tagen verliebte er sich erneut in eine Kollegin. Auch sie war älter als er und abermals geriet sein Blut ganz heftig in Wallung. Auch Albertine Steffen konnte mit ihm machen, was sie wollte, er war ihr hoffnungslos verfallen. So musste er auch hinnehmen, dass sie mit anderen Männern ausging und er sich einmal mehr im unerfüllten Liebeswahn die Nächte um die Ohren schlug. Wenn sie ihn vor anderen »mein Kleiner« nannte, spürte er, wie der pure Hass in ihm aufstieg. Als er auch diese Liaison nicht mehr ertrug und sich abrupt von Albertine trennte, zeigte sie ihn an, weil er sie angeblich mit Syphilis infiziert habe. Er musste sich peinlichen Untersuchungen unterziehen, konnte aber seine Unschuld nachweisen. Ein Schatten jedoch blieb zurück. Die Frauen des Ensembles mieden ihn von Stund an.

Er durfte aber auch menschliche Erfahrungen machen, die er für sich als wertvoll verbuchte. Nächtelang saß er mit einem älteren Regisseur der Komödie namens Werner Hillebrand zusammen, mit dem er sich hitzig über die Zeiten vor dem Zusammenbruch austauschte. Hillebrand hielt mit seiner Gesinnung nicht hinter dem Berg. Diesem Mann, der wusste, wovon er sprach, konnte der ehemalige Hitlerjunge freizügig erzählen, was er von Juden hielt und wie er sich von den neuen kommunistischen Machthabern um seine Jugend betrogen fühlte. »Dieselbe Scheiße in Rot!« Hillebrand hörte ihm stets aufmerksam zu, gab seine Kommentare ab und warnte Gustav: »Pass bloß auf, wem du was sagst, sonst bist du ganz schnell weg vom Fenster.«

Der Regisseur achtete indes selbst nicht immer genau darauf, wann und wo er den Mund aufmachte. Bei Dreharbeiten zu einem Werbespot der DEFA trank er ein paar Gläser zu viel und begann in einer verhängnisvollen Kombination aus Frustration, Übermut und Fehleinschätzung der allgemeinen Befindlichkeit seine braun durchtränkten Ansichten über Deutsche und Juden lauthals kundzutun. Ein im letzten Moment dem KZ entronnener jüdischer Kameramann, der dieser Szene beiwohnte, zeigte ihn an.

Hillebrand wurde mit sofortiger Wirkung von allen Aufgaben entbunden, seine Vergangenheit minutiös aufgerollt. Ein ehemaliger SS-Mann im proletarisch revolutionären Dresdner Theaterbetrieb – das ging überhaupt nicht. Der Regisseur wurde zur Persona non grata. Gustav konnte sich nur noch heimlich mit seinem Freund und Verbündeten treffen. Zu groß war die Angst, auch er könne sein Engagement in der Komödie loswerden und in der Versenkung verschwinden, bevor er den ersten Aufstieg erlebt hätte. Aber sein nächtlicher Vertrauter fehlte ihm. Warum musste nur immer alles so kompliziert sein?

Per Gerichtsbeschluss wurde Hillebrand der Sowjetischen Besatzungszone verwiesen und landete in Düsseldorf. Gustav hütete sich zwar, seinem Freund öffentlich beizustehen – bloß nicht anecken, das hatte Hillebrand ihm ja selbst geraten –, doch in der Garderobe und am Stammtisch geriet er über diesen unerhörten Vorfall mächtig in Erregung. Man musste eben genau wissen, wann man den Kopf besser einzog und wann man ihn getrost hinhalten konnte, ohne Blessuren davonzutragen. Diese Fähigkeit hatte Gustav schon während seiner HJ-Zeit bis zur Vollendung ausgeprägt.

Hillebrand kam jedenfalls zu Ohren, wie sein Schützling ihm, wenn auch nicht öffentlich, so doch im Kreise der Kollegen zur Seite stand. Er dankte ihm diese Treue. Es dauerte nach dessen Abreise exakt eine Woche, bis der alte Spielleiter Gustav in einem offiziell abgestempelten Brief aufforderte, ihm in den Westen zu folgen.

15.

Die Flucht

Mein Freund und Förderer Werner Hillebrand, dem ich beim Aufstieg auf meiner persönlichen Theaterleiter viel zu verdanken hatte, musste sich vor einem ostdeutschen Feme-Gericht dafür verantworten, dass er während Dreharbeiten für die DEFA Klartext geredet hatte. Ein jüdischer Kameramann hatte sich geweigert, weiterhin unter dem ehemaligen SS-Mann, der sich nie etwas hatte zuschulden kommen lassen, sondern nur ein Theater-Mann in Uniform war, zu arbeiten. Der Richter, selbst ein Jude, brachte es immerhin zuwege, dass Hillebrand nicht eingesperrt, sondern der Sowjetischen Besatzungszone verwiesen wurde. Innerhalb einer Woche musste er mit seinen gesamten Habseligkeiten das Land verlassen. Im Vergleich zu anderen Ex-Nazis, denen der Prozess gemacht wurde, hatte er ein Riesenschwein.

Ein stets tief in mir verwurzeltes Kameradschaftsempfinden, gepaart mit einem Schuss jugendlicher Kühnheit, ließ mich in den Prozess eingreifen. In angelernten kommunistischen Plattitüden versuchte ich darzulegen, was Werner Hillebrand für die neue Kultur geleistet hatte und noch zu leisten bereit war. Ich fühlte mich in der Rolle meines Lebens, redete mich in Rage, wurde immer aggressiver und schließlich wegen ungebührlichen Verhaltens mit den Worten »Sie werden sich daran gewöhnen müssen, dass in unserer Gesellschaft Ihr HJ-Jargon nicht mehr am Platze ist« aus dem Saal gejagt.

Das Tribunal verlassend, drehte ich mich noch einmal um und rief zurück: »Was hat es mit der Hitlerjugend zu tun, wenn man einfach nur empört ist?« Nur dem Ruf meines als aktiver Antifaschist bekannt gewordenen Vaters verdankte ich es, dass ich dafür keine schwerwiegenden Folgen in Kauf nehmen musste.

Hillebrand verschlug es nach Düsseldorf, wo er an einem kleinen Privattheater als Spielleiter engagiert wurde. Mir hingegen wurde in Dresden konsequente Ablehnung seitens meiner Vorgesetzten und Kollegen zuteil. Frei von jeglichen Aufgaben und in jeder nur erdenklichen Weise geschmäht, wurde mein Leben zur täglichen Tortur. Bis ein Telegramm aus Düsseldorf alldem ein Ende bereitete.

Werner Hillebrand ließ mich wissen, dass er mich aus Dankbarkeit für mein mutiges Auftreten vor Gericht nach Düsseldorf holen wolle. Ich musste mir nur einen »Wanderpersonalausweis für gastierende Künstler« besorgen.

Natürlich zögerte ich keinen Augenblick, und in der Dresdner Komödie weinte mir niemand eine Träne nach. Endlich ein Provokateur weniger, der in seiner jugendlichen Schnöseligkeit den kommunistischen Unfug unverhohlen bloßstellte. Die Sowjetische Militäradministration machte mir keinerlei Schwierigkeiten, auch die ostdeutschen Behörden waren erstaunlich entgegenkommend. Eine Dame in sowjetischer Uniform reichte mir die Hand und seufzte: »Schade, wir brauchen hier Kulturschaffende genauso wie die da drüben.«

So brach ich auf in Richtung Rheinland, voller Erwartungen und hatte doch keine Ahnung, was mich tatsächlich erwartete. Ich war achtzehn und dachte, nach dem Krieg und den Denunziationen in der Ostzone könne mich nichts mehr erschüttern. Was mir bevorstand, sollte jedoch den übelsten Schmöker an Absurdität übertreffen.

Da das Überschreiten der Grenze von der sowjetischen in die amerikanische Zone selten ohne Schwierigkeiten ablief, hatte mein Vater seine Beziehungen spielen lassen, um einen Grenzposten, mit dem Vater befreundet war, von meiner Reise in Kenntnis zu setzen. Er sollte mir bei eventuellen Komplikationen helfen. Ich hielt das zunächst für überflüssig, denn ich war ja im Besitz gültiger Reisedokumente.

Aber ich hatte auch gehört, dass die Amerikaner oft geneigt waren, die russischen Dokumente nicht zu akzeptieren. Dummerweise befand sich sein Posten aber nicht auf direkter Linie von Dresden ins Rheinland, sondern nahe Hof, was für mich einen riesigen Umweg bedeutete. Das Gebot, auf Nummer sicher zu gehen, ließ das ganze Theater angeraten erscheinen.

Auf dem Weg an die bayrische Grenze wurde ich plötzlich aus dem Zug heraus verhaftet. Nicht besonders höflich und auch nicht ohne physischen Nachdruck. Wie sich später herausstellte, war ich einer Verwechslung zum Opfer gefallen. Ein junger Ostzonenflüchtling, dessen Personalbeschreibung exakt auf mich zutraf, hatte einen sowjetischen Grenzer abgeknallt.

Es dauerte etwa bis Mitternacht, bis man in der Wachbaracke genügend in der Ostzone herumtelefoniert hatte, um zu begreifen, dass man mit mir den Falschen erwischt hatte. Es regnete in Strömen, aber man entließ mich gegen meinen Willen in die Nacht. Ich hatte nichts zu essen, war müde und durchnässt und wusste nicht im Geringsten, wie es weitergehen sollte.

Mit dem nächsten Zug fuhr ich im Morgengrauen weiter. In Blankenstein wurde ich zum zweiten Mal von der Polizei aufgefordert, in die Wachbaracke zu folgen. Man durchsuchte meine Sachen und stellte die Gültigkeit meines Wanderpersonalausweises in Frage. »Den können Sie sich ja sonst wie besorgt haben.« In meinen Koffern fand man nichts als Hemden, Hosen, Socken und Unterhosen, aber gerade, dass man nichts Weiteres auftun konnte, machte die Schnüffler misstrauisch. In den damaligen Zeiten war der Besitz von Anzügen und Wäsche ein ungeheures Vermögen.

»Wohin soll's denn gehen?«

»Nach Düsseldorf.«

»Warum?«

»Das geht doch aus meinen Papieren hervor.«

»Wir wollen nicht wissen, was aus Ihren Papieren hervorgeht, sondern wohin Sie wollen und warum.«

»Ich werde an einem Theater in Düsseldorf einen Vertrag antreten.«

»Als was?«

»Als Schauspieler.«

»Und diese vollgestopften Koffer schleppen Sie erst durch ganz Sachsen und Thüringen, dann durch ganz Bayern, wo die Amerikaner sitzen, nur um nach Düsseldorf zu reisen, wo die Engländer sitzen? Denken Sie, sie haben Vollidioten vor sich?«

Ich konnte dieser Frage eine gewisse Logik nicht absprechen. Allerdings war ich gerade für einen derartigen Fall von einem Rechtsanwalt in Dresden mit einem Dokument ausgestattet worden, aus dem hervorging, ich würde besagtem Grenzbeamten die Privatgarderobe eines in Dresden frisch verstorbenen Verwandten überbringen.

Der Wachhabende beäugte lange den Zettel und schüttelte in einer Mischung aus Empörung und Belustigung den Kopf. »So viel Liebe unter den Menschen.« Zum zweiten Mal auf dieser Reise wurde ich aus einer ungerechtfertigten Inhaftierung entlassen.

Ich suchte den auf mich vorbereiteten Grenzer auf, der mich darauf aufmerksam machte, dass sich die Amerikaner für meinen Wanderpass einen Scheißdreck interessieren würden.

»Und wie soll ich dann rüber?«, fragte ich. Er winkte mich zu einer kleinen Anhöhe und wies mich in die Besonderheiten der Grenzanlagen ein. Ich müsste in der Dunkelheit der Nacht ungesehen die östlichen wie auch die westlichen Schlagbäume umgehen, um sicher ans Ziel zu gelangen.

Kaum hatte ich mich auf den Weg über die nächtlichen Grenzanlagen gemacht, die damals noch nicht so teuflisch bewacht wurden wie später, schon riss die dichte Wolkendecke auf und der Mond beleuchtete das Terrain wie ein Suchscheinwerfer. Ich wartete hinter einer Hecke bis zum Morgengrauen und musste mein Vorhaben auf den nächsten Tag verschieben.

Nach einem quälend langweiligen Tag in der Grenzbaracke Blankenstein bei meinem Unterstützer machte ich mich erneut auf den Weg. Auch diesmal hatte ich es von vornherein mit einer klaren Mondnacht zu tun. Ich konnte auf den Trabanten keine Rücksicht mehr nehmen und musste den Weg durch die Saale einschlagen.

Nach meinen Erlebnissen im Krieg empfand ich diese Misslichkeiten nicht als unlösbare Herausforderung. So war eben das Leben. Hinter einer Uferböschung versteckt, baute ich mir aus Gestrüpp und Schilf eine Art Notfloß. Darauf verstaute ich mein Gepäck, zog mich nackt aus und schob das Floß in den schwarzen Fluten schwimmend vor mir her. Ich war nahe am Erfrieren und die Strömung drohte mir mein Eigentum zu entreißen. Ein Stück stromabwärts am anderen Ufer angekommen, verspürte ich etwas, das ich seit langer Zeit nicht mehr empfunden hatte: schiere Angst.

Warum aber fürchtete ich die amerikanischen Grenzer mehr als die Kettenhunde, die mir einst auf den Fersen waren? Vielleicht war es der Suchkegel des Scheinwerfers, der immer wieder über meinen Kopf hinweg leuchtete. Ich musste auf der Hut bleiben.

Hinter einem Busch zog ich mich an und robbte dann langsam im feuchten Gras vorwärts. Anders als im Krieg trug ich keine Feldklamotten, sondern einen Anzug mit Bügelfalte und Krawatte. Immerhin hatte ich noch einen gewissen Sinn für den lächerlichen Anblick, den ich geboten haben muss.

Plötzlich spürte ich einen Stiefel in meinem Kreuz. Ich erstarrte. War das nun das Ende meiner Odyssee? Ich hatte

Glück, es war kein Amerikaner. In handfestem Bayrisch wurde mir mitgeteilt, ich solle keinen Rabatz machen, solche wie mich fischen sie täglich aus dem Fluss. Ein bayrischer Bauer, der es gewohnt war, Ostdeutschen Fluchthilfe zu leisten, legte seinen Finger auf den Mund, packte mich am Arm und nahm mich mit in sein Haus.

Der Retter sah aus wie aus dem Heimatfilm. Er trug eine Seppeljacke, Kniebundhosen und grüne Wollstrümpfe. An den Wänden seiner behaglichen Stube hingen Hirschgeweihe. Seine Frau trug Schnaps und Schinken auf, dann schimpften die beiden wie die Rohrspatzen auf die Scheiß-Amerikaner. Es stellte sich heraus, dass der Mann im Krieg Oberst gewesen war und sich bis heute ein Vergnügen daraus machte, dem ehemaligen Feind ein Schnippchen zu schlagen. Er nannte das Notwehr und grinste.

Am nächsten Morgen packte mir seine Frau ein großes Fresspaket, der Mann begleitete mich durch den Wald zum Vorortbahnhof, von dem es nach Hof ging. Auf dem Bahnsteig ließ ich mich auf eine Bank fallen. Endlich geschafft! Ich atmete tief durch und wehrte mich gegen den Schlaf. Noch zehn Minuten, bis der Zug kommen würde. Quietschende Bremsen rissen mich jäh aus meinen Gedanken und Träumen. Vier westdeutsche Uniformierte sprangen aus einem Jeep und brüllten wie auf dem Kasernenhof in Dresden: »Bayerische Grenzpolizei, alle Reisenden in einer Reihe aufstellen, hopphopp, Papiere und Fahrkarte bereithalten!«

Ich stand am Ende der Reihe. Vier Passagiere vor mir wurde von den Grenzern ein Jugendlicher aus dem Spalier gezogen, weil er offensichtlich keine gültigen Ausweispapiere hatte. Sie wollten den weinenden Jungen in ihren Jeep zerren, brüllten ihn an und prügelten auf ihn ein.

Ich beschloss, uns beide zu retten. Kurz entschlossen trat ich zwischen die Uniformierten und ihr Opfer, nahm einmal mehr all meine schauspielerischen Fähigkeiten zusammen und sagte in bestem Bayrisch: »Aber meine Herren, nu lassens den Buam doch seiner Wege gehen, netwohr? Was soll so an Lackl den schon aufm Kerbholz hoam.«

Der Diensthabende baute sich vor mir auf und befahl mir, mich da rauszuhalten. Ich redete weiter freundlich auf ihn ein, er blies sich immer mehr auf und schrie mich an, wenn ich nach Hof wolle, solle ich machen, dass ich ihm aus dem Weg komme. Ich begriff, dass ich dem Jungen nicht mehr helfen konnte, aber meine eigene Haut gerettet hatte. Rennend erreichte ich den inzwischen eingetroffenen Zug, der sich bereits wieder in Fahrt gesetzt hatte.

Die Fahrt nach Hof verlief ruhig, wenngleich ich jedes Mal glaubte, mein wie ein ganzer Negerstamm klopfendes Herz würde mich verraten, sowie Grenzsoldaten oder andere Streifen durch den Zug patrouillierten. In Hof stieg ich in den Zug nach Würzburg um. Weil die Lok zweimal ausgewechselt werden musste, zog sich die Fahrt über anderthalb Tage hin. Glücklich verzehrte ich das Fresspaket der bayrischen Bäuerin und genoss die Langeweile.

Von Würzburg aus sollte es nach Kassel weitergehen. Ich wartete auf meinen Zug, als ich über die Lautsprecher eine Bekanntmachung vernahm, dass alle Fahrkarten nur noch in Verbindung mit einer von der Reichsbahndirektion ausgestellten Sondergenehmigung ihre Gültigkeit behielten. Auf dem von träger Wartestimmung beherrschten Bahnsteig setzte plötzlich aufgeregtes Durcheinander ein. Niemand wusste, woher man solch einen Wisch bekommen sollte.

Ich löste mich aus der allgemeinen Panik und beeilte mich, vor dem Rest der lamentierenden Meute an einen Schalter zu gelangen. Ein Mann stand bereits vor mir an der kleinen Luke. Ich fragte ihn, ob er auch nach einer Sondergenehmigung suche. Doch er drehte sich um und schubste mich derart wütend von sich, dass ich das Gleichgewicht verlor und zu Boden schlug. Wie ein Stehaufmännchen kam ich wieder auf die Füße. In mir erwachten alle versunken geglaubten Instinkte des Raubtiers, die noch aus Kriegszeiten unter meiner Haut steckten.

Ich ballte die Faust und schlug ihn mitten ins Gesicht. Der Mann taumelte, brüllte und stürzte nun seinerseits mit beiden Fäusten auf mich los. Mir blieb nichts übrig, als ihn in den Bauch zu treten und mit einem zweiten Faustschlag niederzustrecken. Meinen Sieg konnte ich jedoch nicht auskosten, denn zum vierten Mal auf dieser Reise sah ich mich von Polizei umringt.

Auf der Wache wurde ich nach meinen Papieren gefragt. Ich behauptete, keine Papiere mehr zu haben. Ein Amerikaner hätte sie mir im Zug abgenommen und im allgemeinen Durcheinander wieder auszuhändigen vergessen.

Der Beamte schaute mich lange schweigend an. »Wo hat man Ihnen eigentlich das Lügen beigebracht?«, stieß er mit einem Seufzer hervor. Ich hatte den Eindruck, er wollte mir aus der Patsche helfen, wusste nur nicht wie. Eine Antwort nicht abwartend, fragte er weiter: »Vor allem, wo haben Sie gelernt, so zuzuschlagen?« Ich erzählte ihm etwas vom Faustrecht des Krieges, doch er grinste nur. »Sie und im Krieg.«

Ich konnte mich nur schwer beherrschen, wollte aber nicht schon wieder anecken, zumal mir der stämmige Staatsdiener sicher nicht so wenig Widerstand entgegengebracht hätte wie der Oldtimer am Schalter. »Tut mir leid, es war nicht meine Entscheidung«, erwiderte ich missmutig. »Ich wurde einfach eingezogen.«

Er wehrte ab, lachte und bemerkte, er wolle meine Kriegerehre nicht beschmutzen. In welcher Einheit ich gedient hätte. Jetzt nur nichts Falsches sagen, sonst ende ich doch noch hinter Gittern.

Der Polizist kam ganz dicht an mich heran. »Aha, Sie wollen nicht so recht damit rausrücken, was? Denken wohl, dass wir besonders scharf hinter gewissen Frontschweinen her wären. Passen Sie mal auf, falls auf Ihrem Koppelschloss gestanden haben sollte ›Meine Ehre heißt Treue‹, dann brauchen Sie hier nicht so piepsig rumzuflüstern. Männer, die so was vor dem Bauch hatten, waren nicht die schlechtesten. Wir sind hier nicht so borniert wie drüben die Iwans.«

Ich kam ins Grübeln. Sollte das eine Falle sein? Ich glaubte das besagte Koppelschloss nach all den Jahren noch auf meinem Bauch zu spüren. Natürlich hatte ich nicht den typischen Werdegang eines SS-Mannes hinter mir, aber das musste ich dem Würzburger Bahnhofsscheich ja nicht auf die Nase binden.

Und siehe da, er nahm Haltung an, seine Männer boten mir Zigaretten an und schenkten Schnaps ein. Nach zwei oder drei Whiskeys – es waren die ersten meines Lebens –

fragte er mich, wohin es denn gehen solle. »Nach Kassel«, sagte ich wahrheitsgemäß. »Verdammte Scheiße«, stieß er hervor, »der Zug ist ja längst weg.« Und dann zu einem seiner Subalternen: »Los, Jeep fertigmachen und dem Zug hinterher.«

Wir flogen mehr als wir fuhren, aber am dritten Bahnhof erwischten wir tatsächlich den langsam vor sich hinzuckelnden Zug. Salutierend wurde ich verabschiedet und stieg darüber schmunzelnd, was es im vom Faschismus befreiten Westdeutschland immer noch bedeutete, wenn man einst ein Koppel mit der Aufschrift »Meine Ehre heißt Treue« getragen hatte, in meinen Waggon. In meiner Tasche lag die Sondergenehmigung.

Nach abermals endloser Fahrt kamen wir in Kassel an. Das zerstörte Kassel erinnerte mich an meine Heimatstadt. Es regnete und ich fühlte mich verloren. Ich suchte mir ein Plätzchen in einem provisorischen, hoffnungslos überfüllten Wartesaal, wissend, dass ich hier nicht weniger als vierzehn Stunden würde ausharren müssen, bis ich nach Köln weiterfahren könnte. Ich hatte nichts mehr zu essen und der rostige Wasserhahn hatte wohl schon seit Monaten keinen Tropfen mehr abgegeben. Die Nacht war unerträglich, am nächsten Morgen glaubte ich, jede Rippe einzeln zurück in die Wirbelsäule sortieren zu müssen.

Eine Viertelstunde vor Einfahrt des Zuges marschierte eine Polizeistreife in den Wartesaal. Diesmal war ich sehr gelassen und fingerte in der Tasche meines Jacketts nach meiner Sondergenehmigung. »Die gilt hier nicht.«

Nahm das Elend nie ein Ende? Ohne Widerstand zu leisten, ließ ich mich verhaften. Ich fand mich in einer Gefängnisbaracke wieder, die genauso vollgestopft war wie der Wartesaal auf dem Bahnhof. Selbst wenn ich pinkeln musste, wurden mir zwei Begleiter mitgegeben. »Mach keinen Quatsch, wir fackeln hier nicht lange.«

Ich sah den Pinkelaufseher fassungslos an. Nach einem Moment des Innehaltens brüllte es aus mir heraus: »Sie wollen Deutsche sein? Bisher habe ich nur aufrechte Deutsche getroffen, die mir helfen wollten. Ihr seid nichts als halbseidene Ami-Knechte.«

Ich rechnete mit nicht weniger als einem Hieb mit dem MPi-Kolben, aber meine Eskorte blieb gelassen. »Machen Sie, dass Sie endlich fertig pissen.« Es folgte eine Nacht, die unangenehmer nicht hätte sein können.

Am nächsten Morgen wurde ich zum Verhör mit einem amerikanischen Offizier geholt. Ich versuchte höflich auf meine vertragliche Verpflichtung hinzuweisen, erwähnte, dass ich wegen all der Verzögerungen schon mehrere Tage zu spät dran sei, doch ich erntete nur Hohn. »Wissen Sie überhaupt, was ein Vertrag ist?«, fragte ich unbedacht und musste mir im nächsten Augenblick eine Backpfeife gefallen lassen. Das waren sie also, unsere zivilisierten Befreier. Ich atmete tief ein, ballte die Fäuste, nahm aber wahr, dass die Hand des Amerikaners ganz langsam zu seiner Pistole ging. »Schon gut.«

Zurück in meiner Zelle, stellte ich ebenso erstaunt wie erfreut fest, dass sich niemand über meine Koffer hergemacht hatte. Ich musste den ganzen Tag mit mehreren anderen Gefangenen in der engen, stickigen Zelle verbringen, bis wir am Abend ohne Angabe von Gründen unter Bewachung zum Bahnhof gebracht wurden. Ich hoffte, dort würde die Entlassung erfolgen, aber weit gefehlt. Wir wurden in einen vergitterten Güterwagen gepfercht.

»Wohin geht's denn?«, fragte ich beim Einsteigen einen Wachmann.

»Zurück zu den Russen«, lautete die knappe Antwort.

Damit wäre die ganze Pein umsonst gewesen. Der Zug fuhr an und ich malträtierte meine grauen Zellen nach einer Lösung. Anderthalb Stunden später kam der Waggon auf freier Strecke zum Stehen. Einer meiner Mitreisenden versuchte die Gitter zu verbiegen. Aussichtslos, da es sich nicht um einzeln eingelassene Gitterstäbe, sondern um einen Gitterrahmen handelte.

Diese Erkenntnis führte mich zur rettenden Idee. Bei meiner Verhaftung hatte man eine Leibesvisitation versäumt. In meiner Hosentasche wusste ich ein Taschenmesser. Der Abstand zwischen den Gitterstäben war groß genug, um mit den Armen hindurchzulangen. Es kostete nur wenig Mühe, das Gitter von außen abzuschrauben.

Der Zug kam wieder in Bewegung, doch der nächste Halt würde nicht lange auf sich warten lassen. Selbst bei voller Fahrt abzuspringen, erschien mir verheißungsvoller, als zurück nach Ostdeutschland zu kommen. Die Fahrt ging in kontinuierlichem Tempo weiter, nicht rasend schnell und doch zu halsbrecherisch, um sich einfach so aus dem Fenster fallen zu lassen. Als es ein Stück schnaufend bergan ging, warteten wir nicht länger. Ich löste die letzte Schraube, schmiss zuerst meine Koffer raus, quetschte mich durch die überraschend enge Öffnung und ließ mich in die Tiefe fallen.

Wieder stand ich in Regen und Dunkelheit. Aus der Ferne hörte ich einen Ruf. »Bülow?« Ein erster Mitgefangener tauchte aus der Nacht auf. Es dauerte etwa eine halbe Stunde, bis wir uns gesammelt hatten. Da ich das Gitter gelöst hatte, kam mir die Rolle des Anführers zu. Erstmal Gepäck einsammeln. Das war in der tiefschwarzen Regennacht leichter gesagt als getan.

»Ich würde sagen, wir schlagen uns schnellstmöglich in den Wald, denn denen wird bald auffallen, dass ihnen jemand abhanden gekommen ist.«

Niemand widersprach. Es ist immer wieder faszinierend, dass es in völliger Schwärze noch schwärzer werden kann. Wir sahen und hörten nichts außer dem kontinuierlichen Prasseln des Regens auf das Blätterdach über uns. Niemand wagte, diese bedrohliche Stille durch ein Wort zu stören. Manchmal nahmen wir über den Wipfeln Lichtkegel wahr. Vielleicht suchte man schon nach uns.

Im Morgengrauen kamen wir ans Ende des Waldes. Wir wollten die Straße gerade überqueren, als mein Vordermann »Deckung!« schrie. Und das mitten im Frieden.

Wir dachten nicht lange nach, ob wir dieser Aufforderung Folge leisten sollten, und warfen uns einfach ins nasse Gras. Im nächsten Augenblick rasten zwei offene Jeeps an uns vorbei, besetzt mit weiß behelmten Amis. Sie fuhren vorüber. Geschafft. Mein Vordermann erhob sich und trat auf die Straße.

Dann geschah das Unfassbare. Ein Knall zerriss die Luft, der Mann fiel lautlos aufs Pflaster. Ganz langsam kam der abgeblendete Militärwagen aus dem Nebel zurückgefahren. Wir rannten in den Wald und versteckten uns. »Game over, you German bastards«, ertönte es von der Straße her, doch niemand von uns war dumm genug, sich zu rühren. Dann eine MPi-Garbe. Ich hörte, wie es im Baumstamm über mir einschlug. Glück gehabt. Ein anderer schrie kurz auf. Das zweite Opfer.

Deutlich war zu hören, wie die GIs in den Wald traten. Von Schleichen hatten die Cowboys offenbar noch nichts gehört. Wir verhielten uns ganz still. Unsere Verfolger aber gingen, lautstark das Unterholz zertretend, in die Richtung dessen, den sie erwischt hatten. Offensichtlich war er ein Stück von der Gruppe abgekommen. Lange konnte es dennoch nicht mehr dauern, bis sie uns haben würden.

Ich konnte mich nur schwer entscheiden zwischen Verantwortungsbewusstsein für die Truppe und schierem Überlebenswillen. Am Ende war mir mein Leben wichtiger als das meiner unvorsichtigen Mitflüchtenden, von denen ich nicht einmal eine Ahnung hatte, was sie tatsächlich auf dem Kerbholz haben mochten. In panischer Angst robbte ich los und hörte, wie mir zwei Mann folgten.

»Mir nach«, hauchte ich, aber das war völlig überflüssig, sie vertrauten mir blind. Aus einem Grund, der mir bis heute schleierhaft ist, zog ich mit der rechten Hand immer noch einen meiner beiden Koffer hinter mir her.

Es war bereits heller Morgen, als wir am Rande eines Dorfes ankamen. An einer Ziegelmauer ließen wir uns ins durchnässte Gras fallen. Erstmals nahm ich meine beiden Begleiter näher in Augenschein. Sie waren mindestens doppelt so alt wie ich. Ihnen fiel das offenbar im selben Moment auf. »Mensch Junge, ich hätte schwören können, du hast gedient.«

»Hab ich.«

Schweigen. Wahrscheinlich hätte ein jeder von uns in dieser Situation sein Letztes für eine Zigarette gegeben. »Mensch Junge«, sagte der von eben noch einmal. »Wenn wir mehr von deiner Sorte gehabt hätten, dann säßen wir jetzt nicht so in der Scheiße.« Er überließ es mir, darüber nachzudenken, ob er nur die zurückliegende Nacht oder den letzten Krieg meinte.

Wir beschlossen, uns in dem Dorf zu trennen. Jeder sollte sich allein weiter durchschlagen. Ich trottete die Dorfstraße entlang. Ein alter Bauer beäugte mich, der ich im völlig verdreckten und zerschlissenen Anzug mit Krawatte vor ihm stand, und zeigte gen Westen. Ich fragte nicht und ging einfach los. Nach einer Weile gelangte ich an Bahngleise. Ich lief ein Stück die Schienen entlang und ließ mich bald erschöpft auf den Schotter sinken. Der erste Zug, der anrollte, war ein offener Güterzug voller Schutt. Er war schwer beladen und rollte ganz langsam. Ich dachte an die Bücher Jack Londons, die ich als Kind verschlungen hatte, warf meinen Koffer auf einen der Waggons und sprang auf. Kamen wir durch Ortschaften, duckte ich mich, sonst genoss ich die frische Luft.

Kurz hinter Göttingen sprang ich ab und machte mich auf den Weg in die Stadt. Niemand stellte mir Fragen. Auf dem Bahnhof erkannte ich englische Uniformen. Endlich hatte ich es geschafft, den Amerikanern zu entkommen. Ich war frei, aber was sollte ich in Göttingen? Ich wollte nach Düsseldorf, nein, ich sollte längst dort sein.

Ich schleppte mich zu einer Station des Deutschen Roten Kreuzes. Dort stand eine Badewanne für mich bereit, emsige Helferinnen kümmerten sich um meine Wäsche.

Nach dem Bad wurde ich mit Kaffee und Brot hochgepäppelt.

Ohne dafür bezahlen zu müssen, erhielt ich eine Fahrkarte nach Bad Driburg, wo meine Schwester Ingeburg inzwischen mit ihrem Verlobten lebte. Ich brauchte drei Tage, um mich in familiärer Obhut wieder in einen Menschen zu verwandeln, um dann – kaum zu glauben – unbehelligt und entspannt nach Düsseldorf zu fahren.

Ich fühlte mich wie Odysseus, als ich nach meinen nicht enden wollenden Irrfahrten in der Tür des Düsseldorfer Theaters am Dreieck stand. Wie gut es mir tat, nach dem Gestank überfüllter Züge, feuchter Gefängniszellen und zugiger Wartehallen endlich wieder den Duft des Theaters in der Nase zu haben! Auf der Bühne stand Werner Hillebrand persönlich. Er erblickte mich und verstummte. Alle Köpfe im Publikum drehten sich in meine Richtung, als wäre ich der Star der Vorstellung. Und wenn ich es auch nicht war, mein Freund machte mich sogleich dazu.

Er trat an den Bühnenrand und sprach mit kontrollierter Stimme ins Publikum, als würde es im Textbuch stehen: »Entschuldigen Sie bitte unser Aussteigen, meine Damen und Herren, wir erwarteten schon lange einen jungen Kollegen aus Dresden. Er hatte noch seine Abreise telegrafiert und seitdem war er verschollen. Alle Nachforschungen blieben ergebnislos. Es musste damit gerechnet werden, dass er auf seiner Reise durch unser heute so schlimmes Deutschland ein Opfer der Verhältnisse geworden ist. Und nun ist er da und wird für Sie bald kein Unbekannter mehr sein: Gustav Bülow.«

16.

Seine Ankunft in Düsseldorf hatte sich Gustav anders vorgestellt. Nach einer endlos öden Zugfahrt von der russischen in die englische Besatzungszone, mehrfachem Umsteigen, verpassten Zügen, überfüllten Bahnsteigen und Wartehallen sowie nervenaufreibenden Passkontrollen seitens der russischen, englischen und deutschen Behörden erwartete er in Düsseldorf einen großen Bahnhof zum Antritt seiner Laufbahn in einer der Weltstädte des Theaters. Aber nicht einmal sein Mentor Werner Hillebrand war zu seiner Begrüßung erschienen. Hilflos sah Gustav sich um. Am Ende des Bahnsteigs erwartete ihn ein abgerissener Bote, gelangweilt an eine Säule gelehnt, in der Hand ein Schild mit der Aufschrift »G. Bühlo«. Na immerhin, man hatte ihn also doch nicht vergessen.

Im Theater angekommen, begrüßte ihn Hillebrand mit großer Herzlichkeit, hatte aber nur wenig Zeit, weil er gerade in Proben steckte. »Geh doch schon mal in dein Hotel, wir sehen uns heute Abend.« Gustav war enttäuscht. Aus dem gemeinsamen Abend wurde nichts, auch an den folgenden Tagen hatte der Freund keine Zeit für ihn. Das kleine, aber angesehene Theater am Dreieck war viel straffer organisiert als die Komödie in Dresden.

Gustav nahm seine Proben auf, fühlte sich aber nicht ins Ensemble integriert. Allerdings tat er auch wenig, um sich Freunde zu machen. Großspurig ließ er seine Kollegen wissen, dass die Privatbühne nur eine Durchgangsstation für ihn wäre. Gustaf Gründgens hätte schon angefragt, ob er ihn nicht für die Städtischen Bühnen verpflichten könne. Er, Gustav, würde ja nur aus Freundschaft zu Werner Hillebrand an dem kleinen Haus bleiben. Seine haltlosen Prahlereien kamen umso weniger an, als Gustavs einwandfreies Theaterdeutsch von einem winzigen Stich Sächsisch durchsetzt war, das zwar in Dresden gut ankam, im Rheinland aber schnell Grund zu Aversionen gab.

Hillebrand nahm Gustav in einer Pause im Kasino kurz zur Seite, legte seinen Arm um dessen Schulter und gab ihm den freundschaftlichen Rat: »Pass ein bisschen auf, was du hier sagst, okay?« Und er verschwand wieder durch irgendeine Tür.

Gustav fühlte sich ertappt wie ein Schuljunge, denn dass seine Sprüche bis zu seinem Gönner dringen würden, hatte er nicht erwartet. Er wusste nicht, welches Gefühl überwog, die eigene Scham oder die Empörung über die Geschwätzigkeit seiner Kollegen. Er beschloss, sie mit Ignoranz zu strafen. Zu seinem Unglück fühlte sich jedoch niemand von seiner ostentativen Zurückhaltung getroffen. Zu gern hätte er dem einen oder anderen die kalte Schulter gezeigt, nur gab ihm niemand Gelegenheit dazu. Denen würde er es schon noch geben.

Er bezog ein Zimmer in Ratingen. Um von Düsseldorf nach Hause zu gelangen, brauchte Gustav nicht weniger als zwei Stunden. Nach den langen Vorstellungen hatte er dazu selten Lust. Stattdessen trieb er sich in den Kneipen der Stadt in der Hoffnung herum, Anschluss zu finden. Vor allem suchte er Nähe zum Umfeld von Gründgens, nicht ahnend, dass er schon bald, wenn auch nur kurz, in dessen Bannkreis geraten sollte. Zunächst jedoch vergnügte er sich bei seinen nächtlichen Ausschweifungen damit, jungen Rheinländerinnen den Kopf zu verdrehen und sich morgens oft nicht mehr zu erinnern, wie er in deren Bett gelangt war.

Ohne Freunde oder feste Geliebte ließ Gustav sich von Tag zu Tag treiben. Verdruss bereitete ihm das kaum, denn er war sich seines Glückes sicher. Wie immer würde alles nur wieder eine Frage der Zeit sein. Hatte er nicht bis jetzt immer Glück gehabt? Als Einziger seiner Klasse hatte er den Krieg überlebt. Und wie schnell war er aus dem Nichts an den Theater-Olymp in Düsseldorf aufgestiegen? Er war gerade achtzehn und schon auf dem Absprungbrett zu einer der wichtigsten Festungen der deutschen Sprachkultur. Das vermeintliche Unwort, das ihn bei seiner ersten großen Liebe Greta noch um den Verstand gebracht hatte, kam ihm wieder in den Sinn: Geduld.

Der 18. Juni 1948 sollte alles ändern. Gustav war erst wenige Monate in der Stadt, als übers Radio die Währungsreform verkündet wurde. Niemand ahnte die Folgen, doch allein der Umstand, dass schlagartig alle Geschäfte geschlossen wurden, ließ nichts Gutes erwarten. Die Arbeitslosigkeit stieg sprunghaft an, auch viele Schauspieler verloren ihr Engagement. Noch einmal setzte sich Werner Hillebrand für seinen einstigen Schützling ein und der kam als Ersatz für einen erkrankten Stammschauspieler tatsächlich an den Städtischen Bühnen unter. Geschafft, zumindest fast. Jetzt hieß es, auf den drei Behelfsbühnen der Städtischen Bühnen Generalintendant Gründgens auf sich aufmerksam zu machen.

Doch Gustav überschätzte sich. Er überzog. Gründgens war genervt von dem sächsischen Grünschnabel, der sich aufspielte, als hätte Shakespeare ihm den Hamlet persönlich auf den Leib geschrieben. Anders als in Dresden herrschte an hoffnungsvollen Jungdarstellern kein Mangel. Hillebrand fiel die Pflicht zu, ihm die unangenehme Nachricht zu überbringen, dass er gefeuert sei. »Tut mir leid, Junge, ich kann nichts für dich tun.«

Mit einem derart herben Rückschlag hatte der von seinem unaufhaltsamen Aufstieg überzeugte Glücksritter nicht gerechnet. Die Schmach war unerträglich. Bis aufs Blut gedemütigt, half er sich damit, überall herumzuerzählen, der Generalintendant habe sich unsterblich in seinen neuen Mitarbeiter verliebt. Doch nachdem sich dieser allen Avancen widersetzt hatte, wusste sich Gründgens nicht anders als durch Rache mittels Entlassung zu helfen.

Diese Geschichte erzählte er so oft, bis er sie selbst zu glauben begann. Er schmückte sie aus, beschrieb detailliert, wie der alte Mephisto-Star ihn rumzukriegen versucht hatte und er sich bei den schleimigen Annäherungsversuchen der schwulen Sau geekelt habe. Bei jeder Erzählung kamen neue Einzelheiten hinzu, andere fielen weg. Am Ende hatte Gründgens nicht ihn entlassen, sondern er war vor den Zudringlichkeiten geflohen. »Lieber brotlos als die Mätresse einer Tunte«, rief er lachend aus.

Einmal mehr war es Hillebrand, der ihm Einhalt gebot. »Wenn du jemals wieder einen Fuß auf deutsche Bühnen setzen willst, dann lass den Quatsch. Gründgens wird dich zerquetschen wie eine Wanze. Und glaub mir, er ist kurz davor.«

Gustav wollte protestieren, konnte er doch selbst nicht mehr einwandfrei Wahrheit und Fiktion auseinanderhalten. Als sein einziger Freund in Düsseldorf aber nur abwinkte, wusste er, dass er verloren hatte. Gerade hatte er sich noch auf der Seite des sicheren Erfolgs geglaubt, jetzt klapperte er wie ein Hausierer sämtliche Bühnen von Münster bis Bonn ab, doch niemand wollte in diesen wechselhaften Zeiten das Risiko einer Neuverpflichtung eingehen. Man war froh, das eigene Ensemble halten zu können. Gustav hätte alles gespielt. Es half nichts.

Frustriert sprach er bei Hillebrand vor, flehte ihn an. »Du hast mich hierher geholt, Mensch, jetzt tu auch was für mich.« Doch das einstige Bühnengenie hatte ganz andere Probleme, als einem uneinsichtigen Nachwuchsschauspieler ein drittes Mal die Steigbügel zu halten. Seine Lebensgefährtin, mit der er aus Dresden in den Westen gegangen war, hatte sich mit einem amerikanischen Offizier über den Atlantik auf Nimmerwiedersehen davongemacht. Dem Alkohol ohnehin nicht abgeneigt, hatte er sich ganz und gar dem Suff hingegeben. Nach einer komplett versauten Inszenierung wurde auch Hillebrand seiner Aufgaben enthoben und dämmerte nur noch in Selbstmitleid vor sich hin. Aus der Zeitung musste Gustav erfahren, dass sich der große Theatermann volltrunken mit seinem Auto zu Tode gefahren hatte.

In seinem Zimmer in Ratingen überkamen Gustav Schuldgefühle. Hatte er seinen einstigen Förderer im Stich gelassen? War es sein Schicksal, alle zu verraten, die sich auf ihn verließen? Selten zuvor hatte sich Gustav so einsam gefühlt. Wenn es in dieser fremden Stadt überhaupt jemanden gegeben hatte, der ihm nah war, dann war das Werner Hillebrand gewesen. Jetzt hatte er niemanden mehr. Ausgerechnet im Mekka der deutschen Schauspielkunst sollte seine Theaterkarriere zum Erliegen kommen.

Gustav nahm Gelegenheitsjobs an, malte wieder Postkarten, die er am Bahnhof selbst verkaufte, sang in Kneipen und Bars. Nur gut, dass sein Vater nichts davon wusste. Dem schrieb er von triumphalen Theater-Galas, bei Gelegenheit wolle er ihm ein Foto von Gründgens und sich selbst bei einem Empfang schicken. Wenn er es doch nur finden würde.

Der Vater reagierte nicht, und Gustav fühlte sich einmal mehr durchschaut. Seine Schilderungen müssten künftig besser werden, schwor er sich.

Gerade als er sich komplett verloren wähnte und an Rückkehr in den Osten dachte, fand er eine neue Familie. Ihm war etwas von einer Kaschemme namens Fatty's Künstlerkneipe zu Ohren gekommen, in der sich gestrandete Musiker, Maler, Schriftsteller und Schauspieler wie er rumtrieben. Eine Schatten-Boheme der Gescheiterten. Hier fühlte sich Gustav sofort verstanden. Niemand trug bei Fatty Schuld an seinem eigenen Abstieg. Man haute sich gegenseitig die Taschen voll. Je mehr Alkohol im Spiel war, desto hemmungsloser wurde über die Gustaf Gründgense dieser Welt hergezogen. Keiner glaubte irgendwem, aber darum ging es auch nicht. Man hörte sich gern gegenseitig zu, ja feuerte sich an.

Bei Fatty war immer was los und es herrschte riesiger Bedarf an Unterhaltung. Für eine warme Suppe am Abend traktierte Gustav die ganze Nacht hindurch die Tasten eines

Klaviers, das den letzten Klavierstimmer lange vor dem Krieg gesehen haben musste. Aber wen interessierte das schon bei all dem Lärm. Gustav hämmerte flotte Boogies ins Holz, und wenn der Abend später und fröhlicher wurde, durfte es auch mal ein angestaubter Heide-Gassenhauer von Hermann Löns sein oder »Auf der Reeperbahn nachts um halb eins«.

Fatty, der seinen Namen nicht umsonst trug – er war so fett und unbeweglich, dass Gustav sich fragte, ob die Kneipe um den Wirt herumgebaut worden war –, hatte einiges für den jungen Aufschneider übrig. Er war seit Jahren von einem Nebel aus Lügen umgeben, doch die jugendlichen Münchhausens, die noch voller Hoffnung waren, waren ihm tausendmal lieber als die alten, deren Leier nur noch ein Trauergesang der Resignation war. Nein, Fatty war zu träge geworden, um seine Räucherkammer zu verlassen, und Gustav legte Fantasie an den Tag. Auch wenn alles, was er von sich gab, Unsinn war, hörte Fatty ihm doch gern zu, denn immerhin könnte sich ja alles so abgespielt haben. Wer wusste das schon?

In Fattys Tempel der Lügen war Gustav in seinem Element. Vater und Inge waren fern, niemand konnte ihn bloßstellen, wenn er sich in Rage log. Alle waren sich sicher, vor ihnen stand ein wahrer Kriegsheld, der Deutschland notfalls auch im Alleingang von den Alliierten befreit hätte, wenn der Führer nicht so ein feiges Arschloch gewesen wäre. Manchmal fragte einer nach, weil sich Gustav nicht aller Einzelheiten seiner Räuberpistolen erinnern konnte und einiges beim zweiten oder dritten Durchlauf durcheinander brachte. Wenn er dann ins Stocken kam, half Fatty ihm aus der Patsche, indem er dem Fragesteller ein freundschaftliches

»Halt's Maul« hinwarf und ein Bier aufs Haus vor den Latz knallte.

Der fette Wirt tat noch mehr für Gustav, als ihm uneingeschränktes Märchenrecht einzuräumen. Er machte ihn mit Menschen bekannt, die ihn eventuell wieder auf die Füße stellen könnten. Es tat ihm zwar leid, diesen komischen Burschen, der obendrein so entzückend Klavier spielte, ziehen zu lassen, doch aus einem Grund, den er selbst nicht verstand, war er um dessen Glück besorgt. Selbstlos brachte er ihn mit einem aus Kanada stammenden Captain der Britischen Militärverwaltung in Verbindung, der einen Dolmetscher brauchte.

Gustav, dessen Englisch dank seines Vaters recht brauchbar war, sagte seinen Freunden bei Fatty's Lebwohl, denn sein neuer Arbeitgeber bedurfte seiner Fähigkeiten rund um die Uhr, und begab sich in den Dienst der Besatzungsmacht. Zum ersten Mal seit der Währungsreform verdiente er gutes Geld. Der lebenslustige Captain Brant freundete sich schnell mit seinem jungen Dolmetscher an, der ihm viel über die mentale Verfassung der Besiegten erzählte und sich dankbar seine Naturschilderungen Kanadas anhörte. Wohl war Gustav allerdings nicht dabei zumute, als glühender Nationalsozialist, der er im Herzen immer noch war, gemeinsame Sache mit dem Feind zu machen.

Hinzu kam, dass er sich nach zwei Dingen leidenschaftlich zu sehnen begann – Dresden und sein Beruf. Nach einigen Wochen im Dienst des Kanadiers reifte in ihm der Entschluss zur Rückkehr. Es gelang ihm, ein wenig Geld zur Seite zu legen, um in der Heimat einen Neubeginn wagen zu können. In Dresden würde man ihn noch aus der Komödie in

Erinnerung haben, die politische Nervosität hatte sich bestimmt gelegt und einem Glückskind wie ihm konnte auf Dauer sowieso nichts passieren.

Die Ernüchterung in der alten Heimat hätte größer nicht sein können. Auch in der Sowjetischen Zone war eine Währungsreform im Gange. Die meisten Theater hatten dicht gemacht, nur der Schwarzmarkt blühte. Gustav reaktivierte seine alten Kontakte, verdiente mit merkantilem Geschick einen hübschen Batzen Geld, blieb aber unzufrieden. Er wollte zurück auf die Bühne. Mit dem Vermögen, das er auf dem Schwarzmarkt verdient hatte, konnte er Erster Klasse durch die ganze Ostzone reisen und die Theater abklappern.

Für seine Verhältnisse gab er sich ungewohnt zurückhaltend, erwähnte weder Kriegsabenteuer noch westdeutsche Schauspiel-Legenden und hatte am Ende Glück. Dem Intendanten des Kreistheaters Chemnitz gefiel das Auftreten des jungen Bewerbers und er wurde mit einem Engagement belohnt.

Dass sich die Sowjetische Besatzungszone im selben Moment in ein Gebilde namens Deutsche Demokratische Republik verwandelte, nahm er nur am Rande wahr. Was hatte das schon in Zeiten des beständigen Umbruchs zu bedeuten. Nichts hatte Bestand, auch dieses separatistische Abenteuer würde vorübergehen. Aus Chemnitz wurde Karl-Marx-Stadt und aus dem Rumtreiber Gustav Bülow das, was er seit Jahren hatte sein wollen – ein ernstzunehmender Schauspieler, der von den dankbaren Bewohnern der sächsischen Industriestadt verehrt wurde. Düsseldorf war seine Sache nie gewesen, aber in Karl-Marx-Stadt fühlte er sich auf Anhieb wohl.

Die Jahre flogen vorüber, Gustav verliebte sich, heiratete, wurde Vater. Die Ehe ging schneller auseinander, als sie geschlossen worden war, der Junge blieb bei ihm, die Verantwortung der Vaterschaft lastete schwer auf seinen schmalen Schultern. Der Sohn wurde zu den Großeltern nach Dresden geschickt, wo Gustav ihn alle sechs Wochen besuchte. Er verliebte sich neu und wieder neu. Ja, er liebte das Verlieben, nur dauerhaft lieben konnte er nicht.

Mit zwei Ausnahmen. Gustav legte sich eine Kamera-Ausrüstung zu und einen Hund. Es war ein Boxer, den er allzu gern in Erinnerung an Vogelscheuches geliebten Kläffer Wolf genannt hätte, wenn es sich nicht um eine Hündin gehandelt hätte. Bei Gitti, so der Name des Tiers, fand er die Treue und Ergebenheit, die er bei den Menschen, speziell in weiblicher Ausführung, so sehr vermisste. Gitti konnte er schier alles anvertrauen. Sie sprach nicht seine Sprache, aber er wusste, dass sie ihn verstand.

Soweit es ihm Proben und Vorstellungen erlaubten, zog es ihn in die Wälder um Chemnitz und ins Erzgebirge. Tagelang konnte er durch die Natur streifen, deren Geheimnisse er mit der Kamera einfing. Anfangs war auf den kleinen quadratischen Abzügen, die ihm vom Fotostudio geliefert wurden, kaum etwas zu erkennen. Doch Gustav wurde vom Ehrgeiz gepackt. Er stellte sich selbst eine Dunkelkammer zusammen und perfektionierte seine Sensibilität als Fotograf. Die Geduld, die ihm im Umgang mit seinen menschlichen Artgenossen fehlte, legte er an den Tag, wenn er einen Hirsch fotografieren wollte. Stundenlang konnte er sich, die schwere Praktika im Anschlag, auf die Lauer legen, um das majestätische Tier auf den Rollfilm zu bannen. Einem russischen Soldaten hatte er einen erstklassigen Feldstecher abgekauft. Und Gitti lag neben ihm, ohne sich zu rühren. Bald sah man ihn außerhalb des Theaters nur noch in grüner Jägerkleidung mit Hund, Rucksack und Wanderstock stadtauswärts durch die Straßen ziehen.

Eigentlich hätte es ihm an nichts gefehlt, wenn da nicht ein entscheidendes Problem gewesen wäre, das sich wie ein Furunkel auf der Sonnenseite seines Selbstbewusstseins festsetzte. Im Theater wurde ihm zwar allabendlich zugejubelt, aber galt der Jubel wirklich ihm, Gustav Bülow, oder den Maskeraden, hinter denen er sich versteckte? Bei jeder Vorstellung quälte ihn diese Frage aufdringlicher. Er begann sein Publikum zu hassen, warf ihm Verlogenheit und Blödheit vor. Es ging diesen Philistern nicht um die Kunst, sondern einfach nur um schnöde Ablenkung vom realsozialistischen Alltag. Goethe als intellektuelle Alternative zur Normerhöhung des proklamierten Arbeiterhelden Adolf Hennecke.

Von seinem Intendanten wurde Gustav nahegelegt, als kultureller Repräsentant des Arbeiterzentrums Karl-Marx-Stadt der Sozialistischen Einheitspartei Deutschlands beizutreten. Mit seinen Fähigkeiten und seinem Redetalent könne er es in der Partei weit bringen. Andernfalls …

Gustav, inzwischen Mitte zwanzig, bekam es mit der Angst. Seinen guten Ruf, seinen Status wollte er keinesfalls aufgeben, aber in die SED? Ausgerechnet der Parteisekretär des Theaters brachte ihn auf einen Kompromiss. »Wenn du partout kein Bonbon am Revers tragen willst, gibt's ja auch noch die Block-Parteien. Vielleicht ist da ja was für dich dabei. Hauptsache zu zeigst, dass du einer von uns bist.«

Gustav nahm Kontakt mit der Nationaldemokratischen Partei Deutschlands, der NDPD, auf. Deren Direktiven wurden zwar im Rahmen der Nationalen Front von der SED vorgegeben, aber sie war ein Sammelbecken für treue Anhänger der – wie Gustav fand – richtigen Ideen. Immerhin war auch General-Feldmarschall Paulus führendes Mitglied in der NDPD geworden. Gustav hasste sich für diesen Opportunismus, aber Gitti war's egal. Die freute sich, wenn er ihr ein paar Brocken Hundekuchen in den Korb warf, die ja irgendwie finanziert werden mussten. Und mal ehrlich, was scherten ihn schon die paar Zugeständnisse an die Bonzen? Was getan werden musste, das musste getan werden, hier wie drüben, auf die Barrikaden konnten andere gehen, er hatte schließlich schon genug Kohlen für Deutschland aus dem Feuer geholt.

Im Wald war er niemandem Rechenschaft schuldig. Er konnte sein Kochgeschirr neben sich abstellen, versonnen im Büchsenfleisch rumstochern, auf einen guten Schnappschuss warten, Gitti Knüppel holen lassen und seiner Fantasie freien Lauf lassen. Wenn doch nur die Bussarde Adler wären, die Rehe Wapitis und das Erzgebirge ein Ausläufer der Rocky Mountains.

Zwischen den silbernen Stämmen der Buchen stellte er sich die goldbraunen Körper von Indianern vor. Er fühlte sich an die frühen Abenteuerspiele im Zschoner Grund erinnert. Unversehens nahm Gitti die Gestalt einer feurigen Mustangstute an, nur ihr kupiertes Stummelschwänzchen und ihre Sabberschnauze wussten nichts davon. Er, der Waldmann, zwischen den Herren der Wildnis. Dann könnten sie ihn mit der ganzen Parteischeiße mal am Arsch lecken.

Er schloss die Augen und das Rauschen der Bäume verwandelte sich plötzlich in das Plätschern von Wasser, das unablässig gegen die Lederbespannung eines Kanus schlug. Sein Körper spürte die eiskalte Strömung unter dem Boden des leichten Bootes, das er mit seinem Paddel auf Kurs halten musste. Immer den Yukon flussabwärts …

17.

Der Schlangenbiss

Über meine Zeit am Kreistheater Karl-Marx-Stadt konnte ich mich nicht beklagen. Man brachte mir Respekt entgegen, ich konnte mir die Rollen mehr oder weniger aussuchen und war in der Stadt bekannt wie ein bunter Hund. Wenn ich mit meiner treuen Boxerhündin Gitti durch die Straßen zog, kitzelte mich das Tuscheln und Raunen der Karl-Marx-Städter im Rücken. Ich kann es nicht leugnen, ich genoss es, das zu sein, was man heute als Star bezeichnet, wenn auch nur in einer sächsischen Industriestadt.

Größere Probleme hatte ich schon mit dem System der DDR. Hatten wir Hitler, Goebbels, Göring und Himmler deshalb in den Selbstmord getrieben, um uns von Stalin, Pieck und Ulbricht tyrannisieren zu lassen? Dreieinhalb Jahre hatten wir in der DDR unter dem Stalinismus zu leiden gehabt, als der Generalissimus endlich den Löffel abgab. Hoffnung machte sich breit. An eine Wiedervereinigung mit dem Westen wagte noch niemand zu denken, aber zumindest setzten umgehend politische Lockerungen ein, die von der Bevölkerung dankbar angenommen wurden.

Im Kreistheater Karl-Marx-Stadt machte sich der neue Wind bemerkbar, als eine Betriebsversammlung einberufen wurde. Alle Schauspieler und Angestellten des Theaters wurden aufgefordert, am Stalinismus offen Kritik zu üben, da nur auf diesem Weg gesellschaftliche Fehlentwicklungen erkannt und behoben werden könnten. Und wir Rindviecher fielen auf dieses verlogene Angebot rein. Die Riesenrindviecher waren in diesem Falle Paul Borchert, ein ebenfalls in Karl-Marx-Stadt engagierter Freund, mit dem ich durch dick und dünn ging, und ich.

Freundlich und aufgeschlossen brachten wir Schauspieler unsere Argumente vor. In diesem Moment hielt ich es nicht einmal für undenkbar, dass sich selbst unter sozialistischen Verhältnissen noch so was wie ein freier Geist entfalten könnte. Einige Kollegen flüsterten uns hinter vorgehaltener Hand zu, wir sollten lieber die Klappe halten, doch der Abgesandte der Kreisparteileitung ermutigte uns, frei von der Leber weg zu reden, selbst wenn uns mal ein ungeschickter Zungenschlag unterlaufe. Die Zeiten, in denen freie Meinungsäußerungen weitergetragen und ausgewertet würden, seien ein für alle Mal vorbei.

Paul und ich packten also alles auf den Tisch, was unserer Meinung nach die schöpferische Arbeit an einem so wichtigen Theater wie unserem seit Jahren erschwerte. Nach der Versammlung empfingen wir von allen Seiten dankbares Schulterklopfen, selbst der Kreispartei-Heini dankte uns mit ausschweifendem Geschwafel.

Ein paar Tage später klingelte es an meiner Tür. Eine aufgeregte Genossin der SED trat ein und erklärte mir, es sei ihr als Mensch und Kollegin nicht mehr möglich, ruhig zu schlafen, wenn sie davon wisse, dass sich über anständigen Bürgern wie Paul und mir Gefahr zusammenbraue und sie uns nicht warne. Es war nämlich genau das geschehen, womit es für alle Zeiten hatte vorbei sein sollen.

Nach der Aussprache im Theater sind Pauls und meine Äußerungen im internen Kreis der Partei präzise ausgewertet worden. Wie wir viele Jahre später erfahren sollten, hatte es den Stenografen nicht an Fantasie gemangelt, unsere Diskussionsbeiträge noch ein wenig zu unseren Ungunsten zu vervollständigen. Am Ende waren wir als staats- und gesellschaftsgefährdende Elemente eingestuft worden.

Zwar fühlte ich mich überrumpelt, aber wirklich überrascht war ich nicht. Diesen Partei-Bonzen traute ich alles zu. Die Stasi hatte mich im Visier, seit ich einige Monate zuvor auf einer Gewerkschaftsversammlung lauthals verkündet hatte, es wäre nur eine Frage der Zeit, wann aus Karl-Marx-Stadt wieder Chemnitz würde. Paul und ich beratschlagten, was wir tun könnten. Außer uns beiden waren auch noch zwei andere Kollegen unter Druck geraten. Alle vier hatten wir ein gutes Verhältnis zum Intendanten, der wiederum mit dem Parteisekretär des Theaters in Fragen der Linientreue über Kreuz lag. Ein Narr, der Böses dabei dachte. Feuern konnte man uns nicht, also musste man uns politisch diskreditieren.

Wir hielten dem Druck eine Weile stand, doch nach den Ereignissen des 17. Juni wurde die Luft für uns immer dünner. Paul und ich verabredeten einen Tag, an dem wir uns, aus Sicherheitsgründen jeder für sich, heimlich auf den Weg nach West-Berlin machten, wo es riesige Auffanglager für Asylanten aus dem Osten gab.

Natürlich war ich der festen Überzeugung, von Geheimpolizisten verfolgt zu werden. Ich war fast ein wenig beleidigt, dass ich völlig unbehelligt Berlin, Hauptstadt der DDR, erreichen konnte, von wo aus es in den Westen gehen sollte. Später und mit etwas klarerem Kopf mutmaßte ich, dass die offiziellen Stellen einen aufmüpfigen Geist wie mich ohne viel Aufhebens loswerden wollten. Einen bekannten Schauspieler, auch wenn er erst fünfundzwanzig war, in den Knast zu stecken, hätte für schlechte Presse gesorgt, und die konnte die DDR-Führung auch damals schon nicht gebrauchen.

Auf dem Bahnsteig des S-Bahnhofs Friedrichstraße wuchs meine Aufregung, denn nur noch wenige Meter trennten mich vom Westen. Ich studierte die Fahrpläne, als sich von hinten eine Hand auf meine Schulter legte. Entschlossen, keinen Widerstand zu leisten, drehte ich mich um. Vor mir stand ein elegant gekleideter Herr, der mich freundlich anlächelte, mir zu verstehen gab, dass man in einem gehetzten Menschen wie mir sofort den DDR-Flüchtling erkenne, ich mir aber keine Sorgen machen müsse, weil der Bahnsteig von Helfern wie ihm wimmeln würde, die Leuten aus dem Osten auf dem Weg in die Lager behilflich sind.

Ich wunderte mich, wie normal es sich anfühlte, vom Osten in den Westen zu fahren. Hatte sich die Teilung meines Vaterlands, für das ich einst in den Krieg gezogen war, in meinem Bewusstsein schon so als Realität verankert? War der Ausnahmezustand wirklich Normalität? Gab es unwiderruflich zwei deutsche Staaten? Ein schizophrenes Land mit doppelter Identität. Jeden Menschen sperrt man dafür in die Klapsmühle, aber einem Land lässt man das einfach durchgehen.

Ein paar Mal kamen mir Zweifel, ob mein zuvorkommender Begleiter nicht doch ein Spitzel aus dem Osten sein könne, der nur meinen Weg weiterverfolgen wollte. Aber mein Misstrauen verflüchtigte sich, als er mir ein Bündel Fahrscheine, ein provisorisches Dokument, das ich als vorübergehenden Ausweis benutzen könnte, und einen Stadtplan von West-Berlin in die Hand drückte. Als der Mann mich am Tor des Auffanglagers Marienfelde absetzte, verabschiedete er mich mit den Worten »Alles Gute, Herr Bülow.« Ich zuckte zusammen. Hatte ich mich ihm vorgestellt? Oder sah ich einfach nur Gespenster, wo keine waren?

In Marienfelde erhielt ich zunächst eine nach ostdeutschen Maßstäben köstliche Mahlzeit und musste dann zum Arzt. Ich sollte mich nackt ausziehen und er fummelte eine Ewigkeit an mir rum. Genervt fragte ich, was er von mir wolle. Er sagte nur ein einziges Wort, das mich erschauern ließ. »Läuse.«

Ich war wie vom Donner gerührt. »Mann Gottes, woher soll ich Läuse haben«, antwortete ich entrüstet.

»Immerhin kommen sie aus dem Osten«, lautete sein medizinischer Kommentar.

»Da stimmt zwar einiges politisch nicht, aber deshalb haben die Menschen dort noch lange keine Läuse, Wanzen oder Flöhe. Sie können auch gern in meiner Jackentasche nachschauen, ich habe keine Ratten eingeschmuggelt.«

Doch der Weißkittel ließ sich nicht aus der Ruhe bringen. »Sie vielleicht nicht, aber die Russen. Was weiß ich, mit wem sie in der Zone zu schaffen hatten.«

Ich wurde immer vergnatzter. »Bei uns waschen sich die Menschen genauso wie bei Ihnen.«

Jetzt hielt er inne und sah mir erstmals offen ins Gesicht. »Sagten Sie gerade ›bei uns‹? Wen meinen Sie denn mit ›uns‹? Die Russen oder die Partei? Jetzt merken Sie sich mal eins. Sie haben bei UNS um Asyl gebeten und das haben sie erhalten. Jetzt sortieren sie mal bitte ihre Vorstellung von ›uns‹, verstanden?«

Hörte dieser Kleingeist denn nie auf? Waren im Westen dieselben Wortimmundumdreher am Werke, die mir schon im Osten das Leben zur Hölle gemacht hatten? Kaum angekommen, verspürte ich sofort den Impuls, hier wegzumüssen. Dieses Land wird mir langsam zu klein. Der Arzt machte an seiner Nummer auf dem Laufzettel ein Häkchen und schickte mich zu einem Büro, in dem ich mich einer Befragung unterziehen musste.

Ich wartete eine Weile und wurde dann von einer älteren Dame hereingerufen, die mir einen Stuhl und Zigaretten anbot. Bis ins Kleinste fragte sie mich nach den Gründen meiner Flucht aus, die ihr offenbar nicht ausreichend erschienen. Meine Beklommenheit nahm zu. Wofür musste ich mich eigentlich überall rechtfertigen? War für Bülow kein Platz mehr in diesem verrückten Land?

Ich musste noch zu weiteren Instanzen, fühlte mich immer mieser und konnte mich nicht dagegen wehren, dass der Entschluss in mir reifte, Deutschland zu verlassen. Aber wie?

Ich war Schauspieler, mein Handwerk war die deutsche Sprache. Wäre ich Kernphysiker oder Kraftfahrzeugingenieur gewesen, hätten mich die Amis mit Kusshand genommen. Aber einen Schauspieler? Damals wusste ich noch nicht, dass es in Hollywood einen unstillbaren Bedarf an authentischen Darstellern für skrupellose Nazischurken gab.

Als ich den bürokratischen Spießrutenlauf endlich hinter mich gebracht hatte, führte mich mein erster Weg zur britischen Militäradministration, wo ich mich nach Captain Brant erkundigte, in dessen Dienst als Übersetzer ich fünf Jahre zuvor in Düsseldorf gestanden hatte. Was ich von ihm wolle, wurde ich gefragt.

Ich erzählte, dass ich bereits vor Gründung von BRD und DDR für die britische Verwaltung gearbeitet hätte und zu meinem Vorgesetzten Kontakt aufnehmen wolle. Man bat mich um meine Papiere, ließ mich etwa zwei Stunden in einem Wartezimmer sitzen, in dem sich nichts befand als im Viereck an die Wand gelehnte Stühle, und händigte mir gemeinsam mit meinen Papieren auch die Kontaktdaten des Captains aus. Er war zurück in Kanada. Mit dem Geld, das ich in Marienfelde erhalten hatte, telegrafierte ich ihm und kam auf die Einladung zurück, die er mir damals für den Fall ausgesprochen hatte, dass ich der deutschen Engstirnigkeit jemals den Rücken kehren wolle. Ein weiser Mann dieser Captain, von dem ich wusste, dass er von den Irokesen abstammte.

Zwei Tage später erhielt ich Antwort. Er gab mir den Namen eines Mitarbeiters in Berlin, der sich um alles kümmern würde. Ich meldete mich im Büro des britischen Offiziers, der von mir keinerlei Erklärungen für den Grund meiner Reise nach Kanada haben wollte. Das Wort des Captains, der hoch dekoriert aus Deutschland in die Heimat zurückgekehrt war, reichte ihm. Alles lief so reibungslos, dass ich es kaum fassen konnte. Er kümmerte sich um mein Visum und sagte mir, wann ich mich in Tempelhof in welchem Hangar zu melden hätte, um mit einer Militärmaschine nach Toronto zu fliegen.

Selten habe ich Anweisungen eines Militärs seit dem Krieg mit solcher Leidenschaft befolgt. Ich fand mich zur verabredeten Zeit am Flughafen Tempelhof ein, wurde gemeinsam mit ein paar Kanadiern in eine Cargo-Maschine der kanadischen Luftwaffe gehievt und schon tuckerten wir übers Rollfeld in Richtung Kanada. Als wir den deutschen Boden unter uns zurückließen, spürte ich nichts als Erleichterung.

Im Flugzeug sprachen wir lange kein Wort. Es war recht laut und ich fühlte mich von den kanadischen Militärs argwöhnisch beäugt. Vor ein paar Jahren hätten wir noch aufeinander geschossen. Und jetzt? Ich blickte diesen Jungs ins Gesicht, jedem einzelnen, und konnte mir kaum vorstellen, wie ich sie wahrgenommen hätte, wenn wir uns an der Front begegnet wären. Nach zwei Zwischenlandungen kamen wir in Toronto an.

Am Flughafen erwartete mich der Captain oder Colonel oder was immer er inzwischen sein mochte. Besser gesagt, der Mann, der mich herzlich in die Arme schloss, war für mich einfach nur John Brant, denn er war in Zivil gekommen. Ich hätte ihn fast nicht erkannt. Er wirkte überhaupt nicht mehr so dienstlich korrekt wie damals in Düsseldorf. Genau darin bestand auch seine Absicht.

Er wollte mich nicht als ehemaligen Untergebenen empfangen, sondern als Freund. Zu meiner Verblüffung sprach er fließend Deutsch. »Ich habe einfach keinen Übersetzer mehr wie dich gefunden, da musste ich mir selbst helfen«, erklärte er, meine Verwunderung erratend. Wir hatten ja seit Jahren nichts mehr voneinander gehört. Auf der langen Fahrt vom Flugplatz zu seinem Haus in einem Vorort von Toronto gab es ausreichend Gelegenheit zum Austausch darüber, wie es uns seit 1948 ergangen war.

Wie ich erfuhr, war John Brant ein direkter Nachfahre des berühmten Mohawk-Führers Joseph Brant, der im amerikanischen Unabhängigkeitskrieg die irokesischen Stämme auf Seiten der Briten vereint hatte. Als Kind hatte ich von ihm gelesen. Nie hätte ich geahnt, dass ich mal seinen Urahn meinen Freund nennen dürfte. Seit Jahrhunderten war seine stolze Familie mit dem britischen Militär verbunden. Ohne mein aktives Zutun war ich mitten in die Annalen der amerikanischen und indianischen Geschichte gelangt.

Die Brants lebten in einem hübschen Holzhaus mitten in einer endlos erscheinenden Siedlung von Einfamilienhäusern, die sich über einem Schachbrett von absolut identischen Straßen verteilten. Äußerlich unterschied sich das Haus nur unwesentlich von den Nachbargebäuden, allein der Vorgarten wirkte etwas weniger dressiert.

Kaum hatte ich die Schwelle übertreten, offenbarte sich mir das Innenleben einer Blockhütte mitten in der kanadischen Wildnis. Geweihe von Karibus und Wapitis, Bison- und Bärenfelle, überall Adlerfedern, weder Tapeten noch Anstrich, sondern das pure, duftende Holz. Trotz des sommerlichen Wetters glommen im Kamin ein paar Holzscheite. Darüber hing die lebensgroße Kopie eines Porträts von Joseph Brant.

Dessen Nachfahre zeigte mir mein Zimmer und ließ mir Zeit, mich auszuruhen und frisch zu machen. Der erste Flug meines Lebens steckte mir ganz schön in den Knochen. Die Einrichtung des mir zugewiesenen Zimmers entsprach der Halle. Ich fühlte mich wie in einem Tipi. Das Rot-Weiß-Schwarz der indianischen Decke auf meinem Bett weckte einen unerwarteten Hauch von Melancholie. Ausgerechnet hier in der kanadischen Weite, fern der Heimat, holte mich die Erinnerung an meine Zeit der Wölfe ein.

Die eigentliche Überraschung erlebte ich beim Dinner. Auf dem Tisch warteten unverschämt große Rindersteaks auf mich, der ich mich in der DDR längst an den Zustand der Mangelwirtschaft gewöhnt hatte. Aus einer Flasche mit vielversprechendem Etikett ergoss sich ein Whiskey-Katarakt in ein vor mir stehendes Glas, dessen Kristall so massiv aussah, als wäre es mit der Spitzhacke direkt aus einem Quarzfelsen der Black Hills geschlagen worden. In einer Granitschale auf dem Tisch räucherte eine Mischung aus Kräutern und Rinde vor sich hin. Der verführerische Duft hätte meine Sinne für die Mysterien des Universums öffnen müssen, wenn in diesem Augenblick nicht etwas ganz anderes meine volle Aufmerksamkeit beansprucht hätte.

Ein Paar schwarzer Augen erschien, umrahmt von makelloser nussbrauner Haut und glänzend schwarzem Haar, leuchtend rot unterstrichen von zwei Lippen, die mich auf der Stelle in Trance versetzten. »Darf ich vorstellen, meine Schwester Sikau. Aber Vorsicht Gustav, sie braucht keine Waffen, um zu töten. Sie hat da andere Mittel ...«

Er sprach weiter, lachte, trank, aber all das interessierte mich nicht mehr. Ich war ins weiche, verschlingende Moor dieser beiden Augen getreten, die nahezu reglos auf mich gerichtet waren. Kein Wimpernschlag, nichts. Sie sah mich einfach nur an. Und ich sie.

Unter anderen Umständen hätte ich mich auf mein Steak gestürzt, doch nun saß ich starr. Ich wusste augenblicklich, von diesen Augen würde ich mich nie wieder losreißen können und spürte intuitiv, dass es dieser Ureinwohnerin Nordamerikas mit dem deutschen Greenhorn genauso ging. John Brant zog sich gegen Mitternacht volltrunken zurück, gestützt von seiner Frau, einem blonden Mäuschen, das so gar nicht zu der stämmigen Rothaut passen wollte. Ich blieb mit Sikau sitzen. Wir redeten, aber ich hörte nicht zu, was sie sagte, sondern lauschte nur gebannt dem Klang ihrer Stimme. Sie hätte mich an einen Marterpfahl fesseln und meine Füße in Brand setzen können, ich hätte es widerstandslos mit mir geschehen lassen.

Wir trafen uns täglich, meine Begeisterung für die Wildnis gefiel ihr, sie hingegen war für mich die Wildnis schlechthin. Wenn wir uns liebten, vereinte ich mich mit der Erde, mit der Ewigkeit, mit Geistern, die sich dem Normalsterblichen niemals offenbaren werden.

Warum diese großartige Frau gerade mich liebte, ist mir bis heute schleierhaft. Womöglich hatte sie das Raubtier in mir erkannt, das bedingungslos lieben kann, aber erbarmungslos tötet, wenn es gilt, das Rudel zu verteidigen. Wir waren wie Wölfe, die nachts durch die Wälder strichen. Der pralle Vollmond stand für uns am Himmel, wir heulten ihn gemeinsam an und explodierten vor Liebe.

Eines Tages – es war während eines Spaziergangs auf Toronto Island im Lake Ontario – fragte ich Sikau, was sie eigentlich in einer lärmenden Metropole wie der Hauptstadt von Ontario verloren habe, deren Wolkenkratzer mit denen von New York wetteiferten. Sie lächelte, strich mir durchs Haar und versicherte mir, das sie nur wegen mir hier sei. Sie wolle zurück zu ihrem Stamm, den Mohawk. Für einen Augenblick war mir, als wäre eine Metallkugel in meiner Luftröhre steckengeblieben, doch sie setzte sogleich nach, dass ich sie dorthin begleiten solle.

Ich machte aus der Überraschung über den couragierten Antrag meiner indianischen Geliebten keinen Hehl. Sie klärte mich auf, dass bei den Mohawk wie bei allen anderen irokesischen Völkern seit Menschengedenken das Matriarchat herrsche und sich die Frauen dort selbst ihre Männer aussuchten. Was ich in Deutschland brüsk von mir gewiesen hätte, ließ ich mir hier umso willfähriger gefallen. Das sanfte Selbstbewusstsein dieser Naturschönheit imponierte mir. Sie hätte niemals etwas getan, nur um mir gefällig zu sein. In dieser wundervollen Person steckte eine geradezu animalische Hingabe, die mich gefügig machte. Ich war ihr mit Haut und Haar verfallen und habe es bis heute keine Sekunde bereut. Wenn uns doch nur eine Zukunft beschert gewesen wäre.

Wir verabschiedeten uns von John, der nichts gegen unsere Verbindung einzuwenden hatte, und fuhren mit dem Bus ins Mohawk Reservat Six Nations Of The Grand River. Je näher wir unserem Ziel kamen, desto schweigsamer wurde sie. Ich hatte den Eindruck, sie hielt Zwiesprache mit ihren Vorfahren.

Es war schon paradox, da rollte ich mit dieser modern und attraktiv gekleideten Kanadierin in einem hoch technisierten Bus über den Highway und sie schwelgte in uralten Riten ihres Volkes. Ich ließ sie in Ruhe, starrte aus dem Fenster auf die an mir vorüberziehende berauschende Wildnis. Als wir ankamen, war sie wie in einer anderen Welt. Hatte ich sie unterwegs verloren? Meine Angst war unbegründet.

Ihr Vater holte uns vom Bus ab und fuhr uns mit seinem verbeulten Pickup über Straßen, die diese Bezeichnung kaum verdienten, in ein kleines Dorf, besser eine Bungalowsiedlung. Der alte Mohawk erinnerte mich in seiner würdevollen Verschwiegenheit an meinen Vater. Sie hätten sich wortlos verstanden. Die Leidensgeschichte seines Volkes hatte sich mit tiefen Furchen in die Charakterlandschaft seines Gesichts gegraben. Alles erinnerte an einen Indianerhäuptling, wie er im Buche steht, nur das Haar war zu einem korrekten Bürstenschnitt gestutzt. Einzig der Spannung seines großen, sehnigen Körpers war die Erregung anzusehen, mit der er seine Tochter empfing. Mich würdigte er zunächst keines Blickes.

Der schlicht eingerichtete Bungalow der Brants hatte nichts von der traditionsbewussten Opulenz, die mich bei John Brant in Toronto umheimelt hatte. Hier war über Jahrzehnte nur das Nötigste zusammengetragen worden, das man zum Leben braucht. Sikau erriet einmal mehr meine Gedanken. »Sein Leben spielt sich draußen ab. Er ist ein Mann der Wälder und des Wassers. Manchmal verschwindet er ohne ein Wort für mehrere Wochen und meine Mutter hat keine Ahnung, wo er ist. Wenn er zurückkehrt, verliert er keinen einzigen Satz darüber, was er in der Zeit gemacht hat. Und meine Mutter fragt nicht. So ist das hier.«

Wir zogen in ein winziges Gartenhaus, mehr eine Art Schuppen, in dessen behaglicher Rumpeligkeit ich mich sofort sauwohl fühlte. Mistgabel und Spaten lehnten an einem uralten Messingbett, es roch ein wenig feucht und der Staub lag zentimeterdick auf dem Tisch und der alten Anrichte. An der Wand hing ein Spiegel, über den sich ein Spinnennetz zog. Die Spinne, die dieses Netz gewebt hatte, war sicher seit vielen Jahren in den ewigen Jagdgründen auf Fliegenjagd.

Ich blickte durch die prähistorischen Spinnenfäden in mein Gesicht und fühlte mich an mein anderes Leben erinnert. Eine Kreuzspinne krabbelte hektisch über die Takelage und verharrte schließlich im Zentrum des Netzes ihrer fernen Vorfahren in Lauerstellung, als wolle sie diese Riesenfliege aus Europa jeden Moment mit einem tödlichen Biss zur Strecke bringen und in einen Kokon einwickeln. Wer war dieser Kerl, der mich da hinter den Spinnenfäden anglotzte? Was hatte er hier, im Indianerreservat, mit dem Hitlerjungen zu tun, der vor 13 Jahren seinem ebenso genialen wie wahnsinnigen Feldherrn die immerwährende Treue geschworen hatte? War ich der Spinnenmann, der sich in den Fangnetzen des Lebens verfangen hatte und, wenn das nicht die Weibchen taten, sich selbst aussaugte?

Sikau riss mich aus diesen Gedanken und sagte mir, sie müsse mit ihren Eltern Rat halten. Worum es ging, wollte sie nicht andeuten. Ich versuchte ihr eine Umarmung abzuringen, sie ging jedoch nicht darauf ein. »Jetzt nicht«, wies sie mich barsch ab und verschwand durch die Gazetür. Ich kehrte zum Spiegel zurück, die Spinne war verschwunden. Ich war versucht, das Netz zu zerstören, um unbehindert mein Gesicht betrachten zu können. Aber ich hielt mich zurück. Die Spinne würde ganz schnell ein neues Haus bauen und ich würde meinen Fangstricken nicht entkommen.

Nach etwa anderthalb Stunden kehrte Sikau zurück. In geschäftigem Ton wies sie mich an, mich zu setzen. Sie wartete einige Minuten, betrachtete mich ernst und sagte: »Gustav, ich bekomme ein Kind. Ich wollte das erst mit meinen Eltern besprechen, bevor ich es dir sage. So machen wir das hier. Wir werden heiraten und einen Platz für unser Leben suchen.«

Mir stockte der Atem. Ich hatte alles erwartet, aber gewiss nicht das. Sie fragte mich nicht einmal, sondern setzte mich einfach in Kenntnis, dass sie mich heiraten würde. Widerspruch war nicht eingeplant. Ja, ich war im Netz, denn ich erkannte meine Unfähigkeit, mich zu widersetzen. Ich wollte diese Frau, und was sie mir gerade in ihrer unvergleichlich nüchternen Art mitgeteilt hatte, entsprach doch meinem innigsten Wunsch. Mit dieser Frau zusammenzuleben – ich war außer mir. Doch kaum war sie ihre Botschaft losgeworden, stand sie auf und verließ unsere Hütte.

Zeit für Vorbereitungen wurde mir nicht gelassen. Die Hochzeit war für den übernächsten Tag nach einer alten Zeremonie der Mohawk angesetzt. Die Familie wurde zusammengerufen und feierte, Sikau hatte sich in den Bungalow der Eltern zurückgezogen, ich musste in meinem Schuppen bleiben.

Am Morgen der Hochzeit erschien der Brautvater in meiner Tür und holte mich ab. Ich erhielt einen Korb mit einer Art Kuchen. Auch Sikau erwartete mich vor meinem Häuslein mit einem Korb, in dem sich kunstvoll zusammengelegte Stoffe und bunte Früchte befanden. Gemeinsam wurden wir zu einem riesigen Ahorn geführt, der hier als heiliger Baum galt. Die gesamte Dorfgemeinschaft wartete auf unsere Trauung. Auf Englisch und Mohawk wurden wir auf unsere Ehepflichten hingewiesen und am Ende gefragt, ob wir bereit seien, diese Ehe einzugehen. Es unterschied sich kaum von Zeremonien, die ich aus deutschen Kirchen kannte. Nur der Priester fehlte. Und der alles besiegelnde Kuss. Mit den Worten »ich werde es tun« war die Hochzeit beendet, die Gäste verstreuten sich und überließen das frisch vermählte Paar sich selbst.

Ich verstand immer noch nicht, was geschehen war. Nach dem Ritual war Sikau wieder sie selbst, liebevoll und geschmeidig. Auf den Katapulten meines Herzens warteten unzählige Fragen darauf, an meine Gattin abgeschossen zu werden. Wie gewohnt kam sie mir zuvor. »Wir werden reisen.« Sie führte mich an den Fluss, der über ein System von Nebenarmen und Kanälen zum Hudson führte. An einem provisorischen Steg lag ein vollgepacktes Kanu. Sie hatte bereits alles vorbereitet, selbst die Paddel lagen bereit. Wir stiegen ein und fuhren los, ich hatte keine Ahnung wohin. Aber das Vertrauen in meine Frau und den Waldgeist war unermesslich. Über uns zogen Gänsestaffeln hinweg, deren Geschnatter unsere Hochzeitsglocken waren. Mein Gott, war ich glücklich. Vor wenigen Wochen noch ein Oppositioneller mit einem Bein im Stasiknast, jetzt mit der

Frau meiner Träume auf dem Weg in die unendliche Freiheit. Was wollte ich mehr?

Aber die Fäden der Spinne reichten weit und auch Wölfe sind schon an Zeckenbissen zugrunde gegangen. Wir trieben mit dem Kanu flussabwärts. Am Abend legten wir an, bauten unser Zelt auf, entfachten ein Feuer. Ich fror, sie legte eine Decke um mich und krabbelte mit darunter. Wann hatte ich mich seit meiner Kindheit jemals so geborgen gefühlt? Wir schwiegen, sie zeigte aufs Wasser, wo ein Biber schwimmend einen Zweig zu seiner Burg brachte. Wir fühlten uns ihm verwandt: Bald würden wir unser Heim errichten und auf die Geburt unseres Kindes warten.

Die Sonne war unter den Wipfeln versunken, als ich das Bedürfnis verspürte, mal hinter einen Baum zu gehen. Ich erhob mich und hörte es im Laub rascheln. Ein Opossum, eine Spitzmaus? Leider nicht.

Sikau schrie entsetzt auf. Nie werde ich diesen Schrei vergessen. Sie war von einer Schlange gebissen worden. Ich sprang zu ihr, band ihr das Bein ab, saugte die zwei winzigen Löcher in ihrer Wade aus und pinkelte ihr zur Desinfektion auf die Wunde. Die sonst so starke Frau fing heftig an zu zittern, ihr ganzer Körper klapperte, ihre Arme umklammerten mich fester denn je. Ich versuchte sie mit meinem Körper zu wärmen, streichelte ihr das Haar, sprach ihr Mut zu. Es half nichts. Binnen einer Stunde erschlaffte ihre Umarmung. In ihren Augen erlosch das Mondlicht.

Die dunklen Massen des Wassers flossen träge weiter durch ihr Bett, das sich seit der letzten Eiszeit kaum verändert haben dürfte, die Baumkronen rauschten ihr ewiges Rauschen, Sterne blinkten auf, von irgendwoher ertönte der nächtliche Ruf eines Reihers und der Biber trug nahezu unbemerkt einen weiteren Ast zu seiner Burg. Es war so friedlich. Und die Liebe meines Lebens war in meinen Armen gestorben.

18.

Ein Telegramm wurde an der Tür seiner Zwickauer Mansardenwohnung abgegeben. Das war nichts Ungewöhnliches, denn ein gut beschäftigter Schauspieler wie Gustav erhielt oft Telegramme mit Anfragen, Angeboten oder Ankündigungen. An diesem späten Novembertag 1959 war es jedoch etwas anderes. Gustav las es und spürte plötzlich einen Abgrund unter seinen Füßen. Er verlor das Gleichgewicht, musste sich an der Flurgarderobe festhalten und las noch einmal. »Vater tot. Stop. Mutti«.

Nie zuvor hatte er die Maserung der hölzernen Garderobe untersucht. Jetzt stach ihm ein überbeiztes Astloch ins Auge, das von stromlinienförmigen Jahresringen umkurvt wurde. Das Bild erinnerte ihn holzschnittartig an den Industriehimmel über Zwickau, wenn sich im Winter der feuerrote Ball der Sonne zwischen den Rauchschwaden des Bergbaus und der Sachsenring-Werke mit dem Horizont vereinte. Gustav liebte diesen Anblick. Irgendwie schön, dachte er, als er den kleinen Makel an dem Garderoben-Gestell betrachtete. Kaum vorzustellen, dass dieses Stück Nutzholz mal Teil eines Baumes war. Wo mag er wohl gestanden haben, bevor er gefällt und zu einer Garderobe verarbeitet wurde? Die

Natur setzt sich eben überall durch, wir können sie nicht bezwingen. Am Fenster der Dachwohnung schaute er nach der Sonne, aber an jenem Tag war sie von dichten Wolken verdeckt. Bis zum Spätnachmittag waren es zwar noch mehrere Stunden, aber es würde ganz bestimmt keinen rot leuchtenden Sonnenuntergang geben.

Beinahe hätte sich ein Schmunzeln auf seinen Lippen abgezeichnet, doch nein, da war ja noch der Vater. Oder da war er eben nicht mehr. Gustav fühlte sich von einem Moment auf den anderen entsetzlich leer. Er hatte sich mit seinem Senior schon lange nicht mehr viel zu sagen gehabt. Außer in seiner frühen Kindheit hatten sie nie ausgiebig geredet. Seit sich der Vater damit hatte abfinden müssen, dass seinem Sohn eine Karriere bei Hitlers vorschwebte, hatte sich ein Riss durchs Verhältnis der beiden männlichen Bülows gezogen, der nie wieder zusammengewachsen war.

Walter Bülow hatte dem Treiben und vor allem den Erzählungen seines Sohnes immer skeptisch gegenübergestanden. Damit nicht genug, er ließ seinen Nachkommen spüren, dass er nicht viel von ihm hielt. Gustav mühte sich ab, die Anerkennung seines Vaters zu erringen, doch je mehr er sich verbog, desto gnadenloser entzog ihm der Vater den Respekt.

Gustav fühlte sich zurückgewiesen. Er war eifersüchtig auf das Napoleon-Buch, mit dem sein Vater sich immer zurückzog. Die selbst gemalten Programmhefte, die er regelmäßig nach Hause schickte, blieben ungeöffnet auf der kleinen Ablage neben der Wohnungstür liegen. Gustav räumte sie ab, wenn er alle paar Wochen nach Dresden kam. Der Vater hatte es nicht einmal bemerkt.

Dessen ungeachtet hatte Gustav immer gewusst, dass er auf seinen alten Herrn zählen konnte. Wenn es darauf ankam, fühlte er sich von seinem Vater unterstützt. Er bewunderte dessen Standhaftigkeit und Prinzipientreue. Insgeheim wäre er gern aus demselben Holz, denn Walter Bülow brauchte sich nicht allabendlich vor einem Publikum, das zweimal im Jahr als Betriebsausflug zu einem Theaterabend verdonnert wurde, angemalt zum Affen zu machen, um als geachtete Persönlichkeit zu gelten. Seinen Einfluss hatte er mehr als einmal profitabel für Gustav eingesetzt und dabei nie eine Gegenleistung erwartet. Vor allem war sein Vater eine Bastion der bürgerlichen Aufrichtigkeit in dieser verlogenen DDR-Gleichmacherei.

Und jetzt war er tot. Hätte Gustav bis zu diesem Tag nicht gewusst, welche unverzichtbare Stütze sein Vater in seinem Leben war, dann wusste er es jetzt. Als er den Verlust noch gar nicht ermessen konnte, tat er etwas, das er in den Jahren, seit er Karl-Marx-Stadt den Rücken gekehrt und ein Engagement in Zwickau angenommen hatte, um dem Erzgebirge noch näher zu sein, nicht mehr getan hatte.

Er ging auf Sauftour, heulte jedem etwas vor, der es hören wollte oder auch nicht, kotzte und schiss sich voll und wäre sicher in einer Ausnüchterungszelle gelandet, wenn er nicht der stadtbekannte Schauspieler Gustav Bülow gewesen wäre, den kein Polizist hinter Gitter zu bringen wagte, denn selbst Volkspolizisten machten gelegentlich Betriebsausflüge.

Am Morgen nach der Hiobsbotschaft erwachte er unter furchtbaren Kopfschmerzen und großer Übelkeit in seinem Bett. Er brauchte ein ausgiebiges Bad und mehrere Tassen Kaffee, um zu rekapitulieren, was sich vor seinem Filmriss ereignet hatte. Der Vater war tot, er würde nie wiederkommen.

Nur konnte er diese unwiderrufliche Tatsache heute mit viel größerer Heiterkeit ertragen als am Vortag. Mit diesem großen Lektor seiner Lebensgeschichte fiel nämlich auch die letzte Barriere zwischen dem Alltag und der unendlichen Prärie seiner Fantasie, in die zu entschlüpfen er sich nicht nur zu jedem beliebigen Zeitpunkt vorbehielt, sondern von der er auch überall lauthals kündete.

Die letzten zehn Jahre waren vorbeigeflogen wie ein Vogelschwarm auf dem Zug in den Süden. Was war davon geblieben? Nur in seine Weltreisen, seine Abenteuer, seine Begegnungen konnte er jederzeit entfliehen, das konnte ihm niemand streitig machen. Wenn er mit seinem Hund in den Wald verschwand, auf einem Baumstumpf oder an einem Bach die Augen schloss und seiner Vorstellungskraft Flügel verlieh, auf dass sie landete, wohin immer er sie dirigierte, kannte sein Glück keine Grenzen. Auf dieser Spielwiese war nur er zu Hause, niemand konnte ihm folgen und niemand ihn korrigieren.

Die Wahrheit? Was wisst ihr denn schon davon? Hat nicht ein jeder seine eigene Wahrheit? Gustav hob die Trennlinien zwischen Imagination und Realität einfach auf. Er hatte Erzähltechniken entwickelt, die seine Zuhörer an seinen Lippen hängen ließen. Wenn er von Adolf Hitler erzählte, verwandelte er sich selbst in den großen Verführer und Massenschlächter. Sein makaberes Spiel mit der Attraktion des Grauens hatte er perfektioniert. Er genoss die entsetzten Blicke seiner Zuhörer, wenn er sich vor ihren Augen in die Personifikation des Bösen verwandelte. War er dann Schauspieler oder wurde er wirklich zu Hitler? Er vermochte es nicht mehr zu unterscheiden.

Die moderne Technik kam ihm zu Hilfe. Gustav hatte sein Faible für Fotografie weiter ausgebaut und war von schwarzweißen oder richtiger gesagt hell- und dunkelgrauen Papierfotos, die er gelegentlich nachkoloriert hatte, auf farbige Dias umgestiegen. Vor seinen Augen vollzog sich eine Explosion der Farben, die sich auf die Größe einer ganzen Wand projizieren ließ. Dia-Vorträge mit Natur-Fotografien gaben ihm neben der Theaterbühne ein zweites Podium der Selbstdarstellung.

Bei seinen packenden Schilderungen vom Leben der Schwebefliegen oder Rothirsche ging es ihm immer allein um sich selbst, nicht um die Maskerade, hinter der er sich allabendlich im Scheinwerferlicht versteckte. Die Dias waren eine wahrhaftige Kette von Gustav Bühlows Imagination. Seine Informationen beruhten auf präzisen Recherchen, seine Anekdoten waren packend und unterhaltsam.

Zu wie vielen Flügelschlägen ist eine Biene in der Sekunde fähig, fragte er in Schulaufführungen und amüsierte sich, wenn hundert kleine Armpaare sich in Insektenflügel verwandelten und, so schnell sie irgend konnten, in der Luft zu flattern versuchten. Er faszinierte die Kleinen und bannte die Alten. Und wenn die eine oder andere Lehrerin ihn verliebt anschwärmte, weil er ihre Schützlinge so gut im Griff hatte, war ihm das ein angenehmer Nebeneffekt. Ja, mit Anfang dreißig war er das, was man heute einen Womanizer nennt. Das sollte noch eine Weile so bleiben. Er konnte alles versprechen und musste nichts halten, denn sein Bezugssystem war ja das Reich der Fantasie. Gustav Bülow hatte weder Schwierigkeiten noch Skrupel, sein ganzes Leben unter die Maxime »Was Wahrheit ist, entscheide ich!« zu stellen. Wer ein Problem damit hatte, war ein Idiot.

Gustav aß gern und viel. Er liebte es, in ein Eisbein zu beißen und zu spüren, wie das flüssige Fett in zwei kleinen Rinnsalen gleich winzigen Nacktschnecken an seinen Wangen hinab troff, in seinem Hemdkragen versickerte und an seinen Brustwarzen kleine Flecke hinterließ. Das war Freiheit, essen so viel man will. Es machte ihm keine Mühe, eine ganze Ente allein zu verspeisen. Wenn sein Hund neidisch mit dem Stummel wedelte, musste er eben noch eine zweite Ente besorgen.

Nach den Jahren des Mangels war auch in der DDR eine Phase der Befriedigung aller leiblichen Bedürfnisse eingetreten. Ein Schauspieler verdiente gutes Geld und Gustav investierte es in seine Körperfülle. Seinen rasant wuchernden Bauchumfang deklarierte er zu Muskeln, die er sich während seiner zahlreichen Naturerlebnisse antrainiert hatte.

Als er zum Beispiel – so seine Darstellung, die er bald in körpereigene Erinnerung transformierte – bei einer Wanderung im Elbsandsteingebirge auf einem Pfad in lichter Höhe ins Straucheln gekommen war und nach unten stürzte, konnte er sich im freien Fall an einer Wurzel festhalten. Die andere Hand hielt die Leine umklammert, damit Gitti nicht in die Tiefe stürzte. Dank seiner Bärenkräfte konnte er sich samt Hund wieder nach oben ziehen. Gustav gab diese Geschichte gern und oft zum Besten, aber jedes Mal erinnerte sie ihn an etwas, das in der staubigen Rumpelkammer seines Gedächtnisses unter Stapeln anderer frei erfundener Episoden abgelegt war. Er wusste nur nicht mehr genau, was es gewesen sein könnte.

Mitte der sechziger Jahre kehrte er nach Dresden zurück. Er bezog die elterliche Wohnung, in der die Mutter noch lebte und der Vater eine Leerstelle hinterlassen hatte, und setzte seine schauspielerische Laufbahn an einem großen Haus der Stadt fort. Eigentlich war es ihm egal, auf welcher Bühne er stand, das Repertoire war überall dasselbe, die Kollegen an jedem Theater gleich dämlich und intrigant. Was ihn an diesem Engagement faszinierte, waren die häufigen Abstecher zur Felsenbühne Rathen.

Mitten in der Sächsischen Schweiz zu proben und zwischendurch mit dem Hund in die Wildnis abtauchen zu können, manchmal gar drei Wochen am Stück zwischen den nackten Felsen an einer Inszenierung zu arbeiten, war eine einzige Wonne. Als Wilhelm Tell feierte er in dieser Naturkulisse sensationelle Erfolge. Die Menschen kamen von weither, um ihn mit seiner Armbrust zu sehen. Wilhelm Tell – mit dieser Rolle konnte er sich identifizieren. Als Volkstribun musste er sich nicht verstellen. Er überzeugte in der Rolle, weil er nicht Schiller, sondern sich selbst gab. Wenn es je eine Bühne gegeben hatte, auf der er sich zu Hause fühlte, dann war es dieses Oval zwischen den schroff in den Himmel ragenden Felsfingern, wo die Souffleusen Amseln, Drosseln und Spechte waren.

Ehefrauen kamen und gingen, flankiert von Affären und Eskapaden. Gustav fand für alles eine Erklärung. Das Opfer war am Ende immer er, von der Welt falsch verstanden und von der Perspektive der Geschichte vernachlässigt. Was konnte er schließlich dafür, dass die Frauen an ihm klebten wie die Fliegen? Bei jeder neuen Gespielin schossen die Erzählungen üppiger ins Kraut, zumal er auch seine Seitensprünge mit immer kruderen Abenteuern bemänteln musste.

Er sei nach Kamtschatka gereist auf Einladung des sowjetischen Forschungsministeriums, um dort ein sowjetisch-amerikanisches Filmteam zu begleiten. Ja, Aljoscha, mit dem konnte man saufen. Hatte zwar nur Goldzähne im Maul, aber wenn er von einem zum anderen Ohr grinste, war das was anderes als dieses manierierte Theaterlachen. Dias hatte er von dieser Reise mitgebracht, die seine Unentbehrlichkeit im russischen Nordwesten unter Beweis stellten.

Mit einem Hubschrauber sind sie über die gigantische Tundra geflogen. Überall nur Schnee. Die Erde eine einzige weiße Scheibe. Unter ihnen rannte eine riesige Herde von Karibus in panischer Angst vor dem Hubschrauber davon. Gustav, inzwischen zwei Zentner schwer, hat beherzt die Kamera ergriffen und sich aus dem Helikopter hängen lassen, um dieses Naturspektakel festzuhalten. Doch die Karibus waren schneller. Er hatte keine Chance. Nur ein Foto von der Schlucht ist geblieben. Was sich auf dem Dia wie ein winziger Spalt ausmacht, ist in Wirklichkeit ein gewaltiger Canyon, mehrere hundert Meter tief. (Kurze Pause, um zu genießen, welchen Eindruck seine Dia-Erzählung macht.) Die Temperaturen waren eisig, der Wind war schneidend, die waagerecht durch die Luft peitschenden Schneeflocken schossen ihm wie Projektile ins Gesicht. Doch er hat nur an das Foto gedacht. Aljoscha hat ihn auf Russisch angeschrien, ob er den Verstand verloren habe. Ja, er hatte den Verstand verloren, aber das war ihm jetzt egal. Er wollte nur dieses Foto machen.

Er glaubte an diese Darstellungen. Einmal mehr führte er sie sich beim Erzählen so plastisch vor Augen, dass sie zu wirklich Erlebtem wurden, nicht mehr wegzudenken aus seinem Gedächtnis. Nur gut, dass er das Abenteuer wohlbehalten überstanden hatte. Aber mal ehrlich, sollte er denn erzählen, wie er in Dresden mit der Straßenbahn zum Theater fuhr und am Abend wieder mit derselben Straßenbahn zurück nach Cotta gelangte, vorbei an Bretterzäunen, Parkplätzen und Fassaden, die immer noch die Erschütterung des Krieges verrieten? Wer würde ihm zuhören? Die Schwachköpfe fuhren doch alle mit der Straßenbahn. Aber im Kanu in Kanada und im Heli über Kamtschatka, das war was, da wurde zugehört.

Bei einer Aufführung in kleinem Kreis ging die Kamtschatka-Geschichte in die Hosen. Ein alter Freund, der Gustav gut kannte und zuweilen durchschaute – Gustav hätte auf die Anwesenheit des unerträglichen Erbsenzählers bei diesem privaten Dia-Abend gut und gern verzichten können – bemerkte, dass es schon erstaunlich sei, wie dieser Canyon doch an einen Riss in verharschtem Schnee erinnere. Wenn er nicht genau wüsste, dass es sich um eine Schlucht am Ende der Welt aus der Hubschrauber-Perspektive handelte, würde er glatt denken, dass hier einfach mit dem Teleobjektiv auf die Schneedecke gehalten worden war.

Gustav trocknete der Mund aus. Zum Glück war es dunkel, sodass niemand sehen konnte, wie er errötete. Was bildet dieser Hund sich ein? Kichert da etwa einer der anderen Trottel, wissen die denn nicht, wen sie vor sich haben? Was tun? Gustav schaltete das Licht ein, griff das Dia aus dem Magazin, ließ den Rahmen aufspringen, zerriss das kleine Plastik-Viereck in der Mitte und schmiss es demonstrativ in einen grünen Papierkorb.

»Aber das habe ich doch nicht gewollt«, beeilte sich der Freund zu beschwichtigen. »Du hast doch unter Einsatz deines Lebens …«

So leicht sollte er Gustav nicht davonkommen. »Was soll's«, parierte der Kamtschatka-Träumer in eingeschnapptem Ton, »wenn man mir meine Fotos nicht glauben kann, habe ich eben umsonst Kopf und Kragen riskiert. Mein Ruf steht auf dem Spiel, dieses Dia kann ich unmöglich noch einmal zeigen.«

Der Freund fühlte sich schuldig und sagte den ganzen Abend über kein Wort mehr, Gustav aber hatte gerade noch die Kurve gekriegt und am Abend doch einen kleinen Erfolg eingeheimst.

Später im Bett konnte er nicht einschlafen. Beinahe wäre er aufgeflogen. Das war ihm nicht zum ersten Mal passiert und würde ihm, wenn er nicht aufpasste, auch wieder unterlaufen. Er hielt Rat mit sich selbst ab. Warum mache ich das, fragte er sich in einem Augenblick seltener Selbstehrlichkeit. Er, der immer von allen Menschen rückhaltlose Ehrlichkeit einforderte, log sich um Kopf und Kragen und wurde von einem einfachen Beleuchter entlarvt. Er hatte doch spektakuläre Fotos, konnte so plastisch von der Fauna in Schilf und Moor erzählen, dass die Menschen, die ihm zuhörten, intuitiv die Beine anzogen, um keine nassen Füße zu kriegen.

Wenn er mit seinen wunderschönen Farblichtbildern – jedes ein vollendet komponiertes Naturgedicht – vom Jahresablauf einer Schwanenfamilie berichtete, wie Vater und Mutterschwan sich im Frühjahr trafen, ihr Nest bauten, brüteten und das Gelege vor möglichen Angreifern verteidigten, den Kleinen beim Schlüpfen und ersten Schwimmversuchen halfen, Papa-Schwan sie auf dem Rücken durchs Wasser trug, die Kleinen immer größer wurden und fliegen lernten, bis sie schließlich auf Nimmerwiedersehen entschwanden, flossen im Auditorium die Tränen und Gustav wuchs ein langer weißer Hals und ein Höcker auf der Nase. Wer brauchte da noch die Kamtschatka-Scheiße?

Aber … aber, das war doch ein Teil seines Lebens! All das andere war doch passiert! Er war ein Chronist des 20. Jahrhunderts, immer auf der Flucht vor SS und Stasi, Russen und Amerikanern. Es war seine Pflicht, davon zu erzählen. Wen kümmerte es schon, ob er tatsächlich im Krieg den Feind niedergemäht hatte oder in einem schwarzen Loch vertrocknet ist? Der Vater hatte ihn um den Krieg betrogen. War er deshalb weniger Held als all seine Klassenkameraden, die einen Tag nach Kriegsende noch für den längst zu Asche verbrannten Imperator hatten verbluten müssen? Wie oft erschienen sie ihm im Traum und fragten: Gustav wo warst du eigentlich?

Hartmut lehnte an der Wand, die Arme verschränkt, das Gesicht im Schatten und lächelte. »Gustav ich mache einen Film. Über D-I-C-H! Dann kommt alles ans Licht.« Mindestens einmal pro Woche schreckte er aus dem Schlaf empor, weil Frau Müller an seinem Bett stand, die Reichskriegsflagge schwenkte und wie das monotone Klicken einer Wanduhr immer gus-tav-gus-tav-gus-tav von sich gab. Konnte die Hexe ihn nicht endlich verschonen? Gustav hatte rausgefunden, dass sie wenige Jahre nach dem Krieg im Irrenhaus gestorben war.

Lasst mich doch alle in Ruhe! Ihr wisst gar nicht, wie beschissen es ist, auf dieser Welt sinnlos weiterleben zu müssen und sich vor allen Menschen jeden Tag zum Narren zu machen. Ihr liegt schön friedlich unter der Erde in Olmütz, habt den ganzen Tag nichts zu tun und kommt dann abends zu mir, um mich mit eurem Schuldgequatsche in den Wahnsinn zu treiben. Ich kann nichts dafür! Ich kann nichts dafür! Ich kann nichts dafür! Gustav presste die Hände auf die Ohren, aber er wurde die Stimmen der Dämonen nicht los. An die Stelle der Wand, an der Hartmut sich aufbaute, schob er einen Schrank, doch es half nichts, nachts war der Schrank verschwunden. »Du kannst nicht einfach einen Schrank vor die Wahrheit schieben …«

Tagsüber ließ sich Gustav von seinen nächtliche Qualen nichts anmerken, da war er der charmante Heldendarsteller. Aber war das denn keine Lüge? Was hatte es mit der Realität zu tun, wenn er sich als Marx oder Luther verkleiden musste, als Kriminal-Kommissar, Staudamm-Architekt oder Schwerverbrecher? Er sollte kein SS-Mann gewesen sein, aber wenn er fürs Theater die schwarze Kluft der SS überstreifte, dann war er plötzlich doch einer? Was für ein unfassbarer Blödsinn.

Gustav liebte und litt weiter. Damit auf Liebe und Leid immer schön der Deckel blieb, log er sich durchs Leben. Zum Beispiel im Frühjahr 1968, als er für seine Ehefrau – war es die dritte oder die vierte? – eine Erklärung abgeben musste, wo er gewesen war, als er mit seiner achtzehnjährigen Freundin in ein Liebesnest an die Ostsee gefahren war.

Wieder waren es die politischen Weltereignisse, die ihm ein Alibi lieferten. Der Prager Frühling war niedergeschlagen worden, an der Grenze zur Tschechoslowakei zogen sich die Truppen der DDR zusammen. Tagelang fuhren Panzer und Schützenpanzerwagen durch die Elbestadt. Seiner Ortskenntnis im Elbsandsteingebirge wegen war Gustav zum Grenzschutz bei Schönau abkommandiert worden. Es roch nach Krieg, und ein deutscher Waffengang ohne den Weltkriegshelden und Partisanenbezwinger Gustav Bülow wäre selbst für die auf ihre antifaschistische Tradition stolze Nationale Volksarmee schlicht undenkbar gewesen. Ihm fiel die Aufgabe zu, die Grenze nachts gegen feindliche Übertritte zu schützen. Leider sei er zu absoluter Geheimhaltung verpflichtet und dürfe nicht einmal seiner Familie Einzelheiten verraten. »Ihr habt keine Ahnung, was ich alles mit ansehen musste«, zischelte er Tage später verschwörerisch und blickte vorsichtig über seine Schulter, als stünden die Büttel des Regimes direkt hinter ihm.

Da wurde es sogar Clara Bülow zu bunt, die sonst unerschütterlich zu ihrem Sohn hielt und dessen fieberhafte Eskapaden all seinen Ehefrauen gegenüber gedeckt hatte. Sie tippte sich an die Stirn und raunte kaum hörbar: »Du müsstest dir mal selbst zuhören, Gustav. Das hält doch kein Mensch aus.«

Der Verrat der Mutter war unverzeihlich. Wie konnte sie, auf deren Loyalität er sich stets hatte verlassen können, ihm nur so in den Rücken fallen? Gustav roch die Gefahr. Wenn sie ihn auch zu anderen Gelegenheiten so schamlos bloßstellen würde wie hier im engsten Familienkreis, dann konnte er sich in Dresden nicht mehr sehen lassen.

Überhaupt schien das Glück ihm Ende der sechziger Jahre nicht mehr so gewogen zu sein wie in der ersten Hälfte seines Lebens. Von der Schauspielerei angewidert, wollte er ganz und gar auf Dia-Vorträge umsatteln, die Früchte seiner Arbeit ernten und sich nicht mehr von Inspizienten und Dramaturgen ärgern lassen.

Das Geschäft mit den Dia-Vorträgen hatte sich zu einem erklecklichen Nebenverdienst gemausert. Wenn man den

Aktionsradius vielleicht von Dresden und Umgebung auf die gesamte DDR von Kap Arkona bis ins Vogtland erweitern könnte, bräuchte man nie wieder den Zerbrochenen Krug zu deklamieren. Sowieso, dieser Kleist, der hatte seine Texte ja nicht selbst aufsagen müssen … Der hatte sie verbockt und andere mussten noch Jahrhunderte später darunter leiden. Wenn der sich nicht selbst umgebracht hätte, dann wäre er wohl von irgendeinem Schauspieler gemeuchelt worden, und zwar mit Recht. Gustav wünschte sich, Heinrich von Kleist noch posthum zu erschießen für all die Pein, die er ihm angetan hatte. Und damit nicht genug, da war ja auch noch dieses ganze unerträgliche Arbeitergeschreibsel, das sich Theaterstück nennen durfte und die Spielpläne aufblähte. Aber damit war es für Gustav ab sofort vorbei. Er lehnte eine Verlängerung seines Vertrags in Dresden ab, stellte sich ein Telefon ins Arbeitszimmer und schaltete in allen wichtigen Tageszeitungen der DDR Kleinanzeigen für seine Lichtbild-Vorträge.

Nur klingelte das Telefon nicht. Von Vorträgen in Schulen und der Volkssolidarität konnte er nicht leben und die URANIA, die alle wissenschaftlichen Vorträge in der DDR koordinierte, wollte ihn nicht ernst nehmen. Sein sicheres Gespür hatte ihn verlassen. Er hatte aufs falsche Pferd gesetzt und ein anderes Pferd, das erneut auf ihn warten würde, lief partout nicht vorbei. Er musste weg aus Dresden, sich frei machen von der treulosen Mutter, möglichst weit weg, an die Küste, wo ihn niemand kannte und er ein völlig neues Leben anfangen könnte. Ein Leben ohne Lügen, mit beiden Beinen in der Realität. In seiner Realität.

19.

Die Verwandlung

Mein Leben bewegte sich auf zwei Ebenen, auf der Bühne und in der Natur. Die Bühne konnte ich schwerlich in die Natur tragen, auch wenn ich die ausgiebigen Spaziergänge mit meinem Hund nutzte, um Texte zu lernen, und folglich auf der Bühne bei bestimmten Textpassagen stets Bilder abrief, die ich beim Aufsagen in Wald und Flur aufgeschnappt hatte. So blieb ich auch bei Lessing und Kleist stets in meiner eigenen Welt. Aber die Natur konnte ich, so wie ich sie empfand, im Vortragssaal aufleben lassen.

Mein Ansehen als Naturkenner zog inzwischen mit meinem Ruf als Schauspieler gleich. Ich erhielt Angebote von Funk und Fernsehen, wurde als Naturführer gebucht und begleitete Filmexpeditionen. Neben meiner Theaterarbeit reiste ich quer durch die Republik von Vortragssaal zu Vortragssaal. Selbst in der Sowjetunion und Polen waren meine Dia-Erzählungen gefragt.

Es blieb nicht aus, dass sich die URANIA, die Gesellschaft zur Verbreitung wissenschaftlicher Kenntnisse in der DDR, für den Vortrags-Bülow interessierte. Für mich war das ein wichtiger Schritt, denn die URANIA organisierte das gesamte Vortragswesen der DDR. Damit war ich nicht mehr nur auf Kulturhäuser, Schulen und Massenorganisationen angewiesen, sondern genoss die höchsten Weihen der wissenschaftlichen Vortragskunst. Zur selben Zeit erhielt ich immer verlockendere Angebote der Konzert- und Gastspieldirektionen der DDR-Bezirke. Ich fühlte mich frei, tun und lassen zu können, was ich wollte, und löste meinen Vertrag an meinem Dresdner Theater.

Ich konnte gar nicht so viele Vorträge halten, wie Anfragen und Angebote bei mir eintrudelten. Es klingt sicher etwas peinlich, sowas von sich selbst zu behaupten, aber ich berichte real und faktisch. Dabei muss unbedingt festgehalten werden, dass ich ja nur Laie war, während die anderen Vortragenden bei der URANIA mit akademischen Titeln dekoriert waren. All die privilegierten Doktoren und Professoren beäugten die Nachfrage nach Bülows Vorträgen mit Argwohn und Eifersucht. Schmähungen wie Operetten-Wissenschaftler, Märchenerzähler oder Rattenfänger von Dresden waren nicht selten. Die Wohlwollendsten unter ihnen betitelten mich als Theaterfritzen, weil ich es schaffte, nicht nur trockene Inhalte zu vermitteln, sondern meine Vorträge lebhaft zu gestalten.

Vonseiten der Veranstalter wurde mir immer wieder beteuert, dass das generelle Interesse an wissenschaftlichen Vorträgen immens gestiegen sei, seit ich an Bord war. In einer Ankündigung durfte ich lesen: »Ob er vor jungen Pionieren oder Offizieren der Nationalen Volksarmee spricht, vor Rentnern der Volkssolidarität, Urlaubern in einem FDGB-Heim, Lehrern oder Fachkreisen – Herr Bülow stellt sich in Ton und Stil immer ganz persönlich auf seine Zuhörer ein und nimmt sie im Handumdrehen auf seine Naturerlebnisse mit.« Ich fühlte mich verstanden und bestätigt, aber meinen Vortragskollegen bereiteten diese teils öffentlichen Beurteilungen zunehmend Verdruss.

Eines schönen Tages wurde ich zum Bezirksvorstand der URANIA zitiert. Dort wurde mir eröffnet, dass es so nicht weitergehe. Eine wissenschaftliche Gesellschaft sei keine Agentur für Unterhaltungsprogramme, mögen sie auch noch so gut ankommen. Wenn ich meinen Stil nicht zu ändern bereit sei, fühle sich die URANIA nicht mehr für mich zuständig. Ich solle mich an die Konzert- und Gastspieldirektion wenden. Alle Einwände waren zwecklos, die Entscheidung war bereits gefallen. Ich sollte abgeschossen werden. Es gab ein paar Solidaritätsadressen von Vortragenden, die sich meinen Stil teilweise zu eigen gemacht hatten, aber viel passierte nicht.

Ohne mein Wissen erschien zu einem Vortrag über die geologische Beschaffenheit der Sächsischen Schweiz im Urlauberheim Waldbärenburg ein Hospitant, ein Forstingenieur namens Dr. Hübel. Er war ein trockener Pedant, dessen Hass sich auf mich richtete, weil ich ihn mehrfach ausgestochen hatte. Meine Dia-Präsentation lief wie gewohnt gut, was ich von der mehrere Tage später erfolgenden Auswertung keineswegs behaupten kann. Dieser Hübel hatte eine vernichtende Expertise verfasst, war aber zu feige, zur Auswertung persönlich zu erscheinen.

Ich wurde zu einer Stellungnahme aufgefordert. Angesichts der Unterstellungen und Wortverdrehungen Hübels blieb meine sonstige Schlagfertigkeit auf der Strecke. Ich war bis ins Mark schockiert. Eine derart heimtückische Verunglimpfung hätte ich selbst meinem schlimmsten Feind nicht zugetraut. Der Situation nicht gewachsen, bat ich darum, meine Rechtfertigung ebenfalls schriftlich einreichen zu dürfen.

Auf nicht weniger als sechzehn Seiten ging ich Punkt für Punkt auf Hübels Darstellung ein. Ich sparte nicht einmal mit Selbstkritik. Allerdings konnte ich mich auch der Frage nicht enthalten, ob denn eine Promotion notwendigerweise auch einen garantierten Anspruch auf Wahrheit einschließe. Die Antwort ließ nicht lange auf sich warten.

In einem kurzen Brief wurde mir mitgeteilt, dass man sich außerstande sehe, in meinen Zeilen Anhaltspunkte zu finden, die Dr. Hübels Ausführungen widerlegen würden. »Ihr Vortrag war so mangelhaft, dass wir uns – nachdem uns die ungenügende Qualität jeder Ihrer Veranstaltungen bestätigt wurde – gezwungen sehen, Sie aus unseren Vortragsprogrammen zu streichen. Darüber hinaus werden wir auch Ihre Arbeit für andere Institutionen überprüfen und, wenn nötig, unterbinden müssen.«

Ich war erschüttert. Das bedeutete totalen Krieg, vom Feind geführt, um mich krepieren zu sehen. Es folgten weitere Aussprachen, an deren Ende ich als Querulant diffamiert wurde. »Sie dienen nicht dem sozialistischen Aufbau«, musste ich mir anhören, »sondern schaden ihm. Und die paar Leutchen, die Ihrer operettenhaften Schnulzigkeit zujubeln, sind ebensolche hemmenden Negierer wie Sie.«

Mir kam zu Ohren, dass bei der URANIA körbeweise Beschwerdebriefe eingingen. Meine ebenso lehrreichen wie vergnüglichen Vorträge wurden vermisst. Ich hatte ja auch nicht an Kritik gespart, hatte ausgesprochen, was sich kein anderer zu sagen traute, und ohne die Hand vor den Mund zu nehmen zum Beispiel die planmäßige Vergiftung der DDR-Gewässer durch Industrie und Landwirtschaft dokumentiert. Melioration, das DDR-Zauberwort der siebziger Jahre, war nichts als die sozialistisch-realistische Bemäntelung eines beispiellosen Raubbaus an der Natur zugunsten eines fragwürdigen ökonomischen Nutzens.

Das war es, was die Leute hören wollten. All den Statistikern und Theoretikern, die sonst in den Vortragssälen unterwegs waren, fehlte die Erfahrung, auf dem Bauch durch den Dreck zu kriechen, um zu ihren Erkenntnissen zu gelangen. Ich hatte den Dreck zu den Leuten getragen. In meinen Vorträgen übertrug sich buchstäblich authentisch angereichertes Basiswissen. Ich nahm die Leute mit. Das war es, was ihnen gefiel.

Ich bot den Entscheidungsträgern der URANIA eine Naturführung vor Ort an, um meine Thesen zu untermauern. Ein paar Interessierte kamen. Doch all jene, vor denen ich mich hatte rechtfertigen müssen, blieben der Führung fern. Natürlich fiel es mir nicht schwer, alle gegen mich erhobenen Vorwürfe in der unmittelbaren Anschauung der Tatsachen zu entkräften.

Wochenlang gärte es in der URANIA. Meine Hartnäckigkeit wurde mir zum Verhängnis. Mir wurde unterstellt, hinter dem Rücken der Offiziellen gegen die Spitze der Organisation zu intrigieren. Mein gut gemeinter Versuch, meinen Namen reinzuwaschen, kehrte in Form von Vokabeln wie Überheblichkeit und Anmaßung zu mir zurück. Ich musste es einsehen: Was ich auch unternahm, verkehrte sich ins Gegenteil.

Die URANIA hatte den längeren Arm und war mir in Fragen der planmäßigen Kriegsführung überlegen. Sie verfügte über einen Generalstab, ich blieb Einzelkämpfer. Kulturhausleiter, die mich großzügig mit Aufträgen bedacht hatten, ließen sich plötzlich verleugnen, bereits unterschriebene Verträge wurden unter fadenscheinigen Begründungen annulliert.

Doch ich gab mich noch immer nicht geschlagen. Ich nutzte alle verfügbaren Kontakte, um weiterhin Vorträge zu halten und meine Forschungsergebnisse unter die Menschen zu bringen. Vieles wurde von offizieller Seite nicht gern gehört. Meine Thesen beruhten ausschließlich auf persönlicher Beobachtung, nicht jedoch auf theoretischen Studien. Die Dresdner Ornithologen liefen Sturm, als ich einigen landläufigen Theorien über das winterliche Sammelverhalten der Wildenten widersprach. Meine Ausführungen wurden als fantasievoller Unsinn eines Wichtigtuers gebrandmarkt. Wen wunderte es, dass die Wortführer dieser Kampagne in der URANIA organisiert waren? Als meine Theorie sich dann plötzlich in wissenschaftlichen Bulletins wiederfand, ohne jedoch ihren Urheber zu nennen, platzte mir der Kragen. Ich forderte eine Richtigstellung, erntete dafür jedoch nur Hohn. Angeblich litt ich unter Verfolgungswahn.

In dieser Sache kam ich nicht weiter und verlegte meinen Fokus auf ein anderes Thema. 1973 tobten die Indianeraufstände der Dakota am Wounded Knee. Da ich durch meine persönlichen Bindungen zu kanadischen Indianerkreisen über ein gewiss unübliches Maß an Wissen und Einfühlungsvermögen auf diesem Gebiet verfügte, verfasste ich einen längeren Artikel unter dem Titel »Buffalo Bill – Wounded Knee – Präsident Nixon«. Trotz URANIA-Blockade sprach ich über dieses brisante Thema, wo immer ich konnte. Die Reaktionen auf meinen Vortrag waren enorm. Daher beschloss ich, meinen Artikel ans Fernsehen der DDR zu schicken, unter der Bedingung, ihn selbst vor der Kamera vorzutragen. Dass mein Anliegen als »subjektiv überhöht und wissenschaftlich nicht haltbar« abgewiesen wurde, überraschte mich nur wenig.

Eine Woche später kündigte das DDR-Fernsehen einen Beitrag zum Thema Dakota-Aufstand am Wounded Knee an. Ich war gespannt und hoffte, mein Wissen durch neue Fakten vervollständigen zu können. Doch mir blieb das Herz stehen, als mein Artikel nahezu wortgetreu mit dezenten Ausschmückungen und Ergänzungen wiedergegeben wurde. Diesmal versuchte ich gar nicht erst zu intervenieren. Wie die URANIA hätte wohl auch das DDR-Fernsehen einen längeren Arm als ich. Was das bedeutete, hatte ich ja gerade erst erfahren müssen.

Ich nahm erste Erscheinungen von Zermürbung und Resignation an mir wahr. In manchen Nächten packte mich schiere Existenzangst. Doch noch war es zu früh, ernsthaft an meiner Zukunft zu zweifeln. Ich wurde weiterhin von Einzelpersonen und Institutionen wie Museen, Clubs, Tierparks und LPG für Vorträge engagiert, wenn auch ohne Nennung meines Namens. Das kränkte mich, aber es war die einzige Möglichkeit, mir überhaupt Gehör zu verschaffen. Der Erfolg gab mir recht, meine Pleite mit der URANIA geriet mehr und mehr in Vergessenheit. Umgekehrt verhielt es sich leider nicht so.

Als ich ahnungslos zum Kreiskulturhaus Kamenz fuhr, für das ich seit Jahren ganze Vortragszyklen gehalten hatte, wurde ich im Büro von einer völlig verängstigten Dame empfangen. »Was machen Sie denn hier?«

Ich konnte meine Bestürzung nicht zurückhalten. »Na Sie sind ja putzig, Sie haben mich doch eingeladen.« Ich legte einen entsprechenden, in freundlichsten Formulierungen aufgesetzten Brief vor.

Doch die Mitarbeiterin sah sich das von ihr unterzeichnete Schriftstück gar nicht an. In einer fast schon Mitleid erregenden Mischung aus Panik und Hilflosigkeit schüttelte sie den Kopf. »Ist Ihnen nicht mitgeteilt worden, dass Ihr Vortrag von der URANIA verboten worden ist? Den Kulturhäusern ist eine hohe Strafe angedroht worden, wenn Sie den Bülow noch einmal auftreten lassen.« Sie zitterte, als sie mir diesen Beschluss eröffnete, und wagte es nicht, mir ins Gesicht zu sehen.

Ich hatte in der Tat nicht das Mindeste davon gewusst. Der offene Krieg war in einen Partisanenkampf übergegangen, weil man mich offensichtlich anders nicht in die Knie zwingen konnte. Man versuchte mich wissenschaftlich zu begraben, Bülow würde von einem Tag auf den anderen verschwunden sein und fertig.

Wütend sprach ich bei der URANIA vor. Dort erklärte man mir scheißfreundlich, man wolle mir doch nicht schaden. Im Gegenteil, man wolle mich weiterhin als geschätzten Referenten beschäftigen. Ich solle meine Vorträge nur in Stil und Inhalt den gesellschaftlichen Erfordernissen anpassen.

Wenn die gedacht haben sollten, sie hätten mich damit kleingekriegt, waren sie schief gewickelt. Ich stimmte ihrem

Vorschlag zu und lud sie zur Hospitation zu einigen meiner als illegal gebrandmarkten Vorträge ein. Meinen Stil hatte ich extra im Sinne der offiziellen Linie modifiziert. Aber niemand erschien. Ich konnte es nicht glauben. Zum ersten Vortrag ebenso wenig wie zu allen weiteren Terminen.

Nach einer dieser Veranstaltungen nahm mich ein freundlicher älterer Herr zur Seite, der sich als habilitierter Geologe und angesehenes Mitglied der URANIA vorstellte. »Lieber Herr Bülow, ich kann nicht länger zusehen, wie Sie sich in trügerischer Hoffnung verausgaben. Ihre Vorträge sind gut, sogar exzellent. Aber sehen Sie doch Ihrem eigenen Seelenfrieden zuliebe endlich ein, dass man Sie nicht will. Gerade weil Sie besser sind als alle anderen. Wenn Sie wirklich wieder regulär in den Vortragssaal wollen, bleibt Ihnen nur eine Konsequenz: Werden Sie schlechter.«

Ich glaubte, meinen Ohren nicht zu trauen. Alles, nur das nicht. Ich würde um keinen Preis der Welt schlechter werden, sondern einfach keine Vorträge mehr halten. So einfach war das. Feierabend. Ich weiß, was ich kann, und wenn ihr mich nicht haben wollt, ist das ganz allein euer Problem. Meine Zeit wird schon noch kommen und dann gnade euch Gott, ihr Ignoranten! Seelenfrieden war das Letzte, was ich wollte. Ich war auf dem Kriegspfad.

Der Erfolg gab mir zumindest für den Augenblick recht. Es war ja nicht das erste Mal in meinem Leben, dass sich Ausweglosigkeit auf dem Hacken in Hoffnung verwandelte. In meinem Briefkasten fand ich einen Umschlag mit dem Absender »Rat des Bezirks Dresden/Referat Kultur«. Ein Herr Bräutigam bat mich, in meiner »Angelegenheit« vorzusprechen.

Bräutigam, ein distinguierter Bürohengst um die fünfzig, der genau so auch in einem Ministerialbüro des Dritten Reiches hätte seinen Mann stehen können, empfing mich zunächst mit absoluter Zurückhaltung. Er war dieser Typ von Erfüllungsgehilfe, der seine Funktion zu jedem Zeitpunkt über die eigenen Ideale stellen würde. Das Parteibuch kann man schon mal austauschen, nie jedoch das Pflichtbewusstsein. Zumindest war das mein erster Eindruck.

Es sei ihm peinlich, druckste er, aber er müsse mich eindringlich bitten, meine Propaganda gegen die URANIA auf der Stelle zu unterlassen. Ich gab ihm zu verstehen, dass mir nicht ganz klar sei, worauf er sich beziehe, und kredenzte ihm daraufhin detailliert meine Sicht auf das, was er Angelegenheit nannte. Selbstredend hatte ich mich mit einem prallvollen Ordner voller Dank- und Empfehlungsschreiben bewaffnet. Bräutigam hörte sich alles geduldig an und las aufmerksam einige der Briefe. Dann griff er zum Telefon, das auf einem auffällig übersichtlichen Schreibtisch nur darauf zu warten schien, seine Pflicht zu erfüllen.

Er ließ mich im Unklaren darüber, mit wem er sprach, aber sein Ton verriet Autorität. Ich war diese Art der Ansprache bereits gewohnt, nur richtete sie sich ausnahmsweise mal nicht gegen mich. »Bräutigam hier, ich habe gerade Bülow im Büro, Sie wissen schon. Der Mann sitzt hier vor mir. Ich habe den Eindruck, an Ihrer Darstellung seines Vorgangs stimmt einiges nicht ganz. Ich könnte es auch drastischer formulieren. Sie haben mir die Unwahrheit gesagt. Herr Bülow hat mir einen Stapel von Beurteilungen in die Hand gedrückt. Kommen Sie bitte nachher in mein Büro und klären mich auf.«

Der Hörer knallte auf die Gabel. »So lieber Herr Bülow«, wandte er sich zuckersüß an mich. »Im Augenblick kann ich Ihnen nichts anderes sagen, als dass es sich hier um eine Riesensauerei handeln muss. Zunächst ist es meine Pflicht, Sie um Entschuldigung zu bitten. Ich werde alles Notwendige einleiten, damit Sie schnellstmöglich wieder Ihre Vorträge halten können. Sie hören von uns.« Ausgerechnet diese graue Büro-Maus, von der ich keinerlei Courage erwartet hatte, warf mir den nicht mehr für möglich gehaltenen Rettungsring zu.

Damit war die Audienz beendet. Mit einem Hochgefühl der Genugtuung fuhr ich nach Hause. Das war schon mehr als ein Friedensangebot, das roch nach Kapitulation. Ich hatte viele Schlachten verloren, sollte meine Beharrlichkeit am Ende doch mit einem gewonnenen Krieg belohnt werden? Ich wartete auf die Bedingungen des Friedens.

Doch ich hätte es besser wissen müssen. Zu früh hatte ich mich in Sicherheit gewiegt, der Feind sammelte nur Kräfte. Es passierte nichts. Einen ganzen Monat erwartete ich aufgeregt den Briefträger. Die Waldläufer-Post, die mir aus der ganzen Welt zukam, interessierte mich nur am Rande. Ich wartete auf meine schriftliche Erlösung. Genau vier Wochen nach Bräutigams Ankündigung traf ein amtlicher Brief von einem Herrn Hertel, Bezirksvorstand/Abteilung Kultur, ein. Ich sollte umgehend vorsprechen.

Mir war etwas weich in den Knien, als ich das Gebäude betrat, in dem sich mein Blatt einen knappen Monat zuvor auf so wundersame Weise gewendet hatte. Herr Hertel war das Gegenteil des trockenen Bürokraten Bräutigam. Eher der freundliche Kumpeltyp, in dessen Aktenschrank man

Wodka und Angelzeug vermutet. Verbindlich bot er mir einen Stuhl an und noch während ich mich setzte, breitete er die Arme aus und proklamierte: »Meinen Glückwunsch, Herr Bülow.« Für einen winzigen Augenblick glaubte ich mich am Ziel. »Ich gratuliere Ihnen zu der in ihrer Situation menschlich wie wissenschaftlich mehr als nachvollziehbaren Entscheidung, sich von ihren Vortragsvorhaben zurückzuziehen. Es ist ja nichts dagegen zu sagen, dass Sie Ihrem Steckenpferd im Freundeskreis weiter nachgehen werden, aber dass das nichts für die Öffentlichkeit ist, haben Sie ja selbst begriffen. Dafür wollte ich Ihnen auch persönlich danken, denn diese Angelegenheit hat uns doch allen einige Probleme bereitet. Schön, dass das jetzt ein Ende hat.«

Schon wieder dieses Wort »Angelegenheit«. Hertel strahlte über seine ganze feiste Visage. Am liebsten hätte er mich umarmt. Nicht einmal die Vorstellung, wie seine Schädelarchitektur unter dem Hieb eines Tomahawks knackend nachgeben würde und sich Hirn und Knochenteile samt seinem unverschämten Grinsen gleichmäßig über dem Schreibtisch verteilen würden, vermochte mir ein Gefühl der Befriedigung zu verschaffen. Hertel machte einen Schritt auf mich zu, ich sprang vom Stuhl auf und rannte, mehrere Stufen auf einmal nehmend, eine Etage höher, wo ich das Büro von Bräutigam wusste.

Ohne anzuklopfen riss ich dessen Tür auf. »Herr Bülow, ich muss doch sehr bitten ...«, doch ich fiel dem penibel auf Form bedachten Staatsdiener ins Wort. »Sagen Sie mal, habe ich es hier mit einer regierenden Behörde zu tun oder mit einem Haufen von Idioten?«

Die Gläser von Bräutigams randloser Brille beschlugen. Seine Miene ließ jedoch keine Regung erkennen und sein Schweigen verstand ich als Aufforderung fortzufahren. Als Schauspieler hatte ich kein Problem, Hertels Text wortgetreu wiederzugeben.

»Da ist offensichtlich etwas durcheinander gelaufen. Ihre Angelegenheit ...«

Weiter kam er nicht, denn ich schlug mit der Faust auf den immer noch penibel aufgeräumten Schreibtisch, dass man es wahrscheinlich bis in den Keller hören konnte. »Was Sie in ihrem Bürokratendeutsch Angelegenheit nennen, ist zufällig mein Leben. Wenn Sie wollen, dass ich meinen Kram hier zusammenpacke und in den Westen gehe, müssen Sie es mir nur sagen. In Hamburg und München wartet man nur auf meine Vorträge. Ich kann morgen ausreisen.«

»Aber, lieber Herr Bülow, jetzt beruhigen Sie sich mal. Wir werden diese ... Das ist mir wirklich unangenehm. Wir werden diese Sache aus der Welt schaffen.« Gern hätte ich ihm geglaubt, aber zu oft war ich enttäuscht worden. Immerhin hatte ich ja noch einen Beruf, in den ich zurückkehren konnte. In der Theaterwelt brachte man dem Namen Bülow mehr Respekt entgegen als im Dunstkreis der Wissenschaft.

Ich bewarb mich an mehreren Theatern in Dresden. Alle nahmen meine Bewerbung dankbar entgegen, vertrösteten mich aber auf die nächste oder übernächste Spielzeit. So lange konnte ich nicht warten, denn der ermüdende Kampf mit der Wissenschaftsmafia der DDR hatte mich um all meine Ersparnisse gebracht.

Warum nicht in eine neue Umgebung aufbrechen? Nach Jahrzehnten in Karl-Marx-Stadt, Zwickau und Dresden wechselte ich an die Küste, wo sich mir im Theater Greifswald völlig neue Perspektiven auftaten. Vor der Tür lagen das Oderhaff, die Wälder von Eldena, die Inseln Usedom und Rügen, etwas weiter Hiddensee und die unendlich weiten Sammelwiesen von Kranichen, Wildgänsen und anderen Zugvögeln, die sich jeden Herbst hier einfanden, um den Weg in den Süden anzutreten. All das schien nur auf Gustav Bülow zu warten.

Kaum hatte ich begonnen, mir in Greifswald ein neues Domizil einzurichten, ereilte mich ein Brief des Vorsitzenden des Dresdner Ornithologen-Verbandes. Erst wollte ich ihn ungeöffnet in den Papierkorb werfen. Ich hatte doch das Feld geräumt, warum mussten die immer noch nachtreten? Wollten sie vielleicht sogar meinen Neuanfang vergiften?

Die Neugier trug letztlich den Sieg über meinen anfänglichen Entschluss davon. Als ich die Zeilen des Vogelforschers las, wusste ich nicht, ob ich lachen oder heulen sollte. »Lieber Herr Bülow, kaum hatten sie unserer gemeinsamen Heimatstadt den Rücken gekehrt, erging ein Erlass, demzufolge Sie Ihre Vorträge wieder öffentlich aufnehmen dürfen. Sämtliche Sperrungen und Beschränkungen sind mit sofortiger Wirkung aufgehoben worden. Unsere Vortragssäle erwarten Sie. Sollten Sie also wieder einmal in unserer liebenswerten Stadt Dresden ...«, in dieser Art ging die Eierei noch seitenlang weiter.

Zweifellos hatte ich den Endsieg davongetragen, doch was nützte er mir, wenn ein verwüstetes Land hinter mir lag? Dieser Triumph bereitete mir keine Freude. Dresden war Vergangenheit, aber in Greifswald konnte ich ganz von vorn beginnen. Ich musste an die Worte des alten Geologen denken. Endlich hatte ich Frieden.

20.

Sechzig! Er hätte es nie für möglich gehalten, dass er jemals diese Schwelle überschreiten müsste. Das Leben kam ihm vor wie ein Teig, den man endlos in alle Richtungen ausrollen konnte. Anfang und Ende gab es nicht, was zählte, war immer nur die Ausdehnung des Augenblicks in der Unendlichkeit. Hatte er nicht das Recht, die Jahre der Jugend, um die er betrogen worden war, von seinen im Personalausweis beurkundeten Lebensjahren abziehen?

Es half nichts, Gustav konnte es drehen und wenden, wie er wollte, er war sechzig. Wen sah er, wenn er sich im Spiegel betrachtete? Was war geblieben von dem hageren Jüngling mit dem unwiderstehlichen Augenaufschlag und dem lakonischen Zucken um die Mundwinkel, der sich einst so erfolgversprechend durchs Leben geschlagen hatte? Die Welt hatte ihm zu Füßen gelegen, aber er war immer wieder auf ihr ausgerutscht. Mit schmalen, schrägen Augen musterte ihn aus dem Spiegel ein fetter Zyniker, der verbittert auf die Welt fluchte.

Sechzig. Zeit, Bilanz zu ziehen. Doch was konnte er aus dem Labyrinth seiner Erinnerung mitnehmen in die Zukunft? Was bedeutete Zukunft überhaupt? Würden sich die

Kreise zu seiner Jugend wieder schließen? Alles war im Umbruch, das war selbst im provinziellen Greifswald zu spüren. In Berlin und Leipzig gingen die Menschen auf die Straße und protestierten gegen das Regime, das Gustav so sehr hasste.

Die DDR, dieser Judenstaat. Alles lag brach. In Greifswald gab es nicht mal genug zu fressen. Und was machen die da oben? Bauen für Millionen und Abermillionen in Berlin den Judentempel in der Oranienburger Straße wieder auf.

Eigentlich hatte er ja nichts gegen die Juden, unter Schauspielern hatte er immer wieder jüdische Kollegen gehabt, in deren Anwesenheit ihn dieses merkwürdige Ekelgefühl nicht überkam. Ein Jude zu sein, heißt ja nicht, sich wie ein Jude zu benehmen. Diese persönliche Dimension darf aber nicht automatisch zur Folge haben, dass man die gesamte Weltpolitik der semitischen Rasse überlassen muss. Dieser Arafat ist der Schlimmste von allen. Was, der soll gar kein Jude sein? Blödsinn, man muss doch bloß dessen jüdische Fresse betrachten, um Bescheid zu wissen. Und Gustav wusste Bescheid.

Er hatte die Weltverschwörung des jüdischen Finanzkapitals längst durchschaut. Der jüdisch-kommunistische Weltkomplex, der ihm von Anbeginn das Leben schwer gemacht hat. Der Widerstand begann sich zu regen. Einem Freund verkündete Gustav stolz, dass man sich in Greifswald endlich wieder unangefochten auf offener Straße den Hitlergruß zuwerfen könne.

Aber lassen wir die Juden mal für einen Augenblick beiseite. Das Leben war an Gustav vorbeigezogen wie ein Schwarm Sperlinge. Es macht einmal laut Tschilp und man ist sechzig. Er fühlte sich immer noch so jung, der Sinn stand ihm nach neuen Abenteuern. Sich mal wieder so richtig verlieben, das wär's.

Er hatte ja Elke, aber die lief ihm schon nicht so schnell davon. Sie war ja froh, dass sie ihn, den großen Bühnenstar von Greifswald, abgekriegt hatte. Kennengelernt hatten sie sich während seiner letzten Tage in Dresden. Er hatte ihr Geschichten aufgetischt, dass die Stasi ihn verfolgen würde, er einstweilen in den Untergrund gehen müsse und es ihm dafür nur am nötigen Kleingeld fehle. Verliebt, wie sie war, hatte sie ihm ausgeholfen.

Gustav schämte sich, wenn er daran zurückdachte. Zu dem überaus positiven Menschenbild, das er von sich zeichnete, passte es nicht, andere Menschen auszunutzen. Andererseits hatte die Menschheit noch so viel von ihm zu erwarten, dass ein paar kleine Opfer und Umwege einfach notwendig waren. Das geliehene Geld war zwischen Elke und ihm niemals thematisiert worden. Er hatte sie geheiratet, nach Greifswald geholt und würde sie beschützen. Was wollte sie mehr?

Gustav sprach von sich selbst gern in der dritten Person. Er nannte sich den harten Nordmann, ein Spitzname, den ihm angeblich ein russischer Gefährte gegeben hatte, mit dem er wochenlang unter größten Entbehrungen durch die Taiga marschiert war. Hätte er, Gustav, sich nicht so perfekt aufs Fallenstellen und Wurzelausgraben verstanden, wären beide verhungert. Ja, das war er. Der harte Nordmann.

Ob sich diese Begebenheit wirklich so zugetragen hatte, konnte er nicht mit Sicherheit sagen. Seine Erinnerung eilte ihm längst voraus und holte ihn aus der Realität ab. Gustav liebte es, seine Verwandten, Freunde und Kollegen oder völlig Fremde mit Abenteuern aus dem Krieg, der kanadischen Wildnis oder seinem unbeugsamen Widerstand gegen die DDR-Obrigkeit zu verblüffen. Er wusste, dass er erzählen konnte, und seine Fantasie setzte ihm keine Grenzen. Manchmal fühlte er sich wie ein Bär, dessen sonorem Brummen die Kaninchen, Eichhörnchen und Igel seiner Umgebung ehrfürchtig lauschten. Einen spontanen Roman aus den Windungen seiner Schädelhöhle zu zaubern, bereitete ihm keinerlei Problem. Im Mittelpunkt all dieser längst nicht mehr gezählten Romane stand immer er selbst.

Nicht nur seine Kollegen, sondern auch seine Kinder – die inzwischen im halben Dutzend über den Planeten wandelten – forderten ihn auf, die eine oder andere Heldentat ein zweites oder drittes Mal zu erzählen. Das war leichter gesagt als getan. In der Geschwindigkeit des Erzählflusses kam ihm manches Detail abhanden. Nichts hasste er mehr, als darauf aufmerksam gemacht zu werden, dass er einen Teil seiner Geschichte beim letzten Mal ganz anders erzählt habe. War er gut gelaunt, entgegnete er dann, wenn man so viel erlebt hätte wie er, könnten die Einzelheiten im Gedächtnis schon mal drunter und drüber geraten. Wenn er aber, was viel öfter passierte, missmutig durch seinen Alltag stolperte und das seelische Gleichgewicht nur in der Fantasie wiederfinden konnte, traf ihn eine solche Frage wie ein Leberhaken. Gereizt parierte er dann: »Wenn ihr meine Geschichten nicht mehr hören wollt, behalte ich sie eben für mich. Hört beim nächsten Mal besser zu, dann bringt ihr auch nicht alles durcheinander.«

Der Vater war längst tot, die Mutter hatte sich zu Inge ins ferne Karlsruhe abgesetzt, in seiner Umgebung war niemand, der über sein Leben vor Greifswald auch nur einen vagen Überblick hatte. Wer immer die Wahrhaftigkeit seiner Abenteuer anzweifelte, war ein anmaßender Neider, der in seiner Durchschnittlichkeit dem harten Nordmann sein abwechslungsreiches Leben nicht gönnte.

Nur wenn er nachts wach lag, kamen sie wieder, die Schatten der Vergangenheit. Er hatte in seinem Leben viele Menschen getroffen, aber niemals wieder hat ihm eine Freundschaft so viel bedeutet wie die zu Hartmut. Jede Nacht kehrten seine Klassenkameraden zu ihm zurück, um ihn mit der Frage zu peinigen, wo er denn gewesen war, als sie bei Olmütz niedergemetzelt wurden.

Vergeblich versuchte er die Dämonen loszuwerden. »Ich schwöre euch, ich kann nichts dafür, mein Vater …«, doch seine hilflosen Rechtfertigungsrufe gingen im erbarmungslosen Gelächter der Toten unter. Was hätte er darum gegeben, mit Hartmut auf den gemeinsamen Erfolg einer künstlerischen Laufbahn zurückzublicken.

Der einzige Verbündete, der ihm zu einem ruhigen Schlaf verhalf, war der Alkohol. Er verachtete Alkoholiker, weil sie weibisch die Hoheit über ihre Entscheidungen aus der Hand gaben, und merkte dabei nicht, wie er selbst täglich mehr des flüssigen Vergessens bedurfte. Nur auf diesem Wege erlangte er die Absolution, die ihm nicht einmal sein Vater hatte erteilen wollen, der ihn ja erst in diese Lage versetzt hatte. Vergessen, was gewesen war, und die Vakanzen neu ausfüllen. Das war sein gutes Recht, immerhin war er es ja nicht selbst gewesen, der ihn um sein wahres Leben betrogen hatte.

Seine Fantasie trieb immer buntere Blüten. Kein Buch, kein Fernsehfilm, kein Theaterstück, das ihm nicht Gelegenheit gegeben hätte, das Portfolio seiner multiplen Lebensgeschichte um weitere Facetten anzureichern. Dass diese sich in der logischen Abfolge oft widersprachen, störte ihn immer weniger.

Wen kümmerte es schon, wenn er sich in Franken von einem Bayern in Alpentracht aus dem Fluss fischen ließ? Unter seinen Fingernägeln brannte der harte Stein seiner Extrem-Bergsteigertouren, in seinen Nasenlöchern sammelte sich noch der Pulverstaub seiner Maschinenpistole, von der er so oft Gebrauch gemacht hatte, in seine Ohren hallte das letzte Aufheulen des Wolfs wider, den er im Zweikampf Mann gegen Bestie erledigt hatte. An jedem Feind, den er bezwungen hatte, war er gewachsen. Was würde von ihm übrig bleiben, wenn er all das loslassen würde?

Gustav beschloss, die entgegengesetzte Richtung einzuschlagen und die Flucht nach vorn anzutreten. In seinen Dia-Vorträgen wurde er immer tollkühner. Die Zeiten hatten sich geändert. Ende der achtziger Jahre sahen die Behörden nicht mehr so genau hin, wenn er zu seinen wundervoll fotografierten Dias ins Plaudern kam. Bei den Fotos ging es immer weniger um die porträtierten Tiere, Landschaften und Gegenstände, sondern in der Hauptsache nur noch um Gustav, den Unwiderstehlichen.

»Sie glauben gar nicht, meine sehr verehrten Damen und Herren, wie nah Schönheit und Schrecken oft beieinander sind. Nehmen Sie zum Beispiel diesen Waldbrand, den ich in den Masuren fotografiert habe. Eigentlich arbeitete ich an einer Dia-Serie über Rothirsche, als ich in diese fürchterliche Feuersbrunst geriet. In ein und demselben Moment durchfuhren mich drei Impulse. Mich selbst in Sicherheit zu bringen, das Naturspektakel mit der Kamera einzufangen und so viele Tiere wie möglich vor dem sicheren Tod zu retten. Was hier wie die romantische Silhouette eines Zwölfenders in der Brunft aussieht, ist in Wirklichkeit der Schmerzensschrei eines brennenden Hirsches. Unter Einsatz meines Lebens machte ich dieses Foto und schwor mir zugleich, das Tier aus den Flammen zu befreien. Links und rechts neben mir krachten brennende Äste herunter, unter mir versengte der Boden, aber ich hüllte mich in eine Decke, damit meine Haare nicht Feuer fingen, machte eilig den Schnappschuss und trug das Tier, dessen Hufe bereits zu glimmen begonnen hatten, über einen rettenden Bach. Immer neues Wild kam aus den Flammen gerannt. Ich war zwar schon völlig erschöpft, wiederholte diesen Vorgang aber noch mehrfach. Diese Rehe, die Sie hier im gleißenden Rot der Flammen sehen, wären sonst nicht mehr am Leben.«

Die Lichtbilder an der Wand waren ja die besten Belege dafür, dass dieser Robin Hood im Dienste der Wildnis, der Greifswald obendrein mit seiner Schauspielkunst beschenkte, die Wahrheit sagte. Gustav genoss das Tuscheln, das angesichts solcher Bilder durch die Reihen ging. Das war doch was anderes, als vor einem gähnenden Bildungsproletariat den tausendfach gehörten Faust zum eintausendersten Mal runterzuleiern. Nur gut, dass niemand ahnte, wie diese Dias wirklich zustande gekommen waren. Auf Tierfotografie verstand sich Gustav. Da konnte ihm niemand etwas vormachen. Aber vor Feuer hatte er seit dem Krieg panische Angst. Niemals hätte er sich in solche Gefahr begeben.

Sein künstlerisches Gespür hatte ihn jedoch auf die Idee einer raffinierten Fotomontage gebracht. Er nahm relativ nichtssagende Dias von Tiersilhouetten, die noch darauf warteten, Platz in einer von Gustavs Serien zu finden, und packte sie mit unscharfen Nahaufnahmen eines Lagerfeuers, das er eigens zu diesem Zweck entfacht hatte, in ein und demselben Rahmen zusammen. Der Effekt war verblüffend. Tiere im Feuer. Fertig war die Mär vom Waldbrand und der Legendenzyklus um den harten Nordmann war um eine Fabel reicher. Die Besucher fühlten sich gut unterhalten, wer hätte da schon Fragen gestellt.

Gustav musste grinsen bei dem Gedanken, wie leicht der gutgläubige Normalbürger hinters Licht zu führen war. Darauf konnte er wirklich stolz sein. Und war er in schlechter Gesellschaft? Wie war es denn mit der Schuld der Deutschen am Zweiten Weltkrieg? Hatten die Sieger nicht die Geschichte des 20. Jahrhunderts vollständig umgeschrieben? Die Alliierten, die Hitler und dem gesamten deutschen Volk ihren Vernichtungskrieg aufgezwungen hatten?

Er, Gustav, war schlauer als der Führer. Er hatte sich nicht aus dem Staub gemacht, sondern seine Feinde bezwungen, einen nach dem anderen. Nie hatte er im großen Rahmen den Überblick verloren. Am Ende war er selbst aus der ausweglosesten strategischen Lage als Sieger hervorgegangen. Wer wollte ihm da verdenken, dass er die Geschichte ein wenig zu seinem Vorteil umschrieb. Zumal es ja nur seine eigene Geschichte war, für die er das alleinige Copyright besaß.

Wenn er nur selbst die beiden Welten, in denen er sich bewegte, noch klar hätte voneinander trennen können. Die Grenzen wurden immer durchlässiger, die Wirklichkeit in seiner Wahrnehmung immer absurder, sodass er bald nicht mehr wusste, worauf sich welche Erinnerung gründete. Klarheit und Trübheit waren gleichmäßig verteilt. Er brauchte zwar neuerdings eine Brille – mit der er sich nicht in der Öffentlichkeit blicken ließ –, aber zu mehr Durchblick verhalf sie ihm leider nicht. Selbst gegen die Sphäre der häufig reportierten Eigenerfindungen, die sich im Laufe eines langen Lebens als zuverlässiger Bestand im Archiv der Erinnerung abgelegt hatten, opponierte ein alles andere als willkommener Drang zur spontanen Ausschmückung, dem Gustav nur allzu gern widerstanden hätte. Doch es war ihm schlicht unmöglich. Die Verlockung war zu groß.

Schwierig wurde es, wenn Inge ihn und seine Familie besuchte. Dann vermied er jeden Hinweis auf die Vergangenheit. Zu schnell setzte er sich ihrem Spott aus, schnappte wieder die Kleiner-Bruder-Falle zu, aus der er sich dann nicht mehr befreien konnte. Inge liebte es noch genau wie ein dreiviertel Leben zuvor, Gustav aufzuziehen, vorzuführen und mit präzise gesetzten Nadelstichen vor sich herzutreiben.

Nur Elke und den Kindern gegenüber durfte er sich nichts davon anmerken lassen. Zum Glück war er der großen Schwester mit seiner Wortgewandtheit längst überlegen. Er vermied es, sie auf seine Dia-Exkurse mitzunehmen, und bevorzugte mit ihr den diskreten Dia-Abend zu Hause. Nur nützte es nichts, denn kaum holte er seine poetischen Bilderzählungen über den Alltag der Schwanenfamilie oder das Gewimmel auf den heimischen Wiesen aus dem Schrank, fragte sie nur kopfschüttelnd: »Gusti, wann wirst du endlich erwachsen?«

Sechzig! Erwachsen konnte nur werden, wer eine Jugend gehabt hatte. Durch diese Schleuse war Gustav nie gegangen. Er war unmittelbar aus der Kindheit in die unbarmherzige

Welt des Mannseins geworfen worden. Jede Frage, jede Flucht vor den eigenen Gedanken führte zu diesem Ausgangspunkt zurück.

Die Ereignisse vom 13. Februar bis zum 9. Mai 1945 hatten sein Leben komplett verändert. Ein Zurück auf Start gab es nicht. Er war ein Auserwählter, der die Leiden dieser Welt auf sich genommen hatte, um einst von ihnen zu künden. Ihm war es nicht wie seinen Klassenkameraden gegeben, sich mit der Erde zu vereinigen. Er musste aushalten. Sein einziger Trost war jene Pforte ins unendliche Reich der Fantasie, die ihm allein und nur ihm als Ausweg offenbart worden war.

Ihm war es gegeben, aus der Essenz seiner vielen Leben eine völlig neue Existenz zu gestalten, die nur eines von den Myriaden möglicher Leben sein würde, die er tatsächlich durchlebt haben konnte. Die Welt drehte sich nicht nur einfach um ihn, sondern sie nahm in ihrer Rotation immer mehr an Fahrt auf.

Erdung fand Gustav mehr denn je in der Natur, mit der die Umgebung Greifswalds reich gesegnet war. Ganze Tage verschwand er im Naturschutzgebiet von Eldena, das er mit seinem Schäferhund Atlas bequem zu Fuß erreichen konnte. Zu dem dichten Buchen-, Eichen- und Ulmenwald, den er liebevoll seinen Garten Eden nannte, entwickelte er ein Verhältnis, dessen Intensität dem zum Zschoner Grund in seiner Kindheit Konkurrenz machte. Es dauerte nicht lange, bis er jeden Winkel in dem Areal kannte und genau wusste, wo er zu jeder beliebigen Tages- oder Abendzeit ein ganz bestimmtes Reh, einen Hirsch oder ein Wildschwein fand. In der Klosterruine liebte er es zu rasten und sich als späten Zeugen eines Gemäldes von Caspar David Friedrich zu empfinden, einem der wenigen Repräsentanten der Kunstgeschichte, die er verehrte.

Mit dem pinselnden Einsiedler hätte er sich bestimmt gut verstanden. Sie hätten nicht viele Worte gebraucht, sondern schweigend nebeneinander am kalten Stein der Ruine gelehnt, den Abendhimmel bestaunt, mit dem Messer im Büchsenfleisch gestochert und einen guten Tropfen getrunken. Wie Gustav, so hatte es auch den Romantiker von Dresden an die Küste verschlagen. Er wusste, warum. Gustav verstand ihn und fühlte sich in seiner Sehnsucht von Friedrichs Bildern verstanden.

Auf Friedrichs Pfaden besuchte er auch die Insel Rügen. Wenn er vom Strand des Fischerdörfchens Altefähr aus über den Sund auf die gezackte Linie von Stralsund mit seinen drei Domen blickte, fühlte er sich um zwei Jahrhunderte zurückversetzt.

Zu gern hätte er mit Caspar David Friedrich über dessen Verhältnis zur verwunschenen Schönheit der Natur und zur Verlogenheit der Menschen geplaudert. Vielleicht hätte er gegen Napoleon gekämpft und wäre im Buch seines Vaters aufgetaucht. Bei der Vorstellung, wie der Vater in seinem Folianten auf Gustavs Bild stößt, ohne dass dieser darin seinen Sohn erkennt, schwankte er zwischen Schmunzeln und Seufzen.

Aber Napoleon war nicht der Anfang der Zeiten, sondern nur eine Episode der Geschichte, der aus heutiger Sicht viel zu viel Bedeutung beigemessen wird. Ehrfürchtig verharrte er vor Hünengräbern und gab sich dem Sog der Prähistorie hin. Je ferner die Epochen, in die er schlüpfen konnte, desto geborgener fühlte er sich. Von seinen Zeitgenossen fühlte er sich längst abgehängt.

Die Kreidefelsen von Saßnitz und Kap Arkona ersetzten ihm bald den Verlust des geliebten Elbsandsteingebirges. Verzückt sah er den Dohlen und Uferschwalben zu, wie sie in den weichen Felsabbrüchen ihren Vogelalltag organisierten. Wenn die Schwedenfähre sich im Sechsstundentakt von Saßnitz aus auf den Weg auf die andere Seite des Horizonts machte, gab er ihr seine Sehnsucht mit. Schweden war für ihn ein Synonym für unbegrenzten Wald und hohen Norden. Obwohl er wusste, dass es vergeblich sein würde, versuchte er von Kap Arkona immer wieder einen Zipfel des Südens von Schweden zu erheischen. Mit Stolz erzählte er seinen Verwandten, dass man Vorpommern früher auch Südschweden genannt habe. Auf den weiten Feuersteinfeldern unterhalb der Steilküste sammelte er säckeweise Fossilien, die er zu Elkes Leidwesen in die kleine Neubauwohnung in Greifswald stopfte. Doch wenn er aus Korallenfragmenten, Donnerkeilen und lackierten Seeigel-Versteinerungen Knöpfe, Schmuck, Lampen, Spiegelrahmen und Aschenbecher bastelte, fand er sie wieder versöhnt.

In regelmäßigen Abständen erschien er im Meereskundlichen Museum Stralsund, um sich nach der genauen Bezeichnung ihm unbekannter Fossilien zu erkundigen, die er an der Kreideküste aufgelesen hatte. Dort begann man sich über den komischen Kauz zu amüsieren. Gustav merkte lange nichts davon, bis er einen ganz besonderen Fund gemacht zu haben glaubte.

Ein kleines, strahlend weißes, nahezu rundes Gebilde, das sich nach der Unterseite hin verjüngte und oben von einem waagerechten Loch durchstochen war. Wahrscheinlich handelte es sich um ein Fragment einer besonders seltenen Korallenart. Er ließ das wertvolle Fundstück von den Meereskundlern untersuchen. Als er sich eine Woche später das Ergebnis abholen wollte, wurde er mit viel Schulterklopfen begrüßt. Endlich, nach all den Schmähungen der Vergangenheit stand der lange überfällige Durchbruch als wissenschaftliche Kapazität unmittelbar bevor.

Die Paläontologen und Meereskundler des Museums hatten sich in einer Reihe aufgestellt, jeder hielt eine Bügelflasche Bier mit Porzellanverschluss in der Hand. Auch Gustav bekam so eine Pulle gereicht. Stolz ließ er den Verschluss ploppen, als ihm das Blut wie ein Katarakt in die Schläfen schoss. Entgeistert starrte er auf die am Bügel baumelnde Porzellankappe. Die Blamage hätte vernichtender nicht sein können. Gustav war einer der Wenigen, die wussten, dass der Begriff »am Boden zerstört« im Militärjargon des Dritten Reiches die Ausschaltung der britischen Luftwaffe vor deren Einsatz bedeutete. Exakt so fühlte er sich jetzt. Gerade hatte er abheben wollen, als der vernichtende Schlag erfolgte.

Von ganz weit weg, als hätte all das nicht das Geringste mit ihm zu tun, drang Gelächter an sein Ohr. »Herzlichen Glückwunsch, Herr Bülow, Sie haben mit Ihrem untrüglichen Forscherblick die erste Versteinerung eines Bierdeckels ans Licht befördert. Wir werden einen würdigen Namen für diese Spezies finden, wenn wir das Exponat in einer Extra-Vitrine ausstellen. Was halten Sie von ›Ploppidae Bülow‹?«

Die Herren Wissenschaftler hatten keine Ahnung, wie tief sie Gustav mit ihrem Spott verletzten, und hätten sie es gewusst, wäre es ihnen vermutlich egal gewesen. Er fühlte sich an den Tiefpunkt seiner Forscher-Laufbahn in Dresden erinnert. Sollte das ganze Martyrium hier an der Küste von vorn beginnen? Schlimmer als die Niederlage selbst war der Umstand, dass diese Scharlatane recht hatten.

Warum war es ihm nicht aufgefallen, dass er auf einen vom Meerwasser mit perfektem Formverstand abgeschmirgelten Flaschenverschluss hereingefallen war? Es lag doch auf der Hand, nicht zuletzt auf seiner eigenen. Er musste hier schleunigst weg und schwor sich, diesen Tempel der wissenschaftlichen Selbstüberschätzung nie wieder zu betreten.

Keine Frage, er musste vorsichtiger sein, sich auf ein Terrain verlegen, auf dem ihm keiner etwas vormachen konnte. Elke erzählte er nichts davon. Natürlich spürte sie, dass etwas mit ihm nicht stimmte. Auf Nachfragen erhielt sie nichts als pampige Antworten. Gustav fand sich selbst unausstehlich, Elke tat ihm leid. Er schenkte ihr Blumen, zeichnete lustige Karten, bot sich sogar an, die Waschmaschine zu bedienen. Es missfiel ihm, dass seine wachsame Frau ihn auf dem Kieker hatte. Eine neue Geschichte musste her, die das Heldenbild von Gustav Bülow wieder geraderückte.

21.

Das Phantom von Greifswald

Es gibt Nächte, in denen man einfach nicht das Haus verlassen sollte. Im Spätsommer 1990 spielte ich den wenig feinfühligen, aber umso scharfsinnigeren Kommissar in einem Durbridge-Krimi. Die Rolle war mir wie auf den Leib geschrieben. Die Vorstellungen dieses Stückes waren besonders anstrengend, weil das Publikum sehr unaufmerksam war. Lauter Betriebsausflügler, die nur darauf warteten, sich nach dem Theaterbesuch gemeinsam besaufen zu können und anscheinend auch schon den Flachmann mit in die Vorstellung genommen hatten.

Es ist ja so schon schlimm genug, sich für dieses Geschmeiß zum Idioten zu machen, aber wenn die dann nicht einmal zuhören, ist es die Hölle. An dem betreffenden Abend hatte ich absichtlich Fehler in meinen Text eingebaut, aber ihr müsst nicht denken, dass irgendeiner von diesen Einfaltspinseln das gemerkt hätte. Die tuschelten angeregt weiter und irgendeine Mutti hatte sicher auch ihr Strickzeug dabei. Nach dem Abschminken hatte ich mir mit den Kollegen noch ein paar Kurze mehr als sonst gegönnt, dann ging es schwer in Kopf und Beinen mit dem letzten Bus nach Hause.

Hätte der Hund nicht schon ungeduldig auf sein Herrchen gewartet, wäre ich sofort ins Bett verschwunden. Es ist aber schön, so leidenschaftlich begrüßt zu werden. Atlas, mein Schäferhund, schlägt mit seinem Schwanz vor Freude stets die halbe Wohnung kurz und klein, wenn ich spät in der Nacht komme. Ich kann ihm dann nur schnell die Leine um den Hals legen und mich von ihm die Treppen runter auf die Straße ziehen lassen.

Normalerweise drehen wir eine Runde über die weiten Wiesen, die sich an mein Neubauviertel anschließen, aber an jenem Herbstabend war es so windig, feucht und nebelig, dass ich am liebsten nur einmal schnell um den Block gegangen wäre, bis Atlas sein Geschäft verrichtet hätte, und dann fertig.

Es sollte anders kommen. Kaum waren wir unten, merkte ich, wie sich im Körper meines Hundes Spannung aufbaute. Er schnupperte nicht wie sonst an Büschen und Straßenlaternen, suchte sich auch kein Plätzchen, um sich zu erleichtern. Die Ohren ragten, auf Empfang gestellt, wie zwei Kirchturmspitzen nach oben, der Kopf war konzentriert nach vorn gerichtet, der Körper in angespannter Lauerstellung, als wolle er im nächsten Moment blitzschnell zuschlagen. Sicher irgendein Marder oder eine Katze, dachte ich.

»Atlas, lass den blöden Mist«, knurrte ich entnervt und zog ruckartig an der Leine, um meinen Vierbeiner nachdrücklich daran zu erinnern, warum wir überhaupt hier unten in dieser Herbstsuppe waren. Es half nichts.

Mein Schäferhund stammt aus direkter Linie von Wölfen ab, sein Instinkt ist stärker ausgeprägt als seine Bereitschaft, sich unterzuordnen. Wenn er erstmal eine Fährte aufgenommen hat, muss er sie verfolgen. Das übersichtlich gegliederte Neubauviertel wird dann zur Taiga für ihn.

Mir blieb also nichts übrig, als nachzugeben. »Ja, Atlas, wir schauen mal nach, wo dieses fürchterliche Kaninchen sitzt, damit du endlich in Ruhe kacken kannst, verdammt noch mal.«

Hätte uns in diesem Augenblick jemand gesehen, hätte er bestimmt seine Zweifel gehabt, wer hier wen an der Leine führte. Ich musste alle Kraft aufbringen, um von dem starken Tier nicht umgerissen zu werden. Aber aus triftigen Gründen war zu dieser späten Stunde kein Mensch außer mir in Sturm, Regen und Kälte unterwegs. Zumindest glaubte ich das, als ich mit Atlas, oder er mit mir, auf die Jagd ging.

Ich gebe zu, es war gespenstisch. Ich fühlte mich an den Durbridge erinnert, in dem ich eben noch einen bärbeißigen Kommissar mit Hut und Trenchcoat verkörpert hatte. Die wenigen intakten Straßenlaternen stellten fahle Lichtkegel in die diesige Luft, durch die waagerecht gleißend angeleuchtete Regentröpfchen huschten. Das feuchte Laub sammelte sich in kleinen Wirbeln. Ich konnte mich nicht entscheiden, ob es totenstill war oder ob die Urgewalten der Natur auf mich herabbrüllten. Fehlte nur noch ein schöner Theaterdonner, um mich in Mark und Bein erschauern zu lassen.

Man sagt ja so schön, die Nacht sei voller Augen. In der Natur kann ich das nachvollziehen, denn überall kräucht und fleucht es, und was man in der Dunkelheit nicht sehen kann, das dringt umso vehementer über das Gehör ins Bewusstsein. Aber zwischen Autos und Beton habe ich dieses Gefühl nur höchst selten. In dieser speziellen Nacht jedoch wähnte ich hinter jeder Gardine einen stillen Beobachter, hinter jedem Busch einen Voyeur, hinter jeder Hausecke einen Meuchler.

Das Gefühl, aus zahllosen Augenpaaren beobachtet oder noch schlimmer: erwartet zu werden, jagte mir einen Schauer nach dem anderen über den Rücken. Der Alkohol löste sich per express aus meinem Blut, meine Sinne waren hellwach wie die meines Hundes. Alles war scheinbar wie immer, und doch stimmte irgendwas nicht.

Meine Aufmerksamkeit galt jedoch zunächst Atlas. Ich bin mir sicher, hätte ich die Leine gelöst, wäre er im Volltempo davongerast, ohne dass ich hinterhergekommen wäre. Zu anderen Gelegenheiten war ich entzückt, wenn seine wilde Seite Besitz von ihm ergriff und ich des Wolfes in ihm gewahr wurde. Dann fühlte ich mich diesem Tier näher als den meisten Zweibeinern, mit denen ich angeblich über Herkunft und Kultur verbunden sein sollte. Was konnte ich schließlich dafür, dass mich das Schicksal in diesem Leben zum Menschsein verurteilt hatte?

In dieser Nacht jedoch wusste ich es durchaus zu schätzen, der Gattung Homo sapiens anzugehören, und wollte einfach nur in mein trockenes Bett, das, von Elke liebevoll zurechtgemacht, auf mich wartete. Das Ziehen in meinem linken Arm zwischen Schulter und Leine belehrte mich eines Besseren. »Bei allen Göttern der Germanen und Azteken, wo willst du denn hin, du dummes Vieh!« Doch Atlas interessierte nicht, was ich sagte, er war ganz Nase.

Zu jener Zeit trieb ein Gewalttäter sein Unwesen, der von einigen das Phantom, von anderen der Ripper von Greifswald genannt wurde. Niemand hatte dieses Ungetüm je zu Gesicht bekommen. Er schlug stets nachts zu. Seine Opfer waren ausnahmslos Frauen mittleren Alters. Wahrscheinlich suchte sich das Phantom die Objekte seiner Begierde sorgfältig aus. Die Kriminalpolizei mutmaßte, dass der Irre die nichts ahnenden Damen über Wochen beobachtete, bevor er zuschlug. Vermutlich ein ganz normaler Bürger mitten aus der Gesellschaft, der tagsüber in einem Büro oder in einer Fabrik arbeitete und nachts seine kranken Fantasien auslebte. Ein Werwolf. Offenbar war es nie zu einer Vergewaltigung gekommen, aber er misshandelte seine Opfer schwer und ließ sie blutend und traumatisiert zurück. Die Zeitungen hängten die Vorfälle nicht an die große Glocke, doch in der Kaufhalle lagen Informationsblätter aus, die zu Wachsamkeit aufriefen, und hin und wieder wurden Funkwagen losgeschickt, die vor allem die weibliche Bevölkerung Greifswalds aufforderten, sich nachts nicht ohne männliche Begleitung auf die Straße zu begeben.

Wie alle anderen Bürger der Stadt hatte auch ich von diesen Verbrechen gehört und achtete darauf, dass Elke nach acht nicht allein unterwegs war. Hatte sie länger in der Apotheke zu tun, holte ich sie ab oder sorgte dafür, dass sie in Begleitung nach Hause kam. Ich selbst war ja keine Frau, und mit Atlas an meiner Seite würde es wohl niemand wagen, mir zu nahe zu kommen.

Es verging kein nächtlicher Ausgang mit dem Hund, bei dem ich nicht an den Ripper gedacht hätte. Ich kann nicht mehr genau sagen, woran ich in besagter Nacht gerade gedacht hatte, als Atlas derartig an der Leine riss, dass ich ihn nicht mehr halten konnte. Im selben Augenblick, in dem er auf eine Hecke losraste, hinter der ein Müllhäuschen verborgen war, hörte ich auch schon das panische Schreien einer Frau und das hektische Keuchen eines Mannes. Entschlossen rannte ich Atlas hinterher, vermied es aber, ihn zu rufen, denn im Fall eines möglichen Verbrechens hätte ich den Täter durch meinen Ruf vorgewarnt.

Bei meinen Fotosafaris kam es ja oft darauf an, mich in Sekundenschnelle unbemerkt einem Tier zu nähern, um es auf den Film zu bannen, bevor es die Flucht antreten konnte. Ich hatte also gelernt, mich blitzschnell ohne ein einziges Geräusch von einem Ort zum anderen zu bewegen. Das eben noch verfluchte brausende Herbstwetter kam mir in diesem Fall sehr entgegen.

Ich erreichte die Hecke und sah eine vierschrötige Gestalt, die sich über einen am Boden liegenden Frauenkörper hermachte. Im Krieg hatte ich gelernt, dass zu langes Zögern tödlich sein kann. Meinem Instinkt vertrauend, sprang ich aus der Deckung der Hecke auf den Übeltäter zu und nahm ihn in den Würgegriff. Sein Opfer konnte ich kaum erkennen, ich nahm nur zwei weit aufgerissene Augen wahr, die starr vor Entsetzen die Szenerie beobachteten.

»Hau ab!«, presste ich hervor, während mein Unterarm die Gurgel dessen zudrückte, den ich gerade an seinem grausigen Vorhaben gehindert hatte. Ich weiß nicht, wozu ich in der Lage gewesen wäre, wenn er es nicht doch geschafft hätte, sich mit einer Hand freizumachen und mir einen gezielten Haken in die Leber zu versetzen. Ich konnte nicht anders, als meinen Griff zu lockern und zur Seite zu gleiten. Der Vermummte löste sich von mir, ich sah nichts und hörte nur, wie er ohne Stimme zischte: »Wir sehen uns noch.« Danach wurde es dunkel um mich.

Als ich wieder zu mir kam, war die Wolkendecke aufgerissen, ein kleiner, weißkalter Mond glotzte mich von oben an. Aus der Ferne vernahm ich Hundegebell. Mein Kopf dröhnte wie ein Panzer, der auf eine Mine gefahren ist. Allmählich klinkten sich meine Sinne wieder in die Wirklichkeit ein und das Hundegebell kam näher. Atlas sprang außer sich vor Erregung an meinem Kopf hin und her. Ich konnte mich kaum rühren. Von irgendwoher ertönte der Ruf »Ruhe da unten!«. Es war ja noch mitten in der Nacht. Ein paar Jugendliche schlichen um mich herum. Offenbar waren sie gerade aus einer Disco gekommen. »Guck mal, ein Besoffener.« Ich versuchte gar nicht erst, sie um Hilfe zu bitten, sondern wartete, bis sie verschwunden waren, um mich schwerfällig wieder in die Senkrechte zu bringen. Blutig und dreckverkrustet wankte ich mit Atlas nach Hause und fiel ins Bett.

Zum Glück war Elke schon aus dem Haus, als ich am nächsten Morgen erwachte. Ich wusch mich, versorgte meine Wunden, dachte nach. Sollte ich die Polizei einschalten? Würde man mir überhaupt glauben oder einfach nur unterstellen, dass ich volltrunken über meine Füße gestolpert sei? Nein, ich wollte mich nicht zum Gespött der Kriminalpolizei machen und beschloss, den Vorfall zu vergessen. Sollen die doch ihre Arbeit machen und ich die meine.

Aber das Vergessen wollte mir nicht so recht gelingen. Atlas musste ja weiterhin jede Nacht für sein Geschäft nach unten gebracht werden. Meine Sinne waren stets bis zum Äußersten gespannt. Ich fühlte mich wie im Krieg, als ich in der Sächsischen Schweiz kommunistische Partisanen aufstöbern musste. Hinter jeder Ecke konnte der Feind in Gestalt eines Heckenschützen lauern. Beim nächsten Mal würde ich besser vorbereitet sein.

Ich verließ das Haus zum nächtlichen Hundausführen nie mehr ohne mein Bowiemesser, das mir von meiner Kanada-Reise geblieben war, und meinen massiven Wanderstock, der unten mit einer Spitze ausgestattet war. Das Phantom sollte nur wagen, sich mir zu nähern.

Die Gelegenheit ließ nicht lange auf sich warten. Es war wie beim ersten Mal. Kaum hatten wir das Haus verlassen, verwandelte sich Atlas in einen Wolf. Er hatte eine Bürste im Nacken, knurrte und bleckte die Zähne. Ich konnte ihn kaum halten. Diesmal glaubte ich nicht an Katzen oder Marder. »Ruhig, Atlas!« An der Linken wickelte ich mir die Leine ums Handgelenk, mit der Rechten hielt ich den Knauf des Stocks fest umschlossen. Das Messer wusste ich im Gürtel.

Behutsam setzte ich einen Fuß vor den anderen. Auf meine Augen hatte ich mich stets verlassen können. Ich untersuchte jedes Gebüsch aus der Distanz, bevor ich mich näherte, hielt Abstand von Hausecken, Müllhäusern und Garagen. Doch alle Vorsicht half nichts. Am Ende einer Sackgasse bemerkte ich, dass Atlas zusehends unruhiger wurde. Plötzlich sprang er herum und bellte wie MG-Feuer. Bevor ich überhaupt begriff, was passierte, spürte ich einen dumpfen Schlag auf den Kopf. Weil die Leine immer noch fest um mein Handgelenk gewickelt war, konnte der Hund dem Wegelagerer nicht nachsetzen.

Diesmal erwachte ich im blauen Geflacker eines Krankenwagens. Offensichtlich hatte jemand Hilfe geholt. Zwei Männer in Weiß fummelten an mir herum, bugsierten mich fluchend auf eine Trage und schoben mich in ihr Gefährt. Alles Protestieren half nichts, ich musste mit ins Krankenhaus. In meinem Schädel entledigte sich eine Hundertschaft Stukas ihrer tödlichen Last.

Der Leiter der Notaufnahme kannte mich von der Bühne. »Na Herr Bülow, was ist uns denn passiert?« Seine Stimme klang eher nachsichtig heiter als besorgt. Ich dachte nur, Scheiße, das fehlte mir gerade noch. Gleich würde so ein Zeitungsfritze hier sein. Ich sah schon die Schlagzeile: »Stadtbekannter Schauspieler betrunken in Schlägerei verwickelt.«

Nein danke, auf diese Publicity konnte ich verzichten. »Wo ist denn mein Hund?«

»Um den kümmert sich ein Veterinär. Der war ja völlig aus dem Häuschen und verteidigte Sie bis aufs Blut. Wir mussten ihn erstmal beruhigen.« Der Doktor gab mir einen Zettel, auf dem die Adresse des Tierheims stand, in dem ich den Hund wieder abholen konnte.

Mein Hirn fühlte sich an wie Pflaumenmus. Unfähig, das Gespräch fortzusetzen, spürte ich nur einen einzigen Impuls: Weg hier! Ich gab vor, aufs Klo zu müssen, verschwand auch für einen Augenblick auf der Toilette, um mich frischzumachen, suchte dann aber das Weite und fuhr mit einem Taxi nach Hause. Elke merkte auch diesmal nicht, was mir widerfahren war.

Am frühen Vormittag wollte ich mich gerade auf den Weg zu Atlas machen, als es klingelte. Zwei Herren standen in der Tür, von denen sich einer als Oberkommissar Schultz von der Kriminalpolizei Greifswald auswies. »Wir haben gehört, es gab gestern Abend einen Vorfall, und würden uns gern einen Augenblick mit Ihnen darüber unterhalten. Dürfen wir reinkommen?«

Hatte ich eine Wahl? Ich musste die beiden werten Vertreter der staatlichen Ordnung also ins Innerste meiner Privatsphäre vordringen lassen. Der Oberkommissar war jedoch sehr korrekt. »Uns ist zu Ohren gekommen, dass Sie in der letzten Nacht Opfer eines gewalttätigen Übergriffs geworden sind. Es ist Anzeige erstattet worden. Bitte schildern Sie uns genau, was vorgefallen ist.«

Ich wollte Einzelheiten über die Anzeige erfahren, doch die beiden Staatsvertreter taten so, als hätten sie meine Frage gar nicht bemerkt. Der Assistent des Oberkommissars zückte ein Notizheftchen und sah mich erwartungsvoll an. »Bitte, Herr Bülow.«

Ich kam mir vor wie in einem schlechten Krimi und erzählte detailgetreu, was in den beiden Nächten passiert war. Schultz hörte zu, ohne Fragen zu stellen, der andere stenografierte mit. Als ich fertig war, hatte er nur eine einzige Frage. »Gab es Zeugen?« Der Kerl ging mir mit seiner zackigen Art auf die Nerven.

»Wissen Sie, Herr Oberkommissar, wenn ich auf der Bühne stehe, habe ich für jedes Kribbeln in der Nase Hunderte von Zeugen. Wenn ich aber nachts den Hund ausführe, kann ich auf jedes Publikum verzichten. Mit anderen Worten, außer dem Ripper oder Phantom, oder wie immer

Sie den Schweinehund nennen, und mir gab es keine Anwesenden.«

Schultz ließ sich nicht aus der Ruhe bringen. »Ich gebe Ihnen jetzt mal zwei wohlmeinende Tipps, Herr Bülow. Sie sind ja bekannt dafür, dass Sie die Dinge gern selbst in die Hand nehmen. Aber erstens überlassen Sie Schlussfolgerungen bitte uns. Wir haben dafür Fachleute. Zweitens wissen wir nicht, ob es sich bei den beiden Vorfällen um ein und denselben Täter handelt, und drittens ist die Identität des oder der Täter noch völlig ungeklärt. Vor allem aber halten Sie sich bitte aus Sachen raus, die Sie nichts angehen. Die staatlichen Organe haben die Angelegenheit im Blick. Ich schätze Sie als Bühnenermittler. Aber bitte spielen Sie nicht jenseits der Bühne Detektiv. Auf eine Einmann-Guerilla namens Gustav Bülow können wir gern verzichten. Und ehrlich gesagt wollen wir Sie nicht noch einmal aus der Patsche holen. Haben Sie mich verstanden?«

Ich wollte gerade protestieren, da griff er in seine Aktentasche und legte mein Bowiemesser vor mich auf den Tisch. Ich hatte es noch gar nicht vermisst. »Das gehört, glaube ich, Ihnen. Ich denke, wir haben uns verstanden.«

Ich begriff, dass es jetzt besser wäre, die Klappe zu halten. Die beiden Bullen verabschiedeten sich und ich konnte den Hund abholen, der im Tierasyl überhaupt nicht wusste, wie ihm geschehen war.

Die Kripo ging ihrer Arbeit nach – oder sie tat es eben nicht. Denn es sollte zum Showdown zwischen mir und dem Ripper kommen. Er konnte es nicht auf sich sitzen lassen, dass ich ihn eventuell erkannt hatte. Für ihn war es ebenso existenziell wichtig, mich auszuschalten, wie ich erst dann wieder ruhig würde schlafen können, wenn ich dieses Scheusal unschädlich gemacht hätte. Zwei Raubtiere kämpften um die Hoheit in ihrem Revier. Ich wollte gar nicht erst der Versuchung unterliegen, mich auf die Polizei zu verlassen. Nach wie vor ging ich nachts nicht ohne Stock und Messer auf die Straße.

Kurz vor Weihnachten war es dann soweit. Es hatte frisch geschneit, die Außenwelt kleidete sich festlich und selbst dem nüchternen sozialistischen Idyll des Ostseeviertels konnte man etwas Anheimelndes abgewinnen. Atlas hinterließ ein paar gelbe Sprenkel im unschuldig weißen Schnee, als die kalte Luft von einem gellenden Hilfeschrei zerschnitten wurde.

Keinen Augenblick zögernd, löste ich die Leine und raunte: »Los, Atlas.« Ich selbst zog das Messer und rannte dem Hund hinterher in die schwarze Nacht, zu allem entschlossen. Ganz in der Nähe des ersten Vorfalls ertönte der lang gezogene Schmerzensschrei eines Mannes.

Ich bog um eine Ecke und sah, mit dem Rücken an eine Hauswand gepresst, eine Frau in rotem Mantel. Ihr Blick richtete sich auf ein Knäuel, das sich am Boden wand. Am Schwanz erkannte ich Atlas, unter ihm musste mein Widersacher liegen. Ich dachte nicht lange nach, sondern schrie nur »Atlas, Platz!« und schlug den Ripper mit zwei gezielten Hieben meines Stockes auf seine Schädeldecke k. o.

Da lag es also, das Monster, das seit Monaten die ganze Stadt in Atem hielt. Seine Visage sagte mir nichts. Ein Dutzendgesicht. Gut möglich, das mir dieser Abschaum täglich in der Kaufhalle oder auf dem Weg zum Bus begegnet war. Vielleicht war er sogar ein Kunde in Elkes Apotheke. Es gab eben nichts, woran man einen Verbrecher ausmachen konnte. Aber das wirkliche Leben war kein Film, in dem man die Bösen immer schon an ihrer Grimasse erkennt.

Ganz in der Nähe befand sich eine Telefonzelle. Der Ripper würde so schnell nicht wieder aufstehen. Das traurige Häuflein dennoch im Auge behaltend, ging ich zum Telefon, wählte die Nummer der Kripo und ließ mich mit Schultz verbinden, dessen Dienstgrad jetzt sicher der Rangordnung des vereinten Deutschlands angepasst war. Ich war nicht einmal überrascht, dass er Dienst hatte. Irgendwie passte es. Ohne meinen Namen zu nennen, keuchte ich durchs Telefon: »Sie können sich ihr Paket abholen« und nannte ihm die genaue Adresse.

Bis das Martinshorn der Polizei aus der Nacht zu mir herüberdrang, blieb ich bei dem bewusstlosen Übeltäter. Er sollte nicht noch im letzten Moment die Kurve kratzen können. Aus gemessener Distanz beobachtete ich dann, wie er, ein für alle Mal zur Strecke gebracht, in die grüne Minna verfrachtet wurde.

Am nächsten Tag las ich in der Ostseezeitung, dass der seit Langem gesuchte Verbrecher, der nachts Frauen aufgelauert hatte, von der Polizei von Greifswald dingfest gemacht worden war. Ich war nicht verärgert darüber, dass ich in dem Bericht verschwiegen wurde. Greifswald war wieder sicher. Ich fühlte mich nicht mehr beobachtet und konnte wieder ruhig schlafen. Was wollte ich mehr?

Monate später sah ich den ehemaligen Oberkommissar Schultz in der Stadt. Er gab erst vor, mich nicht zu kennen, dann nickte er mir kaum merklich zu. In seinen Augen und Mundwinkeln glaubte ich eine Spur von Anerkennung zu lesen. Der Mann wusste genau, was Sache war. Dieser stille Dank reichte mir aus.

22.

Das Leben ohne Hunde war ein Hundeleben. Elke hatte ihrem Mann das Versprechen abgenommen, dass nach dem Tod von Atlas kein neues Tier ins Haus kommt. Nach Jahrzehnten des Verzichts wollte sie mit ihm auf Reisen gehen und – er konnte es nicht leugnen – auch ihn reizte es, die nie für möglich gehaltenen Lockungen der schönen, neuen Welt nach der Wende zu nutzen, um endlich mal Serengeti und Niagara-Fälle mit eigenen Augen zu sehen.

Wenn er ganz tief unten in den Abgründen seiner Seele ehrlich zu sich selbst war, hatte er auch keine Lust mehr, spät nachts bei Wind und Wetter für die Notdurft des Tieres zu sorgen. Und zu langen Märschen durch Wälder und Auen war er mit seinen offenen Beinen sowieso nicht mehr in der Lage. Doch der Preis war hoch. Ohne die Verschwiegenheit seiner vierbeinigen Freunde wurde die Geschwätzigkeit der Zweibeiner zur täglichen Qual.

Seit über vierzig Jahren hatte er fast ununterbrochen Hunde besessen. Nur wenn einer gestorben war, hatte er ein halbes Jahr getrauert, bevor er sich auf einen neuen Gefährten einlassen konnte. Nie war er von einem seiner Hunde enttäuscht worden. Von welchem Mensch hätte er das schon behaupten können? Mit anderen aus einem Glas zu trinken oder denselben Löffel zu benutzen, hätte ihn zu Tode geekelt. Wenn aber einer seiner Hunde ihm eine Entenkeule vom Teller angelte, hebelte er diese mit einem geschickten Handgriff wieder aus dessen Gebiss und aß vergnügt weiter. Unschuldiger Hundesabber konnte ihm wahrlich nicht den Appetit verderben.

Elke wollte seine Hundeliebe nicht verstehen. »Bedeuten Menschen dir denn gar nichts?«, hörte er sie in steigender Frequenz fragen. Es war ihm peinlich, auf diese Frage wahrheitsgemäß zu reagieren. Die Antwort hätte nur ein kurzes, unmissverständliches »Nein« sein können. Doch Gustav besaß genug Anstand, sich und seiner Partnerin Derartiges zu ersparen.

Doch genau das war der Punkt. Über sechzig Jahre in der menschlichen Gesellschaft hatten ihn gelehrt, das angeblich höchstentwickelte Wesen des bekannten Universums mit ganzem Herzen zu verachten. Der Mensch, darüber konnte kein Zweifel bestehen, war ein Ausrutscher der Natur. Allen anderen Gattungen ging es nur ums Überleben und den Fortbestand, der Mensch aber versuchte sich zum Herrn über die Schöpfung und alle anderen Kreaturen zu machen. Jedem Baum, jedem Grashalm, jedem Regenwurm gegenüber war es ihm, Gustav, unangenehm, zu diesen Menschen zu gehören. In letzter Zeit kam ihm immer öfter die Spinne in den Sinn, die er mit fünfzehn zerquetscht hatte.

Ohne Hund an seiner Seite fiel ihm der eklatante Grundwiderspruch seiner Existenz umso dramatischer auf. Warum hatte ihn sein Schöpfer nicht als Spinne zur Welt kommen lassen? Musste es für den Spinnenmann nicht der Gipfel der Genüsse sein, nach dem Liebesakt von seinem Weibchen getötet und verspeist zu werden? Das ganze Leben für den einen ultimativen Fick. Danach ist es vorbei. Ein Spinnenmännchen muss sich nicht das ganze Gewäsch anhören, dem er jeden Tag ohne Hoffnung auf Erlösung ausgeliefert war. Hatte er ihn je gehabt, den einen großen Orgasmus, für den er sein Leben gegeben hätte? Mit Mitte sechzig war es dafür zu spät. Scheiß drauf!

Nicht nur die Hunde, auch das Theater und die Schauspielerei waren Geschichte. Was er die Hälfte seines Lebens als sinnlosen Ulk verflucht hatte, war nun unwiederbringlich aus und vorbei: Jeden Tag drang Gustav schmerzlicher ins Bewusstsein, wie viel ihm die wohlwollende Öffentlichkeit seines Berufs bedeutet hatte. Ihm fehlten der Applaus, das Rampenlicht, die flirrende Aufregung vor und die angenehme Erschlaffung nach jeder Vorstellung. Ohne die Bühne und die zuvor so leichtfertig verschmähte Schützenhilfe Goethes, Schillers und Kleists schrumpfte er zu einer leeren Hülle im Heer der Rentner, die sich tagein, tagaus ohne Richtungssinn durch die Straßen schoben. Rentner, das war doch nur ein gesellschaftlich akzeptierter Euphemismus für Niemand. Endstation.

Dabei steckte er doch noch voller Energie. Für seine 66 Lenze wusste er sich gut in Schuss. Andere beneideten ihn um seinen Elan, den ihm eigenen Willen, die Reaktionsschnelligkeit und seine einzigartige Fähigkeit zuzupacken. Gerade erst hatte ihm sein Arzt zugerufen: »Bülow, so gut wie Sie sind die meisten mit vierzig nicht mehr beisammen.« Na ja, so oder zumindest so ähnlich hat er's ausgedrückt. Oder vielleicht doch nicht? Dass Medizinern nicht zu trauen war, wusste Gustav spätestens seit 1945.

Aber mal ehrlich, was hat er das Leben genossen! Die jungen Scheißer von heute haben doch überhaupt keine Ahnung, was es heißt, die Welt zu umarmen. Deren Frauen konnte er nur bedauern. Zu gern würde er ihnen mal zeigen, was es heißt, richtig geküsst zu werden. Schamlos verschlingen die sich gegenseitig auf offener Straße. Zu seiner Zeit hatte man so was nicht nötig gehabt.

Seine Zeit … Es war demütigend, mit ansehen zu müssen, dass Elke weiter arbeitete, sich auf ihre alten Tage beruflich auf eigene Füße gestellt hatte und ihr Leben resolut in die Hand nahm. Wenn er seine Lage genau betrachtete, brauchte sie ihn nicht mehr. Das ließ sie ihn spüren. Sie gaukelte ihm zwar vor, seine Wünsche und Bedürfnisse in ihre Entscheidungen einzubeziehen, in Wirklichkeit jedoch wurde jeder Einwand von ihm nonchalant vom Tisch gefegt. Die machte einfach, was sie wollte, und wenn er aufmuckte, schikanierte sie ihn.

Aus der kleinen, aber vertrauten Neubauwohnung im Ostseeviertel hatte er auf Elkes Wunsch in eine gesichtslose Eigenheimsiedlung zwanzig Kilometer vor der Stadt ziehen müssen. Hier kannte er keine Sau. Früher hatte er den ganzen Stadtlärm und Gestank gehasst, jetzt vermisste er die Lebendigkeit des urbanen Pflasters. Er wollte ja gar nicht behaupten, dass die Plattensiedlung eine städtebauliche Perle war. Aber in Greifswald war ja sowieso Hopfen und Malz verloren. Alles Geld, alles restauratorische Know-how wurde ins benachbarte Stralsund gesteckt, aber aus Greifswald hatten sie eine sozialistische Musterstadt machen wollen.

Wie oft hatte er sich über diese Schande aufgeregt. Jetzt, wo die Kommunisten in der Hölle schmorten, hatte er sich an die malerische Tristesse des Ostseeviertels gewöhnt. Jedes Grasbüschel hatte er gekannt, jeden festgelatschten Kaugummi, jeden getrockneten Farbfleck auf dem löchrigen Pflaster und jeden Löwenzahn, der sich mit fragiler Beharrlichkeit seinen Weg durch den Beton bahnte. In diesen Straßenzügen im Osten der Hansestadt kannte er sich aus wie der Wolf in seinem Revier. Hier ein Schwätzchen, da ein Autogramm, dort ein stummes Zunicken.

In Greifswald war er immer noch ein Star, selbst wenn er nicht mehr am aktiven Bühnenleben teilnahm. Diese weltvergessene Kleingartenanlage der gehobenen Kategorie, dieses Bollwerk der Spießigkeit, in dem er den kümmerlichen Rest seiner Tage würde verbringen müssen, war für ihn jedoch die Vorhölle. Wer wusste hier schon etwas vom Theater?

Er hatte ein winziges Zimmer im oberen Stock bezogen, das Elke lakonisch »Gustavs Reich« nannte. Ein Reich? Von wegen. Die hatte doch keinen blassen Schimmer, was das Prädikat »Reich« für einen wie ihn bedeutete.

Ein Reich – das war der unsterbliche Traum von Tausendjährigkeit. Gustav wusste, dass in seinem Leben kein Wunder mehr geschehen würde. Hier erwartete ihn nur noch das Ende. Das Ende! Manchmal saß er an seiner handlichen Reiseschreibmaschine, die nur noch ein trauriges Relikt aus seiner kreativen Vergangenheit war, und hackte stupide diese zwei Wörter in die Tasten: Das Ende!

Als der kollektive Traum vom Tausendjährigen Reich unterging, war er ganz auf sich selbst gestellt ins Leben aufgebrochen. Eine Ewigkeit war das her, und doch fühlte es sich für Gustav kurz vor der Ziellinie an, als hätte sich erst gestern die quietschende Eisentür des Weinstollens bei Meißen geöffnet. Sollte sich dieser einmalige Hauch von Frühling, den er für immer in seinen Nüstern bewahrt hatte, wirklich schon vor so vielen Jahren verflüchtigt haben? Wo war sie nur geblieben, seine Jugend, die er nie besessen hatte? Jetzt stand er selbst vor dem Untergang. Die ignorante Welt würde sich einfach weiterdrehen, Elke würde weiter jeden Tag in ihre beschissene Apotheke gehen, die sie jetzt ihr Eigen nannte, und kein Schwein würde sich darum scheren, dass er, der ewige Gustav, nicht mehr da war.

Als wollte sie ihn zusätzlich verhöhnen, hatte seine treusorgende Gattin an der Wand neben der Treppe riesige Plakate von einstigen Theatererfolgen des ehemaligen Bühnenhelden aufgehängt. Gustav als Wilhelm Tell, Gustav als Faust oder Gustav als Martin Luther. Voller Stolz hatte Elke ihm diese Galerie präsentiert. Er sollte sich darüber freuen, also bot er alle schauspielerischen Kniffe auf, seine Galeristin nicht zu enttäuschen.

Sie ahnte nicht, wie schwer es ihm fiel, am Spalier seiner Vergänglichkeit vorbeizudefilieren. Wie raffiniert! Nicht Elke lachte ihn für seine Untätigkeit aus, viel schlimmer, er musste sich von verschiedenen Ausführungen keines Geringeren als des einzig wahren Gustav Bülow, den es so nicht mehr gab, verspotten lassen. Die Herabwürdigung hätte nicht vernichtender sein können.

Welchen Schatz an Erinnerungen würde er mit ins Grab nehmen, welch einmaliger Fundus an Erfahrungen würde mit ihm für immer verlorengehen. Gustav wurde schwer ums Herz, wenn er über den unersetzlichen Verlust seiner selbst für die Menschheit nachdachte.

Genau genommen, hatte er die letzten fünfzig Jahre auf Pump gelebt. Den Führer, seine Kameraden, das ganze deutsche Volk hatte er um ein halbes Jahrhundert betrogen, das er ungefragt weitergelebt hatte. Vielleicht hatte es zur Erfüllung der großen Vision des Führers gerade an diesem einen letzten Opfer von fünfzig lachhaften Jahren gefehlt. Am Ende trug das Weltjudentum nun doch den Sieg davon und er, Gustav, konnte nichts dagegen tun.

Die Juden. Als sein Leben noch geschäftig zwischen Bühne, Vortragssaal und Natur pendelte, stand ihm nie ausreichend Zeit zur Verfügung, über diese Plage nachzudenken. Als Ruheständler hatte er endlich genug Muße, sich mit der ungelösten Judenfrage zu befassen. Sie mochten mit ihren finanziellen Fallstricken die ganze Welt ins Netz locken, ihn, Gustav Bülow, konnten sie nicht foppen. Ein Jude bleibt immer ein Jude, denn er denkt, spricht und riecht wie ein Jude. Diese Brut konnte sich noch so verstellen, er riss ihr die Larve vom Gesicht.

Fäulnis lag in der Luft. Es war der Brandgeruch der Apokalypse, den Gustav schon einmal gerochen hatte, als alliierte Bomben auf Befehl des Juden Roosevelt auf sein geliebtes Dresden fielen. Gustav war von Juden umzingelt. Die ruchlosen Söhne Abrahams hatten es geschafft, sich in allen Schlüsselpositionen des wiedervereinten Deutschlands festzusetzen, und aus falsch verstandenem Schuldkomplex wagte niemand, gegen dieses Unrecht aufzubegehren.

Schuld! Der Weltkriegsveteran, der sich nichts mehr vorgaukeln ließ, konnte dieses ewige Schuldgesülze nicht mehr hören. Ein ganzes Volk reduzierte sich auf seine vermeintliche Schande. Aber Schuld woran, zum Teufel? Die Sieger von fünfundvierzig hatten wirklich ganze Arbeit geleistet. Die Erbparanoia trug den Schuldvirus von einer Generation zur nächsten weiter. Seine eigenen Kinder hatten ihn nach Hause geschleppt. Gustav konnten sie damit freilich nicht mehr einschüchtern. Er musste täglich am eigenen Leib die Höllenqualen der untilgbaren Schuld erleiden.

Wenn es überhaupt eine solche Kategorie des Empfindens gab, dann war er es, der Schuld auf sich geladen hatte. Aber nicht weil er ein paar Juden den Garaus gemacht hätte. Im Gegenteil, er würde einiges darum geben, jedem Einzelnen von ihnen persönlich den Schädel einzuschlagen. Nein, er war schuldig, weil er das Weite gesucht hatte, als der Führer ihn brauchte.

Er kannte die wahren Opfer des Krieges, konnte sie beim Namen nennen. Jeder Jude wurde beweint, aber wer weinte noch um Hartmut, der nach der Kapitulation von den Russen sinnlos hingeschlachtet und in einem namenlosen Grab verscharrt worden war. Gustav hatte es sich zur Aufgabe gemacht, dieses Andenken zu bewahren. Am liebsten wäre er mit einem Eimer roter Farbe durch die Straßen Deutschlands gezogen und hätte Hartmuts Namen in unübersehbaren Lettern an die Wände öffentlicher Einrichtungen gepinselt. Da habt ihr euer Kriegsopfer!

Wenn er's genau nahm, hatte er es immer den Juden zu verdanken gehabt, wenn es im Leben nicht so lief, wie er sich das vorgestellt hatte. Wahrscheinlich hatte sich selbst der sonst so aufrechte Vater seine pathologische Ablehnung des Nationalsozialismus von jüdisch-bolschewistischen Kreisen einflüstern lassen. Warum war ihm das nicht früher aufgefallen?

Jetzt wurde ihm die Rechnung präsentiert. Er, der dem Führer in der Schicksalsstunde des Reiches Auge in Auge gegenübergestanden hatte, wurde zum persönlichen Ziel des neuen jüdischen Ränkespiels. Aber nicht mit Gustav Bülow! Er mochte vielleicht etwas dicker geworden sein, die Diabetes hatte offene Wunden in die Beine gefressen, die von Elke täglich neu verbunden werden mussten, und links unter der Brust verrichtete ein Herzschrittmacher seine Arbeit, aber mit diesen Zionisten und jüdischen Nihilisten, die ihm auf den Fersen waren, würde er es noch allemal aufnehmen können. Er hatte sich die SS vom Hals geschafft, war der russischen Lagerwache und der amerikanischen Militärpolizei entronnen, die in ganz Deutschland auf der Suche nach ihm war, hatte der Stasi ein Schnippchen geschlagen und über all die Jahre seit 1945 seine Deckung erfolgreich aufrecht erhalten. Sollte er sich etwa im letzten Augenblick vor der Erfüllung seiner Mission von ein paar Mossad-Häschern in die Knie zwingen lassen? Niemals! Er, die letzte Bastion des Führers, würde bis zum Jüngsten Tag nicht vergessen, was ihm die lodernden Blicke des Edelwolfes damals in der Reichskanzlei ins Stammbuch gebrannt hatten. Gustav, du bist der Fels, auf dem ich meine Festung errichte. Bis zum heutigen Tag spürte er den Atem auf seiner Haut. Viel zu lange hatte Gustav seine heilige Aufgabe aus dem Auge verloren.

Neulich erst hatte er diesem Gesindel während eines Besuchs in der Hauptstadt eine Lektion erteilt. Leider war der Funke nicht übergesprungen. Aber eins nach dem andern. Wegen einer Reise in die Karibik musste er zum Flughafen Tegel nach Berlin. Erschöpft von dem endlosen Getucker im Regionalzug wechselte er in Oranienburg in die viel schnellere S-Bahn, um eine Nacht bei einem Bekannten in Berlin zuzubringen. Er musste nach Luft japsen, konnte sich kaum auf den schmerzenden Beinen halten und gab für ein paar Sekunden vor, sich zu sträuben, als sein Freund ihm den Koffer abnehmen wollte. Bloß nichts anmerken lassen. Und was musste er da erblicken?

Eine israelitische Bande, ein Jid mit drei Bälgern, leicht zu erkennen an den schwarzen Locken und den verschlagenen Blicken hinter dicken Brillengläsern, hatte sich in einem Viererabteil breitgemacht. Ein starkes Stück. Früher hätte man die dafür … Ist man vor denen denn nirgends sicher? Außer ihm schien sich niemand daran zu stoßen. Das konnte Gustav nicht hinnehmen. Vielleicht hatte es ja doch noch sein Gutes, dass er damals nicht an die Ostfront geschickt worden war.

Einmal tief durchatmen. Dieser S-Bahn-Waggon würde gleich der Schauplatz seines Comebacks werden, die Passagiere sein unfreiwilliges Publikum. Sein Auftritt müsste ganz kurz und präzise sein, wie ein eindringlicher Werbespot. Danach würde sich alles ändern. Er holte tief Luft. »Kann denn niemand was gegen dieses jüdische Geschmeiß unternehmen, das sich hier hinlümmelt?« Er hatte es ausgerufen, als ginge es um Sein oder Nichtsein. Ging es etwa um weniger?

Die Wirkung war umwerfend. Kein Wort war zu hören, nicht einmal ein Knistern, Scharren oder Flüstern. Diese gespannte Aufmerksamkeit hätte er sich oft in seiner aktiven Theaterzeit gewünscht. Niemand wagte ihn anzusehen und doch fühlte er insgeheim alle Blicke dieser menschlichen Statuen auf sich gerichtet. Selbst das metallische Scheppern des Walkmans an der gegenüberliegenden Tür verebbte.

Sieh an, man muss den Leuten nur etwas bieten. Lautlos schoss die S-Bahn durch das freundliche Grün des brandenburgischen Waldes in Richtung der Reichshauptstadt. Gustav reckte sein Kinn in die Höhe und schaute triumphierend um sich. Der Herzschrittmacher unter seiner Haut verwandelte sich in ein Eisernes Kreuz auf seiner Jacke. Jetzt wartete er auf den unausweichlichen Applaus, der ihm für sein kurzes Einpersonenstück zustand.

Nichts passierte. Die unverschämten Itzigs glotzten weiter in die Luft, als wäre nichts geschehen, und bewegten ihre Ärsche nicht aus dem Sitzgeviert. Der Rest der Mitreisenden schwieg und gab mit seiner angestrengt entspannten Körperhaltung vor, nichts bemerkt zu haben. Gustav packte die kalte Wut. Doch sein Begleiter klopfte ihm sanft auf die Schulter und flüsterte kaum hörbar in die Stille: »Lass gut sein, Gustav. Wir steigen nächste Station aus und nehmen den nächsten Zug.«

»Man wird doch wohl noch …« Gustav gab auf. Sein Wille zur Macht entwich aus ihm wie Luft aus einem kaputten Fahrradschlauch. Er hatte verloren, das wurde ihm in diesem Moment erschreckend deutlich, sein nahes Ende stand unaufschiebbar bevor. Eine Zukunft würde es für ihn nicht mehr geben. Keine der zahllosen verpassten Gelegenheiten würde jemals wiederkehren. Jetzt rächte sich, dass er ein Leben lang auf der Flucht gewesen war. Ihm, dem Gehetzten, blieb nur noch die einzige Hintertür, durch die er sich so oft zuverlässig hatte zurückziehen können. Ein letztes Mal würde er auf den Trumpf seiner Vorstellungskraft und Überzeugungsfähigkeit setzen und der Welt zeigen, was sie an Gustav Bülow verlöre.

Ein Diavortrag über sein Amerika-Abenteuer, das würde ihn wieder an die Spitze der fotografierenden Geschichtenerzähler katapultieren. Jahrzehntelang hatte er auf den Auslöser seiner Kamera gedrückt und die Wirklichkeit auf Lichtbilder von Briefmarkengröße gebannt, die, auf eine Leinwand projiziert, die Fantasie seiner Zuhörer in Schwingung versetzten. Was real ist, wird nicht weniger wahr, nur weil man es neu montiert. Alles, was er für diese Apotheose brauchte, lag in seinem Archiv, er musste nur zugreifen.

Unspektakuläre Eisschollen auf der Zwickauer Mulde wurden zu gigantischen Blöcken, die im Yukon trieben. Stallbauten aus dem Zoo verwandelten sich in Blockhäuser der Irokesen. Gustavs reich verzierter Wanderstock, der ihn auf Hunderten von Fußmarsch-Kilometern begleitet hatte, reinkarnierte als indianischer Marterpfahl. Der Fantasie waren keine Grenzen gesetzt.

Wer wollte schon unterscheiden, ob ein herbstlicher Ahorn sich im Elbsandsteingebirge oder in den Rocky Mountains sein rotes Gewand anlegte. Akribisch bereitete sich Gustav auf jeden Einwand, Zweifel oder Zwischenruf vor. »Ja tatsächlich, meine Dame, Sie haben völlig recht, diese Bauweise haben Sie schon im Zoo gesehen, dort hat man sich bei den Indianern umgesehen und wollte deren Architektur so authentisch wie möglich nachvollziehen.« Die Flucht nach vorn hatte er in den zurückliegenden Jahrzehnten zur Genüge geprobt, diesmal würde ihm niemand den Schneid abkaufen.

Die Rechnung ging nicht auf. Niemand interessierte sich für Gustav Bülows Abenteuer in der neuen Welt. Es gab Dokumentarfilme, die viel eindrucksvoller waren, und jüngere Fotografen waren per Anhalter durchs Land gereist – wie war das noch gleich mit dem Trampen? – und hatten sich auf dem Times Square oder im Grand Canyon abgelichtet.

Gustav hasste diese jungen Stümper mit ihren vollautomatischen Kameras, denen er gern mal einen Vortrag über Bildästhetik gehalten hätte. Früher hatte er sich oft und lauthals über einen Kollegen lustig gemacht, der in einem Diavortrag über die Anden unablässig mit Beschreibungen von kreisenden Geiern nervte, die stolzen Vögel aber auf keinem einzigen Foto zeigen konnte. Heute fand Gustav diese Erinnerung gar nicht mehr so lustig, denn besagter Scharlatan war längst sein Lehrmeister geworden.

Amerika war nicht mehr spektakulär genug. In der DDR hatte man die Menschen noch mit Geschichten über den Zweiten Weltkrieg beeindrucken können. Hitler zog immer. Der Krieg war jetzt Prähistorie, der Führer hatte seinen Schrecken verloren. Kein Mensch interessierte sich mehr für ihn. Der Bösewicht der Stunde hieß Honecker. Aber der war Gustav zu langweilig. Und wer mehr über die USA wissen wollte, musste sich nur ins Flugzeug setzen. Wenn der ehemalige Rattenfänger von Dresden sein Greifswalder Publikum bei Bülow-Laune halten wollte, durfte er nicht mehr in die Vergangenheit oder in die Ferne schweifen. Er musste sein Gold direkt vor der Haustür schürfen. Der erlösende Einfall kam ihm, als er im Begriff war, eine unscharfe Fotografie seines verstorbenen Schäferhundes Atlas in denselben Papierkorb zu werfen, in dem schon sein Kamtschatka-Abenteuer einst sein jammervolles Ende genommen hatte.

23.

Leitwolf

Meine sehr verehrten Damen und Herren, was ich Ihnen heute erzählen und mit Lichtbildern belegen werde, ist kaum zu glauben. Ich habe Amerika, Russland vom Ural bis nach Kamtschatka und große Teile Afrikas bereist. Ich habe gigantische Gletscher bezwungen und wäre in der Wüste beinahe verdurstet. Es gibt nicht viele wild lebende Tierarten, die ich nicht mit meiner Kamera eingefangen hätte, um sie in meinen Vorträgen vor Ihren Augen wieder freizulassen. Aber das größte Naturerlebnis wurde mir hier, direkt vor ihrer Haustür, am Rand unserer geliebten Heimatstadt Greifswald zuteil.

Sie werden sich jetzt fragen, was erzählt uns denn dieser Bülow heute schon wieder, hat der etwa den Verstand verloren? Ich kann es Ihnen nicht verdenken, denn würde mir jemand auftischen, was Sie von mir gleich hören werden, glauben Sie mir, auch ich würde mich schwertun, diese Geschichte zu glauben. Also zweifeln Sie ruhig, Ihr Misstrauen ist überaus berechtigt. Ich verspreche Ihnen, in einer Stunde wird jeder Ihrer Zweifel zerstreut sein.

Wie sich bereits herumgesprochen haben dürfte – und ich sehe unter Ihnen viele treue Gesichter, die ich schon zu früheren Lichtbild-Abenteuern begrüßen durfte –, nutzte und nutze ich jede freie Minute, die mir meine Theaterarbeit ließ und die mir heute mein Familienleben lässt, um in Wald und Flur den Geheimnissen der Natur auf den Grund zu gehen. Viele von Ihnen haben sicher noch das Bild vor Augen, wie Bülow am Wochenende mit seinem braven Schäferhund Atlas in den Eldenaer Klosterwald abhaut. Atlas hat es inzwischen in den Hundehimmel verschlagen, aber das Abenteuer, von dem ich Ihnen heute berichte, erlebte ich noch gemeinsam mit meinem treuen Gefährten. Ohne diesen verrückten Vierbeiner wäre mir das große Geheimnis des Eldenaer Forstes nie zuteil geworden.

Sie alle kennen seit frühester Kindheit Geschichten von Wölfen. Der Wolf als schwarze Bestie, die Großmütter samt Enkelin am Stück lebendig runterschluckt oder sechs junge Ziegen auf einmal verspeist. Als Kinder haben wir uns von der schier unübertrefflichen Boshaftigkeit dieses mordlüsternen Waldbewohners in Angst und Schrecken versetzen lassen.

Mit der Wirklichkeit haben all diese Märchen, Mythen und Legenden indes nichts zu tun. Ich gehe so weit zu behaupten, die meisten von Ihnen würden einen Wolf nicht einmal erkennen, wenn er vor Ihnen stünde. Ja, protestieren Sie ruhig, ich werde Sie gleich von der Richtigkeit meiner Behauptung überzeugen.

Wer von Ihnen hat jenseits des Zoos oder eines Wildparks schon mal einen Wolf gesehen? Niemand? Dachte ich's mir doch. Danke. Und jetzt eine andere Frage, wer kannte meinen Schäferhund Atlas, von dem ich eben schon einmal sprach? Aha, ich will die erhobenen Hände nicht durchzählen, sondern konstatiere mal lax, so gut wie alle von Ihnen. Auch das überrascht mich nicht wirklich, wir haben uns ja nicht gerade versteckt. Aber warum behaupten Sie dann, keinen Wolf zu kennen? Der Vater meines Hundes war ein reinrassiger Wolf. Daher das durchgehend graue Fell des Guten, das so gar nicht der hellbraun-schwarzen Decke des klassischen deutschen Schäferhunds entspricht. Haben Sie sich nicht vielleicht manchmal gewundert, warum das Vieh so wild war? Ich hätte niemals mit ihm Zug oder Bus fahren können. Auf der offenen Ladefläche eines LKW, auf der ich mit ihm Sibirien durchquert habe, war er jedoch die Ruhe in Person. Genetisch war er halb Schäferhund, halb Wolf, doch in seiner Seele war er zu hundert Prozent Wolf. Ein Wolf, der mich als seinen Leitwolf akzeptiert hatte.

Seit ich den Mittelpunkt meines Arbeitslebens von Dresden nach Greifswald verlegt hatte, machte ich den Wald von Eldena zu meinem persönlichen Rückzugsgebiet. Wann immer wir konnten, sind Atlas und ich hinaus in den Wald gegangen. Oftmals haben wir in der freien Natur gar nicht gemerkt, wie die Zeit verging. Die Dämmerung setzte ein, wir genossen das Himmelsrot, sahen den Fledermäusen beim Flug zu und ehe wir uns versahen, war die Welt in stockfinstere Nacht getaucht.

Es gibt nichts Schöneres, als unter dem Dach der Sterne zu sinnieren, bis der Schlaf sein Recht fordert. In der dunklen Nacht rückt nahe, was uns sonst fern erscheint. Wenn ein Hirsch einen Kilometer entfernt auf einen Ast tritt, erweckt das laute Knacken in uns den Eindruck, das Holz würde direkt hinter unserem Rücken brechen. Für das ungeübte Ohr kann das sehr unheimlich werden. Einem Waidmann wie mir ist die Akustik der Waldnacht nur allzu vertraut und doch kam selbst meine Fantasie angesichts der dunklen Weite der Nacht auf Trab. Nur Atlas ließ sich von den Geräuschen des Waldes nicht aus der Ruhe bringen, wenn er an einem Knochen kauend am Lagerfeuer in den Schlaf fiel.

In mondlosen Nächten versank der Wald unter einer schweren Decke aus tiefem Schwarz. Aber es gab ja auch die wolkenlosen Vollmondnächte, in denen der Wald silbern leuchtet. Alle Dimensionen verschoben sich. Über das, was wir Wirklichkeit nennen, legte sich ein märchenhaft schimmernder Zauber. Die Schattenwelt der Nacht hat nichts mit den Schatten des Tages gemein.

In einer solchen Nacht passierte es, dass Atlas nicht zur Ruhe kam. Ich löschte das Feuer und versuchte meinen Begleiter zu besänftigen, doch ein gewisses Beben in seinem Hundekörper übertrug sich auch auf mich. Hatte er womöglich eine Ratte oder einen Igel aufgespürt? Doch er begab sich nicht auf die Jagd, sondern streckte die Schnauze in die Höhe und fing an zu heulen.

Meine Damen und Herren, ich versichere Ihnen, wer in der Bombennacht von Dresden das Heulen der Sirenen gehört hat, lässt sich von keinem Geheul so leicht aus der Ruhe bringen. Aber was in jener Nacht passierte, jagte selbst mir mehrere Monsunregenschauer den Rücken hinab. Denn es blieb nicht bei dem erschütternden Gesang meines Freundes, sondern aus unbestimmter Entfernung wurde er aus mehreren Kehlen erwidert. Ich traute meinen Ohren nicht, denn ich wusste sofort, woran ich war: Wölfe in Greifswalds Naherholungsgebiet.

Der Ruf der Wildnis! Ich war wie elektrisiert. Wölfe! Nicht in den unendlichen Wäldern Kanadas oder Russlands, nein, hier, direkt vor meiner Nase. Atlas kam ebenso wenig zur Ruhe wie ich selbst. Ich war aufgeregt, irgendwie auch gerührt, aber es galt auch, wachsam zu sein, denn mitten in der Nacht von einem Rudel Wölfe überrascht zu werden, ist bei aller Liebe kein Pappenstiel. Es handelt sich immer noch um ein wildes Raubtier. Der Morgen graute bereits, als ich endlich ein Auge zudrücken konnte.

Am nächsten Tag hatte ich keine Vorstellung im Theater. Nichts zog mich nach Hause. Meine Vorräte würden noch bis Mittag reichen, zur Not könnte ich eine Kaninchenfalle aufstellen. Atlas war unruhig. Er rannte ständig ins Gebüsch, kam zu mir zurück und rannte wieder ins Gebüsch. Er knurrte in die Wand aus Bäumen hinein und ignorierte meine Befehle. Mein treuer Freund war jetzt ganz Wolf.

Die Kamera im Anschlag, bezog ich Position hinter einer umgestürzten Buche, deren breiter, modriger Stamm mir Deckung bot. Tatsächlich musste ich nicht lange warten. Eine Wölfin trat neugierig aus dem dichten Buschwerk. Ich riss die Kamera hoch, drückte auf den Auslöser, doch die extrem sensiblen Sinne des Tieres waren meiner Reaktionsgeschwindigkeit weit überlegen. Die Wölfin verschwand so schnell im Dickicht, wie sie gekommen war. Immerhin habe ich einen verwackelten Blitz aus Grau auf dem Foto festhalten können, den ich Ihnen hier präsentiere. Liebe

Gäste, was hier unscharf durchs Bild huscht, ist eine Wölfin direkt unter uns.

Bitte sehen Sie mir den fotografischen Wackler nach, ich war ganz Kamera, hatte aber nur Zeit, dieses eine Foto für Sie zu schießen. Denn während ich mit meiner Kamera beschäftigt war, setzte Atlas wie angestochen der Wölfin nach. Hatte ich meinen Hund an die Wölfe verloren? Ich brüllte in den Wald hinein, doch keine Reaktion. Auf dem getrockneten Laub seine Fährte aufzunehmen wäre völlig aussichtslos gewesen. Mit blieb nichts als zu warten. Und siehe da, nach mehreren Stunden drang ein vertrautes Jaulen an mein Ohr. Das Unterholz teilte sich und ein von Kampfspuren lädierter Atlas hechelte mich nach Lob heischend an. Heilfroh begrüßte ich den alten Blödian. Auch er sprang mir mit einer Wiedersehensfreude entgegen, als hätten wir uns seit einem halben Jahr nicht gesehen.

Während des nächsten Streifzugs durch unseren Wald stellte ich mich auf den Besuch von Meister Isegrim und seiner Sippe ein. In der Dämmerung zündete ich wieder mein Feuer an und wartete. Um unsere schlauen Besucher in Arglosigkeit zu wiegen, stellte ich mich schlafend, Messer und Kamera in Reichweite. Nächtliches Knacken umgab uns von allen Seiten. Fast lautlos schwebte eine Waldohreule über uns hinweg. Was mir zu anderer Gelegenheit einen Wonneschauer bereitet hätte, ließ mich an jenem Abend völlig kalt. Ich war auf Wölfe programmiert.

Wir mussten gar nicht lange warten. Ein leises Knacken im Unterholz und Atlas' Pelz stellte sich von der Stirn bis zur Schwanzspitze zu einer Bürste auf. Leise drohendes Knurren. Gleich würde der Wolf vor mir stehen. Es war dieselbe Wölfin, die wir schon einmal gesichtet hatten. Ich erkannte sie an einem auffälligen schwarzen Fleck auf der Stirn. Gelegenheit zur ausführlichen Beobachtung ließ sie mir jedoch nicht, denn diesmal schaute sie nicht scheu um sich, sondern sprang mit einem Riesensatz direkt auf mich zu. Die Kamera flog mir in weitem Bogen aus der Hand, ich konnte im Fallen jedoch einen glühenden Ast aus dem Lagerfeuer ergattern und der Angreiferin damit eins auf den Pelz brennen. Sie sprang ein Stück zurück, um mich sogleich aufs Neue anzufallen. Aber Atlas schoss ihr wie ein Torpedo mit ausgestreckten Pranken und aufgerissenem Maul in die Flanke. Ein kurzer Kampf, dann hatte mein frisch zu einem Wolf transformierter Schäferhund seine Artgenossin bezwungen.

Sie winselte unterwürfig, während Atlas mit wedelnder Rute zu mir getrabt kam, um sich ein Lob abzuholen. Und, meine lieben Herrschaften, was soll ich Ihnen sagen, die Wölfin hetzte ihm hinterher.

Was hätte ich darum gegeben, in diesem Moment den Fotoapparat bei der Hand zu haben, doch der lag irgendwo im Dunkeln zwischen den Bäumen. Offensichtlich hatte diese Königin der Wildnis ausgerechnet meinen Atlas zu ihrem Prinzen auserkoren und mich damit als ihren Rudelführer anerkannt. Ich hatte ja schon viel in meinem langen Leben als Trapper und Naturfotograf erlebt, aber das stellte alles in den Schatten.

Ein Leben lang hatte ich mich für Wölfe interessiert. Das Wolfsgesetz war ein Leitfaden, nach dem sich mein Handeln seit der Jugend ausgerichtet hatte. Nicht selten war mir von Menschenseite ein ausgeprägter Wolfsinstinkt nachgesagt worden. Aber solche Sachen sagt man eben mal so dahin. Sich aber als Wolf unter Wölfen zu fühlen ist schon eine putzige Angelegenheit.

Jetzt stand ich also da mit anderthalb Wölfen. In gewisser Weise war ich nun selbst ein Wolf, natürlich nicht genetisch, aber als eine Art vom Waldgeist geweihter Edelwolf. Aber was sollte ich mit dieser für mich ungewohnten Inkarnation anfangen?

Atlas nahm mir die Entscheidung ab. Die beiden schönen Tiere verschwanden zwischen den Bäumen und lösten sich buchstäblich vor meinen Augen zwischen dem Grau der Stämme auf. Wahrscheinlich hielten sie Hochzeit. Meine Damen und Herren, ich kann es Ihnen nicht sagen. Ich suchte meine Kamera und machte zumindest ein paar Fotos von den Kampfspuren. Hier sehen Sie einige Haarbüschel, die Atlas seiner Partnerin ausgerissen hatte, und dort – schauen Sie mal, da unten links – entdecken Sie vielleicht Blutspuren. Dieser rote Fleck ist echtes Wolfsblut.

Ich ging heim ins Ostseeviertel, keineswegs sicher, ob mein Atlas zu mir zurückkehren oder über das Oderhaff nach Hause in die Masuren verschwinden würde, wo er von jetzt an womöglich als reinrassiges Alphatier sein Revier verteidigte. Auch an mir waren die Ereignisse nicht spurlos vorübergegangen. Entsprechend sah ich aus. Das Blut lief mir in Strömen an den Armen herab, Jacke und Hemd waren zerfetzt, die Knie aufgeschlagen. Ich muss ein Bild des Jammers abgegeben haben in meinen grünen Klamotten, wie ein Heimkehrer aus dem Krieg.

Kaum hatte ich die Straßen der Stadt erreicht, verfolgten mich auf Schritt und Tritt irritierte Blicke. Ich kann Ihnen sagen, im Vergleich zu diesem aufdringlichen Geglotze war der Kampf mit der Wölfin das reinste Kinderspiel. Gegen ein wildes Tier kann man sich mit offenem Visier verteidigen, denn es wird immer den direkten Angriff von vorn suchen. Gegen die üble Nachrede der Wölfe in Menschengestalt ist jedoch kein Kraut gewachsen. Das hängt einem an wie eine unverheilte Narbe.

Mit letzter Kraft schleppte ich mich nach Hause, versorgte meine Wunden und fragte mich, was als Nächstes geschehen würde. Ich musste wohl erschöpft eingeschlafen sein, denn ich wähnte mich im tiefen Wald, als hartnäckiges Klingeln mich aus meinem Schlaf riss.

Zwei uniformierte Polizisten standen vor der Tür. »Guten Tag, Herr Bülow, können Sie mal bitte mit runter zu unserem Wagen kommen?« Ich verstand nicht, leistete aber keinen Widerstand. Unten stand ein Kombi mit Hundegitter. »Ist das Ihr Hund?«, fragte der Beamte.

Es war mein Atlas, der aufgeregt fiepsend zu mir strebte. Ich wollte ihm gerade aus seiner Bredouille helfen, aber der dienstbeflissene Freund und Helfer hielt mich noch einen Moment zurück. »Herr Bülow, wir kennen Sie als äußerst gewissenhaften Hundeführer. Deshalb fragen wir Sie gar nicht, was Ihr Hund allein auf der Straße gesucht hat. Anhand der Hundemarke konnten wir ihn zu Ihnen zurückverfolgen und wir garantieren Ihnen, wären Sie keine stadtbekannte Persönlichkeit, hätte ihn mit Sicherheit ein anderes Schicksal ereilt. Passen Sie also künftig besser auf.«

Und jetzt sagen Sie mir mal, liebe Zuhörer, was hätte der Schauspieler Gustav Bülow machen sollen? Stellen Sie sich mal vor, ich hätte gesagt, mein Hund ist im Wald von Eldena nur einer Wölfin gefolgt, weil er selbst in Wirklichkeit ein Wolf ist? Der hätte mich doch glatt in die Klapsmühle gesteckt. Ich bedankte mich also freundlich und versprach, künftig besser aufzupassen.

Atlas und ich verdrückten uns von jetzt an aber bei Wind und Wetter in den Wald, um unsere Wölfin, die ich Alice nannte, zu treffen. Ich brachte immer ein paar saftige Brocken aus der Fleischabteilung der Kaufhalle mit, wo man sich schon wunderte, dass ich mir jetzt immer die doppelte Ration holte. Wenn die gewusst hätten, dass sie eine ausgewachsene Wölfin versorgten ... Zum Glück wurden mir keine Fragen gestellt, aber wenn ich mit Atlas in den Wald verschwand, vergewisserte ich mich stets mehrfach, dass mir niemand folgte. Auf diesem Foto hier sehen Sie übrigens meinen Hund auf dem Weg zu unserem Treffpunkt.

Alice erwartete uns täglich auf derselben Lichtung, sprang freudig an mir hoch und machte sich gierig über die Geschenke vom Schlachter her. Hier ein Dia von einem abgenagten Knochen, den Alice zurückgelassen hat.

So sehr ich mich über dieses Ritual freute, musste ich doch meinerseits aufpassen, unsere Freundin nicht zu sehr an die Menschen zu gewöhnen. Auch wenn ich mich geschmeichelt fühlen durfte, von einer wild lebenden Wölfin als einer der Ihren anerkannt zu werden, blieb ich doch immer noch ein Mensch. Ein Waldbewohner jedoch gehört nirgendwo anders hin als in den Wald.

Eines Tages im Herbst warteten wir vergeblich auf Alice. Atlas reckte wieder sein Haupt in die Luft und stimmte sein

Wolfsheulen an, den wunderschönsten Gesang, den die Welt je gehört hat, durchdringend und durchdrungen von wortloser Poesie. Doch er wurde nicht erwidert. Ich habe keine Ahnung, was geschehen war, aber wir sahen Alice nie wieder. Atlas lebte noch anderthalb Jahre, und glauben Sie mir, wann immer wir in unseren geliebten Wald gingen, wimmerte er vor Liebeskummer. Da geht es den Wölfen nicht anders als den Menschen, meine Damen und Herren.

Hier sehen Sie noch einmal vor der nördlichen Dämmerung die majestätische Silhouette der Wölfin von Greifswald, die unbemerkt unter uns gelebt hat und von einem Tag auf den anderen spurlos verschwunden war. Ja, das könnte ebenso gut der Scherenschnitt eines Schäferhundes sein. Der Wolf, meine lieben Zuhörer, lebt längst in unserer Mitte.

Jetzt stellen Sie sich vielleicht die Frage: Warum hat der Bülow uns nicht schon davon erzählt, als er sich noch regelmäßig mit diesem ungewöhnlichen Besucher aus dem Osten traf?

Die Antwort liegt auf der Hand. Stellen Sie sich mal vor, was losgegangen wäre, wenn einer der bekanntesten Waldläufer der Ostseeküste von der Existenz von Wölfen unmittelbar am Rand einer Großstadt berichtet hätte? Es ist ja davon auszugehen, dass Alice nicht die einzige Vertreterin ihrer Gattung in unseren Gefilden war. Stellen Sie sich mal die Hysterie vor, die eine solche Bekanntmachung ausgelöst hätte. Nicht auszudenken.

Nein, ich wollte die Wölfe von Greifswald schützen. Sollen sie doch ein krankes Reh reißen oder sich von mir aus auch mal ein Schaf holen. Aber kein Wolf hat sich in jüngerer Zeit jemals an einem Menschen vergangen. Umgekehrt kann man das leider nicht behaupten.

Ich danke Ihnen für Ihre Aufmerksamkeit.

24.

Gustavs Reich! Hol's der Teufel … Einen Blick vor den anderen setzend, wanderte er mit den Augen die kahle, weiße Wand am Kopfende seines Bettes empor bis zur Decke, spazierte dann quer über die Ebene des großen Quadrats über ihm und ließ sich auf dem gegenüberliegenden Ende wieder an der Wand herab, an der seine Bowiemesser und Hirschfänger, Fotos und Naturtrophäen hingen. Die Lampe mit den Geweihfragmenten störte das makellose Weiß der exakt vier mal vier Meter großen Zimmerdecke, die sich so wunderbar als Leinwand eignete. Gustav brauchte keinen Projektor mehr, er warf die Bilder jetzt kraft seiner Imagination an die Wand. Als Publikum genügte er sich selbst.

So sehr er seine grauen Zellen auch bemühte, es fiel ihm tatsächlich niemand ein, der seinen Bildern so viel Wertschätzung entgegenbrachte wie er, der für diese Schnappschüsse ein Leben lang gelitten und gelogen hatte. Banausen! Wenn er da so lag, nach oben starrte und hoch über ihm Büffelherden auf ihrem Marsch durch die Prärie Staubwolken in die Luft stellten, ein Löwe zum Sprung auf ein Zebra ansetzte oder ein Blauwal die unendlichen Fluten des Ozeans zerteilte, packte ihn süße Erregung. Dieses Glück konnte ihm keiner nehmen. Stundenlang konnte er einfach ausgestreckt daliegen und jene Welt bestaunen, die da vor seinen – und nur vor seinen – Augen ihre innerste Schönheit preisgab.

Ihm war schon klar, dass es keine leibhaftigen Wale, Löwen oder Büffel waren, die sich auf der Weltkarte über seinem Kopf tummelten. Es war der unergründliche Geist der Schöpfung, der ihm, wann immer ihm danach war, ganz persönlich mit diesem Schattentheater seinen Besuch abstattete.

Wenn Elke das Zimmer betrat, was sie Gott sei Dank nicht allzu oft tat, zerfielen die fantastischen Kreationen seiner Sehnsucht in ihre leuchtenden Bestandteile. Vergnügt beobachtete Gustav den Tanz der illuminierten Staubpartikel, die eben noch zu einem Pinguin oder einer Klapperschlange gehört hatten. So muss die Welt unmittelbar nach dem Urknall ausgesehen haben. Manchmal ertappte Elke ihn dabei, wie er einen Zeigefinger nach oben streckte, den Mund aufgesperrt. Aber wozu sollte er ausgerechnet ihr erzählen, was sich dort ereignet hatte? Sie würde ihm ohnehin nicht glauben.

Nein, dieses Zimmer war nicht sein Reich. Er wusste es, aber er richtete sich ein unter diesem Panoptikum, das sich ihm da kopfunter offenbarte. Manchmal sah er die Gefahr kommen. Sollte er die junge Hyäne warnen, die sich zu dicht ans Ufer des Stromes wagte, wo schon das Krokodil wartete? Auf keinen Fall! Gustav hatte kein Mitleid, denn so war die Natur. Barmherzigkeit war eine Erfindung der Schwächlinge. Nur der Starke setzt sich durch. Die junge Hyäne war zu leichtsinnig, sie hatte nicht verdient zu überleben. Erbarmen hieß, sich dem Gesetz der Wildnis zu widersetzen.

Wer hatte schließlich Erbarmen mit ihm? Der Weg die Treppe hinab ins Untergeschoss war strapaziös geworden. Sein Körper versagte ihm den Dienst. Schon lange war es ihm schwergefallen, in die Knie zu gehen, den Oberkörper nach vorn zu beugen und mit den Händen über den viel zu dicken Bauch auf den Fußboden zu langen. Wann hatte er zum letzten Mal im Stehen seine Zehenspitzen gesehen? Der alte Mime beherrschte sein Handwerk jedoch noch immer gut genug, um seine Unbeweglichkeit elegant zu überspielen. Er wusste, dass er nur pointiert anzudeuten brauchte, etwas vom Boden aufzuheben, und schon sprang ihm jemand zur Seite, um ihm, dem unangefochtenen Oberhaupt aller lebenden Bülows, die Bewegung abzunehmen. Er tat dann immer leicht genervt, als ob er das nicht selbst hätte tun können.

Nur Elke konnte er nichts vormachen. Diese hinterhältige Giftmischerin wusste genau, wie es um ihn stand. Gerade erst hatte sie ihm einzureden versucht, einen Fahrstuhl für ihn einzubauen, der ihn wie einen Kartoffelsack treppauf, treppab befördern und der Lächerlichkeit preisgeben sollte. Er hätte nicht einmal aufstehen müssen. Voller Stolz hatte sie ihm einen Prospekt der Hebevorrichtung auf die Bettdecke geknallt. Als ob er jemals zustimmen würde, die eigenen vier Wände zur effektheischenden Theaterkulisse zu machen. Nein, da blieb er lieber hier oben und spulte an der Decke all die Naturfilme ab, die er nie gedreht hatte.

»Willst du nicht wenigstens zum Abendbrot zu mir runterkommen? Wir könnten uns doch einen Film ansehen und ich helfe dir dann wieder hoch.«

Gustav konnte es nicht mehr hören. Er hatte seinen eigenen Fernseher, dessen Kanäle Serengeti, Himalaya, Kamtschatka und Amazonas hießen, manchmal auch Elbsandsteingebirge oder Kap Arkona. Warum sollte er sich nach unten quälen, um eine dämliche Schlagersendung über sich ergehen zu lassen?

Einen Video-Recorder hatte sie gekauft. Angeblich nur für ihn. Er war achtundsechzig Jahre lang ohne solchen neumodischen Scheiß ausgekommen, aus welchem Grund sollte er sich jetzt darauf einlassen? Die Welt wurde davon nicht besser. Hier drinnen nicht und auch nicht draußen.

Draußen. Es war Spätsommer. Noch anderthalb Jahre, dann würde das nächste Jahrtausend aufgeblättert werden. Auf den Wiesen und Äckern rund um Greifswald begannen sich die Kraniche zu sammeln. Jedes Jahr hatte Gustav dieser überwältigenden Inszenierung des großen Spielleiters beigewohnt. Das von hellgrauen Punkten übersäte Dunkelbraun der torfigen vorpommerschen Erde hatte ihn immer an die Kruste eines riesigen Mohnbrötchens erinnert. Wenn Zehntausende dieser würdevollen Stelzenvögel in den von tiefhängenden Wolken bedeckten Himmel schrien und sich wie auf ein geheimes Kommando hin in akkuraten Formationen in die Lüfte erhoben, übertraf das alles, was Menschen je zu leisten imstande sein würden.

»Solch ein Gewimmel möcht' ich sehn«. Wie oft hatte er diesen Vers auf der Bühne ausrufen müssen! Das Publikum hatte ehrfürchtig an seinen Lippen gehangen, als läge es in seiner Macht, die Verhältnisse zu ändern. Und jetzt? Na bitte, hier hatte er es. Aber anders als dieser Goethe es in seiner eitlen Volkstümelei prophezeit hatte, war das freie Volk auf freiem Grund und Boden nicht etwa die von den Diktaturen des Proletariats oder des Konsums gebeutelte menschliche

Gemeinschaft, sondern das kreischende Parlament dieser Könige der Lüfte.

Von klein auf hatte er sich mit den wunderschönen Vögeln verbunden gefühlt. Die erotische Eleganz ihrer langen Hälse, die Gemessenheit ihrer Schritte, das Majestätische ihres Flügelschlages. Es gehörte nicht viel dazu, angesichts der erschütternden Luftüberlegenheit der Natur gegenüber dem aussichtslosen Streben der Zweibeiner in Ehrfurcht zu erstarren. Plötzlich musste er schallend lachen. Auch der Kranich war genau genommen ein Zweibeiner.

Dieses einzigartige Spektakel ereignete sich seit Jahrtausenden immer wieder nach denselben Regieanweisungen. Als der Mensch noch nackt und keulenbewehrt tumben, zottigen Rüsseltieren nachstellte, hob der Kranich bereits stolz zum Flug an. Und wenn all diese anmaßenden Zeugnisse einer vor Selbstüberschätzung strotzenden Zivilisation mit ihren Hochhäusern, Autobahnen und Meliorationssystemen längst verschwunden sein würden, versammelten sich die Kraniche immer noch zu ihrem großen Schauspiel.

Es schmerzte ihn, dass er an dieser Massenveranstaltung unmittelbar vor seiner Pforte nicht mehr mit der Kamera teilhaben konnte. Elke hatte keine Ahnung, was dieser Verlust für ihn bedeutete. Er schämte sich seiner Tränen nicht. Der Frau wollte er dennoch keinesfalls den Triumph gönnen, ihn weinen zu sehen.

Seiner eigenen Erscheinung war schon lange nicht mehr viel Eleganz und Majestät vergönnt. Je schwerfälliger er wurde, desto mehr berauschte er sich an der Schwerelosigkeit der großen Vögel. Am Ende war ihm nur noch das Bett geblieben. Die Beine schmerzten, die Haut war wund und wenn er auf der Seite lag, spürte er, wie ihm der kalte Speichel aus dem Mundwinkel rann. Das Alter ist hässlich, vor allem wenn man plötzlich alt ist, ohne je gealtert zu sein. Irgendwo musste Gustav doch seinen Gutschein gelassen haben, mit dem er die Jugend einlösen konnte, um die er einst betrogen worden war. Wo war er bloß, er musste ihn finden, bevor der Sensenmann ihn überrumpeln konnte. Einfach noch mal fünfzehn sein, aufstehen, rausgehen, die Tür hinter sich ins Schloss werfen und mit allen Träumen und Flausen im Kopf von vorn anfangen.

Wer sagte eigentlich, dass das nicht gehen solle? Bis jetzt hatte noch niemand den Beweis angetreten, dass, nur weil alle anderen vor ihm gestorben waren, auch er irgendwann ins Gras beißen müsste. Von Rechts wegen wäre er lange tot.

Immer wieder fragte er sich, was gewesen wäre, wenn er damals nicht … Aber welches Damals meinte er? Es hatte so viele Scheidepunkte in seiner Vergangenheit gegeben. Sein Leben war eine Kette von Zufällen. Wo blieb da die Logik? Und wie viele Entscheidungen fällt der Mensch wohl durchschnittlich an einem einzigen Tag? Das Leben besteht aus unzähligen dieser Alternativen, die jeweils erkannt werden wollen, und niemals führt ein Weg zurück. Jetzt war er eingepfercht in sechzehn Quadratmeter: Gustavs Reich, mit dem verglichen selbst der kalte Keller am ersten Tag seiner Flucht aus der Kaserne ein Palast gewesen war.

Überhaupt hatte ihm damals vor 53 Jahren trotz der vom Vater verordneten Isolation noch die ganze Welt offen gestanden. Die Gegenwart war schwarz gewesen, aber die Zukunft prächtig. Heute war es umgekehrt. Die Gegenwart prahlte gerade noch in grellen Farben, während er auf der kurzen Wegstrecke vor sich nichts als Schwärze ausmachen konnte. Im Mai fünfundvierzig hatte ihn der Vater aus dem Verlies befreit, um ihn herum nichts als blankes Entsetzen, und doch hatte er sein Glück beim versengten Schopfe gepackt. Trotz der Ausweglosigkeit der letzten Kriegstage hatten Tausende Möglichkeiten vor ihm gelegen. Er hatte nur zugreifen müssen.

Was hätte Gustav dafür gegeben, seine antiseptische Umgebung der letzten Monate des 20. Jahrhunderts gegen die verheißungsvolle Fäulnis von Meißen einzutauschen. Eine Abstellkammer war dieses Reich, mehr nicht. Man hatte ihn beiseite geschafft, damit er nicht mehr störte. Die Wahrheit war so unbequem wie zu allen Zeiten, und Gustav sagte die Wahrheit, immer und überall. Deshalb war er aus dem Weg geräumt worden.

Alle paar Monate tauchte einer seiner Söhne in seinem Oberstübchen auf. Niemals kamen sie zu zweit. Wie auch, sie kannten einander kaum, dafür hatte er gesorgt. Teile und herrsche. Gustav mochte diese Besuche nicht. Seine Jungs, die gerade noch aus staunenden Kinderaugen zu ihm aufgesehen hatten, waren so jung, stark und selbstbewusst geworden. Ja, sie verhöhnten ihn in seiner Gebrechlichkeit. Als hätten sie ihre ganze Kraft nicht aus seiner Saat empfangen. Er hatte diesen Scheißern seine Jugend und Männlichkeit weitergegeben. Und was hatte er nun davon? Enkel. Das Wort Opa würde niemals an sein Ohr dringen, soviel war sicher, niemals. Gustav Bülow war alles, aber bestimmt kein Großvater.

Den Kopf fest ins Kissen gedrückt, gab das alte Schlitzohr gern vor, die Namen seiner Söhne zu verwechseln. Natürlich wusste er genau, wer da jeweils vor ihm stand, aber sollten sie ihn doch für bekloppt halten. In der Rolle des Idioten lief er noch einmal zu schauspielerischer Höchstform auf. Er kniff die Augen zusammen und tat so, als würde er sie nicht erkennen. Diese leichtgläubigen Schwachköpfe kauften ihm die Schmierennummer à la Schauspielstudio Fröhlich auch noch ab. Je seniler er sich gab, desto schneller verschwanden die Dummquatscher wieder mit ihrem ermüdenden Weiberkram und ihren beruflichen Erfolgen, die ihn nicht die Bohne interessierten. Keiner von ihnen war ein richtiger Kerl geworden. Alles Schlappschwänze. Kein Wunder, dass sie nur Töchter in die Welt setzten. Und jetzt sahen sie ihn hier liegen und quälten ihn mit ihrer überheblichen Anteilnahme. Nicht mit ihm, nein, nicht mit ihm. »Tut mir leid, Junge, da hast du heute einen blöden Tag erwischt. Gestern war ich noch draußen bei den Vögeln, muss mir da wohl irgendwas weggeholt haben.«

Sollten sie ihn doch anrufen. Am Telefon, das neben seinem Krankenlager stand, produzierte er sich gern. »Hab eigentlich gerade gar keine Zeit, aber was gibt's denn?« Er räkelte sich unter seiner Bettdecke, die ihn seit Monaten wärmte, und schwadronierte über die Abenteuer des Alltags. »Gestern war ich auf der Insel Ummanz vor Rügen, als plötzlich ein Gewitter niederging. Ich habe es gar nicht aufziehen sehen und als es losging, war es zu spät, um Zuflucht zu suchen. Mein Junge, ich sage dir, über mir öffnete sich buchstäblich die Hölle. Und soll ich dir noch was verraten? Wider Erwarten erlebte ich meine eigene Beerdigung und landete im Grab.«

Er genoss die gespannte Stille am anderen Ende der Leitung. Der dramaturgische Bogen war ihm gelungen. Ja, erzählen konnte er noch so plastisch, dass sein Gesprächspartner sich spätestens jetzt die Regenpelerine überwerfen und Schutz suchen musste. Er wusste genau, wann eine Pause notwendig war, damit sein Zuhörer intervenieren und ein wenig Druck ablassen konnte.

»Im Grab?«

»Ja, es gab ja weit und breit nichts zum Unterstellen. Aber hier draußen auf dem offenen Feld wäre ich unweigerlich einem der nächsten Blitze zum Opfer gefallen, die beinahe im Sekundentakt neben mir einschlugen. Es ist ja allemal besser, in der freien Natur vom Blitz erschlagen zu werden, als im Bett vor sich hin zu schimmeln. Aber noch war ich nicht soweit. Mit der Besonnenheit des Waldläufers in Gefahr suchte ich nach einem Unterschlupf und wurde eines überwucherten Steinhaufens gewahr. Der Regen peitschte mir ins Gesicht, der Wind blies so stark, dass ich mich kaum auf den Füßen halten konnte. Dein oller Vater nahm alle Kraft zusammen und stemmte sich mit seinem nicht zu verachtenden Körpergewicht gegen die Böen, um in den Windschatten dieser vermaledeiten Halde zu gelangen, die zumindest ein bisschen Schutz gewährt hätte. Ein paar Meter vor mir rammte ich quasi als Blitzableiter meinen großen Wanderstock in die Erde und sofort krachte es. Glück gehabt!«

»Aber was machst du bei solchem Wetter allein da draußen? Ich dachte, du liegst im Bett. Was sagt denn Elke dazu?«

Jetzt hatte er ihn. »Halt bloß die Fresse!«

»Wie bitte?«

»Das könnte euch so passen, dass ich bei jedem Schritt, den ich mache, um Erlaubnis bitte. Nee, mein Lieber, so weit isses noch nicht. Also, ich war da draußen an diesem Hügel von Findlingen. Aber was meinst du, wie ich staunte, als der Steinhaufen gar kein Steinhaufen war, sondern ein Hünengrab. Es war zwar von Wicken, Disteln und Brennnesseln zugewachsen, aber ich hatte keine Mühe, den Eingang zu finden. Ich zwängte mich durch die schmale Öffnung unter den Steinen hindurch und saß plötzlich im Trockenen. Es war ja nicht kalt und ein Whiskey aus der Feldflasche wärmte mich hier unten zusätzlich.«

»Du denkst auch an alles. Wie war's denn da unten?«

»Ein bisschen putzig war mir schon zumute. Höchst lebendig war ich im Reich der Toten angekommen. Wer mochte hier einst seine letzte Ruhe gefunden haben? Und was mochte der Hüne, der hier seit prähistorischen Zeiten zu Hause war, denken, als er zweitausend Jahre später von einem Recken der Neuzeit aus seinem gerechten Schlaf gerissen wurde? Aber was hätte ich machen sollen? Draußen regnete es Scheiße vom Himmel und hier unten war es behaglich warm. Ich konnte mir die durchnässten Klamotten vom Körper pellen und einfach abwarten. Der Kamerad würde schon Verständnis für meine Lage haben. Aufgewärmt und ausgeruht kehrte ich nach dem Gewitter aus der Gruft zurück. Wenn ich doch nur meinen Atlas dabei gehabt hätte. Ohne Hund macht das alles nur halb soviel Spaß.«

»Sonst alles okay bei dir?«

»Mir ist es nie so gut gegangen. Klar, das Alter fordert seinen Preis, aber wer es einmal aus der kalten Grube rausgeschafft hat, den bringt so schnell nichts in die Kiste.«

Gustav liebte es, sich selbst zuzuhören. Bei der Vorstellung an den kalten Stein des Hünengrabes stellten sich ihm die Haare zu Berge, sodass er die Daunendecke ein Stück höher ziehen musste. Sollte sich diese Geschichte etwa nicht genau so zugetragen haben? Ach schade, er hätte ja auch noch von Waffenfunden erzählen können, von einem Fuchs, der ihm Gesellschaft leistete, einem Totenschädel und merkwürdigen Symbolen an den Granitwänden, die nur er zu entschlüsseln in der Lage war. Zu spät, daran hätte er früher denken müssen.

»Hallo, bist du noch dran?«

Stimmt, da war ja noch das Telefon. Gustav war erschöpft und wollte an der Zimmerdecke unbehelligt weiter die subterranen Welten von Ummanz erkunden. »Tut mir leid, Junge, aber ich muss noch einen Vortrag ausarbeiten, den ich nächste Woche vor der archäologischen Gesellschaft in Schwerin halte. Meine Hünengrab-Geschichte hat hier ganz schönen Wirbel ausgelöst. Da muss der alte Bülow noch mal ran. Sei mir nicht böse, aber wir können ja nächste Woche wieder telefonieren.«

Geschafft. Seinen staunenden Anrufer hatte er abgewimmelt und die Überlegenheit von Vater Bülow gegenüber seiner Brut war bis zum nächsten Anruf gesichert. Doch der Überschwang hielt nur bis zum Einbruch der Nacht an. Seine Gliedmaßen mochten schwer und unbeweglich sein, zwischen den Beinen aber wähnte er in gewissen Augenblicken noch jene Kraft und Leidenschaft, um die er einst beneidet worden war. Er suchte den Schlaf, doch der wollte nicht kommen. Zu groß war das ungestillte Verlangen. Die gesamte Energie seines schlaffen Körpers schien sich auf diesen einen Punkt zu konzentrieren. Umsonst.

25.

Aphrodite

Ja, das Alter fordert seinen Tribut. Mit fast siebzig hat man einfach nicht mehr den Saft eines Dreißigjährigen in den Knochen und wenn man doch so tut, setzt man sich dem Gespött der Jüngeren aus. Zu Recht, wie ich finde. Ich konnte nicht mehr so oft raus in Mutter Natur, wie mir das noch vor einigen Jahren vergönnt war, aber wenn es mich in Feld und Flur verschlug, genoss ich es umso mehr. Das Plätschern der Bäche, die wandernden Schatten der Wolken auf dem Boden, die Mauersegler-Banden, die trillernd durch die Luft marodierten, die Fährte eines Hasen im feuchten Lehm, der frische Duft von Moos, all das gibt mir Kraft.

Seit Elke ihre beschissene Apotheke leitet, kennt sie keinen Feierabend mehr. Wozu soll ich hier allein in dieser Hütte hocken, die nicht einmal mir gehört? Da genieße ich lieber einen kurzen Blick auf die Porträts meiner Hunde, klaube im Kühlschrank ein wenig Proviant zusammen, greife nach Wanderstock und Rucksack, klatsche mir meinen Hut auf die Birne und Halali, auf geht's. Meine Wanderungen führen beileibe nicht mehr so weit wie früher, nein, es reicht mir, drei oder vier Stunden durch den Wald oder am Bodden spazieren zu gehen, mich ab und zu auf einem Baumstumpf niederzulassen, mit dem Taschenmesser im Büchsenfleisch zu stochern und das rege Treiben um mich zu verfolgen. Ein Maulwurf, der für einen Augenblick verdattert aus seiner Erdburg schaut, zwei Täubchen, die sich beim Nestbau abwechseln, das kann mir schon den Tag versüßen.

Ich habe Angesicht in Angesicht mit den großen Akteuren der Weltgeschichte gestanden und Dinge gesehen, von denen andere nur träumen. Jetzt ist die Zeit der Abenteuer vorbei, ich bin zufrieden und erwarte nicht mehr viel vom Leben. Wenn ich ermattet von so einer Wanderung heimkehre und Elke mich, ohne Fragen zu stellen, im selben Zustand findet, wie sie mich verlassen hat, war der Tag für mich ein kompletter Gewinn.

Doch gerade, wenn man so ganz frei von allen Erwartungen ist, tief durchatmet und das Leben durch seine Blutbahnen zirkulieren lässt, passieren Dinge, mit denen man nie gerechnet hat. Ich gebe zu, dass ich es Elke in den letzten Jahren nicht besonders leicht gemacht habe. Ich bin nicht stolz darauf, aber wenn man als Mann mit ganz natürlichen Bedürfnissen zu Hause nicht die entsprechende Befriedigung erfährt, sucht man sie sich eben dort, wo man sie findet. Als Theatermann hatte ich da nie ein Problem. Mein Gott, was hatte ich für Liebschaften. Elke kam meistens dahinter und im Nachhinein tat es mir immer leid. Aber ohne diese Affären wäre ich vertrocknet.

All diese Amouren lagen jedoch längst hinter mir. Ich war häuslich geworden und solange am Abend ein Glas

Whiskey mit Soda auf mich wartete, hatte ich keinen Grund, mit meinem Dasein zu hadern. Dachte ich zumindest. Bis ich mich – es war wenige Tage vor meinem 69. Geburtstag – wieder mal nichts ahnend auf einer Holzbank am Bodden niederließ, um Familie Schwan bei ihren Flugübungen zuzusehen. Den Feldstecher vor den Augen, die Kamera im Anschlag, war ich so in das Geschehen auf dem Wasser vertieft, dass ich gar nicht bemerkte, wie ich Gesellschaft erhielt.

»Sie sind Gustav Bülow, oder?«

Erstaunt ließ ich das Fernglas sinken und erblickte eine junge Frau, vielleicht Ende zwanzig, die es sich rechts neben mir auf meiner Bank bequem gemacht hatte.

»Woher zum Teufel wollen Sie wissen, wer ich bin?« Der Sinn stand mir in keiner Weise nach Konversation. Ich fühlte mich bedrängt und hoffte, meine unliebsame Banknachbarin würde es so schnell wie möglich den Schwänen gleichtun und abfliegen.

Diesen Gefallen wollte sie mir jedoch nicht tun. Aus wasserblauen Augen strahlte sie mich an. Ihr lockiges, hellbraunes Haar kräuselte sich im leichten Seewind zu ebenso vielen überraschenden Figurinen wie die Wolken über uns. »Ich gehöre zu den Menschen, die noch ins Theater gehen. Das habe ich auch schon vor fünf Jahren getan. Und soll ich Ihnen sagen, wer hier in Greifswald mein Lieblingsschauspieler war? Gustav Bülow.«

»Schön für Sie, ich habe der Bühne Lebwohl gesagt und das tue ich jetzt auch mit Ihnen.«

»Seien Sie doch nicht so grantig, ich habe Ihnen doch gar nichts getan. Sie waren auch öfter mit Ihren Dia-Vorträgen bei uns in der Schule. Das ist schon ein bisschen länger her. Die Jungs meiner Klasse liebten es, Ihren Abenteuern zu lauschen. Jeder wollte Gustav Bülow sein. Und wir Mädchen hatten nur Augen für den schönen Mann, der die Vorträge hielt.«

Die sanfte Melodie ihrer Stimme besänftigte schließlich meinen Unmut. Ich nahm dieses Geschöpf, das so unvermittelt vom Himmel gefallen schien, etwas genauer in Augenschein. Sie war groß und schlank, ihre Haltung verriet Körperbeherrschung. Die gesunde Gesichtsfarbe ließ darauf schließen, dass sie sich viel im Freien aufhielt. Fast unmerkliche Fältchen auf der Stirn und in den Augenwinkeln sowie mehrere Dutzend Sommersprossen zeugten von einem sehr natürlichen Verhältnis zu sich selbst. Da war keine Kosmetik nötig. Zwei unauffällige goldene Ohrringe waren ihr einziger Schmuck.

Im Lauf der Jahre hatte ich mir angewöhnt, Frauen bei der ersten Begegnung stets unauffällig auf den Ringfinger der rechten Hand zu schmulen, aber sie trug keinen Ring. Das durchgängige Braun ihrer schlanken Finger sagte mir, dass da kein Ehemann auf sie wartete. Obwohl es ein sonniger Tag war, hatte sie regenfeste Wetterkleidung an. Unter ihren hautengen Hosen vermutete ich wohlgeformte Beine, die mit zierlichen Füßen in robusten Wanderschuhen ihren Abschluss fanden. Ein langer, schmaler Hals wurde von einem violetten Tuch eingerahmt.

Ich wagte es nicht, ihren Mund zu betrachten. Stattdessen warf ich meinen Anker einen Moment länger, als mir erlaubt schien, in der Südsee ihrer Augen aus. Sie hielt meinem Blick eine winzige Ewigkeit stand, lächelte und neigte dann den Kopf leicht zur Seite, um mich aus den Augenwinkeln anzufunkeln. »Alles in Ordnung, Herr Bülow?«

Ich hatte das Gefühl, einer modernen Version von Aphrodite gegenüberzusitzen. Meine Sinne spielten verrückt, ich brachte kein vernünftiges Wort heraus. Im Normalfall nie um eine Replik verlegen, konnte ich nur stammeln. »Sie ... äh ... Entschuldigung ...«

Was hatte ich nur? Mir wurde heiß und gleichzeitig erschauerte ich vor Kälte. Mein Gott, diese junge Boddennymphe könnte meine Tochter, womöglich sogar meine Enkelin sein. Reiß dich zusammen, Gustav, und bring dich nicht in Teufels Küche.

Mit den Worten: »Ich finde, Sie sehen immer noch ziemlich gut aus«, riss sie mich aus der Qual meiner Gedanken.

Hatte sie das wirklich gesagt oder spielte mir meine Fantasie einen unangebrachten Streich? Ich gab mir alle Mühe, diese Bemerkung zu überhören, und griff nach meinem rettenden Feldstecher. Die Schwäne waren noch da. Wenn ich jedoch ehrlich zu mir selbst war, scherte mich gerade nichts weniger als das Höckerfedervieh im Bodden. Ich gaffte einfach nur aufs Wasser. Sie sagte nichts mehr, doch ich fühlte mich von ihren Laser-Blicken durchbohrt.

Das Stereoskop wieder im Schoß – das Gewicht des schweren sowjetischen Gerätes schuf einen angenehmen Gegendruck zu dem, was sich genau an dieser Stelle bei mir zu regen begann –, wandte ich mich wieder meiner Besucherin zu. »Sagen Sie mal, was wollen Sie eigentlich von mir? Wollen Sie sich über einen alten Mann lustig machen?«

»Keineswegs, und den alten Mann vergessen wir mal. Mit diesen grünen Jungs von heute kann ich nicht viel anfangen. Die haben einfach noch viel zu wenig gelebt. Aber ich will Sie nicht in Verlegenheit bringen. Wenn Sie lieber wollen, dass ich verschwinde, dann ...«

»Nein, nein, bitte, verstehen Sie mich nicht falsch und entschuldigen Sie, dass ich anfangs so patzig war. Wissen Sie ...«

»Schon gut, reden wir nicht mehr drüber.« Sie lächelte.

Ich rückte ein Stück von ihr ab, um sie eingehender zu betrachten. In die harmonische Geografie ihrer Wangen nisteten sich verführerische Niederungen von Grübchen ein. Das Mittelgebirge ihrer Lippen wirkte weich und kräftig, ihre Zähne waren vollzählig, gerade und gesund, hatten aber nicht dieses chemische Zahnpasta-Weiß aus der Werbung. Ich ahnte nicht, wie dicht ich daran war, diese Lippen auf den meinen zu spüren. Keine Frage, ich hatte mich längst verraten, aber sie ließ es geschehen und lächelte weiter.

»Darf ich auch mal?« Sie wartete meine Antwort nicht ab und ergriff den Feldstecher, der immer noch auf meinem Schoß lag. »Ich kann gar nichts erkennen.«

Das war das Stichwort. Jetzt war ich dran. Ich bot ihr meine Hilfe an und während ich an dem kleinen Fokussierrädchen zwischen den beiden Okularen zu drehen begann, spürte ich, wie ihre Finger ganz leicht über meinen Handrücken strichen. Dieses Gefühl, wenn die komplette Hülle meines Körpers von Blitzen heimgesucht wird, hatte ich seit vielen Jahren vergessen.

Ich wollte noch ausrufen: »Was machen Sie da mit mir«, doch sie zog mich mit festem Griff, der keine Gegenwehr zuließ, an sich, legte den Feldstecher auf den Boden neben der Bank und schloss mich in ihre Arme. Als sie mir über den Rücken strich, war ich mir nicht sicher, ob sie wirklich nur zwei Hände hatte oder meine Haut mit einer Armada von Tentakeln in Wallung versetzte. Ihre warme Atemluft an meinem Hals brachte mich um den letzten Rest meines Verstandes. Ihre offenen Lippen näherten sich auf beunruhigende Weise meinem zitternden Mund und ehe ich wusste, wie mir geschah, bahnte sich ihre Zunge den Weg zwischen meinen Zähnen hindurch. Ich war gefangen und hätte alles darum gegeben, nie wieder aus diesem Arrest befreit zu werden.

»Komm!« Es war mehr Hauch als Wort.

»Was, jetzt gleich und hier?« Das ging selbst mir etwas zu weit.

»Wo sonst?«

Meine letzte Bastion war genommen, jeder Widerstand fiel in sich zusammen. Ihre kalte Hand drang in meine Hose und packte mich. Die Möwen kreischten lauter als je zuvor. Ihre Flugbahnen schlossen hoch über uns einen Heiligenschein um ihren Kopf. Sie saß auf mir, beugte sich über mich, umfing mich immer fester und saugte mich in sich hinein. In den Katakomben tief unter der Oberfläche meines Körpers begann aufgeregt ein ganzes Regiment, seine Geschütze in Feuerbereitschaft zu versetzen. Nur nicht zu früh feuern! Ausgerechnet hier, wenige Kilometer Luftlinie von Peenemünde entfernt, brachte meine intime Heeresversuchsanstalt eine letzte V2 in Stellung.

Mit dem langsamen Auf und Ab ihres wippenden Unterleibs leitete meine unwiderstehliche Befehlshaberin den

Countdown ein. Völlig von Sinnen, griff ich nach den Warzen ihrer hypnotisch kreisenden Brüste, als käme es darauf an, die richtigen Knöpfe zu drücken. Ihr sirenenhaftes Stöhnen übertönte das aufreizende Geschrei der Möwen.

Drei, Zwei, Eins, Zündung, Abschuss. Das Geschoss ist auf dem Weg, es steigt und steigt, höher, höher, höher, immer höher, nimmt das Ziel ins Fadenkreuz – Volltreffer. Einer gewaltigen Detonation schloss sich eine ebenso verheerende Druckwelle an. Ich war mitten im Ziel explodiert. Der Feind lag keuchend am Boden, der Endsieg war mein.

Ich atmete tief durch und linste vorsichtig zu ihr hoch. Die Möwen waren verschwunden. Sie saß inzwischen reglos auf mir, ließ aber immer noch ihr zauberhaftes Lächeln auf den Lippen erkennen. Ich wollte etwas sagen, doch sie legte mir den Finger auf den Mund. Verzückt sah ich ihr beim Ankleiden zu. Für einen kurzen Moment wagte ich die Augen zu schließen, um das gerade Erlebte nachwirken zu lassen. Als ich sie wieder öffnete, war sie verschwunden. Nichts deutete darauf hin, dass sie je hier gewesen war. Sie hatte mir nicht einmal ihren Namen verraten.

In den folgenden Tagen suchte ich überall nach meiner göttlichen Verführerin, der ich mich nur allzu gern ein zweites Mal hingegeben hätte. Ich wollte sie um jeden Preis wiederfinden, konnte mich aber nicht erinnern, in welcher Schule ich ihr begegnet sein mochte. Vielleicht würde ich ihr so auf die Spur kommen. Womöglich wartete sie nur darauf, dass ich mich auf die Suche nach ihr machte. Alles ohne Erfolg. Jede Erinnerung an diese siegessichere Amazone war gelöscht. Nacht für Nacht kehrte sie in meinen

Träumen wieder, aber sowie ich nach ihr zu greifen trachtete, verflüchtigte sie sich.

Ich kann mir beim besten Willen nicht vorstellen, jemals wieder an diesen Ort meiner letzten großen Liebe, die weniger als eine Stunde Bestand hatte, zurückzukehren. Hatte ich je zuvor so intensiv empfunden? Hatte ich mich zu irgendeiner früheren Gelegenheit schon einmal aller Bürden meiner nicht getilgten Schuld und der Qualen meines unersättlichen Verlangens in einem einzigen Moment entladen? Mögen die Schwäne fliegen lernen, die Möwen kreischen, die Wellen im Sekundentakt gegen das Ufer klatschen. Ich hatte endlich meinen Frieden. Der für unbezwingbar gehaltene Durst meiner lebenslangen Sehnsucht war gestillt.

26.

Stille. Dunkelheit. Kein Lichtschimmer, der von außen in das kleine Zimmer dringen würde, das in den letzten Monaten Gustavs Eremitage gewesen war, kein Rascheln des Bettzeugs, kein leises Geräusch von der Treppe. Kein Luftzug, der sanft die Haut umtanzt. Aus, vorbei, es ist vollbracht. Kein Schmerz, kein Ärger, kein Warten, keine Hoffnung. Und keine Rechtfertigungen. Nichts. Selbst der Graue ist verschwunden. Zumindest kann Gustav ihn nicht mehr sehen, hören, riechen.

Gustav hätte noch etwas zu erledigen gehabt, aber damit ist es jetzt vorbei. Er hat eine Reise angetreten, die viel länger andauern würde als sein Lebensweg, der sich aus der Perspektive des Ziels so lächerlich viel kürzer ausmachte.

Niemand wartet hier auf ihn. Niemand holt ihn ab. Der Vater ebenso wenig wie die Mutter, Elke nicht, keiner seiner Hunde und nicht einmal die Kameraden, die er so gern um Absolution gebeten hätte. Allein ist er trotzdem nicht. In der unumkehrbaren Osmose mit der absoluten Vollkommenheit, die er immer für den Weltgeist gehalten hat, findet er endlich Frieden. Das, was eben noch Gustav Bülow gewesen war, hat aufgehört, im ewigen Krieg gegen sich selbst zu kämpfen. Er braucht keine Antworten mehr. Alle ungelösten Fragen haben sich verflüchtigt, einfach so. Die Zurückgebliebenen werden auf ihren Problemen und Ungewissheiten sitzenbleiben, aber auch das stört ihn jetzt nicht mehr.

Gustav Bülow hat unzufrieden gelebt, ständig auf verzweifelter Großwildjagd nach einer Identität, die ihm nicht gegeben war. Sein Leben hat er stets als Safari gesehen. »Wie oft sind wir geschritten auf schmalem Negerpfad …« Schon als Kind war ihm schwer ums Herz geworden, wenn er das in seiner Jugend so populäre Heia Safari gesungen hatte. Vor allem die letzte Strophe dieser Melodie des Lebens hatte die Fantasie des Dresdner Jungen angeregt.

Tret ich die letzte Reise,
die große Fahrt einst an,
auf, singt mir diese Weise
statt Trauerliedern dann.
Dass meinem Jägerohre
Dort vor dem Himmelstore
Es klingt wie ein Halali:
Heia, heia Safari.

Zeitlebens hatte er den eigenen Abgang zelebriert. Und jetzt? Das große Halali ist ausgeblieben, die Safari des Gustav Bülow hat niemals zum Ziel geführt. Er hat sein Wild nicht erlegt, sondern vielmehr seine irdische Existenz dauerhaft der vergeblichen Pirsch geopfert. Des Waidmanns Dank war ihm versagt. Jetzt braucht er ihn nicht mehr.

Was hatte er aus all den Begabungen gemacht, die ihm in die Wiege gelegt worden waren? Mit etwas mehr Beharrlichkeit hätte er es zu einem Renaissance-Menschen des 20. Jahrhunderts bringen können. Die Spur von seinen Erdentagen wäre, wenn schon nicht niemals, so doch zumindest lange nicht untergegangen. Die Nachwelt hatte ihm so viele Jahre Kopfzerbrechen bereitet. Was würde von ihm, dem Forscher, Künstler, Naturphilosophen, Weltenretter, dem harten Nordmann bleiben?

Wenn nur dieser vermaledeite Eid auf den Führer nicht gewesen wäre, alles hätte anders kommen können. Oder wenn er doch nur ein paar Monate später zur Welt gekommen wäre. Die Gnade der späten Geburt war ihm nicht zuteil geworden. Einen Hauch zu früh ist er ungefragt ins Weltgeschehen gestoßen worden, so wie seine Kameraden ein ganzes Leben zu früh von dieser Erde gerissen wurden. Er, Gustav, hat so viele Menschen belogen, aber an diesen einen Eid, den er als Zehnjähriger geleistet und nur ein einziges Mal gebrochen hat, wollte er sich stets halten. Er ist ihm wie so vielen anderen seiner Generation zum Lebensverhängnis geworden.

War das Leben danach wirklich ein Geschenk? Musste er tatsächlich dankbar sein, dass er als Einziger mit heiler Haut davongekommen war und all diese unerfüllten Lebensläufe im Tornister nicht mehr loswurde? Er hatte wahrlich gebüßt und niemand, die Eltern genauso wenig wie seine Frauen, Kinder und Kollegen, hatte je eine Ahnung gehabt, unter welcher Pein er jeden Morgen aufgewacht war. Schauspieler war er gewesen, kein schlechter, aber die unzähligen Rollen seiner Karriere rauschten an ihm vorbei wie eine Büffelherde.

Dabei hatte er immer nur die eine Rolle im Sinn gehabt, die er jeden Tag neu gestalten musste: Gustav Bülow gab in der Tragikomödie des Lebens immer nur Gustav Bülow. Täglich hatte er an seinem Textbuch geschrieben. Manchmal konnte er überzeugen, zu anderen Gelegenheiten fiel die Kritik über ihn her.

Aber wer fragt noch danach, wenn sein Hirn aufgehört hat zu denken, seine Zellen sich aufzulösen beginnen und der Wurm bereits an ihm nagt. Wenn uns überhaupt eine Gnade zuteil wird, dann die der Vergänglichkeit und des Vergessenwerdens. Über nahezu siebzig Jahre hatte Gustav ein Konto angelegt, dessen einzige Währung der Selbstbetrug war. Die Summen, die er einzahlen musste, wuchsen mit jedem Tag, die Auszahlung erfolgte jedoch in immer kleinerer Münze. Am Ende blieb ihm nichts. Hans, nein, Gustav im Glück, das war er.

Wahrlich, den Tod hatte er sich anders vorgestellt. Dramatischer. Er hatte auf den großen Schlussakkord gehofft. Aber als er mitten in der Nacht unbemerkt vor sich hin starb, fühlte sich einfach nur alles leicht an. Er streifte das Leben ab, das war alles. Ganz einfach. Mit dem letzten Atemzug war Gustav einen Ballast losgeworden, der hundert Mal schwerer wog als die Last des Heiligen Christopherus. Hätte er das schon vorher gewusst, was hätte ihn dann in diesem Leben gehalten?

Gustav hatte nicht weniger als die Menschheit erlösen wollen, endlich wurde ihm selbst Erlösung zuteil. Nicht weil ihn irgendein Laffe in schwarzer Soutane mit weihevollem Singsang von seinen Sünden freigesprochen hätte. Nein, das konnte niemand außer jenen Unglücklichen, an denen er sich vergangen hatte, und die würde er nun anders als erhofft nicht wiedertreffen. Diese Schuld war zu groß, um gesühnt zu werden.

Im Augenblick des Todes ist jedoch das Buch seiner Erinnerung leise zugeklappt. Die Pforte zwischen Fantasie und

Wirklichkeit ist vom Hauch des Todes ins Schloss gedrückt worden. Der Graue hat recht. Er würde keine Schuld mit in die Grube nehmen. Gustav ist frei. Wäre er noch dazu in der Lage, dann wäre er jetzt wohl – erstmals in, nein seit seinem Leben – von Grund auf zufrieden. Wie es den anderen gehen wird, wenn sie ihn am nächsten Morgen mit einem zufriedenen Lächeln auf den Lippen friedlich entschlafen finden, interessiert ihn nicht mehr.

Auf seinem Grab am Rande des Friedhofs wird kein Stein stehen, der an das Erdendasein des Gustav Bülow erinnert, sondern ein namenloses, unbehandeltes Holzkreuz, das mit ihm gemeinsam verwittert. Er selbst hatte das zu Lebzeiten so verfügt, denn es widerstrebte ihm, sich über den ewigen Lauf der Natur hinwegzusetzen. Wer außer Statistikern braucht in Granit verewigte Jahreszahlen? Die Wurzeln einer Birke werden ihn sinnlich umfangen wie die Fäden eines Spinnennetzes. Der auf acht Beinen daran herabkrabbelnde Weltgeist wird sich an seinen Säften laben, bis nur noch trockene Erde von ihm übrig ist.

Das wird genau die Art von Vereinigung sein, die er sich zu Lebzeiten so oft in bunten Farben ausgemalt hatte. Was soll es ihn da noch scheren, wer sein Grab besuchen und von oben seine Gießkanne nebst einem Tränlein über dem kleinen Erdhügel entleeren würde?

Zu nachtschlafener Stunde jedoch, wenn niemand auf dem Friedhof geblieben sein würde, nur dessen genügsam vermodernde Dauergäste, würde durch ein unsichtbares Loch im Zaun eine Wölfin kommen, mit der Pfote in der Erde über ihm scharren und aus voller Kehle den Mond anheulen.

Mein Dank gilt folgenden Personen, ohne die Gustav nicht zum Leben erweckt worden wäre: Gisela Stutzbach, Katja Hensel, Flora Kampmann, Ulrike Haage, Dr. Michael Matzigkeit, Dr. Ulrich Steinmetzger und Dr. Wolf-Rüdiger Osburg.

Mein besonderer Dank gilt Karin May.